新 潮 文 庫

ひ と ご ろ し

山本周五郎著

新 潮 社 版

2068

目次

解説　木村久邇典

ひとごろし

壺《つぼ》

一

寛永《かんえい》十二年十一月の或《あ》る日、紀伊《きい》のくに新宮《しんぐう》の町の万字屋という宿に、木村外記《きむらげき》となのる中年の武士が来て草鞋《わらじ》をぬいだ。背丈のすぐれて高い、骨ぐみのがっちりとした、いかにも精悍《せいかん》なからだつきだし、浅黒い膚《はだ》の面《おも》ながな顔にぐいと一文字をひいたような眉《まゆ》や、ひき結ぶと少しうけくちになる口もとや、そしてときどきひじょうに鋭い光りを放つ双眸《そうぼう》など、すべてが逞《たくま》しい力感に満ちているが、そういう風貌《ふうぼう》とは反対に着ている物も粗末だし、挙措も言葉つきも鄭重《ていちょう》でものしずかだったから、心なく見る眼《め》にはちょっと近づきにくいというだけで、ごく平凡な、ありふれた武家のひとりとしかうつらなかった。……食事のときにお島という婢《はしため》が「お武家さまも本宮へご参《さん》詣《けい》でございますか」そう訊《き》くと、木村外記という武士はそうだと頷《うなず》いた。新宮は紀州徳川家の国老のひとり水野出羽守《でわのかみ》の所領（三万五千石）でその居城があり、まわりには熊野《くまの》本宮、新宮、那智《なち》神社、補陀落《ふだらく》寺、那智ノ滝など名所が多く、山川の風光も美しかったから、四季おりおりに探勝の杖《つえ》をひく人が絶えない、夫木《ふぼく》、玉葉《ぎょくよう》、新古今などの歌集にもこのあたりを詠《よ》んだ秀歌がたくさん載っている。……こういう客は宿へ泊るときまったように名所まわりのあれこれを根問いするもので、婢たちもそれに答えてところ自慢をするのが愛相のひとつになっている、いまもお島は木村外記となのる客が熊野詣《もう》でをするというので、なにか訊かれたら知っている限りの話をしようと、給仕の盆を膝《ひざ》にしながら待ち構えていた。けれども相手はそうだと云《い》って頷いたきりなにも云わない、黙ってひっそりと箸《はし》を動かしている、べつに肩肱《かたひじ》を張っているわけではないが、そのしずかな、音ひとつ立てない食事ぶりは妙に厳粛な感じで、どうかすると尊い儀式でも見るような印象を与えられた。お島はちょっと膝を直したが、とうとう待ちきれなくなったとみえ、「お武家さまはこちらへはたびたびおいででございますか」とたずねた、客は眼もあげずにいや初めてだと答えたが、それなりまた黙って食事の終るまでなにも云わなかった。せっかく話の穂をむけるのにと、もともとしゃべることの好きなお島はいささかむっとしたようすで、やがて、膳部《ぜんぶ》をさげていった。

明くる日は朝からよく晴れた小春日だったが、木村外記は殆《ほと》んど部屋にこもったきりで外出もしなかった、そして昏《く》れがたからひどく気温が冷えはじめたと思うと、初更の頃《ころ》からとうとう雪になり、夜明けじぶんには三寸あまりも積って、なお霏々《ひひ》と降りつのっていた、「おでかけあそばさないでようございました」お島はあいそ笑いをしながらそう云った、「昨日はお三人ばかり本宮へお立ちでしたが、これではさぞお困りでございましょう」外記は明けてある窓から降りしきる雪を眺《なが》めていたが「……雪の山路もいいものだ」と呟《つぶや》くように云ったきり、いつまでも窓外を見まもっていた。……このあたりには珍しく、雪はまる二日降ってようやくあがった。春さきのように暖かく晴れあがった朝のことである、食事の後の茶を啜《すす》りながら、外記は小窓に倚《よ》ってうっとりと日をあびていた。その部屋は表から鉤《かぎ》の手にまがった廊下のはずれで、障子を開けると中庭が見え、小窓の外はこの宿の裏庭につづいている、……洗われたように新鮮な日光が雪に反射してぎらぎらと眼に痛いので、窓に凭《もた》れた外記は片手でその光りを除《よ》けながら、かなり遠い城山のあたりをうっとりと眺めやっていた。そのうちにふと、すぐ眼の前にある柱へ間をおいて妙な光りがさすのに気づいた、きらり……きらり……ひじょうに速く、鋭く、きらりきらりと光りがうつるのである。外記は不審に思ってふり向いた。原因はすぐにわかった、そこから右手にこの宿の物置がある、その軒下に一人の若者が立っていて、時をおいては腰の刀を抜いて空を薙《な》いでいるのだ、なにをしているのかはじめはちょっと見当がつかなかったけれど、やがて板庇《いたびさし》から滴《た》れてくる雪解の雨だれを覘《ねら》っているということがわかった。庇から落ちて来る一滴のしずくを、声もかけず抜き打ちにさっと切る、そして刃をぬぐって鞘《さや》へおさめる、すぐにまた落ちて来るしずくをさっと切る、雨だれはかなりはげしくあとからあとからと滴《したた》るが、それをむぞうさに、誤たずさっさっと切り当てるのだ。ほう、と外記の眼がするどい光りを帯びた、若者は二十五か六とみえる、尻切《しりき》り半纏《ばんてん》にから脛《ずね》という身なりからすれば、おそらくこの家の下男でもあろう、手足も肩つきも肉瘤《りゅう》が隆々としているし、大きな口、太い眉、眦《まなじり》の怒った、いかにもあらくれといった感じの風態《ふうてい》であった。

「……さなきだに妄執《もうしゅう》多き娑婆《しゃば》なるに」外記はなにを思ったか、ふと謡曲「忠度《ただのり》」の一節を低く口ずさみながら、小窓の障子をしずかに閉め、手を伸ばしてそっと茶碗《ちゃわん》をとりあげた。

二

午餉《ひるげ》の膳に向ったとき、外記はふしぎな若者のことを婢に訊《たず》ねた、「……ああ瘤七《こぶしち》のことでございますね」お島は得たりと坐《すわ》り直した、まるでさあしゃべれるぞと云わんばかりのいきごみである、「瘤七と申しましても瘤があるわけではございません」まず赤い唇《くちびる》を舌で湿してからお島は話をはじめた。……若者の名は七郎次という、新宮から熊野川を二里ほど遡《さかのぼ》った御船《みふね》という在の農夫の三男であるが、幼い頃からすぐれて力がつよく、奉納相撲《ずもう》などでは近郷に知らぬ者がないくらい名がとおっていた。今から五年ほどまえ、かれは馬に米を積んで城下へ出て来たが、二人づれの旅の武士とゆきちがったとき、なにか無礼があったとか無いとかいうことから争いになった。ほかの者ならあやまって通るところだったろう、ちから自慢のかれは旅の武士だとみて喧嘩《けんか》を買って出た、そして足腰の立たぬほど叩《たた》き伏せられた。戸板で舁《か》かれて家へ帰ったが、五十日ほどは出あるきもならぬありさまだったのである、その間じゅう、かれは寐《ね》ても覚めてもそのときの口惜《くや》しさを罵《ののし》りつづけた、——こんなめに遭うのもおれが百姓の伜《せがれ》だからだ、おなじ武士だったら、そして腰に刀を差していたら、あんな男の三人や五人に負けているおれではない。歯ぎしりをしてそう叫びたて、ときには暴れだして手のつけられぬこともあった、けれども暫《しばら》くするとそれがぴたりと止《や》んだ、そしてこんどは刀法の独《ひと》り稽古《げいこ》をはじめた、家の背戸に松林がある、その松の枝へ三尺ほどの棒を麻縄《あさなわ》で吊《つ》りさげ、手作りの木刀でそれを叩くのである。牛若丸のむかし語りをそのまま真似《まね》たものらしい、——ばかなことをするな、と親や兄たちで諫《いさ》めたが耳もかさなかった。野良《のら》へも出ずに、そんなことを半年ばかりやっていた、それからふいと新宮へ出て来て、本吉権之允《もとよしごんのじょう》という兵法者の下男に住みこんだ、本吉は田宮流を能《よ》くし、水野氏に扶持《ふち》されて家臣たちに教授していた、かれはそこに二年ほど下男をしながら、稽古のありさまを見てはくふうをしたものであろう、或るとき門人の一人にひとて教えて呉《く》れと申し出た。――親の仇討《あだうち》でもするのか、そう云っておもしろ半分に裏の空地で相手になったが、その門人はしたたかに打ち込まれてしまった。ところが運悪くそれを権之允にみつけられたのである、権之允はひじょうに怒り、――おのれの分際をわきまえぬやつだ、と云ってすぐにその場で暇をだした。七郎次はおどろかなかった、二年のあいだ見まねで太刀《たち》さばきの呼吸はのみこんだし、現に門人をみごとに打ち負かして腕に自信もついている、このうえは世に出る機会さえつかめばよい、そう思ってこんどはこの万字屋へ下男にはいったのだ。泊り客のなかには名のある兵法者もあるに違いない、これと思う人物が来たら仕合を申し込んで修業の足しにもし、あわよくばみいだされて出世の蔓《つる》にもしよう、百姓そだちのかれにはそれが精いっぱいの思案だった、そしてそれをじっさいにやったのである。かれは勝った、……ずいぶん多くの武士と立合ったがいちども負けなかった。「わたくしの知っているだけでも、もう十三人ほどお武家さまに勝っています……」お島は鼻でもこすりたげにそう云った、「けれどもひとつ可哀《かわい》そうな話があるんでございますよ、お客さまは井戸端でよく洗濯《せんたく》をしている若い娘をごらんなさいませんですか」「……気づかなかったようだな」「おぬいという名で、色の白い、眼に愛嬌《あいきよう》のある可愛《かわい》いひとでございます、このひとは瘤七さんの許婚《いいなずけ》ですが、それは口に云えない苦労のしつづけでございますの、なぜかと申しますと、あのひとは瘤七さんをどうかして元どおりまじめなお百姓にしよう、おさむらいに成るなどという考えをやめさせようとして、どなられても叩かれても側《そば》についていて、おりさえあれば泣きながら意見をしているんです、……去年の春ちょっと伊賀《いが》の上野というところへ奉公に出たこともあるのですけれど、瘤七さんのことが心配でたまらなかったのでしょう、間もなく戻《もど》って来てから、またずっと付きっきりで面倒をみております、ほんとうにいじらしいくらいでございますよ」

息もつかずに話すのを聞きながら外記はしずかに食事を済ませた、それからほっとしたような婢の顔を見やって、「……だが、瘤もないのになぜ瘤七というのだ」ときいた、「ああそれはこうでございます、誰《だれ》が云いだしたのかわかりませんけれど、あのひとにはどこかに瘤がある、その瘤が剣術をつかうのだ、そんなことを云う者がありまして、それから瘤七という綽名《あだな》がついたのでございます、そういえばほんとうにあのひとにはどこかに瘤があるようにみえますわ」そう云ってお島はうまく洒落《しゃれ》でもしたつもりか、手の甲で口を押えながらきゃらきゃらと笑った。

三

さすがに南国である、晴れた日が二日つづくと、野山の雪はあとかたもなく消えて、風のない暖かな小春日がおとずれた。けれども木村外記はやっぱり本宮詣でにゆくようすがなく、いちど海を見にでかけたほかは、たいてい部屋にいて、なにか書きものをしたり、のんびりといかにも気楽そうに日をあびて過した。……すると或る日、珍しく隣りの部屋へ三人づれの武士の客がはいった、外記はべつに気にもとめなかったが、どうかしたはずみに瘤七という囁《ささや》きごえが耳についた、囁きごえだったので却《かえ》って耳についたのである、「……いやそう急ぐことはあるまい、逃げるきづかいはないのだから」「そうだ、今夜はゆっくり寝て明日のことにしよう」そんな言葉がきれぎれに聞えてきた、そしてかれらは宵《よい》のうちから寝てしまった。その翌朝のことだった、外記が朝餉《あさげ》のあとの茶を啜っていると、隣りの部屋からけしきばんだ話しごえが聞えてきた、「……そのほうが瘤七に相違ないな」「瘤七というのはひとの呼ぶ綽名ですが、たしかにわたくしが七郎次でございます、なにか御用でございますか」「そのほうふた月ほどまえに折笠忠太夫《おりがさちゆうだゆう》という者と立合った覚えがあるか」「さようでございますな……」瘤七であろうひどくおちつきはらった声つきである、「ずいぶん大勢の方と立合いますので、はっきりご姓名は覚えておりませんが、それがどうか致しましたか」「いやわれらは折笠の同輩であるが、そのほうが刀法に堪能《たんのう》であると聞いて仕合にまいったのだ、われらとも立合うかどうか……」瘤七はすぐには返辞をしなかった、暫く黙って考えているようすだったが、やがて不敵なこえで低く笑いだした、「ああようやく思いだしました、折笠という方はたしか尾州《びしゅう》さま御家中《ごかちゅう》でございましたな」「…………」「あのときの勝負はわたくしの木刀が折笠さまの左の二の腕へはいりましたっけ、お気のどくに骨が挫《くじ》けたと覚えておりますが、そうではございませんでしたか」「そんな詮索《せんさく》よりわれらと立合うかどうかというのだ」「おねがい申しましょう」かれは昂然《こうぜん》と云った、「修業でございますからどなたには限りません、お望みなればお相手を仕《つかまつ》ります」「それでわれらも来た甲斐《かい》があるというものだ、よかったらすぐに支度をして出るとしよう」「結構でございます、わたくしはべつに支度もいりません、これからすぐ表でお待ち申しております……」そう云って瘤七の出てゆくけはいがした。

勘定を済ませて三人の武士がたち去ると、木村外記は机に向ってしずかに墨をすりだした、いつものように書きものをはじめるとみえる、けれども筆をとるいとまはなかった、内庭から廊下へあがるあわただしい足音がしたと思うと、「ごめん下さいまし」と云いながらいきなりこの部屋の障子を開ける者があった、「おねがいでございます」というひきつったような女の声にふり返ってみると、敷居へ半分のめりこむようなかたちで、若い娘がひとりこちらを見あげていた、色白でふっくりとまるい顔に、おびやかされた小鳥のような眸子《ひとみ》が大きくみひらかれている、「おねがいでございます」娘はふるえる声でけんめいに云った、「わたくしの良人《おっと》に当る者のいのちが危ないのでございます、どうぞあなたさまのお力でお助け下さいまし、どうぞ」「わたしにはそんな力はない」外記はしずかに答えた、「どんな事情か知らぬが役人にでもたのんだらよいだろう」「いいえそのひまはございません、そしてあなたさまのほかにおたのみ申す方はないのでございます」「わたしのほかにたのむ者がないとは……」「はいそれは、わたくしあなたさまを存じあげているからでございます、わたくし去年の夏から半年ほど伊賀の上野に奉公をしておりました、鍵屋《かぎや》の辻《つじ》のおはたらきは話だけしか伺っておりませんけれど、城下をお通りあそばすおりおり、あれがその方だと教えられて幾たびもお姿を拝見しておりました」娘はじっとこちらを見あげながら云った、「……あなたは荒木さまでございます、荒木《あらき》又《また》右衛《え》門《もん》さまとおみかけ申したればこそ、ぶしつけを承知でおねがいにまいりました、どうぞ七郎次を助けてやって下さいまし、あのひとは三人のお武家に斬《き》られてしまいます」どなられても叩かれても、良人ときまった七郎次の側を去らず、あらゆる苦労をして元の百姓になるよう諫めつづけているという、お島の話は記憶になまなましい、いまその娘が、おぬいがそこにかれを見あげている、良人ときまった七郎次を助けたい、死なせたくないという一念を双眸《そうぼう》にこめて、ひっしにかれを見あげているのだ。……かれは隣室の問答を聞いていた、三人の武士はその朋友《ほうゆう》の復讐《ふくしゅう》に来たものと思える、起居のけはいと声音《こわね》を聞いただけであるが、おちついた底ぢからがよく感じられた、——七郎次は斬られるかも知れない、かれもそう考えていたところだ、……しかしそれは七郎次がみずから求めたものである、斬られるとしてもおそらく悔いはあるまい、そう思いきっていたのだが、女の一念をこめた、けんめいな顔色を見るとやはり捨てては置けなかった、「わたしにそのちからがあるかどうかわからないが」そう云ってかれはしずかに立った、「とにかくゆくだけはいってみよう、果し合の場所は知っておるか」救いのひと言である、「ありがとうございます」おぬいの顔が耀《かがや》くようにみえた、「場所はいつも日和山《ひよりやま》ときまっています、ご案内を申します」

四

木村外記というのは仮名である、おぬいのいうとおり本名は荒木又右衛門だった、かれがどういう人物かということは改めて記すまでもないだろう、だがどうしてこんなところへ来ていたかというと、……その前年、すなわち寛永十一年十一月、かれは義弟に当る渡辺数馬の助け太刀《すだち》として、伊賀のくに上野の鍵屋の辻で河合又五郎はじめ数名の者を斬った。これは仇討ではあるがほかの場合のように単純ではなかった、河合の党には徳川はたもとの庇護《ひご》があったし、渡辺、荒木らには大名のうしろだてがついていた、つまりようやく固定しかかっていた封建制のなかで、旗本と大名という対立がその出来事を中心にひとつの渦紋《かもん》を巻きおこしたのだ。幕府の機宜の扱いで大事には至らなかったが、河合を討ったとなると、その庇護をしていた旗本たちが、荒木、渡辺らを覘《ねら》うのは必定と思われた、そこで幕府はひそかに上野城主である藤堂大学頭《とうどうだいがくのかみ》（高次）に二人の保護を命じた、ほとぼりのさめるまで匿《かくま》えという意味である。藤堂家がよろこんで承知したのはいうまでもない、寧《むし》ろそのまま家臣に抱えてしまいたかったのだろう、鄭重《ていちょう》な客分あつかいで、又右衛門は屋敷を与えられ、なお家中の士に刀法の教授を依託された。復讐のときにも藤堂家からはかげの助力を受けたし、懇切をきわめたこの待遇にあって、又右衛門は少なからず困惑した、それは旧主である本多氏の恩義と、藤堂家への義理との板挟《いたばさ》みになったからだ。新宮への旅は、その去就をきめるために気持のいとまを求めて来たのである。

万字屋を出て町筋を北へ、まっすぐにゆくと熊野川の流れへつきあたる、そこを少しさがると、殆んど川に沿って日和山と呼ばれる小高い丘陵があった。おぬいは気もそぞろのようすで、後から来る又右衛門を見かえり見かえり、胸をつくような急坂を登っていったが、やがて左手に台地のひらけているところまで来ると、なにやら叫びながらそこへ立ち竦《すく》んでしまった、立合はもう始っていたのである、……叢林《そうりん》をきりひらいた五百坪ばかりの草原のまん中に、七郎次が木刀を構えて仁王立ちになり、それに対して中年の武士の一人が真剣を抜いていた、伴《つ》れの二人は少しはなれて両者のほぼ中間に立ち、息を凝らせて立合のようすを見まもっている、森閑とした草原とこの闘争の人々の上に、さんさんとふり濺《そそ》ぐ冬の日光は眩《まぶ》しいほどに思えた。

「……しずかに」又右衛門はおぬいを制して傍《かたわ》らの松の木蔭《こかげ》へ身をよせた、「こえをたてぬよう、暫く見ているがよい」「でも大丈夫でございましょうか……」又右衛門は答えなかった。かれは七郎次の身がまえのすばらしさにおどろいたのである、法はずれではある、我流がむきだしには違いない、しかし無ぞうさに中段へつけた木刀、籠手《こて》をひき半足に踏みひらいた躰勢《たいせい》には、田宮流の「むちむすび」というかたがもっと単直にあらわれている、それは本吉権之允の稽古《けいこ》から自得したものであろう、烈々たる闘志を蔵してまさに圧倒的なものにみえた。しかし同時にまた相手の腕もなみなみではなかった、木刀に対して真剣を抜いたところも武士らしく断乎《だんこ》としたものだし、正眼の尋常な構えも、七郎次のはげしさとは逆に山湖の水の如《ごと》くしずかである、しかもそのしずかさは相手の手腕を知り、手腕の限度を見きっているようだ、もしも技においても対等だとすれば後者はまさに気で勝っている、……又右衛門はふと右手で袴《はかま》をぐっとつかみあげた、するとそれを合図のように、七郎次が絶叫して踏みこんだ、武士はふわりとうしろへひき、七郎次は飛鳥のように間を詰める、その刹那《せつな》の間をあやまたず、「勝負みえた」と又右衛門が叫んだ。不意でもありよく徹《とお》る大音だった、切り返そうとした武士も、間を詰めていた七郎次も、はじかれたように左右へひらき、いっせいにこちらへふり返った。又右衛門はおぬいに向って、「さきへ戻っておれ」と云い、松の木蔭から出てゆっくりと四人のほうへ近づいていった。そして七郎次には眼《め》もくれず、三人の武士のほうへしずかに会釈《えしゃく》をして、「……ぶしつけですがさきほどからの勝負を拝見しておりました、次ぎの一刀でこの者のいのち無しと存じ、無礼を押してまかり出たしだいです、勝は明らかにそこものものです、さし出がましいがあとはお任せ下さらぬか」「ばかなことをお云いなさるな」七郎次が堪《たま》りかねたように出て来た、「どなたか知らぬが勝負はこれからだ、こなたにかかわりはないひっこんでいて貰《もら》いましょう」

又右衛門はふり向いてかれを見た、底の知れない深さと、千斤《せんきん》の重みをもつ眼だった、呼吸五つばかりのあいだ七郎次の顔をみつめていたが、ふたたび又右衛門は向き直った。

五

たとえ合意のものでも勝負に死者を出せばところの掟《おきて》に触れる、そうなれば主家の名にもかかわり、ことに相手が下郎では武士の体面もよくはない、勝敗はもうみえたのだからこれでひき取られてはどうか。条理のある言葉だし、どこかにいやと云《い》わさぬ態度がみえた、それで三人の武士はこころよく納得し、あとを頼むとさえ云ってそこをたち去った。

「……さあ帰ろうか」三人の去るのを見送ってから、そう云って又右衛門はあるきだした、「おまえにはわからなかったろうが、そして自分では打を押していたつもりだろうが、相手はひきつけて切り返す、その間の見きりがついていた、おまえは胴をとられたろう、それも殆《ほと》んど両断するほどに」「こなたさまはそうごらんなすった、こなたさまはな……」「信じられぬか、もし信じられぬならばうしろからおれを打ってみろ」又右衛門はふり向きもせずに云った、「……ここから宿まで、いつでもよい打ちこんでみろ」七郎次はなにをというように、きらりと眼を光らせた。どちらかというと小柄《こがら》な固ぶとりのからだがぎゅんと緊《しま》り、木刀を握る手に力がこもった。又右衛門は平然と坂を下りる、ゆったりとした足どりだしかくべつ身がまえをするようすもない、どこもかもあけ放しで、打とうとさえすれば思うところへ打ちこめそうだった。今だという瞬間が絶えず眼前にある、……七郎次は木刀をとり直した、呼吸をはかった、けれど幾たびも「今だ」と思いながらどうしても打ちこむことができない、そのうちにこっちの息がきれはじめ、ふつふつと全身に冷汗がふきだした、すきだらけとみえたうしろ姿が、いつか大きく、ひじょうな重量をもってのしかかり、ともすれば圧《お》し潰《つぶ》されそうな感じさえする、七郎次は坂を下りきったところで立ち止った、もううしろから跟《つ》いてゆく気力もなくなったのだ。又右衛門はかれのことなど忘れてしまったように、しずかなおなじ歩度でずんずんあゆみ去っていった。

それからさらに三日いて又右衛門は万字屋を立った。藤堂家からもらった暇《いとま》の期日がきたのである、……熊野川を越して、海のほうへと下る道をほんの僅《わず》か来たときだった、道傍《みちばた》の並木の蔭からとつぜん二人の若い男女があらわれ、又右衛門のゆくてを塞《ふさ》ぐように土下座をした、それは七郎次とおぬいであった。「おねがいでございます」七郎次はこちらを見あげながら云った、「わたくしをお屋敷へおつれ下さいまし、どんな辛《つら》い勤めもいといません、おつれ下すってひまひまに刀法を教えて頂きとう存じます、なにとぞ、……なにとぞ……」そう云うそばから、おぬいもともども、道埃《みちぼこり》の上へひたと面《おもて》を押しつけた。又右衛門は暫《しばら》くその姿を見おろしていたが、やがて穏やかな調子で、「手をあげるがよい」と云った、「……それほど望むものならばつれてまいろう、刀法も教えろとなら教えぬこともない、しかし七郎次、そのうえ刀法をまなんでどうするつもりだ」「はい道の極意をきわめたいと存じます」「それからどうする……」しずかに又右衛門は問い継いだ、「道の極意をきわめることができたとして、それからさきはどうするつもりだ」「はい、わたくしの身にかなうほどは、たとえ軽輩なりとも武士になりたいと思います」そう云いながら縋《すが》るように見あげる眼は、ひたむきな心をそのまま表白するようだった。又右衛門はその眼をじっと見おろしていたが、やがておぬいに向って、「おまえも来るか」と訊《たず》ねた、そしておぬいがはいと答えるのを待って、はじめて「ゆるす」と云った。「では望みどおりつれてまいろう、初めに断っておくが、どんなことがあっても不平不満をもらしてはならぬ、また又右衛門がよしと申すまでは身を退《ひ》くこともならぬ、この約束ができるか」七郎次はよろこびの色のあからさまな面をあげて、「お申しつけは必ず守ります、どんな辛抱も致します、どうぞおつれ下さいまし」と云った、「よしそれではまいれ」

望みのかなったよろこびはおぬいの顔をも耀かせた、又右衛門はしかしそれには気もつかぬようすで、埃だつ道をもうさきにあるきだしていた。

六

又右衛門の住居は侍屋敷のはずれにあった、家は古びてもいたし手狭でもあるが、広い庭には樹《き》が多く、そのなかに六七百年も経たかと思える巨《おお》きな樫木《かしのき》がぬきんでている、また裏はひろびろとうちひらけた草地で、ずっとさきは叢林と畑地に続いていた。……庭の一隅《いちぐう》に二十坪ほどの道場があって、三日に一度ずつ藤堂家の侍たちが教えを受けに来るが、その日のほかは客も少なく、庭の樹立《こだち》に来る小鳥のこえも数えられるような、しずかな明け昏《く》れが多かった。

七郎次はまったく下男として働いた、おぬいは厨《くりや》と手仕事のほかに、庭の一隅へ畑を作って蔬菜《そさい》つくりを始めた。ひとつ屋敷にいながら又右衛門とは殆んど会うおりがなく、会っても言葉をかけては呉《く》れなかった。年が暮れ、年が明けてもおなじだった。伊賀の盆地をとりかこむ山なみに、朝な夕なうらうらと霞《かすみ》がたなびくようになり、やがて花の使が山から里へとおりて来たが、そのあとを追い急ぐように忽《たちま》ち野山は若葉となっていった。けれど七郎次の気持にはしばしもとまらぬ季節のうつり変りをあわれと思うほどのいとまもなかった、上野へ来てからやがて半年も過ぎ、短い梅雨のあとにわかに夏がおとずれても、たのみとする人はいっかな刀法を教えては呉れず、ろくろく話をする機会さえない、……どんなことがあっても不平不満を云わない、そういう約束がはじめにとり交わしてあるので、もう少し、もう少しとがまんしていたのだが、ついに待ちきれなくなり、がまんの尽きるときが来た。六月はじめの或《あ》る日、……かれは又右衛門が庭へ出て来たのをみかけると、心をきめた顔色で側《そば》へあゆみ寄り、「おねがいがございます」と思いきってきりだした。「こちらへお供をしてまいりましてから半年も過ぎました、どうぞ刀法のお手びきをおたのみ申したいと存じます」「そうであったな……」又右衛門は見向きもせずに、「おれもそれは考えていたところだ、しかし七郎次、おまえはもうりっぱなうでをもっている、それ以上はおれにも手びきをすることはない、……あとは道の極意を伝授するだけだ」「ご伝授がねがえますか」七郎次は思わずせきこんだ、「極意のご伝授がねがえるのですか」又右衛門はあらぬ方を見やったままうんと頷《うなず》き、こちらへ来いと云ってあるきだした。庭の裏木戸をぬけて外へ出る、広い草地のなかへ二三十歩はいってゆくと、立ち止って手をあげ、草地のまん中に立っている高い一本杉《すぎ》を指さした。「あれに杉木がある」「……はい」「日が出て日が沈むまで、杉木はその影を地におとす、わかるな」「わかります」「その影の移るところを掘ってみろ、何処《どこ》からか壺《つぼ》が一つ出てくる筈《はず》だ、わが道の極意は一巻の書にしてその壺に封じてある、掘り当てたらその秘巻はおまえのものだ」思いもかけない言葉なのですぐには信じかねた、疑わしげにじっと見あげる七郎次には眼もくれず、又右衛門はしずかに、「おまえに必要なのはその掘り起す努力ひとつだ」そう云った、「しかしむりにとは云わぬ……」そしてそのまま住居のほうへ去ってしまった。

七郎次は暫くそこに立ちつくしていた、奇矯《ききょう》のようでもあるしごく当然のようにも思える、道の秘奥《ひおう》を伝授するためには、ずいぶん並はずれた方法をとった古人の逸話も少なくない、これもその例のひとつかも知れぬではないか。かれは半年あまりも側に仕えて、荒木又右衛門という人物をよく見てきた、はなばなしい武名とはおよそ反対に、その日常はきわめて謙虚な、高ごえでは笑うこともないような、ひとくちに云うと隠棲《いんせい》人のような暮しぶりである。奇矯を弄《ろう》して快とするようなひとがらでは決してない、……よしやってみよう、七郎次はそうきめて屋敷へ戻《もど》ると、物置から鍬《くわ》を一挺《ちょう》とりだして来てすぐに草地へひき返した。かれは一本杉の樹蔭へいって立ち、ぐるっとあたりを見まわした、午《ひる》さがりのやや傾いた日をうけて、杉はいまその影を東のほうへと投げている、その投影を暫く見まもっていたかれは、やがて影のいちばん端、ちょうど梢《こずえ》にあたるところまであるいてゆき、鍬をとり直すと、些《いささ》かの躊躇《ちゅうちょ》もなく力をこめて打ちおろした。

灼《や》きつくような暑い日が続いた、朝夕は幾らか涼風も立つけれど、真昼は木葉もゆるがず、膚《はだ》を焦《こ》がすように照りつける日光と、地から蒸れあがる温気《うんき》とで、じっとしていても骨のぬけるような感じがする、七郎次はその暑さのなかでけんめいに鍬を揮《ふる》い続けた。広い野なかの杉が、刻《とき》の移るにしたがって、地上へ投げる影の範囲は、考えるほど狭いものではない、しかもそこには生きるちからの勁《つよ》い雑草が縦横に根を張っていて、打ちおろす鍬をともすればがんとはね返す、土を掘るというよりも寧《むし》ろその雑草の根との闘いでさえあった、「だがここにおれの運をひらく鍵《かぎ》がある……」七郎次は歯をくいしばって自分に云った、「これまでの苦心が実るか徒《いたず》らになるか、ここですべてがきまるんだ、へたばるな……」

七

かれは食事も満足にはとらなかった、一日じゅう鍬を手にして息をつこうともしない、五日、十日と経《た》つうちに、暑さとはげしい疲れとでみるみる痩《や》せてゆく、ふだんから無口だったのがこの頃《ごろ》はまったく黙りきりで、なにを云いかけても返辞ひとつしなくなった、げっそりと頰《ほお》がこけて日焼《ひや》けのした骨立った顔に、眼ばかりぎらぎらときみ悪く光っている、このままではいまに倒れてしまう、おぬいは見るに堪えなくなった、なんとかしなければならぬと思い、いろいろ考えたあげく、或る夜そっと寝所をぬけだし、身じたくもそこそこに鍬を持って外へ出た、時刻はもう十二時をまわって、しんかんと更《ふ》けた夜気はおもたく露を含んでいた、足音をぬすむようにして裏木戸から出ると、さいわい空いちめんの星明りで、昼の温気が凝って漂うのであろう、朦朧《もうろう》と地を這《は》う靄《もや》のなかに、妖《あや》しい巨人のような一本杉の立っているのがおどろおどろしく見える、……おぬいはすでに露のおりている草を踏みわけながら、七郎次の掘りかけていた場所へたどり着くと、裾《すそ》をきりりと端折《はしょ》って鍬をとり直した。するとまるでそれを待っていたように、うしろから「ならんぞ」と云いながら近づいて来る者があった。おぬいはまったく不意をつかれ、あっと叫んでとび退《の》いた、頭から足の尖《さき》までぞっと寒気だった。「……よけいな事をしてはならぬ」そう云いながら近寄って来たのは又右衛門だった、「そうしたい気持はよくわかるが、それでは七郎次のためにならない、本当にあれのためを思うならもっと苦しませなければならぬ」「でも、でも旦那《だんな》さま……」おぬいはけんめいに云った、「あの人は食事もろくろく致しませぬ、この暑さに一日じゅう照りつけられて、まるで気違いのようになっています、このままでは倒れてしまうに違いありません」「おとこが生きる道を摑《つか》むにはいずれにしてもいのちがけだ、七郎次に限ったことではない」「では、……ではお伺い申します」縋りつくような声音《こわね》でおぬいは云った、「……あんなに死にもの狂いになって捜している壺が、本当にこの土のどこかに、埋まっているのでございますか、本当に……」「おまえがそれを訊ねてどうする」「わたくし恐ろしいのです、あれほど夢中になっている姿を見るのも辛うございますし、もしその壺がみつかって、極意とやらの伝授を頂けたとしますと、あのひとはそれでお侍になってしまいましょう、それを思うといっそいつまでもみつからずにいて呉れたらよいとも考え、どうしてよいか自分でもわからなくなってしまいます、旦那さま……本当に壺はこの土の中に埋まっているのでございますか、本当に……」

又右衛門は杉の梢を見あげた、地面には靄が這っているけれども、空はぬぐいあげたように晴れ、満天の星があざやかにきらきらと瞬《また》き耀《かがや》いている、又右衛門はやや暫くその星空をふり仰いでいたが、やがてしずかな声で云った、「……壺は埋まっている、だが埋まっていないかも知れぬ、もし七郎次にそのちからがあれば、埋まっていようといまいと壺は必ずみつかるだろう、肝心なことはかれにそのちからがあるかないかだ、壺の有る無しではない」その言葉がなにを意味するか、おぬいにはむろんわからなかった、「それはどういうわけでございますか」「……口で云うことはできない、だがもう間もなくわかる、おそらくは四五日うちに……」おまえは心配をしないで帰って寝《ね》るがよい、そう云って又右衛門は屋敷のほうへ去っていった。

　山なみの上に浮いた白い断雲が一日じゅう動かずにぎらぎらと光っている、そういう猛暑の日がさらに五六日つづいた或る日、七郎次が執念の鬼のような形相で草地を掘り返していると、ふいにうしろから「七郎次、おまえそれはなんだ……」と呼びかける声がした、かれは鍬を手にしたままふり向いた、いつ来たものかそこに又右衛門が立っている、「わたくしがどうか致しましたか」「……おまえはたしか壺を捜している筈だな」「いかにも仰《おお》せのとおりでございます」「たしかに」又右衛門は念を押すように云った、「よし、もういちど掘ってみろ」なにがそんなに不審なのかわからず、七郎次は再び鍬をとりあげて土へ打ち込んだ、三打ち、五打ち、すると又右衛門が押し止《とど》めるような調子で「……なぜその草を投げるか」とこえをかけた。七郎次ははっとおのれの手を見た、自分でも知らぬ間に、掘り返した土塊《つちくれ》の中から雑草の根を抜きとって投げようとしていたのである、かれは又右衛門へふり返った、「……おまえは壺を捜すために土を掘り返している」と又右衛門が云った、「……それなら掘り返しさえすればよい筈だ、なんのために草を抜き捨てるのか」

八

「草だけではない、おまえはひと鍬おこす毎《ごと》に瓦礫《がれき》まで選《よ》りだして遠くへ投げ捨てていた、それも今日はじめたことではなく、もう十日以上もおなじことをやって来た、みろ七郎次、おまえの掘り返した土地は畑のようになっている、……これはいったいなんのためだ」

七郎次はうしろを見やった、云われるとおりだった、うちわたした草原の中におよそ一段あまり、みごとに耕《す》き返された土が一本の草もなく黝々《くろぐろ》と日光を吸っていた、まったくそれはもうそのまま畑になるようにみえる、……かれは茫然《ぼうぜん》とその土のひろがりを見、やがてわけがわからぬという風に頭をうち振った、まるでわけがわからぬという風に「存じませんでした、夢中でやったものでございましょう、自分にもわけがわかりません」すると又右衛門がきめつけるように「壺はみつかった」と云った、「それが道の極意だぞ七郎次」えっと頭上を一撃された思いで大きく眼をみはり、なかば口をあけて、七郎次は放心した者のように棒立ちになった、又右衛門は「足を洗っておれの部屋へまいれ、改めて申し聞かすことがある……」そう云ってたち去った。

七郎次はそれでもなお暫くそこに立ち竦《すく》んでいたが、やがてわれにかえって屋敷へ戻った。足を洗い汗をながし、着替えをして母屋《おもや》へゆくと、又右衛門はかれをおのれの居間へまねき入れて対座した。……黄麻の帷子《かたびら》に葛布《くずふ》の袴《はかま》をつけ、端然と坐《すわ》った又右衛門の姿は、これまでついぞ見たことのない厳しさをあらわしていた。

「おまえがどういう仔細《しさい》で刀法をまなび始めたか、なぜ武士になりたいと望むか、そのわけはおよそわかっている……」又右衛門は穏やかなくちぶりで云いだした、「その理由はわかっているが、おまえの望みは間違っている、と申すよりさむらいというものに就いてまったく誤った考え方をしているのだ、……刀法の極意を会得《えとく》し、よき主もあらば仕官をしたいとおまえは云った、つまり刀法の達人ともなれば武士の資格があると考える、その大根が違うのだ、なるほど武士は刀法をまなぶ、弓、槍《やり》、銃、馬術など、身にかなうかぎり武芸を稽古《けいこ》する、それはたしなみとして欠くべからざるものだから、けれどもそういう武芸を身につけたからといって少しも武士の証《あか》しではない、さむらいの道の神髄はそれとはまったく違うところにあるのだ」ではさむらいとはどういうものか、又右衛門はそう云いかけて言葉を切った。七郎次は全身の注意を耳と眼とに集め、いかなる言句もどんな表情も見はぐるまいと、けんめいにこちらを見あげていた。

「……さむらいとは『おのれ』を棄《す》てたものだ、この五躰《ごたい》のいかなる隅《すみ》にも我意をとどめず、御しゅくんのため藩家のため国のために、いつなんどきでも身命をなげいだす者のことを云《い》う、生死ともに自分というものはない、常住坐臥《ざが》、その覚悟を事実の上に生かしてゆくのがさむらいの道だ……、おまえの眼からみれば、武士は両刀を差し肩肱《かたひじ》を張って、いばりかえっているもののように思うであろう、しかし実はまるで違う、武士はその一挙手一投足がすべて御しゅくんにつながり、藩家に国につながっている、自分の耻《はじ》は御しゅくんの耻だ、さればこそ独りを慎《つつし》み、他行に威儀を崩さないのだ、自分の威を張るためではなく、御しゅくんのおん名が大切なればこそだ、……しかもこれらのことは家常茶飯のうちに溶け込んでいなくてはならない、そうしようと努力をしているあいだはまだ本当ではない、起きていようと寝ていようと、独り居にも会席にも、あらゆる時と場合にそれと気づかずしてこの覚悟が生きていなければならない、その覚悟をかためるのが武道の神髄なのだ、……ちょうどおまえが自分では気もつかず、しかもなんの必要もないのに草を抜き瓦礫を選り棄てたように」

思いがけぬところへ自分のことをとりあげられたので、七郎次はわれにかえったようにはっと息を詰めた。又右衛門はおなじ穏やかな調子で、一句ずつ噛《か》んで含めるように続けた、「おまえは我流ながら刀法をよく遣う、しかし人間がけんめいになってやれば、刀法に限らずたいていなわざは人並にはできるものだ、しかしわざはどこまでもわざに過ぎない、心のともなわぬわざは注意が外れた刹那《せつな》に身からはなれるだろう、……おまえの目的は壺を捜すことにあった、それなのに掘り返した土から草や瓦礫を拾い捨てた、自分では気づかず、しかもまったく目的には無要なことなのに、……なぜだろう、ひとくちに云えばおまえが百姓だからだ、心がその道に達していれば意識せずとも肉躰は必要な方向へ動く、剣をとろうと鍬をとろうと、求める道の極意はその一点よりほかにはないのだ、……妄執《もうしゅう》を棄てろ七郎次、おまえにはおまえ本来の道がある筈だ」

さいごの一句を大喝《だいかつ》し、片手で膝《ひざ》をはっしと打った。七郎次はその刹那に、からだのなかからなにかがすっと消え去るように感じた、たとえば身内に燃えていた火が、いきなり水を浴びせられて消え去るように、……かれはそこへ両手をつき、額をすりつけた、「あやまりました、旦那さま、……夢でございます、みんな悪い夢でございました」殆《ほと》んど噎《むせ》びあげながら七郎次はそう云った、「今こそ瘤七《こぶしち》という綽名《あだな》が思い当ります、わたくしはおろか者でございました……」その言葉の真実をたしかめるように、又右衛門はやや暫《しばら》く黙っていた、それから再び元の穏やかなくちぶりで云った、「人間のねうちは身分によって定《き》まるものではない、各自その生きる道に奉ずる心、おのれのためではなく生きる道のために、身心をあげて奉《たてまつ》る心、その心が人間のねうちを決定するのだ、百姓は米を作るが、自分では多く稗麦《ひえむぎ》を喰《た》べている、自分では喰べないのになぜ艱難《かんなん》を凌《しの》いで米を作るか、……それは米を作ることが百姓の道だからだ、ちょうど武士がおのれを滅《めっ》して御しゅくんのため国のために奉ずるように、我欲を去って世人のために道をまもる、栄達も名利《みょうり》もかえりみず、父祖代々その道を守りとおして来た百姓の生き方こそ、まことに、厳粛というべきであろう、七郎次……ここをよくよく考えなくてはなるまいぞ」「わたくし紀州へ帰ります」七郎次は額をすりつけたまま云った、「……剣をとろうと、鍬《くわ》をとろうと、求める道の極意は一つとの仰せ、しんじつ胆《きも》に銘じました、この御《おん》おしえを子まごに伝えてまいりたいと存じます」「その心にゆるぎのないことを祈る、……おぬいがさぞよろこぶことであろう」又右衛門は眉《まゆ》をひらき、しずかに座を立ちながら云った、「……おれのかたみにあの鍬を遣わす、持ってゆくがよい」

七郎次とおぬいとはその明くる日、早朝の霧のふかい上野城下を立って、紀伊のくにへと帰っていった。

（「講談雑誌」昭和十五年十月号）

暴風雨《あらし》の中

一

烈風と豪雨が荒れ狂っていた。氾濫《はんらん》した隅田川《すみだがわ》の水は、すでにこの家の床を浸し、なお強い勢いで増水しつつあった。昨日の未明からまる一日半、大量の雨を伴って吹きとおした南の烈風は、ようやくいまやみそうなけはいをみせ始めていた。まだ少しも弱まってはいないが、ときおり喘《あえ》ぎのように途切れるし、空を掩《おお》って低くはしる雲の動きも、いくらか緩くなってゆくようであった。

三之助は二階の六帖《じょう》に寝ころんでいた。

二階には部屋が三つあり、その六帖は東の端になっていた。間の襖《ふすま》があけてあるので、他の二部屋も見とおすことができる。そこには畳や襖障子や、その他の家具、簞《たん》笥《す》や長持や火鉢《ひばち》や、なにかの箱などがぎっしり積み上げてあった。吹き飛ばされた雨戸の隙《すき》からさし込む光りが、それらの家具を片明りに、ほの暗く映しだしていた。それは階下から運びあげたものであった。この家の人たちはそれらの物を運びあげて、朝はやく、まだ暗いうちに逃げていった。

「悪くはなかった、これも一生だ」三之助は口の中で呟《つぶや》いた、「おれはおれなりに自分の一生を持ったんだ」

縞《しま》の単衣《ひとえ》の胸がはだけ、三尺帯がとけかかっていた。少し痩《や》せてはいるが筋肉のよく緊《しま》った、精悍《せいかん》そうな軀《からだ》つきである。顔は白っぽく乾いていた。こけた頬《ほお》や骨ばった顎《あご》のあたりに、激しい疲労と弛緩《しかん》の色があらわれていた。疲れきって虚脱しているようであった。なにもかも、身も心も投げだしたというふうにみえた。

「生れてきたことはよかった」こんどははっきりと呟いた、「生れてこないよりは、やっぱり生れてきたほうがよかった、飢えや、寒さや、辛《つら》い、苦しいことが多かった、そうだったか、……いつもおれは逃げだすことばかり考えていた、そしていつも逃げだした、逃げださなければもっと悪いことが起こっただろう、……こんどは逃げなかった、逃げだすことができなかった、そして、こうするほかに手はなくなった」

彼の表情が変った。風と雨の音が家を押し包んでいた。乱打する太鼓の中にでもいるように、その荒れ狂う音が部屋いっぱいに反響した。三之助の眼《め》は憎悪《ぞうお》の光りを帯びた。唇《くちびる》も憎悪のために歪《ゆが》んだ。しかしその表情はすぐに消え、彼は頭をゆらゆらと揺って、眼をつむった。

「おれはこの腕でおぎん《ヽヽヽ》を抱いた」彼はまた呟いた。「おたい《ヽヽヽ》やお幸《ヽ》や、まさ公《ヽヽ》を抱いた。抱いたり撫《な》でたり、殴ったこともあった。……あいつらは泣いたり、嚙《か》みついたり、爪《つめ》を立てたりした。あいつらはおれのこの肩や腕に、爪や歯の痕《あと》をつけた。あいつらはこの頰《ほっ》ぺたや胸を、あいつらの涙で濡《ぬ》らした、なま温かい塩っからい涙で……おれはその温かさや塩っぽさを味わった」

生れてきたからこそ、その味を知ることができたんだ。三之助はそう続けた。しかし、その呟きはあまりに低く、殆《ほと》んど声にはならなかった。突風がするどく咆《ほ》え、雨戸や羽目板へざッざッと雨を叩《たた》きつけた。まるで砂礫《されき》を叩きつけるような音であった。家ぜんたいが悲鳴をあげて揺れ、階下で壁の崩れるらしい物音がした。三之助は「ふしぎだ」と呟いた。ほんの一瞬、風が途絶えると、どこかでごぼごぼと重たく水の鳴る音が聞えた。どこか地面に穴があいて、そこへ水が吸い込まれるような音であった。

「どういうわけだろう」彼は首を捻《ひね》った。眼はつむったままであった。「ほかのことはよく思い出せない、飢えも寒さも、骨の痺《しび》れるほど辛い苦しいおもいをしたことも、まるで遠い景色のようにぼやけてしまっている、思いだせるのはあいつらのことだけだ、抱いてくどいたり、泣かせたり殴ったりして、みんな別れてしまった、みんな長くは続かなかった……おたいはほかの誰《だれ》とも似ていなかった、おぎんも、お幸も、まさ公も、みんなほかの者とは違っていたが、そのくせほかの女たちと同じだった、少し馴染《なじ》むとそれがわかった、ひとりひとりは違うのに、みんなほかの女たちと同じものを持っていた。おれのなにより嫌《きら》いなものを、……おれは逃げだした、逃げ出さずにはいられなかった、……けれども、それだけじゃなかった」彼は眼をあいて、ぼんやり天床《てんじょう》を見まもった、「そうじゃねえ、嫌いなものじゃあねえ、ただ嫌いというのじゃあねえ、なにかしら、……そうだ、それとはべつのものだ、おれを逃げださせたのはそのほかのものだ」

はっと三之助は首をあげた。この家の北側のどこかへなにかの突き当る音がした。音というよりは響きであった、そうひどくはないが、たしかになにかが突き当ったようだ。

「――あの娘かもしれねえ」

三之助は自分に云《い》った。

「――きっとそうだ、おしげだ」

首をあげたまま、三之助はじっと耳をすました。風雨の音のなかから、次に起こるであろう物音を聞き取ろうとした。二階の屋根瓦《がわら》が飛ばされたらしい、からからと音がして、うしろの庇《ひさし》へ落ちるのが聞えた。三之助は立って、廊下へ出た。さっと雨が顔を打った。吹飛ばされた雨戸の間から、鼠色《ねずみいろ》に濁ったいちめんの水が見えた。彼は風と雨に叩かれながら、半身を乗り出して、いま物音のした方を覗《のぞ》いて見た。しかしそれらしい物はなにも見当らなかった。

風景はすっかり変っていた。

千住《せんじゅ》大橋の上から東に向って流れる川が、そこで大きく南へぐっと曲っていた。そこはその曲っている川へつき出た地形だった、不規則な三角形の突端のような場所に、地盛りをしてこの家は建っていた。対岸には水神の森があり、少し下流には真崎稲荷《まさきいなり》の森があった。水神の森に続いて向島《むこうじま》堤の桜並木が見える筈《はず》であった。しかし今はそれが見えなかった、水神の森も半ば水に浸されて、灌木《かんぼく》の繁《しげ》みのようになり、烈風に薙《な》ぎ倒されては、その梢《こずえ》で水を掃くさまが、豪雨をとおしておぼつかなく眺《なが》められた。

男が一人、ずぶ濡れになって、廊下の西の端から、この二階へ辷《すべ》り込んだ。三之助は外を見ていた。その男は裏から屋根づたいに廻《まわ》って来たらしかった。そして、吹飛ばされた雨戸の間から、手摺《てすり》を跨《また》いで（かなりすばしこく）中へ辷り込んだのであった。

三之助は外を見ていた。どっちを見ても鼠色の水であった、どこにも地面は見えなかった。風のために波立ってはいるが、水は流れているようではなかった。洪水《こうずい》という激しさは感じられなかった。雨にかき消される彼方《かなた》まで、重おもしく漫々とひろがっていた。けれどもそれが休まずに増水していることは慥《たし》かだった、眼に見えぬちからで、じりじりと、それはもう階下を半ば以上も浸していた。まもなく軒庇《のきびさし》までつきそうであった。

「おめえ舟で来たのか」

三之助が云った。彼は外を見たままで、ごくしぜんにそう云った。

二

風が襲いかかり、三之助の捉《つか》まっている雨戸が、危なく吹飛ばされそうになった。三之助は部屋へ戻《もど》りながら、もういちど云った。

「おめえ舟で来たのか」

こんどはまえより高い声であった。そして彼はそこへ坐《すわ》った。男はぎょっとした。男は次の八帖にいたが、積んである家具の間で、慌《あわ》てて濡れた手足を拭《ふ》きながら、なにか答えた。合羽《かっぱ》を衣《き》ていたので、めくら縞の長半纏《ながばんてん》はどうやら乾いているが、髪毛からはまだ水が垂れた。

「断わりなしに入っちまったが」男は頭を拭きながら、こんどは大きな声で云った、「邪魔をしてもいいかね親方」

「舟の当る音がしたっけ」三之助は云った、「おめえ舟で来たんだな」

「小塚《こづか》っ原《ぱら》から水だった」男は云った、「ちっとばかり櫓《ろ》が使えるんで、思いきって漕《こ》ぎだしたんだが、いけねえ、千住大橋のところで流れに押されてどうにも突っ切れねえ、死にもの狂いでやっとこの家まで漕ぎつけたんだ、いっとき、もうだめだと思った」

男はこっちへ来た。三十五六の小柄《こがら》な男だった。柄は小さいが骨太で、がっちりしていた。手足も太く、指はごつごつしているが、どこかに敏捷《びんしょう》な、ばねのような強靱《きょうじん》なものが感じられた。毛深いたちらしい、頰から顎にかけて硬そうな無精髭《ぶしょうひげ》が伸びていた。唇は厚く、角張ったまるい顔の中で、小さな細い眼がするどく動いた。その眼はねばり強く、どんなことにもめげない光りを帯びていた。

「おらあ親方なんて者じゃあねえ」三之助が云った、「またこれはおれの家じゃあねえ、ちっとも遠慮することなんかねえんだ」

男は三之助と斜交《はすか》いに坐った。それから莨入《たばこいれ》と燧袋《ひうちぶくろ》を出して、煙草《たばこ》を吸いつけた。

「こんな処《ところ》に家があるとは気がつかなかった」男が云った、「いったいどんな人の家なんだね」

「船七の隠居所さ、隠居所で、客の会席にも使ってたんだ」

「船七ってえと、大橋の脇《わき》の船宿かね」

「おしげってえ看板娘がいる、おめえ知ってるんだろう」

「おらあ」男は煙草に噎《む》せた、「おらあ、船七って名だけは知ってるが、……千住大橋の脇にそんな船宿があるってことは聞いていたがね」

風で激しく雨戸が鳴り、男の言葉は聞えなくなった。三之助はほどけかかっていた三尺帯を巻き直し、そこへ寝ころんで肱枕《ひじまくら》をした。男はそれを横眼で見た、その眼がきらっと光った。男は片膝《かたひざ》を立て、きせるを持ち直した。すると三之助が男の方を見た。男は急に咳《せ》きこんだ。

「なにか云ったかい」

「この家はその」男は吃《ども》った、「この水を、持ちこたえるだろうか、もう暴風雨《あらし》はおさまりそうに見えるし、水もこれ以上のことはねえと思うが」

「どうだかな」三之助は唇で笑った、「この家は土盛りをして建てたものだ、七月の大しけのときに土台の石垣《いしがき》が崩された、それを直す暇がなかったんだ、……だから、この家の人たちは朝はやく逃げだしたのさ、命が惜しかったら一緒に逃げろって、おれにも諄《くど》く云いながらよ」

「だがおめえはそこにいるぜ」

三之助は黙って、また唇で笑った。男は疑わしげに、そして念を押すように云った。

「おめえは逃げなかった、まさかこの家がだめだと知って残ったわけでもねえだろうが」

「どうだかな」

「おめえおれを威《おど》かすつもりか」

「ちょいと聞いてみな」三之助が云った、「下の方でごぼごぼ音がしているから畳へ耳をつけるとはっきり聞えるぜ」

男は耳をすませた。それから畳へ耳をつけた。

「土台のどこかに穴があいてるんだ」三之助が云った、「崩れた石垣がどうかして、この家の土台の下に水の抜ける穴があいたんだろう、この音はそこから水の抜ける音だ、さっきよりずっと大きくなってるが、そうさ、こいつがもっと大きくなれば、この家はたぶんぶっ倒れるか、水に掠《さら》われるかするだろうぜ」

「じゃあなぜ逃げねえんだ、そうとわかっていて、なぜ逃げるくふうをしねえんだ」

三之助はからかうような眼で男を見た。

「おめえを威かしたってしようがねえ」三之助は云った、「威かすつもりなんぞこれっぽっちもありゃあしねえ、おれが此処《ここ》にいるのは、この家がぶっ倒れるか、水に掠われるかするだろうと思ったからだ」

「なんだって」

「聞き返すこたあねえや、その暇におめえやることがあるんだろう、やることがあって此処へ来たんだろう、そうじゃあねえのか」

男の眼が絞るように細くなった。その眼ですばやく、三之助の顔を見やった。風がどっと襲いかかり、家ぜんたいが揺れた。裏手のほうでどこかの板のひき裂ける音がし、なにかが庇をぎしぎしと擦《こす》った。その聞き馴れない音に続いて、また板の裂ける音がし、そのまま咆《ほ》えたける風雨のためにかき消された。

「おれが、なにをしに来たって」

「待つことはねえってんだ」三之助が云った、「おめえがなにをしに来たかは初めからわかってる、入って来たときのおめえの身ごなしと眼つきで、おれにゃあすぐわかったんだ」

男はきせるを置いた。三之助は寝ころんで肱枕をしたままで顎《あご》をしゃくった。

「早くやんねえ、おらあ手向いはしねえよ、おらあこの家と一緒に自分の片をつけるつもりだったた、今でもそのつもりなんだ、ひとおもいにさっぱりとな、……おらあ決して手向いはしねえぜ」

「それは本気か」男は右手をふところへ入れた、「本当に手向いはしねえか」

「おめえは律義《りちぎ》らしいな」

「お上《かみ》にも慈悲がある、神妙にすれば」

突風が来て雨戸を一枚また吹き飛ばし、部屋の中まで横さまに雨が吹き込んだ。男は身構えをしながら三之助を睨《にら》んだ。

「神妙にすればお上にも慈悲がある、神妙にお縄《なわ》を受けるか」

「お慈悲だって」三之助の表情がするどく歪《ゆが》んだ、眼に憎悪の色があらわれた。しかしそれは殆んど瞬間のことで、すぐにまた嘲《あざけ》りと倦怠《けんたい》の顔つきに戻った、「ふん、お慈悲はこっちから進上、と云いてえが、まあいいや、早いとこやってくれ、さもねえとおめえもこの家と一緒に」

男は三之助にとびかかった。相手が寝ころんでいるにしては、びしびしと容赦のない動作だった。三之助は二度ばかり「うっ」と声をあげたが、反抗はしなかった。男は三之助をうしろ手に縛りあげ、壁際《かべぎわ》へひき据《す》えて、立ちあがった。彼の顔は蒼《あお》く硬《こわ》ばって、醜く歪んでいた。彼はふところから十手を出し、三之助の肩を（作法どおり）打ちながら云った。

「――佃《つくだ》の三之助、御用だぞ」

十手の古びた朱房が三之助の頬《ほお》を撫でた。三之助は壁へ背を凭《もた》せてあぐらをかきながら男を見あげた。そうして、低く笑った。

「やっぱりおめえは律義なんだな」

「黙れ、もうむだ口はきかせねえぞ」

男は三之助を睨みつけた。

三

「むだ口か、ふっ」三之助は肩を揺った、「それより舟を見て来たらどうだ、おめえの乗って来た舟をよ、その方が大事じゃあねえのか」

男はぎょっとした。彼は十手をふところへ差込み、慌てて隣りの部屋の方へいった。三之助は皮肉な冷笑をうかべながら、男が合羽を衣《き》る音や、廊下から屋根へ出てゆくのを聞いていた。僅《わず》かなあいだに、風の勢いは衰えていた。突風はまだ相当に烈《はげ》しいが、途絶える時間が少しずつ延びてきた。

「おーい」裏の屋根で男の叫ぶのが聞えた、「おーい、……おーい」

三之助は左右の肩を捻《ひね》った。縄がくいこんで痛いらしい、だが、もがけば縄はさらに緊《しま》った。三之助は舌打ちをして、勝手にしろというように、また壁へ凭れかかった。彼は男が戻って来た。合羽をかぶっていたのに、長半纏の前はずっくり濡《ぬ》れていた。彼は顔や頭を拭きながら、廊下へ出ていって外を眺め、それから三之助の前へ来て坐った。

水が軒庇についたのだろう、たぷたぷと重く、下から庇板を打つ音が聞えだした。水面は驚くほど高くなっていた。それは三之助の位置からも見えた、あけてある障子と、雨戸の隙間《すきま》越しに、……濁ってふくれあがる水の面を、斜めに篠《しの》をなして豪雨が叩くので、いちめんに灰色のしぶきが立っていた。

「惜しいことに舟の繋《つな》ぎようを知らなかった、繋ぐ場所も悪かったらしいな」三之助が云った、「おれにゃあ聞えたが、繋いだ纜綱《ともづな》が繋がれたところをひっぺがした、舟はそのまま流れていったようだ、そんなような音をおらあ聞いたぜ」

「だから逃げられるとでも思うのか」

「——おれがか」

「おらあ武井屋の佐平ってえ者だ」男はきせるを拾った、「気の毒だがいちどお縄にした以上、どんなことがあったって逃がしゃあしねえから、そのつもりでいろ」

三之助はふんと云った。そのときどしんと、なにかが家へぶっつかった。流れて来た材木かなにからしい、重たげな響きと共に、家ぜんたいがぐらぐらと揺れた。男は浮き腰になった、外へでもとびだしそうな恰好《かっこう》をみせたが、すぐに坐り直して、きせるを逆に持った。

「おめえは松島町で人をあやめた」男は三之助を見て云った、「日本橋松島町の家主、油屋仁兵衛を短刀でやった、それに間違えはねえだろうな」

「此処で口書きでも取ろうってのか」

「おれの云うことに返答をしろ、それから口のききようを改めるんだ」男は云った、「そんな口のききようをすると痛いめをみせるぞ」

三之助は黙った。

「おめえの気の毒な身の上はたいがいわかってる」男は云った、調子は厳しいが思い遣《や》りのあるような口ぶりであった、「おやじは佃島《つくだじま》の漁師で政吉、おふくろはいちといったな、おめえを入れて子供が四人、千吉、よね、伊三郎、おめえはよねの下で二男坊の筈だ」

「おらあ勘当《かんどう》されたんだ」三之助は眼をつむった、「十五の年に勘当されて、人別《にんべつ》もぬかれたんだ、おれにゃあきょうだいなんかありやしねえ」

「おめえがぐれたわけも知ってるぜ」

佐平という男は云った。三之助の家はごく貧しかった。父の政吉は愚直で、酒も煙草ものまず、人に騙《だま》されたり利用されたりするばかりだった。おれは貧乏籤《くじ》をひくためにこの世へ生れてきたようなものだ、いつもそう云っていたが、長男の千吉が十一のとき、漁に出て疾風《はやて》に遭って死んだ。そのとき三之助は六つ、末っ子の伊三郎は二つだった。珍しいことではない、母親と四人の子はその日から生活に追われだした。八つになるよねは子守りに出し、いちと千吉とは佃煮《つくだに》と貝の行商を始めた。

「おめえはいつも放っておかれた」と男は云った、「おふくろは千吉と一緒に伊三郎を背負ってでかける。おめえだけは家に残された。まわりは漁師町、遊びなかまは乱暴でだらしのない連中が多い、これで悪くならなければふしぎなくらいだ」

三之助は悪童だった。佃でも築地河岸《つきじがし》の方でも、たちまち名を知られ、爪《つま》はじきをされるようになった。そのままいたら、やがては島から追い出されたにちがいない。彼は職人になるのだといって、十二の年に茅場町《かやばちょう》の「指金」へ弟子入りをした。指金はそのころ江戸でも名うての指物《さしもの》職だったが、三之助は半年そこそこでとびだし、両国橋の「船辰《ふなたつ》」という船宿へころげ込んだ。それからは喧嘩《けんか》と賭博《とばく》で、十七八のときにはもう、佃の三之助ととおり名が付いていた。

「兄貴の千吉は漁師になった」と男は続けて云った、「今でも佃島でまじめに漁師をしている、およねも漁師の嫁になった、末っ子の伊三郎は桶屋《おけや》の職人で、これも世帯《しょたい》をもっている、ぐれたのはおめえだけだ、船宿の船頭ではいい腕だそうだが、喧嘩と博奕《ばくち》はやまず、女でいりはやまず、こんどはとうとう人をあやめるということまでした」

「そのとおりだ、おめえはよく知ってる、よく調べが届いたもんだ」三之助が云った、「しかしおめえは知っちゃあいねえ、おめえにはなんにもわかりやしねえよ」

「なにがわからねえっていうんだ、なにがだ」

「おめえにゃあ縁のねえことさ」三之助は頭を壁へ凭せかけた、「暢気《のんき》にそんな口書をとるより、此処からぬけだす算段をしたらどうだ、土台の穴も大きくなるばかりだし、もうじき水が二階へつきそうだぜ、親方」

「おれがなにを知らねえってんだ、云ってみろ、おれになにがわからねえってんだ」

三之助は黙っていた。眼《め》をつむって、じっと暴風雨の音に聞きいるようすだった。凭れている壁から後頭へ、じかにいろいろな物音が伝わってくる。階下の土台のあたりの、ごぼごぼと鳴るあの音は、今ではもうべつの、もっと大きな響きになっていた。家の柱は絶えずぶるぶると震え、流れて来る物が当るたびに、家ぜんたいがみじめに揺れた。

「おれのおふくろは泥棒《どろぼう》だと云われた」三之助が独り言のように云った、「いつも佃煮を売りにゆく顧客《とくい》さきで、握り飯を五つ盗んだからだ、鉄砲洲《てっぽうず》の質屋が近火《ちかび》に遭って、手伝いに来た出入りの者たちに炊出《たきだ》しをした、酒肴《さけさかな》、握り飯や煮〆《にしめ》がずらっと並んでた、誰《だれ》でも取って喰《た》べ放題、飲み放題だった、……おふくろはもちろん手伝いにいったわけじゃあねえ、佃煮を売りに寄って、ふらふらとそいつに手が出たんだ」

そのとき一家は飢えていた。母子五人（およねも子守り先から帰っていた、）が四五日なにも喰べない状態だった。特にこれという理由はない、飢えるのは常のことだった。条件のごく些《さ》細《さい》な変化にも、一家はすぐに食えなくなるし、食えないことには馴《な》れていた。けれどもそのときはひどかった、啜《すす》る粥《かゆ》さえも無かったのである。……質屋の下女がそれを見ていた、おいちが握り飯を五つ、竹の皮に包むのを見ていて、やはり佃島から小魚《こざかな》を売りにゆく漁師に、それを話した。

——おいちさんは泥棒をした。

狭い島のなかで、噂《うわさ》はすぐに弘《ひろ》まった。子供たちは泥棒の子と呼ばれた。

四

「その握り飯が手伝いに来た人間に出されたものだとすれば」と男が云《い》った、「おめえのおふくろのしたことは泥棒だ、たとえ一家が飢えていたにしろ、おめえのおふくろはそいつに手を出しちゃあいけなかったんだ」

「おめえ一家で飢えたことがあるのか、親分」

「おらあまっとうな人間だ」佐平という男はいきり立った、「まっとうな人間は一家を飢えさせるようなまねはしねえ、一家を飢えさせるようなやつは人間の屑《くず》だ」

「まったくだ、おれもそう思うぜ」

三之助は歯をみせて笑った。

「そういうやつらは」と男は憎にくしげに云った、「てめえの能無しを棚《たな》にあげて世間を怨《うら》むんだ、まっとうに暮している者や金持を憎んで、てめえが食えねえのはそういう人たちのためだなどとぬかす、そうしてしめえにゃあ悪事をはたらくようになるんだ」

「そのとおりだ、おめえの云うとおりだぜ、親方」

「てめえおれを笑うのか」男は辱《はずか》しめられでもしたように嚇《かっ》となった、「さんざっぱら世間に迷惑をかけて、女を幾人も泣かして、しまいにゃあ人をあやめさえしながら、てめえは自分が悪かったとは思っちゃあいねえんだろう」

「善《い》いとも思っちゃいねえよ」

「自分が悪いとはこれっぽっちも思っちゃあいねえんだろう」

「善いとも思っちゃあいねえさ、本当だぜ親方」三之助は云った、「おれが仁兵衛をやったのは善いことたあ思わねえ、悪いことかもしれねえ、そいつはなんとも云えねえが、おらあやらずにはいられなかった」
「なんとも云えねえって」
「そうなんだ、おれは仁兵衛を短刀でやったが、あの爺《じじ》いはおれが短刀でやった以上のことを、金と強欲でやってたんだ」三之助の唇《くちびる》が歪んだ、「あの爺いは家主としても鬼のようなやつだったが、そのうえ法外な高利貸をして、貧乏人の血をしぼるようなまねをしていた、あいつのために娘を売った者、親子きょうだいが別れ別れになったり、裸で街へ放りだされた者が、どのくらいあるか親方は知っちゃあいめえ、それだけじゃあねえ、あいつに金が返せねえために、あいつの長屋で首を吊《つ》った婆《ばあ》さんがあった、久松町では大川へ身投げをしたかみさんがいる、ついこのあいだも、あいつの長屋で娘が一人、身を売られるのがいやさに井戸へとび込んで死んだ、……おれの知っているだけでも、あいつのために三人の人間が死んでるんだ、刃物こそ使わねえが、あいつは三人も人を殺してるんだ、あいつこそ人殺しだ」
「それがおめえとなんの関係がある」男が云った、「油屋がもしそんな非道なことをしたんなら、された当人がお上《かみ》へ訴えて出ればいいんだ、おめえなんぞの知ったことじゃあねえんだ」
「当人に訴えて出ろって」

「そのためにお上というものがあるんだ、しんじつ仁兵衛が悪人ならお上で放っておきゃあしねえ」

「だって爺いは放っておかれたぜ」

「それは油屋が御定法《ごじょうほう》に触れなかったからよ、法に触れるようなことをしねえのに、ただ強欲というだけで縄をかけるわけにはいかねえ」

「そうらしい、そういうものらしい」

三之助の唇が少しあいて、それが見えるほどもふるえた。顔には悲しみとも苦痛ともとれる、一種の絶望的な表情がうかび、眼には涙が溜《た》まっていた。ひと際《きわ》つよく、ずしんと家が震動した。また材木でも流れて来て当ったのだろう、佐平という男はびくりとした。

「貧乏人は貧乏だというだけで、自分から肩身を狭くしている」三之助は云った、「世間だって貧乏人などは相手にしゃあしねえし、相手にされねえことは自分たちでよく知ってるんだ、血をしぼられるような非道なめに遭っても、お上へ訴えて出るより自分で死んじまう、どこへ出たって貧乏人の云うことなんぞとおりゃしねえ、金があって、ちゃんと暮している者にはかなわねえということを知っているからだ、おれもよく知ってる、おふくろが握り飯五つ取って泥棒と云われたのは、飢えていたからだ、おれたち一家が飢えてもいず、そんなに貧乏でもなかったら、たかが握り飯の五つくれえお笑い草で済むんだ、おらあ、……仁兵衛をやった、生かしてはおけなかった、そういう弱い貧乏人の血をしぼり、娘を売らせ、裸で放り出し、おもい余って三人も死なせやがった、生かしておけばこれからもするやつだ、おらあやらずにいられなくなってやった、それだって善いことをしたとは思やしねえ、決してそんなことは思やしなかった、だからこうして、この家と一緒に身の始末をしようとしたし、おめえが来ればおとなしく捉《つか》まりもしたんだ、口惜《くや》しいけれども、やっぱりおれも貧乏人の伜《せがれ》なんだ」

「人並なことを云うな、てめえはどれほどの人間だ」男がやり返した、「きいたふうなことを云やあがって、てめえは油屋を悪く云えた義理じゃあねえぞ」

「おめえにはおめえの理屈があるさ」

「きいたふうな口をききやがって、おぎんやおたい、お幸やおまさのことはどうなんだ、てめえにくどきおとされて、身を任せて、棄《す》てられて、泣きをみているあの女たちのことはどうなんだ」

「そいつはおめえにゃあわからねえ」

「あの女たちのことはどうなんだ」と男はたたみかけた、「四人だけじゃねえ、ほかにもっとあるだろう。そんなにも弱い女たちに泣きをみせて、それでてめえは非道じゃあねえというのか」

裏で屋根瓦《がわら》の割れる音がした。やみかかっていた風がまた烈《はげ》しく、戸障子を揺りたて、庇《ひさし》をかすめてするどく咆《ほ》えた。

「そうだ、非道かもしれねえ」三之助は低い声で云った、「けれどもしようがなかった、自分でもどうにもならなかったんだ」

「そう云えば済むと思うんだな」

「おめえにゃあわからねえ」

激しい風の唸《うな》りが彼の言葉を遮《さえぎ》った。そして、そのするどい唸りにまぎれて、一人の娘がこの二階へ巧みに忍び込んだ。佐平と同じように、裏から屋根を廻《まわ》って来たらしい。その娘は佐平と同じ廊下の端から、もっとすばしこくもっと巧みに忍び込んだ。頭からずぶ濡《ぬ》れで、手に櫂《かい》を持っていた。その娘は足音をぬすむように、西の端の六帖《じょう》へ入ったが、歩くにしたがって畳が濡れた。

「おらあ騙《だま》すつもりはなかった、一人も騙しゃあしなかった、みんな本気だったんだ」三之助はまた眼をつむった、「どの一人とも本気でいっしょになった、けれどもみんないけなかった、いっしょになって暫《しばら》くすると、どうしても別れずにはいられなくなるんだ」

「飽きがくるからよ、すぐ女に飽きがくる、そして古草鞋《わらじ》のように棄てちまうんだ」

「そうじゃあねえ、違うんだ」

「知ってるぞ」男がどなった、「あの娘もひっかけるつもりだったんだろう、てめえがさっき云った船七の娘、おしげというあの娘もよ」

三之助は首を振った。隣りの部屋でがらがらと音がした。積んである家具のなにかが、家の震動で崩れたような音であった。

五

「そうだ、少しわかってきた」三之助はふと眼をあいた、「おしげのことを云われたんで、自分にもよくわからなかったことが、わかってきた」

「こじつけたって底は割れてるぞ」

「おしげとは古い馴《な》染《じみ》だ」三之助の声はやはり低かった、「こっちは川筋のやくざな船頭、向うは大きな船宿の娘だった、おれがこんな人間だということはよく知っていて、知っていながらおれにじつを尽してくれた、口では云えねえ、また云いようもねえほどの、じつを尽してくれた、おかみさんにしてくれと云われたこともある、だがおらあ、……おらあいつもそっぽを向いてた、涙の出るほど有難《ありがて》えと思うときでも、おらあ薄情にそっぽを向いてた」

「もっと相手をのぼせさせるためにか」

「誰より好きだったからだ」三之助は静かに首を振った、「ほかの女とは違うんだ、まるで違うんだ、この娘に手を出しちゃあならねえ、おらあいつも自分にそう云ってた、どんなことがあっても触れるなってよ、……そうなんだ、おらあ身も世もねえほどおしげが好きだったから、おしげには手出しをしなかったんだ」

廊下へざっと波がかぶって来た。強くなった流れのために、家はぐらぐらと絶えず揺れ、家の周囲や階下の方で、水の揉《も》みあう音が高く、ぶきみに聞えだした。

「そうなんだ」と三之助は云った、「あの女たちはどこかしらおしげに似ていた、性分はそれぞれ違っているが、みんなどこかしらおしげに似たようなところがあった、けれどもそうじゃあなかった、いっしょになって暫くすると、そうでねえことがわかった、おたいもお幸も、まさ公も、……似たところなんぞこれっぽっちもありゃあしねえ、まるで違う、まるっきり違ってるんだ」

「それがあの女たちの罪か」

「そのうえおらあ気がつくんだ」三之助は独り言のように云った、「あの女たちは、おれといっしょにいるとだめになる、まるでおれのやくざな火が移りでもするように、だんだんとだめな女になるのがわかるんだ、それが堪《たま》らなかった、どっちの罪かあ知らねえ、それがおれには見ていられなくなる、どうにも別れずにはいられなくなるんだ」

「笑あせるな」男は喚《わめ》いた、「云わせとけばいい気になって、洒落《しゃれ》たようなことをぬかすな、この野郎」

男は平手で三之助の頬《ほお》を殴った。そのとき隣りの部屋から、娘がそっとこちらへ出て来た、佐平という男には見えなかった。三之助には見えた。佐平はそっちへ背を向けていた、彼は片手で三之助の衿《えり》を摑《つか》み、さらに三つばかり平手打ちをくれた。

「泥棒にも三分の理というが、てめえのは一分の理もありゃあしねえ、自分ひとりが善《い》いつもりでいやあがって、そんな根性だから」

三之助があっと云った。

娘は男のうしろへ忍び寄って、持っている櫂をふりあげたのである、男のうしろに立って、両手で大きくふりあげて、力まかせにその櫂を打ちおろした。三之助は予想もしなかった、娘がそんなことをするとは思いもかけなかった。

「いけねえ、おしげさん」

吃驚《びっくり》して叫んだが、櫂はもう打ちおろされていた。三之助のあっという声で、ふり向こうとした男の頭の上へ、……鈍いいやな音と共に、男はうっといって横へのめった。娘はさらに撲《なぐ》った、二度、三度、後頭部と背中を。力いっぱいの撲り方であった。男は俯伏《うつぶ》せに倒れて動かなくなった。

「なんてことをするんだおしげさん」

「刃物はなくって」娘は喘《あえ》いだ、「あんた短刀を持ってたんでしょ」

娘は部屋の中を見まわした。のぼせあがって、狂ってでもいるような眼だった。かたちのいいうりざね顔の、濃い眉《まゆ》が逆立ってみえた。小麦色のなめらかな肌《はだ》で、縹緻《きりよう》もかなり際立《きわだ》っている、強い気性らしいが縹緻はよかった。娘は短刀をみつけた、三之助のものだろう、それは部屋の隅《すみ》に放ってあった。娘はそれを抜いて三之助のところへ戻《もど》った。

「堪忍《かんにん》して、三ちゃん、堪忍して」娘は三之助の縄を切りながら云った、「あんたが此処《ここ》にいるって、この男に教えたのはあたしなの、あたしがこの男に教えたのよ」

娘の眼から涙がこぼれ落ちた。廊下へかぶる波はまえよりひどくなり、飛沫《しぶき》が二人のところまで飛んで来た。娘は極度に昂奮《こうふん》して、手許《てもと》がきまらず、そうでなくとも丈夫な捕縄《とりなわ》は、なかなか切れなかった。

「あたしお幸さんのことで嚇《かっ》としていたの、あんたがお幸さんを伴《つ》れて逃げると思ったのよ」娘はおろおろと云った、「此処でお幸さんと逢《あ》って、それから二人で一緒に逃げる、そう思って、嚇となって教えちゃったの、堪忍して三ちゃん、あたしを堪忍して」

「いいんだ、それでいいんだよ、おしげさん」

「よかあない、あたしばかだった、ばかでめくらでつんぼだった、いま向うであんたの云うことを聞いて、自分のばかがすっかりわかったの、こんなに長いことつきあっていて、あたし本当のことはなんにも知らずにいた、まるでつんぼかめくらのように、なんにもわからずに泣いてばかりいたのよ」

縄が切れた。娘は縄をかなぐり捨てて、三之助にとびついた。

「堪忍して三ちゃん」娘は三之助の首へ両手で抱きついた、「あたし嬉《うれ》しい、……あんたの本当の気持がわかって嬉しい、もうこのまま死んでも本望だわ、一緒に死なせて、三ちゃん」

「だめだ、いけねえ、おしげさん」

三之助は娘を押しのけた。娘の両手をふり放して立ちあがった。娘は悲鳴のように叫んだ、縋《すが》りつこうとしたが、三之助は倒れている男の側《そば》へいった。

「こんなことをしちゃあいけなかった、この男に罪はねえ、この男は役目で来たんだ、おらあ初めから死ぬつもりだったし、今でも死ぬつもりでいる、だがそれはおれ独りのことだ」

「あたし離れない、あたし三ちゃんから離れやしないわ」

「だめだ、それだけはだめだ」三之助は気絶している男を抱きあげた、「どんなことがあってもおめえを死なせるわけにゃあいかねえ、この男も助けなくっちゃならねえんだ、どうしてもだ、おしげさん」

三之助は男を抱いたまま廊下へ出た。娘はとびかかって叫んだ、泣きながらしがみついた。三之助はするようにさせて、男の軀《からだ》をいちど手摺《てすり》へ凭《もた》せかけ、自分が屋根（そこはもう殆《ほと》んど水に浸《ひた》っていた）へおりると、こんどは肩に担《かつ》いで、足さぐりに裏のほうへ廻っていった。娘もそのあとからゆこうとして、ふと思い返し、戻って来て、投げだしてある短刀を拾った。そしてすばやく、いま三之助の出た方とは反対の東の端から屋根へおりて、裏へと廻っていった。

「おしげさん」三之助の叫ぶ声がした、「来てくれ、来なくちゃだめだ、おしげさん」

そして裏屋根の方で、瓦を踏み割る音がし、三之助が喚いた。娘の悲鳴も聞えた。それは風雨に遮られて判然としないが、いかにも懸命な、切迫した声であった。

「お願いよ」娘が絶叫した、「一生のお願いよ、……三ちゃん」

その声はずっと遠のいた。強い力でぐっと引離されでもするように、すっと遠のいて、もういちど聞えた。

「——三ちゃん」

三之助が一人で戻って来た。濡れ鼠《ねずみ》のようになって部屋へ戻って来ると、そのままそこへ仰向《あおむ》けに倒れた。

「これでいい」彼は呟《つぶや》いた、「これでいいんだよ、おしげ、……諦《あきら》めてくんな」

彼は荒く息をしながら、左の腕で顔を掩《おお》った。するとその二の腕の内側に、大きな掻《か》き傷《きず》が二条《ふたすじ》できて、血の滲《にじ》んでいるのが見えた。彼はぐらぐらと頭を揺った、廊下の外で水のはねる音がし、がぶっという声が起こった。続けさまに水がはね、苦しそうに人の喘ぐのが聞えた……三之助は首をもたげた、するとまた水がはねた。彼はとび起きて廊下へ出た、覗《のぞ》いてみると、廊下の西の端に人の手が見えた。その手は危なく戸袋にかかっているが、軀は水の中にあった。三之助は駆けていって、その手を摑んだ。それはおしげというあの娘であった。

「どうしたんだおしげさん、どうして……」

彼は絶句した。水の中にある娘の軀は裸であった。白い晒木綿《さらしもめん》の腰のもの以外にはなにも着ていなかった。泳いで来るために裸になったのであろう、白い腰のものだけが、水の中でひらひらしていた。

「あの人は息を吹き返したわ」

娘は激しく喘ぎながら云った。三之助に助けあげて貰《もら》いながら、両手で三之助にしがみつき、苦しそうに、二度ばかり水を吐いた。

「息を吹き返したわよ、あの人」云いながらおしげは泣きだした、「あの人だいじょぶよ、大丈夫助かってよ、三ちゃん」

三之助は娘を抱いて、元の六帖へ来て、抱いたままどしんと坐《すわ》った。その震動で、東側の壁が崩れた。湿って緩んでいた壁が、上から崩れ、さらに大きく崩れ落ちた。

「一緒に死なせて、一緒に」娘は泣きながら叫び、裸の両腕で三之助の首に抱きついた、裸の胸を三之助の胸へ押しつけながら、身もだえをして叫んだ、「あんたがいなくちゃ生きていられない、あんたが死ねばあたし独りでも死ぬつもりよ、三ちゃん、ごしょうだから一緒に死なせて」

「わかったよ、おしげさん」三之助はうわ言のように云った、「勘弁してくれ、悪かった」

三之助は片手で娘の背中を撫《な》で、娘の頬へ乱暴に頬ずりをした。家がぐらっと大きく揺れ、二人はいっそう強くお互いを抱き緊《し》めた。まるく艶《つや》やかな娘の脇腹《わきばら》が波をうつようにひきつり、濡れた晒木綿の絡《から》みついた足が、まるで死の痙攣《けいれん》のように斂縮《れんしゅく》した。

「うれしい、三ちゃん」

偶然に二人の唇《くちびる》が触れ合った。そのとき家ぜんたいが宙に浮いた、ふわっと、まるで宙へ浮きあがるように感じられ、柱や梁《はり》がぶきみにきしみ、大きく揺れたと思うと、家は西側の方へ、ずずっと三尺ばかり傾いた、そちら側の土台が落ちたのであろう、積んであった家具や箱などが音をたてて転げだし、抱き合っている二人も倒れそうになった。

「おれは考え直した、おしげさん」三之助は顔を引き離して云った、「このまま死ぬなら、一緒に死のう、けれども、死ぬときめるのはよそう、死ぬかもしれないが、助かるかもしれない、いいか、もしも助かったら、二人で生きるくふうをしよう、わかるか」

娘は喘ぎながら頷《うなず》いた。家が傾いたので、水はずっと隣りの部屋まで押して来た、水に浮いた家具が互いにぶっつかりあい、障子の折れる音がした。

「このようすじゃあだめだろう、もう死んだも同然だ、もし万が一、助かるとしたら、新しく生れ変ったようなもんだ、そう思わねえか、おしげ」

「そう思うわ」娘は三之助の胸へ顔を埋めた、「あたしあんたのするようにするわ、死ぬにしろ生きるにしろ、あんたと一緒でさえあったら本望よ」

「ああもし助かったら」三之助は娘を抱きすくめた、「もし助かったら、こんどこそ」

家がまたひと揺れして、ぐらっと西へ、さらに一尺ばかり傾いた。傾斜が大きくなったので、水がこの部屋まで入って来た。三之助は娘を立たせ、廊下へ出て手摺に捉《つか》まった。娘は両手で抱きついていたが、その指は精がぬけたように力がなかった。

「もうひと辛抱だ、おしげ」三之助は娘の軀をひき寄せた、「死ぬか、生きるか、……どっちにしろ長いことじゃあねえ、ほんのもうひと辛抱だぜ、おしげ」

「三ちゃん」

娘はくいいるように男を見あげた。三之助はそれをぐっとひき寄せた。かれらの上へ、雨がざッざッと降りつけ、かぶって来る波が二人の足を洗った。家のまわりで渦《うず》を巻く水のすさまじい音が聞え、空には千切れた雨雲が、低くせわしく、北へと動いていた。


（「週刊朝日新秋読物号」昭和二十七年九月）

雪と泥《どろ》

一

「好《い》い男っていうんじゃあないんだ、うん、おとなしくって気の弱そうな性分が、そのまま顔に出てるって感じさ、まだ若いんだ」
「もういいかげんにおよしよ、おまえさん、それは罪だよ」おつねが頸筋《くびすじ》へ白粉《おしろい》をぬりながら云《い》った、「それに世間にゃそうそう鴨《かも》ばかりいるもんじゃないからね、いまにひどいめにあうよ」
「黙っててよおつね姐《ねえ》さん」ちよのが舌ったるい口ぶりで云った、「それで、ねえそれでどうしたの、おしの姐さん」
「たち昏《くら》みのまねをしてみせただけさ」
「どんなふうに……」
「ちょうど伝法院の門のところだったね、お勝ちゃんといっしょにうしろから追いぬいていって、ちょっと立停《たちどま》って、それからふらふらっとお勝ちゃんのほうへ倒れかかったのさ」
「それでたち昏みのように見えるの」

「こつがあるんだ」とおしのは帯をたたみながら云った、「腰の力をぬいて、片っぽの膝《ひざ》をこう、がくっとさせるのさ」

「さんざ精をだしたあとで始末をしに立つときみたいにかい」寐《ね》ころんでいるげれ松が云った、「ふん、久しくそんなおもいをしたことがないや、たまには始末をしに立つこともできなくなるほど精をだす相手に逢《あ》ってみたいね」

「お願いだから黙っててよ」ちよのは軀《からだ》を捻《ひね》りながら云った、「あたしおしの姐さんの話を聞きたいのよ、聞きたくってしようがないんだから、ごしょうだから邪魔しないでよ」

「聞いて真似《まね》でもしようってのかい」げれ松は小指の爪《つめ》で歯をせせった、「ふん、そんな柄《がら》じゃないよおまえは、そういうことのできるのは、おしのさんのような縹緻《きりよう》と、おしのさんのように眼《め》から鼻へぬける知恵がなくっちゃだめさ、おまえなんぞはそれより銭箱でも磨《みが》いて、ようくそこらを抜き揃《そろ》えて、――」

自分の綽名《あだな》を証明するかのように、げれ松は思いきりあくどい表現で、ずけずけと露骨なことをまくしたてた。

この六帖《じよう》の部屋は北に向いているので、うす暗く、陰気であった。古ぼけた箪笥《たんす》が二た棹《さお》、片方へ歪《ゆが》んだ茶箪笥、ふちの欠けた長持、塗の剝《は》げた葛籠《つづら》などが、幾つかの風呂敷包《ふろしきづつみ》と共に壁にそって置いてある。節だらけでひび割れた柱には、湖竜斎《こりゅうさい》の柱絵（みんなあぶな絵でありどれにもその一部に墨で黒くみだらな加筆がしてある）がべたべた貼《は》ってあるし、派手な色柄の着物や下着をじだらくに掛け並べた壁にも、役者たったり剝げかかったりした壁にも、役者の大首や、縁起絵や、大阪のあぶな絵などが、貼られたまま裂けたり剝げかかったりしていた。畳の上にはぬぎすてた着物や、細紐《ほそひも》や、足袋や、切れた三味線の糸や、まるめた紙屑《かみくず》などがちらばっているし、裸のままの三味線が二挺《ちょう》、針穴のいっぱいある行燈《あんどん》といっしょに、隅《すみ》のほうに立てかけられたまま、埃《ほこり》をかぶっていた。そうして、北向きの格子《こうし》窓の煤《すす》けた障子に滲《にじ》んでいる十一月下旬の黄昏《たそがれ》ちかい光りが、これらの物の上にいかにも佗《わび》しく、寒ざむとした色を投げていた。——格子窓の外は狭い路次で、どぶ板を踏んでゆく人の足音や、駆けまわる子供たちの声などが、やかましく聞えて来た。

柳橋の稲荷《いなり》の前をはいった平右衛門《へいえもん》町の、中通りにつながる三つの路次に、同じような家がとびとびに七八軒あった。踊り、常磐津《ときわず》、清元などの稽古所《けいこじょ》の看板を出し、いずれも二人か三人ぐらい若い女を置いている。師匠という女が彼女たちに唄《うた》や踊りを教えるのは慥《たし》かであるが、それはかたちばかりだし、よそから稽古に来る弟子などはなかった。若い彼女たちは稽古事よりも、肌《はだ》の手入れや髪化粧に時間をつぶし、呼びに来る者があると、(たいていは素人《しろうと》ふうの拵《こしら》えで)どこかへでかけてゆき、ときには三日も五日も泊って来ることさえあった。——この家には水木流の看板が出してあり、四人の女と、お勝という下女がいた。いま肌ぬぎで鏡に向っているおつねが、いちばん年嵩《としかさ》であろう、それからげれ松、おしの、ちよのという順らしいが、おしのだけが縹緻も姿も際立《きわだ》ってみえた。

「それからあたしその人に云ったのさ、東仲町に懇意な茶屋がありますから、済みませんがそこまでお伴《つ》れ下さいましって」

「その人お侍だったのね」

「しかも御大身《ごたいしん》のさ」おしのは坐《すわ》ったまましごきを解いた、「着ている物もぱりっとしているし、刀脇差《わきざし》の拵えもいいし、印籠《いんろう》は高蒔絵《たかまきえ》だったわ、——梅の井にはちょうどおさんちゃんがいて、あたしが眼で知らせるとすぐにのみこんでくれた」

「恰好《かっこう》を見ればわかるのね、ほんとにおしの姐さんが扮《つく》ると、どこから見たって立派な大店《おおだな》のお嬢さんだもの」

「おまえさんに褒《ほ》めてもらったってしようがないよ」

「この鏡はだめだわ」おつねは鏡に息を吹きかけ、肩に掛けている手拭《てぬぐい》でそのあとを擦《こす》った、「もう研《と》がせなくっちゃ見えやしない、いつもの爺《じい》さんは来ないのかしら」

「その人と、今日まで幾たび逢ったの」

「今日で五たびめさ」

「じゃあもうこっちのものだわね」

「聞いたふうなこと云うんじゃないよ、ちょっとあれ取ってちょうだい」おしのは胴《どう》抜《ぬき》の長襦袢《じゆばん》をぬぎ、壁に掛けてある青梅《おうめ》縞《じま》の袷《あわせ》を指さした、「おうさぶい、その火鉢《ひばち》、火がはいってるのいったい、もう少し炭を継いだらいいじゃないか」

「おあいにくさまね、量《はか》りの粉炭じゃあ山とくべたって暖かくはならないよ」げれ松はこう云って欠伸《あくび》をした、「今夜もお茶ひきか、やれやれなっちゃないや」

「いまにひっかかるよ」おつねが云った、「きっといまにひっかかるから、いいかげんにしたほうがいいよおしのさん」

「心配しないでよ、あたし姐さんと違って薄情なんだから」おしのは立って着物を着ながら云った、「姐さんは情に脆《もろ》いから、そうでもない男にこっちからはまってゆくんだもの、そうしてよせばいいのに子供なんか産んで、その子を育てるのに好んで苦労しているじゃないの、あたしにはそんな真似しろったってできやしないわ。姐さんこそちっとしっかりしてちょうだいって云いたいくらいよ」

おつねは横眼でおしのを見た。子供のことを云われたのが癇《かん》に障ったらしい、だがなにも云わずに化粧を続けた。

おしのは二十一になる。二十一という年が軀にも感情にも溢《あふ》れているようにみえる。色が白くきめがこまやかで、肌はぜんたいに絖《ぬめ》のような光沢をおびていた。その肌は斜めに見ると透きとおるように思える。顔はしもぶくれで、眉《まゆ》と眼のあいだが広く、そのために眼を伏せると、吃驚《びっくり》した童女のような表情になる。声もあまったるく、子供めいていて、朋輩《ほうばい》と話すときの辛辣《しんらつ》で遠慮のない言葉も、どこかしらまのびがして毒がなく聞えた。

「あら、お勝ちゃんが帰って来たわ」

ちよのが云った。彼女はなにかの空箱に入っている粉炭を、その箱ごと火鉢の上へ持っていって、箱の隅から火箸《ひばし》で粉炭を掻《か》き出しながら、うしろへ振返ってそう云った。――そうするとすぐに、障子をあけてお勝が入って来た。五尺そこそこの痩《や》せた軀で、色が黒く赭毛《あかげ》である。しかしひき緊《しま》った唇《くち》もとや、利巧そうによく動く眼もとは、商家の小間使ふうな着付けや髪かたちによく調和してみえた。

「ただいま、――」とお勝は抱えている小さな包を置きながら、おしのの前へ来て坐った。

「今日はうまくいきましたよ、姐さん、どこへも寄らずに今日はまっすぐお帰りになりました」

「それで、どうだったの」

「みんな本当でした」とお勝は云った。「神田の明神さまのちょっと手前で、立派な大きなお屋敷です」

「ちゃんと慥かめたろうね」

「うまく云って御門番に訊《き》きました、小出《こいで》又左衛門さまのお屋敷で、いま入っていらしったのは御子息の折之助さまだって、お年寄の門番が教えてくれましたわ」

おしのは当然なことを聞いたように、頷《うなず》きながら銭入を出し、幾らかを紙に包んでお勝に与えた。

「有難《ありがと》う、お汁粉《しるこ》でも喰《た》べてちょうだい」

「いやですわ、番たびこんな」

お勝がそう云ったとき、格子戸のあく音がし、ひどくしゃがれた女の声が聞えた。

「ごめんなさい、おしの姐さんおいでですか」

「あら日掛のおばさんだわ」おしのは締めた細帯を撫でながらお勝に云った。

「お勝ちゃん、済まないけどいまこまかいのがないから、それをおばさんに遣《や》っといてくれな」

二

伊丹主馬《いたみしゅめ》は浮かない顔で、池のほうを眺《なが》めていた。小出折之助は熱心に話していた。どうかしてうまく自分の思うことを伝えようとして、言葉や表現に苦心しているらしいが、そうすればするほど話しぶりはたどたどしくなり、それがまた伊丹主馬になおさら疑惑をもたせるようであった。

雪もよいに曇った、午後の空を映して、不忍《しのばず》の池は冷たく、銹《さ》びたような光りを湛《たた》えている。水の上には、ところどころ枯れた蓮《はす》や葭《よし》や蒲《がま》などが、折れたり倒れたりして、暗い繁《しげ》みをつくってい、その蔭《かげ》でしきりに鴨《かも》の群が騒いでいた。池畔《ちはん》に並んでいる茶屋も、あまり客がないとみえてひっそりしているし、池の向うに見える本郷台の、武家屋敷や深い樹立《こだち》も、もの憂《う》げにじっと息をひそめているように感じられた。

「たぶん、よくある話だと思うだろう、どう云ったらいいかわからないが」折之助は口ごもり、手の甲で額を撫《な》でた、「初めて見たとたんなんだ、まだ口もきかないうちに、ひと眼、顔を見たとたんに、ああと思った、まぎれもないこの人だ、――何十年も別れていたあとでようやく逢えた、やっとめぐり逢うことができた、この人だ、――いってみればそんなような気持だった」

「何十年も別れていたって」

「その娘も同じように云っていた、二度めのときだったが、いままで嫁にゆかないでいてよかった、ずいぶん縁談があったけれども、自分にはもっとほかに人がいるような気がして、どうしても承知することができなかった、それが貴方《あなた》を見たときに、すぐに、――」折之助は眼を伏せながら声をひそめた、「こう云って、娘はながいこと泣いた」

主馬は折之助を見た。

「その娘の家は商人だって」

「小伝馬町《こでんまちょう》の美濃庄《みのしょう》といって、太物問屋《ふともの》では指折りの商人らしい、娘がちょっと立ったとき、お勝という下女がそう云っていた」

「もちろん慥かめやしないだろうな」

「その店をか、どうして」と折之助は友の顔を見た、「ああ、まだ伊丹には信じられないんだな」

「小出は純真すぎるからな、これまで友達づきあいもあまりしないし、酒も飲まないし、女あそびなんかもしたことがないだろう、学問所では模範生だが武芸は嫌《きら》い、――まるっきり世間というものを知らないんだから」

「それとこれとどんな関係があるんだ」

「まあ聞けよ」と主馬が云った、「そんなふうに道で出会って、ひと眼でお互いが生涯《しょうがい》を託す相手だと認めたという、むろん絶対に無いことではないだろう、現実には稗史《はいし》小説などの及びもつかない偶然がいくらもあるものだから、しかし、小出のようにそうあたまから信じこむのも不用心すぎる」

「ではなにを用心したらいいんだ」と折之助が云った、「私が誘拐《ゆうかい》されて身《み》の代金《しろきん》を取られるとでもいうのか」

「なに、それには限らないさ、ほかにも手はいろいろあるよ」

うしろで足音がした。池畔の縁台で話している二人のうしろへ、茶店から老婆《ろうば》が湯沸しを持って近よって来た。

「熱いのをおさし致しましょう」

老婆はこう云って、縁台の上の土瓶《どびん》へ湯を注《つ》ぎ、そこにある葛餅《くずもち》の空《あ》き皿《ざら》を片づけて戻《もど》っていった。

「金ということだったが」主馬は思いだしたように、ふところへ手を入れた、「頼まれ甲斐《がい》がなくて恥ずかしいけれど、これで勘弁してくれないか、だいたいおれに金のはなしなんて無理だよ」

「済まない、——」折之助は顔を赤くし、渡された紙包を受取って頭を下げた、「なにしろ五たび逢って五たびとも、娘が茶屋の払いをしているもんだから、いくらなんでも今日はこっちが払わないわけにはいかないんだ、といって、——ほかに頼めるあてはないし」

「小出家は五千石の大身じゃないか、おやじ殿は理財家で、金箱には小判がうなっているというのに、その一人息子がおれなんぞに小遣を借りるなんておかしいぜ」

「済まない、必ずこれは返すから」

「よせよ、つまらない」主馬は土瓶の茶を二つの茶碗《ちゃわん》に注いだ、「——それで、結局のところどうするつもりなんだ、嫁に貰《もら》おうとでもいうわけか」

「まだそこまで考えてはいないけれど、しかしやがてそうなるんじゃないかと思う」

「とにかくしっかりしてくれ、蛍《ほたる》と蛇《へび》の眼とは同じように光るというからな」主馬は茶を啜《すす》りながら云った、「もしも相手が本当に大店の娘で、相当な持参金でも付くとすれば、小出のおやじ殿はよろこんで承知するだろう、いずれにしても早くその店を慥かめておくほうがいいね」

「有難う、近いうちにそうするよ」

折之助も茶碗を取りあげた。

主馬と別れて歩きだしたとき、折之助の顔には暗く塞《ふさ》がれたような色があらわれた。二人は同じ二十五歳で、主馬のほうが老《ふ》けているため、いっしょにいると二つ三つも若くみえたが、独りになるとその若さがにわかに消えて、みじめなくらいしぼんだ表情になった。柔和というよりも臆病《おくびょう》そうな眼つきや、鮮やかにはっきりした眉や、小さな厚い唇《くち》もとなどにも、育ちのよい坊ちゃん臭さと、やはり小心な臆病らしさとが入り混っていた。

──おやじ殿は理財家だからな。

主馬の言葉が、錆《さ》びた釘《くぎ》のように、折之助の耳に突刺さっていた。

──金箱には小判がうなっている。

主馬は出まかせを云ったのではなかった。小出の家には慥かに金がある、父の又左衛門は偏執的な吝嗇漢《りんしょくかん》で、ひそかに金貸しまでやっていた。初めは旗本なかまに頼まれて融通するくらいだったが、謝礼を貰うことから癖がついたようで、いつかしら高利を取って貸すようになった。──父の吝嗇は生れつきのものらしい、昔から財布は自分で握っていて、こまごました日用の雑費さえ、母の自由にはならなかった。母は反故《ほご》紙の二寸角に切ったのを与えられていて、それに必要な品目と代価を書き、父のところへ持っていって金を貰うのである。すると父は入念にその伝票を読み、渋い顔をしながら、ふところからおもむろに財布を出す。その財布は印伝革《いんでんがわ》で、長さ一尺五寸ばかりあり、すっかり手擦れて古くなっている。それはいつも小出しの銭を入れて、横に四つ折ってあるのだが、それをふところから出し、片手で口のところを持つと、折ってあるのがぱたぱたと長く垂れる。そうして、片手を財布の中へ入れながら、（すぐには銭を出さないで）暫《しばら》く文句を云《い》うのであった。

——また下駄《げた》か、このあいだ買ったばかりではないか、あれはもう穿《は》けないのか。

台所の費用も限度まで切詰めてあり、物価の高低に関係なく、十年一日のように定《きま》っていたし、ときにしばしば芥箱《ごみばこ》の検査をした。野菜の切り屑《くず》など、むだに捨ててはしないかというのである。魚類などが食膳《しょくぜん》にのぼるのは、年に幾たびと数えるくらいのもので、それもたいてい自分で釣《つ》って来た。釣《つり》だけは唯《ただ》一つの道楽で、といっても金の掛る釣ではなく、竿《さお》は一文竿だし、餌《え》は自分で掘って、舟などは決して雇わず、ただ岸を釣り廻《まわ》るだけである。そうして獲物《えもの》もすぐには喰べない、白焼にして干して置き、喰べるときにも頭や骨は捨てないのである。頭や骨はもういちど焼き、粉にして煮出しに使ったり、そのまま飯に掛けて喰べたりした。また、父の性質をもっともよくあらわしているのは、醬油《しょうゆ》の使いかたである。彼は醬油というものを決してそのままは使わない、同量の水で濃い塩湯を作り、それを混ぜて倍に薄めるのである。したがって、煮物などはいつも水っぽくて塩っ辛いばかりであった。

――煮物を醬油で黒く煮るなどというのは馬子《まご》か人足どものすることだ。父はいつもそう云って、その倍に薄めた醬油を「薄口」と呼び、それを使って煮るのを上品な調理法だと主張していた。

「そうだ、伊丹の云うとおりだ」歩きながら折之助は首を振った、「彼は五百石余りの小普請《こぶしん》だし、妻もあり子もあるんだから、――おれが彼から借りるという法はなかった」

だが主馬のほかには、そんなことを頼める相手がなかった。父から貰う小遣は年に一両二分で、よほどの理由がない限り、臨時の必要などは絶対認められない。仮にうまく口実を設けたにしても、それで騙《だま》されるような又左衛門では決してなかった。

――折之助は胸の奥にざらざらした痛みを感じながら、ふと立停《たちどま》って空を見あげた。

「ああ、――そうか」と、彼はまた主馬の言葉を思いだした、「そういうことには気がつかなかった、慥《たし》かに、それなら父も反対はしないだろう、……もしも持参金を付けてくれるとしたら」

三

折之助はすっかり当惑した。

梅の井へ着いたのは、約束の時刻より少し早かったが、おしのはもう来て待っていた。そうして、彼が坐《すわ》るとまもなく、さきに命じてあったとみえて、二人の前へ酒肴《しゅこう》の膳が運ばれた。

——これでは払いが足りなくなるかもしれないぞ。

彼はすぐにそう思った。伊丹から借りた金は極めて小額だった、それでもこれまでのように、茶と菓子だけならまにあうであろうが、酒や料理を取っては足りそうには思えなかった。

「お酒なんか取って、悪うございましたかしら」おしのは折之助の眼《め》を見た、「でも堪忍《かんにん》して下さいましね、今日はどうしても少し召上って頂きたかったんですの、ねえ、どうかそんなお顔をなさらないで」

「いや、悪いなんてことはないけれど、私はあまり飲みつけないほうだから」

「でも今日は召上って」おしのはすぐに燗徳利《かんどくり》を持った、「ね、お願いですから、今日だけはあたしの我儘《わがまま》をきいて下さいまし」

「どうしてそんなことを云うんです、今日だけはなんて、なにかわけでもあるんですか」

「ええ、——」おしのは頷《うなず》いて、それからぱっと明るく微笑した、「でもそのお話はあとでしますわ、さ、どうぞ盃《さかずき》をお持ちになって」

おしのは折之助に酌《しゃく》をし、やがて自分でも盃を持った。

ひどく当惑しながら、折之助はすすめられるままに盃を重ねた。おしのはいつもより際立《きわだ》って美しくみえた。紫色の地に菊の模様を散らした小袖《こそで》が、色の白い顔によく似合い、少し衣紋《えもん》をぬいた衿足《えりあし》の、なめらかに脂肪を包んだ肌《はだ》が、吸いつきたいほど嬌《なま》めかしく思えた。——その座敷は中庭に面した六帖《じょう》で、片方は襖《ふすま》で隣りの四帖半に続き、片方は丸窓になっていた。廊下のほうの障子をあければ、廻り縁の向うに狭い中庭の植込があり、その先には、やはり同じような茶屋の板塀《いたべい》が立っていた。

「初めて此処《ここ》へ来たときは、山茶花《さざんか》が咲いていましたわね」おしのが云った、「ちょうど咲きさかりのようでしたけれど、もうすっかり終ってしまいましたわ」

「そうかしらん、三日に一度ずつ、——今日で六度しか逢《あ》っていないがね」

「それでももう十六日めですわ」おしのはふと声をひそめた、「ほんとうにふしぎな気持ですわ、生れないまえからお逢いしているようでもあるし、——昨日おめにかかったばかりで、お顔もよく覚えられないようでもあるし、あたし、自分で自分がわからなくなりましたわ」
「本当に好きになると、その人の顔が思いだせなくなるというね」折之助が云った、「私も夜なかなどに思いだそうとするけれども、どうしても顔が思いうかんでこないんだ」
「お願いですからそんなふうに仰《おっ》しゃらないで」
「だって本当に思いだせないんだよ」
「お願いですから」おしのは哀願するように云った、「そんなふうに仰しゃられると、あたし苦しくって、どうしていいかわからなくなりますわ」
「苦しむことなんかありゃしない、やがて二人はいっしょになるんじゃないか」
「いいえだめ、そんなことできやしませんわ」
「いやできるよ」折之助はきまじめに云った、「町家から嫁を迎えることぐらい、武家にだって幾らも例があるんだ、少しは面倒な手続きや条件はあるかもしれないが、私は必ず父を説きふせてみせるよ」
「それなら証拠をみせて下すって」
「みせられるならもちろんみせるよ」

おしのはじっと折之助をみつめ、それから卒然と立って、折之助の側《そば》へ来て坐った。

「こうさせて頂いていいわね」彼女はそう云いながら、折之助の持っている盃を取った。

「あなたのお盃で頂かせて、ね、いいでしょ」

「いいけれども、大丈夫かな、あんまり酔って、いつかのように気持が悪くなると困るよ」

「あのときはたち昏《くら》みですもの、お酒に酔うのとは違いますわ」

おしのは浮き浮きと飲んだ。折之助に凭《もた》れかかって盃をさしたり、急に手を握ったりした。そうかと思うとふいに黙りこみ、眉をひそめて溜息《ためいき》をついたりした。酒や肴《さかな》を運んで来るのは、まだ十三四の小女《こおんな》で、座敷へは入らず、廊下から障子を少しあけ、持って来た物を押入れるとすぐに去るのであるが、そのたびに、おしのは神経質なくらいすばやく、折之助から身を放したり坐り直したりした。——こんなことは初めてであった。これまでは側へ寄ったこともなく、こんなにあまえた口をきいたこともない。下町育ちらしいさばけたふうではあるが、立ち居も言葉つきもしっとりとおちついていた。

——なにかわけがあるのだな。

すっかり戸惑いをしながら、折之助はしだいに強くそう思いだした。

「暗くなったね、灯《ひ》を入れて貰おうか」

「いいえもう少し」おしのは首を振りながら、あまえた鼻声で云った、「酔っているから、あかりがつくと恥ずかしい、――ね、お手を抱かせて」

「今日はどうかしているね、なにかわけがあるらしいが、話してしまわないか」

「――いや、もっとあとで」

「同じことじゃないか」

「そのお盃をちょうだい」おしのは折之助の片手を抱いたままそう云った、「あたし酔わなければ、もっと酔わなければ、とても苦しくって」

「だから云ってしまえばいいんだ」

「口では云えないんです」

おしのの声は怒ったように聞えた。折之助はどきっとして顔を見た。すると、おしのは盃を呷《あお》って膳の上へ置いた。乱暴な動作だったので、それは畳のほうへ落ちて転げたが、おしのは構わずに立ちあがった。

「どうするんです」

折之助はそう云いながら、手を伸ばして支えようとした。おしのは袂《たもと》を振り、大丈夫ですと云いながら、廊下へ出ていった。少しよろめいたけれども、足はしっかりしてみえた。折之助は太息《といき》をついた。あけたままの障子の間から、暗く黄昏《たそが》れた中庭が見える。どれが山茶花かわからない、いつか花の咲いているのを見た記憶はあるが、そのあたりをぼんやり眺《なが》めながら、折之助はにわかに深い酔いを感じた。――やや暫くして、彼は手洗いに立った。そっちにおしのがいるかと思ったのだが、その辺にいるようすはなかったし、戻って来ても座敷はからであった。

「どうしたんだ」と彼は呟《つぶや》いた、「――まさか帰ったのではないだろうが」

そして坐ろうとしたとき、隣りの四帖半で呼ぶ声がした。

「こちらへいらしって」

おしのの声であった。襖をあけると屏風《びょうぶ》がまわしてあり、派手な色の夜具を敷いてあるのが見えた。暗くした色絹のぼんぼりが、その夜具の色をいっそう嬌めかしく染めていた。

「ちっとも知らなかった」折之助はそっちへ入っていった、「やっぱり気持が悪くなったんだな」

夜具の中におしのが寝ていた。折之助が近よるまで、掛け夜具にじっともぐっていたが、側へ来たとたんに、彼女はそれをぱっと剝《は》いだ。絞りで模様をおいた鴇色《ときいろ》の長《なが》襦袢《じゆばん》にしごきをしめただけの姿が、あらわに、眼に痛いほど色めいて見えた。

「証拠をみせて、――」

そう云いながら、おしのは（寝たままで）折之助のほうへ手をさし出した。長襦袢の袖が辷《すべ》って、二の腕までがむきだしになった。

「そんな、だってそれは」

「いやいやいや」おしのは殆《ほと》んど叫びながら、半身を起こして折之助の手をつかんだ、「あなたは約束をなすったわ、証拠をみせてやるって、ねえ、お願いだからもうなにも仰しゃらないで」

おしのは折之助をひきよせた。まったく思いがけないほどの力で、折之助は夜具の上へ倒れかかった。彼は本能的に起きあがろうとしたが、おしのの両腕がすばやく首に絡《から》みつき、燃えるように熱い唇《くちびる》が彼の唇を塞《ふさ》いだ。首を巻いた腕の力も強かったし、密着した熱い唇にも、放すことのできない力がこもっていた。

「おうさま、おうさま」おしのは唇と唇の間で喘《あえ》いだ、「――ね、ね、お願いよ」

折之助は女の手が、自分の帯の結び目にかかるのを感じた。彼はそれを拒もうと思いながら、咽《む》せるような女の躰温《たいおん》と香料の匂《にお》いのなかで、まったくその力を失っていた。

「もう死んでもいい」おしのが暴《あら》あらしい動作のなかで云った、「これで死ねたら本望よ、このまま死にたいわ」

まるで溺《おぼ》れかかっている者のように、舌のもつれる不鮮明な言葉であった。――それは立て廻した屏風にひびくほど高く、そして乱れていた。折之助は失神しそうな感覚の嵐《あらし》のなかで、とぎれとぎれにそれを聞いた。

そうして、やがて、――おしのが低く泣きはじめた。折之助が起きて身支度を終っても、おしのは夜具の中で顔を隠したまま泣き続けた。

「堪忍して下さい」泣き声のなかで、おしのはおろおろと囁《ささや》いた、「あたし悪い女です、どうか堪忍して下さい」

折之助は夜具の脇《わき》に坐って、夜具の上からそっとおしのの躯《からだ》を撫《な》でた。

「悪いのは私だよ」と彼も声をひそめた、「泣かないでおくれ、頼むから、――あやまらなければならないのは私のほうだよ」

「いいえあたし悪い女です、あなたはなにも御存じがないんです、あなたとこんなことになってしまって、あたしとても、生きてはいられませんわ」

「なぜそんなことを云うんだ、二人は必ず結婚できるんだよ、私を信じておくれ、私はきっとうまくやってみせるよ」

「堪忍してちょうだい」おしのは叫ぶように云って、夜具の中でぶるぶると震えた、「あたし嘘《うそ》を云ったんです、あなたを騙したんです、だから生きてはいられないんです」

折之助にはわけがわからなかった。

「ばかなことを云うもんじゃない、おしのはなにも騙したりなんかしやしないよ」

「済みません、堪忍して」

おしのははね起き、折之助の膝《ひざ》にかじりついて、激しく泣きながら身悶《みもだ》えをした。

「あたし美濃庄《みのしょう》の娘なんかじゃない」とおしのは喘ぐように云った、「どこの娘でもない、あなたなんかの知らない、穢《けが》れた、卑《いや》しい、悪い女なんです」

「はっきりお云い、それはどういうことなんだ」

「あたしあなたを騙しました、初めから騙していたんです」とおしのは云った、「あたしのうしろには悪い親方がいます、あたしは病気のおっ母さんと、三人の弟や妹を養うために、その親方に身を売ったんです、親方はあたしを使って、こんなふうに人を騙させ、それからお屋敷へ押しかけていって、お金を強請《ゆす》り取るのをしょうばいにしているんです」

折之助は茫然《ぼうぜん》と口をあいた。

――蛍《ほたる》と蛇《へび》の眼は同じように光るそうだ。そう云った伊丹の声が耳の奥で聞えた。しっかりしてくれよ……。

彼は震えだした。

「それでは」と彼は震えながら云った、「みんな嘘だったんだね、なにもかも」

「ええ、たった一つ、あなたが好きだということのほかは」

「私が好きだって」

「だから申上げてしまったんです、初めておめにかかったときから、あなたが好きになってしまいました、死ぬほども」おしのは男の膝を強く抱き緊《し》めた、「お逢いすれば、あなたに御迷惑が掛る、でもお逢いしずにはいられない、どうしても、……いけないいけないと思いながら、どうしてもお逢いしずにはいられなかったんです」

「それは嘘じゃないんだね、それだけは」

「今夜、――」とおしのは云った、「こんな恥ずかしいことをお願いしたのも、本当のことを申上げたのも、あなたが死ぬほど好きだからなんです、堪忍して下さい、あたしもう思い残すことはありません。堪忍して、そしてどうか、今夜かぎりあたしのことを忘れて下さいまし」

「それで親方のほうはどうするんだ」

「あなたに御迷惑はお掛けしません、大丈夫だから心配なさらないで」

「だってそんな男なら、黙って引込みはしないだろう、ねえおしの」折之助は女の肩を揺すった、「はっきりしよう、勇気を出してもっとはっきり考えようじゃないか、私にはこういう事はよくわからないけれど、結局、問題は金なんだろう、金さえ出せばおまえは自由になれるんじゃないのか」

「そんなこといけません、あたしにはそんなことはできませんわ」

「よくお聞き、私もおしのが好きなんだ、もうおまえなしにはいられないんだ」彼は女の肩へ手をまわした。「おまえは私を騙《だま》したと云《い》うけれど、私はなにも騙されていやあしない、たとえ裏にそんな企《たくら》みがあったにしろ、二人の気持には少しも変りはないんだ、おしのが自由なからだになれば、それでなにもかもうまくゆくんじゃないか、ねえ、勇気を出して云ってごらん、どのくらいあればその男と手が切れるんだ」

おしのは泣きながら首を振った。折之助は俯伏《うつぶ》している彼女を抱き起こし、濡《ぬ》れている頬《ほお》を手で撫でながら、あやすように笑ってみせた。

「さあ、ひと言でいいんだ」と彼は云った。

「これでも私は五千石の跡取りだよ」

おしのはしゃくりあげた。子供のようにしゃくりあげて、全身の力をぬき、ぐったりと重く凭れかかりながら、口の中でかすかにその金高を囁いた。折之助は痛みを感じたように眉をしかめ、だがさりげない調子で訊《き》いた。

「それで、その金はいそぐんだね」

「この月末までなんです、でもいや、あたしそんなこといやです」おしのは両手で男にしがみつき、激しく身を悶えながら云った、「あなたにそんな御迷惑を掛けるくらいなら死んだほうがましです」

「月末というと、あと三日しかないな」

「お願いです、どうかそんな御心配をなさらないで、そんなことをしたら、あたし生きてはいられませんわ」おしのはまた喉《のど》を絞るように泣きだした、「——もうあなたに可愛《かわい》がって頂いたし、心残りはないんですから、ねえ、お願いよ、そんなことはしないって仰しゃってちょうだい」

折之助はおしのの肩を抱き、放心したように暗い壁の一点を見まもっていた。

四

父の居間の納戸《なんど》に金箪笥《かねだんす》がある。それには誰《だれ》も手をつけることは許されていない、十幾つかある抽出《ひきだし》や開きには、みな厳重に鍵《かぎ》が掛けてあるし、鍵束は父が放さずに持っている。おそらく肌身《はだみ》はなさず持っているだろうが、これまで気にもとめなかったので、はたしてそのとおりであるかどうかわからない。十幾つもの鍵の付いているのを、客間へ持って出るかどうか、登城するとき、食事のときはどうか。

――いや、絶対に肌身はなさずということはない、必ずどこかに置いておくときがある筈《はず》だ。

折之助はそう思った。もちろん鍵にこだわることはない。いざとなれば、金簞笥をこじあけるという法もある。父は三日にいちど登城するから、そのときに充分やれるだろう。

――どっちにしても家にはいられない。

彼はそう覚悟した。おしのの親方に渡す金は百五十両である。それだけの金を父に気づかれずに持出すことはできない。彼はできるだけ多く持出して、おしのを自由にし、そして二人でどこかへ出奔するつもりだった。

――もう二十五だ、どこへいったって二人の生活くらいはやってゆける筈だ。

十一月三十日が父の登城日であった。

それまでにも機会を覗《ねら》っていたが、まるで計ったように、父は風邪で寝込んでいた。

彼がおしのと別れて帰った夜、父は珍しく薬湯など飲んで早く寝たが、そのまま次の日も起きなかった。父は居間に寝る習慣なので、そこに父が寝ている以上どうすることもできない。折之助はあせった、いちどは肚《はら》をきめて、父に頼んでみようかと思った。けれども、父がふところから印伝革の財布を出し、ぱたぱたと垂らして、渋い顔をしながら手を入れる恰好《かっこう》を想像すると、それだけでもううんざりした。

三十日はおしのと約束の日であった。

まさか風邪ぐらいで、登城をやめるようなことはあるまい。そう思っていたが、又左衛門は朝早く家扶《かふ》を呼んで、病気の届けを出すようにと命じた。それを聞いて、折之助はもうだめだと思った。

——だが金だけは手に入れなければならない、あの金だけは、どんな事をしても。

午後になって、彼は外へ出た。

「どこへいらっしゃるの」と母が心配そうに訊いた、「父さまも御病気だし、こんな降りそうな天気なのだから、用でないのなら家にいて下さいな」

「風邪ぐらいで病気だなんて大袈裟《おおげさ》ですよ」

「そういうけれど高い熱が少しもひかないし、今朝っから胸が痛いなんて云ってらっしゃるし、普通の風邪ではないかもしれませんよ」

折之助は気にかけもしなかった。伊丹と約束があるからと云い、注意された雨具も持たずに家を出た。

昨日から曇りがちだったのが、今日は鼠色《ねずみいろ》の雲が空をすっかり掩《おお》って、いまにも降りそうなけしきであった。風はないが、気温はひどく下って、道の脇には朝の雪が溶けずに残っている処《ところ》もあった。まるで追われるように、せかせかと広小路まで来て、彼はそこでふと立停《たちどま》った。

「ばかな、——」と舌打ちして呟《つぶや》いた、「伊丹へいってどうするんだ」

無意識のうちに、伊丹主馬の住居のほうへ歩いていたのである。彼は眉《まゆ》をしかめ、首を振った。それから、こんどは不決断な足どりで歩きだした。

——小出は純真すぎるからな。

また主馬の言葉が思いだされた。

——やつらにはいろいろと手があるよ。

折之助は唇を嚙《か》んだ。

「伊丹はそれみろと云うだろう、伊丹に限らず、話だけ聞けば誰でもそう云うに違いない」彼は口の中でぶつぶつ呟いた、「——おしの気持のわからない者には、誰にだって理解はできやしない、……本当に騙すつもりなら、おしのはあんな話はしないだろうし、あんなふうに身を任せもしなかったろう、哀れなのはおしのだ、もうなにも心残りはないと云ったが、うちあけてしまえば逢《あ》えなくなると思い、おそらく死ぬ気になっているのだろう、……あの口ぶりでは慥《たし》かに死ぬ決心をしていたようだ、可哀《かわい》そうに、可哀そうにな、おしの」

彼は浅草のほうへ向って歩いていた。極度にまで緊張し続けた三日のあいだに、顔色は悪くなり、頬がこけていた。眠りもよくとれなかったので、眼《め》が腫《は》れぼったく充血し、唇《くちびる》は白く乾いていた。——寺町へかかるちょっと手前で、折之助はまた立停った。——すぐ右側に居酒屋があり、そこから魚を焼く香ばしい匂いがながれて来た。彼はにわかに空腹と酒の酔いを唆《そそ》られた。

「伊丹に借りたのがある」

三日まえにも、茶屋の勘定はおしのが払った。払うときにみると、彼の持っているだけでは足りないようであった。それで、伊丹から借りたものはそのまま持っていた。——此処《ここ》なら足りないようなことはないだろう。

もちろんそんな店へ入るのは初めてである、ちょっと気後《きおく》れはしたが、思いきって縄《なわ》のれんをくぐった。

客は三人ばかりいたらしい、だが折之助は誰の顔も見ないようにして、焼魚を肴《さかな》に、酒を三本飲んだ。味もなにもなかったし、酔いもしなかったが、三本めの終りころに、思いがけない妙案がうかんできた。

「そうだ」彼はわれ知らず独り言を云った、「その手があったんだ、番頭の佐平も顔を知っているし、うまくゆけば……」

三本めを呷《あお》るように飲んで、勘定をした。これがまた驚くほど安かった。彼はにわかに軽い気持になり、その店を出ると、おりよく通りかかった駕籠《かご》を呼びとめて乗った。

駕籠を着けさせたのは、蔵前《くらまえ》片町の紀伊国屋《きのくに》の店先であった。紀伊国屋は札差《ふだざし》で、十年以上も小出家の蔵宿をしていた。――いうまでもあるまいが、札差というのは旗本御家人《ごけにん》の扶持食禄《ふちしよくろく》を、受取人に代って売買する商人であり、必要に応じてその扶持食禄を担保に金も貸した。――父の性分で蔵宿から金を借りるようなことはないだろう、その点では動かない信用がある筈であった。

――疑われさえしなければ大丈夫だ。

折之助はこう信じて店へ入った。

小出家の係りは番頭の佐平で、折之助も顔はよく知っていた。彼はちょうど店にい、すぐにあいそよく立って来たが、用件を聞くとけげんそうな顔をした。

「じつは父が一昨日から寝ているので」と折之助はできるだけ平静に云った、「急に入用ができたものだから代理で来たのだが」

「それはいけませんですな、よほどお悪いのでございますか」

「いや風邪をこじらせたらしい、心配するほどのことはないと思う」背筋へ汗が出て来、足ががくがくしそうになった。「——突然で迷惑かもしれないが、非常に急な入用なので、それに、家には借分はない筈だと思うが」

「それはもう仰《おっ》しゃるまでもございません、よろこんで御用立て申します」

折之助はかっとのぼせた。思わず声をあげそうになったが、佐平は続けて云った。

「すぐに用意をしてお供を致しますから、どうぞちょっとお待ちを願います」

「いや、それは」と折之助は慌《あわ》てて手をあげた、「金は私が持ってゆくからわざわざ来るには及ばない、そのために私が代理で来たんだから」

「いえそれはいけません、暫《しばら》く御無沙汰《ごぶさた》をしておりますし、御病気とあればおみまいも申上げたいし、お手間はとらせませんからどうぞちょっとお待ち下さい」

「しかしその金は、家で入用なのではなく、これからすぐ届ける先があるので、父の親しい知人なのだが、本所のほうの」

「いや、それだけは」と佐平は歯を見せて笑った、「折角ですがそれだけはどうも、なにしろ小出さまの御前《ごぜん》は、金についてはごくきちょうめんでいらっしゃいますからな、これはもうじかにお手渡しするよりほかにございませんので、いいえ、駕籠でまいれば暇はとりませんから」

こう云って、佐平は帳場のほうへいった。

——だめだ。

折之助は唾《つば》をのもうとしたが、喉《のど》のところに固い玉のようなものがつかえていて、どうしても唾がのみこめなかった。

「では、——」と彼は吃《ども》りながら云った。「私はひと足さきにいっているから」

彼は店を出た。うしろで呼びとめる声がした、彼は足を早め、ついで走りだした。

「——恥ずかしい、なんというぶざまだ」

走りながら呟いた。激しい屈辱と、自分に対する怒りのために、全身が火のように熱くなり、冷汗がながれた。駒形《こまがた》のあたりまで走るうちに、その失敗の動かしがたさが、しだいにはっきりとわかってきた。佐平は金を持って家へゆくであろう、そして父がこの話を聞いたら。——彼には父の顔が見えるようであった。

「もうだめだ、家へは帰れない」

折之助は立停った。灯《ひ》のつきはじめた黄昏《たそがれ》の街の中で、肩息をつきながら立停り、くしゃくしゃに顔を歪《ゆが》めた。

「そうだ、もうだめだ」白くなった彼の唇がひきつった、「佐平は家へゆくだろうし、すっかり話をするだろう、——もう家へは帰れない、そして、……梅の井ではおしのが待っている」

彼は眩暈《めまい》を感ずるほどの絶望におそわれ、はっはっと喘《あえ》いだり呻《うめ》いたりしながら、茶屋のある東仲町のほうへ歩いていった。

五

宵《よい》の八時。雪が降っていた。

折之助は葭簀《よしず》張《ばり》の小屋の中にいた。そこは日本堤の東南の端で、うしろ（土堤《どて》の下）に山谷《さんや》堀《ぼり》の舟着きがある。昼間は掛茶屋になるのだろう、同じような葭簀張の小屋が、堀のほうを背に五軒並んでいるが、いまはもうしまったあとで、葭簀を廻《まわ》した上から縄をからげてあり、どの小屋にも人はいなかった。——折之助の入っている茶店は、下の舟着きから登って来る道のとっつきにあり、廻した葭簀に縄がかけてなかった。入口に廻した葭簀の端が捲《まく》れていたので、彼はそこから中へ入り、あとをきっちり塞《ふさ》いでおいた。

その堤は新吉原へかよう道に当るので、降りだした雪にもかかわらず、酔って伴《つ》れだった男たちや、元気のいい声をあげてとばす駕籠などが、かなり頻繁《ひんぱん》に小屋の前を通っていった。折之助はそのたびに縁台から立って、息をひそめながら、かれらの話し声にじっと聞きいった。ときには左手で刀の鍔元《つばもと》を握り、葭簀をあけて出ようとするが、まるで手足が自由にならないかのように、がたがたと震えながら立竦《たちすく》み、また縁台へ戻《もど》るのであった。

「同じことじゃないか、だらしのない」と暗がりの中で彼は呟いた、「なにをびくびくするんだ、なにが怖《おそ》ろしいんだ、――ふん、だがそうじゃないさ、ただ無算当にやったってしようがない、それだけの物を持っているという見当がつかなければ、――これは最後の、たった一つの運だめしなんだ、まあおちつけ、時間はまだたっぷりあるさ」

彼は眼をつむって腕組みをした。

折之助は梅の井へ寄って、おしのへ伝言を頼んだ。それから浅草寺《せんそうじ》のまわりをあてもなく歩き、山の宿という処《ところ》で酒を飲んだ。おしのへは「明日の朝九時」という伝言をした。今夜はおそくなるから、明日の朝来てくれるようにと。――おしのはもう来て奥にいたらしいが、いそぐからといって、伝言を頼むとすぐに外へとびだした、そのとき小雨《こさめ》が降りだして、彼が山の宿の居酒屋から出ると、さらさらした粉雪になっていた。

「ああ、――」と彼は首を振った、「おしのは、あの伝言を、信じてくれたろうか、信じてくれない筈はないが、もしも信じられなかったとしたら、どんなに悲しみ絶望したことだろう」

堤の下で舟の着くけはいがし、なにかこわ高に話しながら、こちらへ登って来る者があった。折之助はさっと蒼《あお》ざめ、立っていって耳を澄ませた。

「――酔ざめの水へとどかぬ手枕《てまくら》に」

さびたいい声でうたうのが聞えた。

「――おまえの髪とわしの髪

もつれて解けぬ仲ぞとや

逢いにゆくときゃ足袋はいて……」

登って来たのは三人伴《づ》れであった。一人がうたい終ると、他の二人がやかましくはしゃぎながら、小屋の前を廓《くるわ》のほうへと去っていった。

「だめだ」と彼は震えながら呟いた、「――やっぱり持っているようじゃない、それだけの遊びをする客はもっと違う筈だ、どう違うかはわからないが、どこかにもっと違う感じがするような気がする、まあおちつけ……」

彼は縁台へ戻ろうとした。そのときまた、下の舟着きからの人の声が聞えて来た。

「えっ、この二百両、みんなでげすか」としゃがれた太い声が云《い》った、「これをそっくりでげすか」折之助はこくっと唾をのんだ。

「そうだ、そっくりよこしな」

「だって旦那《だんな》それじゃあお約束が違いますぜ」

「考えてみるとな」おっとりした含み声が云った、「おまえが金を持っていると、どうしたって先方にわかってしまう、金というやつは、持ちつけない者が持つとすぐにわかるものだ、それでは面白《おもしろ》くない、本当に一文なしということでなければ、あたしの出る幕がくさってしまう、そうだろう平孝」

「それはそうかもしれませんが、なにしろ旦那はお人が悪うげすからな」

二人は堤のほうへ登って来た。一人は客、伴れは幇間《ほうかん》であろう、客のほうは肥えた軀《からだ》に合羽《かっぱ》を着、蛇《じゃ》の目傘《めがさ》をさしていた。あたりはすでに白くなっているため、近づいて来る二人の姿はかなりはっきりと見えた。

「あたしがなにが人が悪い」

「てまえが行燈《あんどん》部屋へ入れられる、旦那のところへ使いを出す、旦那が来て下さりゃあいいが、あの野郎もうちっと困らせてやれかなんかで、ねえ、旦那という方はまたやりかねないんだからこれが、そんな人間は知らないよ、なんてことでも云われたひには」

「ばかだね」客は笑った、「今夜は小格子《こごうし》の連中をあっといわせる趣向なんだ。おまえなんぞを困らせたってしようがあるかえ、いいからそれをこっちへ返して、手順を間違えないようにやってごらん」

「大丈夫でげしょうな、旦那、どうか殺生《せっしょう》なことはなさらないように」

二人は小屋の前を通り過ぎ、三間ばかりいった処で立停った。

——二百両、……あの手にそれがある。

折之助は葭簀をはねて外へ出た。左右を見たがほかに人はなかった、濃密に降りだした粉雪のために見えないのかもしれない。彼は二人のほうへ近よっていった。幇間とみえる男が、片手に提灯《ちょうちん》を持っていた、客のほうは五十年配で、いま受取った物を、ふところへ入れながら、ふと眼をあげて折之助を見た。

折之助は刀を抜いた。刀は提灯の光りを映してぎらっと光った、その瞬間に、彼は覆面をしなかったことに気がついた。

——顔を覚えられる。

彼は提灯を刀で叩《たた》いた。

抜刀の光りを見たとき、二人は妙な声をあげたが、提灯を叩かれると、幇間はひっといってそれを放り出し、そのまま横っとびに、堤の下へ駆けおりていった。

「きさま、動くな」と折之助は客の胸元へ刀をつきつけた、「動くと斬《き》るぞ」

「待って下さい、金はあります」

相手は震えながら、ふところへ手を入れた。折之助は刀をつきつけたまま、片手をぐっと前へ出した。

「金を出せ、早くしろ」

「金は差上げます」相手はおろおろと云った、「金はみんな差上げますから、どうか乱暴なことはしないで下さい」

「早く出せ、騒ぐと斬るぞ」

つきつけている刀がひどく手に重かった。降りかかる雪が睫毛《まつげ》にとまり、それが溶けて眼へ入りそうになる。相手は恐怖のためにあがっているのだろう、ふところから金包を出すのに、ずいぶん手間がかかるようにみえた。

「早くしろ、早く」

折之助は手を振ってせきたてた。受取った包は、びっくりするほど重く、危なく手から取落しそうになった。

──二百両、これでできた。

そう思ったとたん、折之助は全身がふるえだし、両方の膝《ひざ》ががくがくとなった。そうして、刀をつきつけたままの姿勢で、うしろ向きにさがりだしたとき、相手が猛然ととびかかった。彼はまったく不意をつかれた。そんな事をされようとは思いもよらなかったので、躰当《たいあた》りをまともに受け、足を取られて仰反《あおの》けさまに倒れた。相手も逆上していたらしい、折り重なって倒れたが、折之助の手から刀が放れたのを見ると、それを拾ってとび起きさま、両手で棒のように持って、夢中で折之助に斬りつけた。

「誰《だれ》か来てくれ」とその男は叫んだ、「助けてくれ、辻斬《つじぎ》りだ、誰か来てくれ」

そう叫びながら、起きあがろうとする折之助の肩や頸《くび》のあたりを、ちょうど棒で叩くかのように、力をこめて続けさまに斬った。

折之助ははね起きて逃げようとした。左の頸のところで、「びゅっ」というふうな音がし、なま温かい湯のようなものが噴き出すのを感じた。

「騒ぐな」と折之助は手を振った、(その手にはもう金包はなかった)それからまたどなった。「──騒ぐな、おれは乱暴はしない、騒ぐと斬るぞ、じっとしていろ」

相手の男はけもののように喘ぎ、刀を持ったままうしろへさがった。

折之助は走りだした。

——逃げるんだ、早く。

雪が口の中へとびこんだ。三四間走ると、急に眼が眩《くら》み、吐きけにおそわれながら、横さまに倒れた。そこは堤の端だったので、倒れるとそのまま、斜面を辷《すべ》って堤の下まで転げ落ちた。

「逃げるんだ」彼はすぐに起きようとした、「早く、さもないと捉《つか》まるぞ」

だが軀の自由がきかなかった。むりに起きようとすると、ずるずると滑って、殆《ほと》んど堀へ落ちそうになった。彼は左手で地面を掻《か》きさぐり、枯れた草の根を摑《つか》んだ。頸の脇《わき》から噴き出す血が、みるみるうちに、雪をどす黒く染めていった。

「できたよ、おしの」と彼は呟いた、「しかも二百両、……ほら、ここにある」

彼は摑んでいる草の根を揺すった。

「待っておいで、すぐにゆくからな、もう大丈夫だ、これで、……なにもかもよくなるよ」

堤の上はひっそりしていた。そして、やがて山の宿のほうから、とばして来る駕籠《かご》の、けいきのいい掛声が近づいて来た。

「だからあたしがそう云ったでしょ、世間にはそうそう鴨《かも》ばかりいるもんじゃないって」おつねが針へ糸を通しながら云った、「あんたは縹緻《きりよう》も頭もいいし、自分でも凄《すご》腕《うで》だと思ってるだろうけれど、そういう人ほど却《かえ》ってひっかかりやすいもんだからね」

「でもまさかと思ったわ」おしのは火鉢《ひばち》の縁《へり》できせるを叩いた、「あんたは会わないから知らないけれど、まるっきりお坊ちゃんで、気のやさしそうな人柄《ひとがら》なんだもの」

「それはあんただって同じことじゃないの」

「少しおどおどするくらいうぶで、寝たときなんぞ固くなって震えていたし、まるでなんにも知っちゃいなかったわ」

おしのは煙草《たばこ》を詰め、火鉢の炭火を転がして吸いつけた。部屋の中は、やはり散らかり放題であるが、二人のほかには誰もいず、明るい窓の障子の外では、雪解《ゆきどけ》の雨垂れの音がしていた。

「結局どのくらい損したのよ」

「壱両壱分とちょっとかしら」おしのは片手の小指で耳のうしろを掻いた、「いま考えると欲張りすぎたかもしれないわ、三十両か五十両くらいに云えばよかったかもしれない、……それから大きく持ちかけてもよかったんだ」

「さあどうかしら」
「甘くみすぎたのが悪かったのよ、だって疑わしいようなところはこれっぱかしもないんだもの」おしのは自嘲《じちょう》するように、鼻の頭へ皺《しわ》をよせた、「――それなによ、また子供へ縫ってやるのね」
「綿入がないっていって来たから」
「そんなこといちいちきいてやることないじゃないの、里扶持《さとぶち》をきちんと遣《や》ってあるのにさ、あんたは少し人が好《よ》すぎるんだ」
「さあどうかしら」おつねはせっせと針を運んだ、「――凄腕のおしのさんだって、これで案外人の好いところがあるからね」
「よしてったら、もうわかったわよ」おしのは苛立《いらだ》たしそうにきせるをはたいた、「たかが壱両二分足らずじゃないの、すぐに取返してみせるし、それに、……まんざらの損ってわけでもないのよ」
「負け惜しみを云うつもり」
「正直なはなし」とおしのは含み笑いをした、「みかけのうぶなわりにはいい味だったんだ」
「せめてね、――」

おつねがそう云いかけたとき、格子をあけて、女のしゃがれた声が聞えた。

「ごめん下さい、おしの姐《ねえ》さんおいでですか」

「ああいますよ」おしのはきせるを置いて、立ちあがりながら云った、「取られるものはきちんと取られる、こうなると日掛も楽じゃないわね」

そして次の間へ出ていった。

（「オール讀物」昭和二十九年一月号）

鵜《う》

一

布施半三郎《ふせはんざぶろう》はその淵《ふち》をみつけるのに二十日あまりかかった。

加能川には釣《つ》り場《ば》が多い、雇い仲間《ちゆうげん》の段平は「三十八カ所ある」と云《い》った。半三郎はひととおり見て廻《まわ》ったが、自分の求めている条件に合うのは、その淵だけであった。——そこは七十尺ばかりの断崖《だんがい》の下にある。岩角や木の根をつたっておりるほかに道はない。対岸も同じような断崖で、淵はちょうど末すぼまりの袋のようになっている。川は右から曲って来て淵に入り、その淀《よど》みをぬけると左へ曲って川下へ下っている。したがってその淵はまったく他から隔絶しているし、人の来る心配もないといってよかった。

半三郎は満足そうに頷《うなず》いた。彼は断崖の下の平たい岩の上に立って、流れや淀みのぐあいを見たり、両岸のようすを眺《なが》めやったりした。

「申し分なしだ」彼は云った、「まるでお誂《あつら》え向きだ」

翌日、半三郎は支度をしてでかけた。

釣道具は江戸から持って来てあった。袋へ入れた竿《さお》と餌箱《えばこ》。魚籠《びく》はなかった、彼の釣りには魚籠は要らないのである。雇い仲間の段平は、旦那《だんな》が忘れたのだろうと思った。

「もし旦那」と段平は云った、「魚籠をお持ちなさらねえのですか」

半三郎は「うん」といっただけで、振向きもせずに出ていった。

「おかしな旦那だ」段平は呟《つぶや》いた、「解《げ》せねえひとだ、どういうつもりだかさ——まあいい、おらの知ったこんじゃあねえ」

段平は頭のうしろを掻《か》き、手洟《てばな》をかんで、薪《まき》を割るために裏へまわっていった。

城下町からその淵まで、約一里二十町ばかりあった。はじめの一里は殆《ほと》んど田圃《たんぼ》の中の平らな道で、あとは坂道になり、終りの五、六町は特に急勾配《こうばい》の登りだった。梅雨のあけたあとで、日は暑く、平らな道は埃立《ほこりだ》っていたし、坂にかかると汗だらけになった。——そしてまた、竿と餌箱があるので、断崖をおりるのにも骨が折れた。

「こんなふうに触られると擽《くすぐ》ったいだろうな、たぶん」

断崖の途中で休みながら彼は呟いた。

「擽ったいかもしれないがね、おい」と半三郎は断崖に向って云った、「どうかおれを振り落さないように頼むよ」

下へおりると川風があった、彼は初めて手拭《てぬぐい》を出して埃と汗を拭《ふ》き、平らな俎板岩《まないたいわ》の、日蔭《ひかげ》になったところへ腰をおろして、すっかり汗のひくのを待った。それから竿の支度をし、岩の端へゆっくり腰を据《す》えたとき、彼は岩を手で叩《たた》きながら云った。

「頼むぜ、きょうだい」

そのとき魚が跳ねた。淵から三段ばかり上に棚瀬《たなせ》があり、水が白く泡立《あわだ》って落ちている。魚はその棚瀬で跳ねたらしい。半三郎が眼《め》をやると、また一尾、かなり大きな魚が跳ねて、棚瀬の向うへ姿を消した。

「鮠《はや》かな」と彼は云った、「川鱒《かわます》かもしれない、うん、いるんだな」

半三郎の見込に狂いはなかった。半刻《はんとき》ばかりのあいだに、彼は二尾の大きな鮠と山女魚《やまめ》を三尾あげた。彼は釣りあげた魚をすぐ水に放してしまう、魚を片手でそっと握り、釣鉤《つりばり》を外し、ちょっとその魚の顔を眺めてから、川の中へ投げ返すのであった。

午後四時ごろまでに、半三郎は三十二尾釣って放し、満足して家へ帰った。仲間の段平は、旦那が手ぶらで帰ったので同情した。

「あの川にはいるんですがな」と段平は云った、「きっと場所がいけなかったんですな」

半三郎はなにも云わなかった。

翌日もでかけていった。俎板岩へ腰をおろすとき、彼はまたその岩をそっと叩いた。

口ではなにも云わなかったが、いかにも親しげな「ようきょうだい」とでもいうふうな叩きかたであった。その日は午《ひる》までに十八尾釣れた。鮠、山女魚、それに鮎《あゆ》もあった。釣鉤を口から外すとき、魚たちは彼の手の中で活《い》き活きと暴れ、渓谷《けいこく》の水の冷たさと、つよい水苔《みずごけ》の匂《にお》いをふりまいた。

「なんだ、おい、またか」半三郎は一尾の鮠を握って云った、「おまえさっき放してやったばかりじゃないか、ばかだね、いま釣られたばかりでまた釣られるなんてまぬけなやつがあるかい、おい、しっかりしてくれ」

彼はその鮠を放してやった。

その鮠は水の中でひらっと腹を返し、見えなくなって、次にまた銀色の腹をひらめかせて、そしてすばやく底のほうへ消えた。すると、人間の白い裸躰《らたい》が、上のほうから流れて来た。仰向《あおむ》けにのびのびと水面へ伸び、流れに乗ってゆっくりと浮いて来たのである。

半三郎はぎょっとした。

初めはなんであるかわからず、溺死《できし》躰《たい》かと思い、手足で水を掻いているので、生きた人間だとわかった。そうして、それが眼の前へ来たとき、若い女だということを発見した。――俎板岩は高さ六尺ほどあるから、それが眼の前へ来たときには、全体をすっかり眺めることができた。小さな肩、胸のふくらんだまるみと、薄い樺色《かばいろ》の乳暈《にゅううん》、ゆたかな腹部の抉《えぐ》ったような窪《くぼ》みと、それに続く隆《たか》まりの上の僅《わず》かな幅狭い墨色、広くなった腰から重たげな太腿《ふともも》へ、そうしてすんなりと細くしなやかに伸びている脚。両手は左右にひろげていた。——肌《はだ》は眩《まぶ》しいほど皓《しろ》く、水が冷たいためだろう、ぜんたいが薄桃色にあかるんでいた。

半三郎がそれらを見たのは殆んど一瞬のことであった。ほんの「一瞥《いちべつ》」というくらいのものであるが、その印象の強烈さは類の少ないものであった。

半三郎はぎょっとし、そして両方の眼をつむった。眼をつむったうえに、両手で(そのつむった)眼を押えた。すると、持っていた釣竿が落ち、岩角で跳ねて、川の中へ落ちこんでしまった。彼は気がつかなかった、やや暫《しばら》くそうしていて、やがておそるおそる眼をあけてみた。それから身を踞《かが》めて、淵の上下を眺めやった。——そこにはもうなにもいなかった、青澄んだ重たげな水が、表面に皺《しわ》をたたみながら、ゆっくりと流れているばかりだった。

「幻か」半三郎は呟いた、「眼がどうかしたのか、いや、慥《たし》かに、……こんなに心臓がどきどきしている、きょうだい」彼は岩の面《おもて》を叩いた、「いまのはなんだ、淵の主《ぬし》でも化けたのかい、頼むぜ、あんまり吃驚《びっくり》させないでくれ」

彼は暫くのあいだ茫然《ぼうぜん》と、気でも喪失したように、岩の上からじっと水面を見まもっていた。

竿を流してしまったから、その日は早く帰った。段平は旦那が今日も手ぶらで、おまけに竿を持たずに帰ったので首を振った。

二

旦那が井戸端へゆくのを見送りながら、段平はまた首を振り、頭のうしろを掻いた。

「なにをしにゆくだかさ」と段平は呟いた、「魚は一尾も釣らねえ、おまけに竿までなくして来るなんてさ、あんな立派な竿をよ、へ、――」

夕飯のとき、段平は客があったのを思いだした。彼は給仕をしながら旦那に云った。

「午めえに柏原《かしわばら》さまがおめえになりました」

すると半三郎は眼をつむった。半三郎は手に持った茶碗《ちゃわん》の飯を見ていた、箸《はし》を添えてまさに喰《た》べようとしながら、炊《た》きたての、香ばしい匂いのする麦飯をみつめていたが、段平にそう云われたとたん、彼はぎゅっと眼をつむったのである。それも、あまり強くつむったので、瞼《まぶた》や眉間《みけん》に深い皺が寄ったくらいであった。

「どうかなせえましたか」

驚いて段平が訊《き》いた。

「うん」半三郎が云った、「なんでもない」

「柏原さまがおいでなせえました」段平が云った、「えらくお気にいらねえあんべえで、どういうつもりだって、来るそうそうから毎日出てばかりいてなんのつもりだって、――旦那は御謹慎の都合でこのお国許《くにもと》へお詰めなされなさったっちゅう」

「そんなことはない」半三郎が呟いた、「眼がどうかしたんだ、ある筈《はず》がない」

段平は口をあいて旦那の顔を見た。

「へえ、――」と段平が云った、「すると御謹慎じゃあねえのですか」

「少し黙れ」と半三郎が云った。

段平はへえと云った。へえ黙るべえ、と彼は思った。おらの知ったことじゃねえ、お咎《とが》めを受けるのは旦那だ、おらそう云うだけは云っただだから、と心の中で呟いた。

――おかしな旦那だ、解《げ》せねえひとだ。

布施半三郎は約一と月まえに江戸から移って来た。すぐに段平が雇われ、ずっと世話をしているのだが、勤めにも出ないし、同家中《かちゅう》のつきあいもない。こっちから誰《だれ》かを訪ねるとか、向うから誰か訪ねて来るなどということが絶えてない。また、ずばぬけた無口で、段平が話しかけてもろくすっぽ返事をしないし、用事のほかに話しかけることもない。しかも奇妙なことには、家の柱だとか壁だとか、庭の木だの石だのにはよくものを云う。犬や猫《ねこ》や、小鳥などにも機嫌《きげん》よく話しかけるのであった。

——彼は謹慎の意味で国詰になったのだ。

午まえに来た柏原図書《ずしょ》はそう云った。図書という人は五百石ばかりの国許留守役で、半三郎とは遠縁に当るという。話によると布施は江戸邸《やしき》の次席家老、半三郎はその一人息子だそうであるが、剣術と柔術がなみ外れて強く、おまけに癇癪《かんしゃく》持ちで、いつも喧嘩《けんか》ばかりして始末におえない。前後五度ばかりも「叱《しか》り置」かれたり「謹慎」を命ぜられたりした。

半三郎はそういういざこざを避けるために、庭木いじりや魚釣りを始めた。——木や石や魚はおれに肚《はら》を立てさせない。

彼はそういうのであった。もう二十八にもなるが、縁談が幾らあってもつっぱねるし、役に就かせようとしても承知しない。「私のことは放っといて下さい」というので、三年間の国詰を命ぜられた。謹慎の実《じつ》がみえたら江戸へ帰らせてやる、というのだそうである。

食事が済むと半三郎は段平を見た。

「なにか云ったか」

「柏原さまがおめえになりました」段平が云った、「今日の午めえに、柏原図書さまがおめえになって、えらくへえ不機嫌のあんべえで、いってえどんなつもりだかって」

「わかった」と半三郎が云った、「それはもう聞いた、同じことを二度云うな」

段平はへえといって黙った。

二日続けて雨が降った。三日めに半三郎は釣りにでかけた。江戸から持って来た竿は三本ある、流したのは安物であるが、中でもっとも調子のいい竿であった。彼は残りの中から一本を選み、すっかり手入れをして、でかけた。

「その」と段平が云った、「もしも柏原さまがおめえになったら、どんなあんべえに云ったらいいですか」

「釣りにいったと云え」

「その」段平が云った、「おらが考げえるに」

「釣りにいったと云え」

そして半三郎は出ていった。

淵へおりた彼は、俎板岩の上に釣竿が置いてあるので驚いた。四日まえに流した竿である、あのとき流した自分の竿だということはひと眼でわかった。半三郎は怯《おび》えたような眼つきで、慌《あわ》てて周囲を見まわした。
そこはいつものとおりだった。どこにも人は見えなかったし、どこかに隠れている
ようすもなかった。
「幻でも眼がどうかしたのでもない」と半三郎は呟いた、「あれは事実だった、あの
……女は本当にいたんだ」
あの裸の女は実在のものだった。それで彼の流した竿を拾って、此処《ここ》へ置いたのに
違いない、半三郎はそう思った。すると心臓が（あのときのように）どきどきと鳴り
だし、顔が赤くなった。半三郎は自分をごまかすように、さりげなく釣りの支度をし、
いつもの場所に腰をおろした。腰をおろすとすぐに、岩を叩いて云った。
「頼むぜ、きょうだい」彼は眩しそうな眼をした、「あんまりおどかさないでくれ」
雨あがりで、水はまだ濁っていた。
午まえは濁りがあって成績はよくなかった。午後になって濁りが薄くなると釣れだ
し、一刻《いっとき》ばかりのうちに十尾ほどあげた。むろん釣るそばから放してやるのだが、十
何度めかに山女魚を放したとき岩の下から呼びかける声がした。
「なぜ魚を逃がすんですか」
半三郎は「うっ」といった、そして同時に眼をつむった。

「ねえ」とまたその声が云った、「せっかく釣ったのになぜ逃がしてしまうんですか」

「――竿を有難《ありがと》う」と半三郎が云った。

「なんて仰《おっ》しゃったの」

「竿をどうも有難う」

「どう致しまして」その声は含み笑いをし、それから云った、「わたくしが悪かったんですもの、ずいぶん吃驚なすったようね」また含み笑いが聞えた、「わたくしも吃驚しましたわ、この淵は決して人の来ない処《ところ》で、それで安心して泳ぎに来ていたんです、そうしたら釣竿が落ちて来て、眼をあいたらあなたがそこにいらっしゃるでしょ」声がとぎれて、それからまた云った、「なにか仰しゃって」

「いや」と半三郎が云った、「今日は、いつのまにそこへ――まえから来ていたのか」

「ええさっきから」とその声が云った、「向うから潜《もぐ》って来て見ていました、ちょうどあなたが鼻を擦《こす》っていたとき」

半三郎はつい鼻を擦った。

「ねえ」とその声が云った、「いっしょに泳いで頂きたいんだけれど、いかが」

半三郎は答えられなかった。

三

「ねえ」その声はしだいに乱暴になった、「あなた泳ぎを知らないんでしょ」

「知っているさ」

「じゃあいらっしゃい」その声が云った、「今日は大丈夫よ、ほら」

水の音がして、岩蔭からすいと、女が向うへ泳ぎ出た。腰に巻いている赤い二布《ふたの》が、まっ白な太腿に絡《から》まっていた。半三郎は眼をすぼめた、腰は隠れているが、あらわな胸のふくらみがひどく眩しい。女は手をあげて叫んだ。

「いらっしゃいよ、早く」女は云った、「そのくらいの勇気はあるでしょ、あなた」

半三郎は立って帯を解いた。

「わあ嬉《うれ》しい」女が叫んだ、「早くよ、早く」

半三郎は下帯だけになり、岩の上からいさましく跳び込んだ。女は泳いで来て、半三郎が浮きあがると、頭を押えて沈めた。半三郎は水を飲んだ。女は絡まって来て、浮きあがろうとする彼を押えつけた。半三郎は息が詰り、女を振放して脇《わき》へ逃げた。ようやく浮きあがると、女は水を叩《たた》いて笑った。

「ああ面白《おもしろ》い」と女が云った、「いじめてやった、弱いのね、あなた」

「いつもそうとは限らない」

「あたしを沈められて」女は笑った、「沈めてごらんなさいよ、沈められないでしょ」

半三郎は泳いでいった。女は潜った。半三郎も潜って、水の中で眼をあいた。明るい暖色の青がひろがり、つい鼻先を一尾の魚がはしり去った。半三郎は脇へそれて浮きあがった。女は見えなかった。半三郎はまた潜った。それから用心して浮きあがって、女の浮いて来るのを待った。

女は浮いて来なかった。溺《おぼ》れたのでないことは慥かである、どこかへ隠れているのだろう。半三郎は待った。しかし女はいつまでも出て来なかった。

「おい」半三郎はどなった、「出て来ないか」

彼は岩の上へあがった。

四時ころまで釣りながら待ったが、女はついに姿をみせなかった。その夜、半三郎は奇妙なおちつかない感情に悩まされて、よく眠ることができなかった。眼の前にあの女のすはだかの姿がうかび、軀《からだ》の膚《はだ》には濡《ぬ》れたなめらかな女の肢躰《したい》の触感がよみがえってくる。水の中で絡みついた女の、柔軟でぴちぴちした肌の記憶が、あまりになまなましいので、幾たびも一人で赤くなったくらいであった。

「どういうつもりだろう」半三郎は呟いた、「ただからかっただけなのか、それとも恥ずかしくなって逃げたのか」彼は枕の上で頭を振った、「とにかく頓狂な女があったもんだ、いったいなに者だろう」

翌日、彼は一刻ばかりも寝すごした。段平は食事の支度をして待ったが、旦那《だんな》が起きないので、旦那の起きるまで裏で米を搗《つ》いていた。寝すごしたにも拘《かか》らず、起きて井戸端へ出て来た旦那は、まだ寝足りないようなふきげんな顔をしていた。

「お釣竿《つりざお》がめっかかったようなあんべえですな」と段平が云った、「どけえか流れ着いてたですかえ」

旦那は「うん」といっただけであった。

おそい朝食のあとで、釣りにいったものかどうかと、半三郎はちょっと迷った。心のどこかに「またあの女に会いたい」という期待があったからである。彼が迷っていると、段平が来て云った。

「旦那、お餌《え》のお支度ができました」

半三郎は元気よく立ちあがった。

だがその日、女は来なかった。昏《く》れがた、いつもよりずっとおそく帰って来た半三郎は、いつもよりさらに不機嫌で、酒も倍くらい飲んだ。彼の酒は食事といっしょに飲みはじめ、終ってから半刻ばかり飲むのが常であった。それでも量は三合ほどであるが、その夜は殆《ほと》んど定量の倍ちかく飲み、しきりに（段平にはわけのわからない）独り言を云《い》った。

「ばか者」と彼はふいにどなった、「だらしがないぞ」

段平は眼《め》を剝《む》いた。

「わしでごぜえますか」と段平は云った。

半三郎は段平を見て、夢からさめたような眼つきをし、黙って立ちあがった。

その翌日、半三郎は家にこもっていた。しかし次の朝には段平に餌掘りを命じ、ひどくそわそわとでかけていった。淵《ふち》へおりてゆくと、女が待っていた。

女は断崖《だんがい》の下の、日蔭《ひかげ》になったところにいた。やはり緋色《ひいろ》の二布《ふたの》を腰に巻いただけの裸で、いま川からあがったところとみえ、肌《はだ》も濡れているし、足もとの岩にも水が溜《た》まっていた。——断崖をおりるまで気がつかなかった半三郎は、女を認めるとさっと赤くなった。すると女も赤くなり、裸の胸を両手で隠すようにした。半三郎は眼をそらした。

「もう泳いだのか」と半三郎が云った、「まだ水が冷たいじゃないか」

「どうして昨日いらっしゃらなかったの」

女の声はふるえていた。激しい感情を抑えるためにふるえるようであり、怒りのためにふるえるようでもあった。半三郎は振向いてみた。すると女は突然しがみついた。両手で力いっぱいしがみつき、危うく抱きとめた男の腕のなかで、がたがたとふるえた。

「きつく」と女が云った、「もっときつく抱いて、つぶれるほどよ」

半三郎はそうした。濡れている膚の下に、火のような躰温が感じられた。そんなに強く抱き緊《し》めても、女の躯のふるえは止らなかった。まるで瘧《おこり》の発作のような、異常に烈《はげ》しいふるえかたであった。そうしてやがて、そのふるえが止ったと思うと、女の躯からふいに力がぬけ、全身が軟《やわ》らかく、溶けてしまいそうになった。

「おれは、漁師じゃあない」半三郎がしゃがれた声で云った、「おれは釣りをたのしむだけだ、漁師じゃないから、魚は要らないんだ」

「なにか仰しゃって」

「いや、なんでもない」半三郎は云った、「なんでもないよ」

女はうっとりと溜息《ためいき》をついた。半三郎の胸に凭《もた》れ、彼の腕にすっかり身を預けて、そのままで、うっとりと囁《ささや》いた。

「逢《あ》いたかったわ」

半三郎はつよく眉《まゆ》をしかめた。

「名を訊いていいか」と彼は云った。

「いや」女は首を振った、「あなたがお付けになって、あなたの好きな名で呼んでちようだい、それがあたしの名よ」

「おまえの小さいときからの名が知りたいんだ」

「いや、笑うから」

「云ってごらん」

「ただこ」と女が云った。

「ただこ」と半三郎が云った。

女が泣きだした。半三郎は女を抱いたまま左右に揺った。そしてもういちど囁いた。

「ただこ、――」

四

二人は毎日のように逢った。

雨の降らない限り、一日として逢わないことはない。女はいつも川上のほうから、棚瀬《たなせ》をすべって淵へ来た。そうして、淵を下のほうへくだって去るのである。淵から下のほうに、誰《だれ》かが着物を持って待っているらしい。名はさだ、――ただこというのは幼いころ自分で訛《なま》って呼んだものだという。年は二十歳くらいだろう。……言葉つきや動作で、(わざと乱暴にしているが)武家そだちだということはわかる、しかしそのほかのことは、なにを訊いても答えなかった。

「あたしをただこのままにしておいてちょうだい」と彼女はいつも云った、「あなたは初めに、あたしの生れてきたままの、どこも隠さない——ありのままの姿をごらんになったわ、いまだって裸のままでしょ、これがただこよ」

「おれはすっかり知りたいんだ」

「これがあなたのただこよ」と彼女は云うのであった、「着物を着ておつくりをしたあたしは、もうただこではないし、あなたとは縁のない女だわ、ねえ、あたしをただこのままにしておいてちょうだい」

「どうしてもだめなのか」

「お願いよ、そんなお顔をなさらないで、あたしを困らせないでちょうだい」

六月が過ぎ七月になった。

このあいだに、柏原図書《ずしょ》がしばしば来て、そのたびに段平があぶらをしぼられた。たとえ雇い仲間《ちゆうげん》でも家来は家来である、主人がそんなに不取締りなのに黙って見ているやつがあるか、素行のおさまるように意見の一つもしてみたらどうだ。などと云われるのである。しかし段平にはどうしようもない、なにを云っても旦那はてんで受けつけないし、ちょっと諄《くど》く云えば「黙れ」とどなられる。そのうえ、旦那は悪所がよいをするわけではなく、下手くそな（一遍も魚というものを持って帰ったためしがない）釣りに凝っているだけなので、段平は却《かえ》って旦那のほうに同情するようになった。

「それでは柏原さまの旦那にうかがうだが」と段平はついに云った、「いってえうちの旦那の素行がどう悪いですかえ、博奕《ばくち》をぶつとか呑《の》んだくれとか、新町へ入浸るとかいうならべつだが、ただへえ魚釣りに凝ってるだけじゃねえですか、それも一尾のだぼ鯊《はぜ》せえ釣って来たためしがねえだで、殺生《せっしょう》ちゅうことにもなりゃしねえだ、おらにゃあ意見なんてぶちようがねえですだよ」

柏原図書は顔をしかめ、段平の無知を憐《あわ》れむように手を振った。しかしそれ以来、柏原の旦那の足はしだいに遠のくようであった。

七月になると、ただこのようすが変りだした。彼女は胸を隠すようになった、白い晒《さら》し木綿《もめん》の半襦袢《じゅばん》を着、そうして腰の二布も緋色でなく、やはり白の晒し木綿に変えた。気分にもむらがでてきて、いっしょに泳ぎながら、ばかげてはしゃぐかと思うと、急に黙りこんで、彼をしみじみと眺《なが》めたり、溜息をついたりするのであった。

彼女のこういう変化に、半三郎は殆んど気がつかなかった。或《あ》るときふとそれに気づいたが、いつから襦袢を着はじめたか、いつから二布を晒し木綿に変えたか、はっきりした記憶はなかった。

――どうして気がつかなかったろう。

彼はただこに訊《き》こうとして、口まで出かかったのをやめた。

――なにを訊く必要があるんだ。

と彼は自分に云った。ただこは初めすはだかで彼の前にあらわれた、次に腰を二布で隠し、それから胸を隠すようになった。

――この事実だけで充分じゃないか。

そうだ、充分だ。と彼は思った。

「いちどいっしょに食事をしよう」

七月の中旬になったとき半三郎が云った。

「無理なこと仰《おっ》しゃらないで」

「どうして」と半三郎は云った、「食事をするくらいのことがなぜ無理なんだ」

「あなたとは此処《ここ》で逢うだけよ」

「もうこんなに秋風が立ってきた」半三郎が云った、「泳ぐのももう僅《わず》かなあいだだ、泳げなくなっても逢いに来るか」

「そのときのことはそのときよ、そのつもりなら九月だって十月だって泳げるわ」

「いっしょに食事をしよう」と半三郎は云った、「おれは知らないから、場所はそっちで選んでくれ、できるだけ早くだ」

「どうしても、――」

「どうしてもだ」

　そのとき二人は、俎板岩《まないたいわ》の上に並んで坐《すわ》っていた。ただこは自分の（裸の）膝《ひざ》へ眼をおとし、小麦色に焦《や》けた、なめらかな膝頭を撫《な》でながら、思い余ったように太息《といき》をついた。

　――この方はもうあとへはひかないだろう。

　彼女はそう思った。半三郎の口ぶりは静かであるが、これまでとは違った調子があった。そうして、彼女自身のなかにはもっと強く、その要求を拒めない感情がそだっていた。

「もしかして」とただこは云った、「そのために、こうして逢うことができなくなるとしても、それでも――あなたは構わなくって」

「それはどういう意味だ」

「わからないわ」

「そんな心配があるのか」

「わからない」ただこは首を振った、「そんな心配はないと思うけれど、でもわからない、ああ、あたしもうなんにもわからないわ」

彼女は両手で顔を押えた。半三郎は彼女の肩へ手をまわし、両の腕で乱暴に抱きよせた。ただこの軀は彼の腕の中で柔らかく、棉《わた》の実のように軽かった。ただこはふるえながら、半三郎の胸に凭れて云った。

「ねえ、もう少し待って下さらない、もう少し、――秋になるまで」

「同じことだ」

「もう少し待って下されば、すっかりいいようにしてお逢いしますわ」

「なにを」と半三郎はただこの顔を見た、「なにをいいようにするんだ、云ってごらんただこ、おれたちの邪魔をしているのはどんな事だ」

ただこは彼の胸へ顔を隠した。

「云えないのか、おれにも云えないようなことなのか」と半三郎が云った、「よし、それならなおさらだ、おれはただこ一人が苦労するのを黙って見ているほど温和《おとな》しい人間じゃあないぜ」

「わかってるわ、あなたにはこわいところがあるわ」

「おれは待つだけ待った、初めて逢ってからまる一と月以上も経《た》つのに、おれはただ、このことをまだなにも知らない、もうたくさんだ」と半三郎は云った、「こんな状態はもうたくさんだ、ただこ、――いっしょに食事をするか」

「ええ、そうしましょう」

「いま此処できめてくれ、どこがいい」

ただこは顔をあげて彼を見た。

五

その翌日の午《ひる》、二人は源ノ森の「蜂屋《はちや》」という料理茶屋で逢った。

そこは城下町の西に当り、北野神社の境内に続いている。うしろを深い杉《すぎ》の森に囲まれ、千の池とよばれる池を前にして、掛け茶屋や料亭《りょうてい》が並んでいるが、「蜂屋」はそのなかでもっとも構えが大きく、桟橋《さんばし》に屋根船なども繋《つな》いであった。

ただこは先に来て待っていた。それは別棟《べつむね》になった数寄屋《すきや》ふうの離れで、二方に忍冬《すいかずら》の絡《から》まった四つ目垣《がき》がまわしてあった。

ただこはすっきりと瘦《や》せてみえた。藍色《あいいろ》のぼかしに菖蒲《しょうぶ》の模様の帷子《かたびら》を着、白地にやはり菖蒲を染めた帯をしめていた。化粧はしていないが、日に焦《や》けた顔がいつもより小さく、爽《さわ》やかにひきしまった感じで、帯をしめたためか、腰も細く、背丈がすっきりと高くみえた。

「そんなにごらんにならないで」とただこは眼のまわりを赤くした、「こんな恰好《かっこう》、――似あわないでしょ」

「きれいだ」と半三郎が云った、「きれいだよ」

「もう、ごらんにならないで」

「見やしないよ」半三郎は濡縁《ぬれえん》のほうへ出てみた、「舟が出せるんだな」

ただこも出ていって、彼と並んだ。

「よければ舟で網をうって、捕った魚を舟の中で喰《た》べることもできますわ」

「池の魚をか」

「加能川から水を引いてあるんです」ただこが云った、「だから川の魚がいろいろ捕れるんです」

「むかしから知ってるんだな」

「小さいじぶん父や母たちとよく来ましたわ」

「ただこのじぶんか」

「ええ、ただこのじぶん」

半三郎は片手をそっと彼女の肩へかけた。ただこは頭を傾《かし》げて、肩の上の彼の手へ頬《ほお》をよせた。彼女の頬は熱く、冷たい髪毛には香油が匂《にお》っていた。

食事はうまかった。鮎《あゆ》の作身《つくりみ》と塩焼、牛蒡《ごぼう》と新芽の胡麻和《ごまあ》え、椀《わん》は山三つ葉と鮒《ふな》、煎鳥《いりとり》に銀杏《ぎんなん》の鉢《はち》と、田楽《でんがく》、ひたしといった献立だった。――今日は食事をするだけ、という約束で、ほかのことには話は触れなかった。そのくせ、ただこは彼の小さいじぶんのことを聞きたがり、いくら話しても、飽きずにあとをせがんだ。

「呆《あき》れた方ねえ」とただこは笑った、「あなたの話は喧嘩《けんか》と叱《しか》られたことばかりじゃありませんか」

「釣りをしていれば無事なんだ」

「それはそうよ、――」しかし彼女はふと眼を伏せた、「でも、こんなことになってみると、その釣りさえも無事ではなかったわけだわ」

「大漁だという意味か」

彼女はあいまいに首を振った。眼を伏せたまま首を振るその動作は、いかにもよわしく、困惑しているようにみえた。だが、ただこはすぐに顔をあげ、彼を見て眼で笑いながら云《い》った。

「だってあなたは、せっかく釣った魚を、いつも逃がしておしまいになるじゃありませんか」

「どう云おう」半三郎は笑おうとした、「困ったな、おれはこんなときうまくやり返すことができないんだ」

ただこは乾いた声で笑った。自分で云った言葉に自分で「不吉」を感じたらしい、乾いたような声で笑いながらいそいで云った。

「それで手のほうが先になるのね」

「手が届きさえすればね」

そのとき、池のほうで激しい水音がした。見るとすぐ向うの水面で、一羽の鵜《う》が暴れていた。長い頸《くび》をふりながら、翼でばたばた水を叩《たた》いている。傷でも負って苦しんでいるようにみえたが、よく見ると大きな魚を咥《くわ》えていた。その魚が大きすぎて嘴《くちばし》に余るのを、むりやりに呑み込もうとして、暴れているのであった。しかしもはや大きすぎたのだろう、魚はついに逃げてしまい、鵜は口惜《くや》しそうにそれを見送った。——それがいかにも口惜しそうで、「ちぇっ」と舌打ちをするのが聞えるようだったので、二人は思わず笑いだした。すると鵜は、その笑い声におどろいたように飛びたち、水面を低くかすめながら、源ノ森のほうへと飛び去っていった。

「いやだわ」ただこが笑いながら云った、「あの鵜はよっぽどしんまいなのね」

「そうらしいな」

「うちへ帰ってなんて云うかしら」

「黙ってるだろうね」

「そうね」とただこが云った、「——黙って、当分しょんぼりしているわね、きっと」

二人は笑いやんだ。

砂糖漬《づけ》の杏子《あんず》で茶をのんでから、二人は別れた。こんどはただこが先に帰り、半三郎があとに残った。別れるとき、ただこはそっと彼に抱かれた。

「ではまた明日」ただこは囁《ささや》いた、「あの淵《ふち》でね」

「あの淵で」と半三郎が云った。

ただこが去ると、彼は急に暑さを感じた。まるでただこが涼しさを持っていったように、むしむしと暑くなり、汗がにじんできた。彼は「はちや」と印のある団扇《うちわ》を取り、寝ころんで池を眺めた。

すると濡縁の向うへ、若侍が一人来て立った。木戸のほうから来て、そこに立ってこっちを見た。二十三、四歳の、蒼白《あおじろ》く痩《や》せた、ひよわそうな若者であった。

「なんだ」半三郎が云った、「なにか用か」

若者の顔がみにくく歪《ゆが》んだ。

「いや」と若者は首を振った、「なんでもありません、失礼しました、誰《だれ》もいないと思ったものだから、どうも、——」

そして若者は木戸のほうへ去った。

若者は四つ目垣の木戸をぬけると、母屋《おもや》へはゆかずに、そのまま塀《へい》に沿って裏へまわり、くぐり戸をあけて外へ出た。

「どうしよう」彼は立停《たちどま》った、「どうしよう」

軀《からだ》がふるえ、額から汗が流れていた。彼は右手に扇子を持ちながら、それで陽《ひ》をよけようともせず、流れる汗にも気がつかないようすで、照りつける陽のなかを、そわそわと北野神社のほうへゆき、森を出て、鳥居前から駕籠《かご》に乗った。——駕籠屋は彼を知っているとみえ、丁寧すぎるくらいに挨拶《あいさつ》をした。

「滝山へやってくれ」と彼は云った。

「へえ」と駕籠屋は云った、「滝山のお別荘でございますね、かしこまりました」

六

半三郎のいつもゆく山道を、淵へおりずに四町ばかりゆくと、滝山という部落がある。そのまん中どころの、竹垣をまわした別墅《べっしょ》づくりの屋敷の門前で、若者は駕籠をおりた。――それは藤江《ふじえ》内蔵允《くらのじよう》の控え家であった。藤江は藩の筆頭家老であり、若者はその長男で小五郎といった。

門を入った彼は、すぐ左の柴折戸《しおりど》をあけ、若木の松林をぬけて、じかに母屋の縁側のほうへいった。そのとき縁側の向うから、若い侍女が鬢盥《びんだらい》を持って来かかり、小五郎をみつけて、吃驚《びつくり》したように会釈《えしやく》した。

「帰っているか」彼は云った、「奥だな」

小五郎は縁側へあがった。

「はい、あの」と侍女は慌《あわ》てた、「いまお知らせ申しますから」

「自分でゆく、おまえは来るな」

「それでも、あの」

「来るな」と彼はどなった、「来ると承知しないぞ」

侍女は鬢盥を持ったまま立竦《たちすく》んだ。小五郎は足音あらく廊下をゆき、刀を取って持ちながら、右手の、障子のあいている座敷へ入ると、その隣りの部屋(やはり襖《ふすま》があいていた)へ踏み込んだ。そこにはさだ《ヽヽ》がいた。汗を拭《ふ》こうとしていたらしい、肌《はだ》ぬぎ姿であったが、胸を浴衣《ゆかた》の袖《そで》で隠しながら、こっちを見た。

彼女の顔はするどくひき緊《しま》り、その眼《め》は怒りのため燃えるようにみえた。

「みたよ」と小五郎が立ったままで云った、「蜂屋で男と逢《あ》っているところを、この眼で見たよ」

さだは黙って彼をにらんでいた。

「なんとか云わないか」小五郎は云った、「おれは知っていたんだ、ずっとまえから、おまえは梅雨あけからこっち、泳ぎにゆくといって毎日でかけた、おれが来るといつも留守だ、それでおれは注意しだした、おまえは泳ぎゃあしない、泳ぐふりをして、毎日あの男と逢っていたんだ、違うか」

「よく御存じだわ」とさだが云った、「そのとおりよ」

「そのとおりだって」彼はふるえた。

「ええそのとおり、あなたの云ったとおりよ」

彼は蒼くなった。彼はそういう返辞を聞こうとは予想もしなかった、彼は蒼くなり、かっとのぼせあがった。

「おまえは」と小五郎は吃《ども》った、「おまえは、正気でそう云うのか」

「そのおまえをよして下さい、わたくしまだ藤江内蔵允の妻ですから」

「父の妻だって」

「そして義理にもよ、あなたにとっては母の筈《はず》よ」

「このおれの母、——その汚《けが》らわしい女がか」

さだは一瞬あっけにとられたように彼を見た。小五郎も「あ」という顔をした。さだの眼は突刺すようにするどかったが、その唇《くちびる》には微笑がうかんだ。ぞっとするほど冷たい、人をたじろがせる微笑であった。

「わたくしがまだといったのは、まだいまはという意味よ」さだは云った、「御心配には及びません、すぐにこの家を出てゆきますから、あなたはもうすぐ、この汚らわしい女を母と呼ぶ必要はなくなりますわ」

「口がすべったんだ、勘弁してくれ」小五郎はまた吃った、「気が立っているものだから、つい知らずあんな」

「いいえそうじゃありません、汚らわしい女と云われたから出てゆくんじゃありません、そうでなくとも、自分でなにもかも話してお暇《ひま》を頂くつもりだったんです」

さだは巧みに浴衣をひっかけて立ち、隣りの納戸《なんど》へいって、箪笥《たんす》の音をさせはじめた。——小五郎は口をあけた。刀を持った右手をだらんと垂れ、納戸の物音を聞きながら、口をあけて大きく喘《あえ》いだ。

「まさか、そんな」と彼は吃った、「出てゆくなんて、まさか、——本気でいうんじゃないだろうな」さだは答えなかった。

「そんなことはできない筈だ」と彼は云った。

納戸で帯をひろげる音がした。

「そんなことができる筈はない」

小五郎はふるえながら云った、「父はあんなに貴女《あなた》を愛している、結婚して三年このかた、父はなんでも貴女の云うままになって来た」

「あなたにそうみえるだけよ」

「なんでも云いなり放題だった、眉《まゆ》をおとさせない、歯を染めさせない、家政もみさせない、城下の屋敷がいやだといえば、すぐにこの控え家へ移ってくると、あの年で二里ちかい道を毎日お城へかよっている」小五郎はそう云った、「しかも父は不平らしい顔もしないし、元気でわかわかしくさえなった」

「そうみえるだけよ」納戸からさだが云った、「本当のことを知らないから、あなたにはそうみえるのよ」

「私だけじゃない、父を知っている者は誰でもそう云っている、まえの母に死なれてから、父はすっかり老いこんでいた」と小五郎は云った、「老いこんでいたときの父といまの父とでは、まるで人が違ったようだと誰でも云っている、それが嘘《うそ》でないことは貴女にもわかる筈だ、そしてそれはみんな貴女のためなんだ、三十も年の違う貴女がいてくれるからだ」

納戸で帯をしめる音がした。きゅっきゅっという帯をしめる音が、まるで彼女の返辞の代りのように聞えた。

「こういう父を置いて出てはゆけない、そんなことが人間にできる筈はない、それは自分がいちばんよく知っている筈だ」

「わたくし出てゆきます」さだが云った、「わたくしこのまま実家へ帰ります」

彼女がぬいだ物を片づける音がし、箪笥を閉める音がした。

「あの父を置いてか、あんなに貴女を愛している父を、――」と小五郎が云った、「父がどんなになるかわかってもか」

さだが納戸から出て来た。

「父は、父が、父を」とさだは云った、「あなたはお父さまのことばかり仰《おっ》しゃるけれど、本当にお父さまのためを思うなら、わたくしが出てゆくのをよろこんであげなければならない筈よ」

「父のためによろこべって」

「口では云えないいろいろなことがあるわ、でもお父さまにはわたくしが重荷です」とさだは云った、「わたくしの云うなりになっているようにみえるのも理由があるし、元気でわかわかしくみえるのにも理由があります」

「それを聞こう、その理由というのを聞かせてくれ」

「云えません」さだは首を振った、「夫婦のなかのことは他人には云えません、ただ、三十以上も年下の妻をもっていることが、お父さまのからだにも心にもどんなに重荷であり、どんなに大きな負担だかということを、――三年間いっしょに暮して来たわたくしが、それをいちばんよく知っている、ということだけ申上げます」

「その言葉をそのまま信じろというのか」

「わたくしがいなくなればお父さまはほっとなさいます」

「そしておまえも」小五郎はまたかっとなった、「おまえ自身も、あの男といっしょになってほっとしようというのか」

さだの眼がきらっとし、その唇にまた(あの)微笑がうかんだ。彼女は小五郎の眼をまともにみつめながら云った。

「それがあなたの本音ね」

「なんだって、――」

「それがあなたの本音よ」とさだは云った、「さっきから云っていることはお父さまのためじゃなく、みんなあなた自身のためよ、わたくしを跟《つ》けまわしたり、汚らわしい女だときめつけたのはあなたの嫉妬《しっと》だし、出てゆかないでくれというのはあなたの未練よ」

小五郎の持っている刀が、小刻みに鞘鳴《さやな》りをした。

七

「あなたは気のよわい、卑怯《ひきょう》な人よ」とさだは云った、「あなたはわたくしを愛していた、わたくしを愛していたのに、お父さまがわたくしを欲しいというと、お父さまに自分のことが云えないで、わたくしのところへ来て、父の妻になってくれ、などと云った」

「だって、だって」彼はひどく吃った、「それならなぜ、おまえは、断わらなかった、おまえは承知したじゃないか」

「あなたはわたくしをお責めになるの」

「おまえは断わることができた筈だ」

「十六歳の娘のわたくしに」とさだは云った、「百石足らずの作事奉行の娘で、ようやく十六になったばかりのわたくしに、千石の筆頭家老の申し込を断われと仰しゃるんですか」

「しかしいま、いまおまえは、あの男のところへ出てゆこうとしているじゃないか、おまえにそんな勇気があるなら」

「そのおまえというのをよして下さい」さだは殆《ほと》んど叫んだ、それから云った、「――いまこうする勇気が出たのは、わたくしが十六歳でなく十九歳になったからです」

「あの男のためにと云わないのか」

「あなたのためよ、あの方には関係はありません」

「おれの、――」と彼は吃った、「おれのためだって」

「あなたはずっとわたくしにつきまとっていました、自分で父の妻になってくれと頼みながら、わたくしが藤江家に嫁いで来てからも諦《あきら》めることができない、一日じゅう暇さえあればつきまとっている、お父さまに気づかれてはいけないと思って、それでわたくしこっちへ移ったんです」

「そんなことは嘘だ、おまえのでたらめだ」

「お父さまに気づかれてもいけないし、なにかまちがいでも起こったら取返しがつかないと思ったからです」とさだは云った、「それでもだめ、あなたはやっぱり来る、この控え家へまで、用もないのに三日とおかずいらっしゃる、もういや、もうたくさん、わたくしこの家を出てゆきます」

「藤江の家名や父の面目を潰《つぶ》してもか」

「あなたが初めに、三年まえに」とさだは云った、「お父さまにではなく自分の妻になれと仰しゃっていたら、決してこんなことにはならなかったでしょう、あなたにはそれを云う勇気がなかった、そしてこの場になっても、家名や面目などでわたくしを抑えようとなさる、あなたは卑怯のうえに狡猾《こうかつ》だわ」

「云いたいことを云え、だが、——この家からは決して出さないぞ」

「そこをとおして下さい」

「出してやるもんか、断じてだ」

さだは静かに前へ進んだ。小五郎は立ち塞《ふさ》がった。しかし彼女がそれをよけて、次の座敷へゆくと、うろたえたようにあとを追った。

「待ってくれ」小五郎は云った、「せめて、せめて父上が帰ってからにしてくれ」

さだは廊下へ出た。

「待たないのか、本当に出てゆくのか」

さだは玄関のほうへゆきながら、召使の名を呼んだ。侍女が返辞をして出て来た。

すると小五郎が喚《わめ》いた。

「おのれ、出るな」

侍女はふるえあがって、そのまま部屋へ引込もうとした。さだが振返った。

「義兵衛に云っておくれ」とさだは侍女に云った、「表へ乗物をまわすように、いそぐからすぐにと云っておくれ」

侍女は小走りに走った。

「どうしても出るのだな」小五郎は逆上したように云った、「もういちど念を押す、どうしてもここを出てゆくつもりか」

さだは玄関へ出ていった。

「よし、できるならやってみろ」

小五郎は追っていった。彼の前袴《まえばかま》へ挟《はさ》んであった扇子が落ちた、彼は玄関へ出て、刀を左の手に持ち替えた。

「できるならやってみろ」と彼は逆上した声で叫んだ、「おれはこの家から生かしては出さない、おれはきさまを斬《き》る」

さだが振向いて彼を見た。

「威《おど》しだと思うと間違うぞ、おれにはきさまを斬っていい理由があるんだ」小五郎は刀の柄《つか》に手をかけた、「おれは不義の証拠をつかんでいる、不義者を成敗するのは武家の作法だ、さあ、――出るなら出てみろ」

玄関の向うへ駕籠《かご》がおろされた。

「履物をおくれ」とさだが云った。

陸尺《ろくしゃく》の一人が草履を取って入って来た。さだは式台へおりた。すると小五郎が刀を抜いたので、陸尺は吃驚《びっくり》して外へとびだした。

「さだ、――」小五郎が叫んだ、「斬るぞ」

さだはもういちど彼に振向いた。

「どうぞ」とさだが云った。

小五郎は刀を振上げた。刀がぎらっと光った。さだは草履をはいた。小五郎は振上げた刀の柄へ左手を加え、大上段に構えて式台へおりた。さだはおちついて草履をはき、静かに玄関を出た。

小五郎は棒立ちになっていた。彼の大上段に振上げた刀が、ぎらぎらと光りながらこまかくふるえた。

陸尺が引戸をあけ、さだは駕籠の中へ入った。陸尺は彼女の草履を取り、それから棒に肩をいれた。――小五郎は見ていた。駕籠はあがり、それから静かに門のほうへ出ていった。門を出て、ゆっくりと左に曲り、そうして見えなくなった。小五郎の腕が力なくさがり、刀の切尖《きっさき》が式台の板へ触れそうになった。

「どうしよう」と彼は呟《つぶや》いた、「どうしよう」

彼は刀を（ぬぐいもかけずに）鞘へおさめた。そのとき道のほうで呶号《どごう》が聞えた。千切れるような叫びと呶号の声が――

小五郎は足袋はだしのままとびだした。とびだしていって門の外へ出ると、二十間ばかり向うに駕籠が見えた。その駕籠が殆んど抛《ほう》りだされ、二人の陸尺が道傍《みちばた》へとびのくのが見えた。陸尺たちは竹藪《たけやぶ》の中へとび込んだ、駕籠は道の上に斜めに置かれ、そこへ奔馬が突っかけて来た。たてがみを振り乱し泡《あわ》を嚙《か》んだ馬が、狂ったように蹄《ひづめ》で大地を叩《たた》き、うしろに土埃《つちぼこり》を引きながら殺到して来て、蹄を駕籠に突っかけた。小五郎は「ああ」といった。

馬は前肢《まえあし》を駕籠に踏み込み、駕籠といっしょに転倒した。濛々《もうもう》と舞い立つ土埃がそれを包んだ。馬はするどく嘶《いなな》き、二度ばかり四肢《しし》をはねあげ、そして起きあがるとともに、もと来たほうへ疾駆していった。――陸尺が道へとびだして来、二人で駕籠を起こそうとした。そこへ小五郎が走っていった。駕籠は潰れていて、起こそうとすると屋根が取れた。

「さだ、ただこ」小五郎が叫んだ。

彼は毀《こわ》れた引戸を外そうとした。

「よけられなかったのです」陸尺の一人が云った、「あんまりいきなりだったもので、どうよける法もなかったのです」

引戸が外れた。さだの軀《からだ》は坐《すわ》ったままねじれ、上半身が仰向《あおむ》けになっていた。ねじれた軀の帯の上が血に浸《ひた》り、その部分がみるみるひろがるようであった。

「ただこ」小五郎はがたがたとふるえた、「聞えるか、ただこ、私だ」

「迎えに来て下すったの、あなた」とさだは云った、「迎えに、——うれしいわ」

彼女の眼はうつろだった、空虚な、瞳孔《どうこう》のひらいた眼で、そこにいる誰《だれ》かを求めでもするように、空を見た。

「あたし、なにもかも、いいようにして来ましたわ」彼女は嗄《かす》れた声で囁《ささや》いた、「——なにもかも、……さあ、まいりましょ、あたしに、あなたの、そのお手を、かしてちょうだい」

さだは手を伸ばした。まるで誰かの手を求めでもするように、しかし伸ばした手は途中で落ち、その頭はぐらっと左へ傾いた。——さだの呼吸が絶えた。

八

ていた。
淵《ふち》には九月の、乾いて冷える風が吹いていた。半三郎は俎板岩《まないたいわ》の上で、釣糸《つりいと》を垂れていた。

「おい」と彼は俎板岩に云った、「今日もだめか、え、――頼み甲斐《がい》のないやつだ、おまえ頼み甲斐がないぞ」

半三郎は向うを見た。向うの断崖《だんがい》の裂け目には、実生《みしょう》の小松や、楓《かえで》や黄櫨《はぜ》などが枝を伸ばし、芒《すすき》が茂みをつくっていた。川下から風が吹きあげて来ると、それらがつぎつぎに、互いになにか囁きあうかのように、つぎつぎに揺れていった。芒は穂をぬき、黄櫨の葉は鮮やかに紅《あか》く染まっていた。

「あいつはぬけ作だ、段平のやつは」彼はまた俎板岩に云った、「あいつは、捜しようがねえですだよ旦那《だんな》、などと云やあがった、――おい、聞いているかきょうだい、段平のぬけ作は、さだなんて名めえは幾らでもあるだ、すぐ向うの筆屋の娘もそうだし、その娘のばあさまもさだっていうだ、もしもなんなら、旦那がお順繰りに一人ひとり見て歩くがいい、おらはお顔もお姿も知らねえですだで、逆立ちしたって捜し出せやしねえだよ、……あいつはぬけ作のうえに人情のない野郎だ、そう思わないかきょうだい」

彼は手で俎板岩を叩いた。

蜂屋《はちや》で逢《あ》って以来、ただこは姿をみせなかった。この土地に知人のない彼は、人に訊《き》くこともできず、また、人に訊けることでもなかった。城下町をどれほど歩きまわったことだろう、——ただこは淵へも来ず、その姿をみせもしなかった、そうしてもう、七十日ちかい日が経《た》っていた。

「あの日のおまえはきれいだった」半三郎は水を眺《なが》めながら云った、「本当にきれいだったよ、ただこ」

彼の眼がうるみ、声がふるえた。

「おまえあのとき、また明日、——って云ったろう、また明日、あの淵でって云ったじゃないか」彼は眼をつむり、そうして囁いた、「どうして来ないんだ、どこへいってしまったんだ、ただこ、おまえいまどこにいるんだ」

半三郎の持っている竿《さお》が撓《しな》った。もっと大きく撓い、水面で魚が跳ねた。彼はその撓う竿を持ったまま、頭を垂れた、低く頭を垂れて、そして口の中で囁いた。

「ただこ、——」

水面で魚のはねる大きな水音がした。

（「講談倶楽部」昭和二十九年八月号）

女は同じ物語

「まあ諦《あきら》めるんだな、しょうがない、安永《やすなが》の娘をもらうんだ」と竜右衛門がその息子に云《い》った、「どんな娘でも、結婚してしまえば同じようなものだ、娘のうちはいろいろ違うようにみえる、或《あ》る意味では慥《たし》かに違うところもある、が、或る意味では、女はすべて同じようなものだ、おまえのお母さんと、枝島の叔母さんを比べてみろ、——私は初めはお母さんよりも、枝島の、……いや、まあいい」と竜右衛門は云った、「とにかく、私の意見はこれだけだ」

二

梶《かじ》竜右衛門は二千百三十石の城代《じようだい》家老である、年は四十七歳。妻のさわは四十二歳になり、一人息子の広一郎《こういちろう》は二十六歳であった。梶家では奥の召使を七人使っていた。これは三月から三月まで、一年限りの行儀見習いで、城下の富裕な商家とか、近郷の大地主の娘たちのうち、梶夫人によって、厳重に選ばれたものがあがるのであった。——その年の五月、梶夫人は良人《おっと》に向って、新しい小間使のなかのよのという娘を、広一郎の侍女にすると云った。竜右衛門は少しおどろいた、未婚の息子に侍女をつけるというのは、武家の習慣としては新式のほうであるし、従来の妻の主義からすれば、むしろ由《よし》ありげであった。

「しかし」と竜右衛門は云った、「それは安永のほうへ聞えると、ちょっとぐあいが悪くはないかね」

「どうしてですか」

「むろんそんなことはないでしょうが」と竜右衛門は云った、「一郎はもう二十六歳であるし、若い娘などに身のまわりの世話をさせていると、万一その、なにかまちがいでも」

さわ女は「ああ」と良人をにらんだ。

「あなたはすぐにそういうことをお考えなさるのね」と彼女は云った、「きっとあなたはいつもそんなふうな眼《め》で侍女たちを眺《なが》めていらっしゃるんでしょう、若い召使などがちょっと秋波《ながしめ》をくれでもすると、あなたはもうすぐのぼせあがって」

「話をもとに戻《もど》そう」と竜右衛門は云った、「なにかそれにはわけがあるんですか」

「わたくしが仔細《しさい》もなくなにかするとお思いですか」

「それもわかった」

「広さんは女は嫌《きら》いだと云い張っています」とさわ女は云った、「安永つなさんという許婚者《いいなずけ》があるのに、女は嫌いだと云って、いまだに結婚しようとはしません、これはわたくしたちがあまり堅苦しく育てたからだと思います」

「そういうことですかな」

「そういうことですかって」

「あとを聞きましょう」と竜右衛門は云った。

「どうか話の腰を折らないで下さい」

「そうしましょう」

「それで、つまり——」とさわ女は云った、「ひと口に申せば、きれいな侍女でも付けておけば、広さんももう二十六ですから、女に興味をもつようになるかもしれないでしょう、いくら堅苦しく育っても男はやはり男でございますからね」

竜右衛門は心のなかで「これは奸悪《かんあく》なるものだ」と呟《つぶや》いた。

「なにか仰《おっ》しゃいまして」

「いやべつに」と竜右衛門が云った、「あとを聞きましょう」

「あとをですって」

「それでおしまいですか」

「わからないふりをなさるのね」

「いやわかるよ」と竜右衛門は云った、「しかしですね、もしも広一郎がその侍女に興味をもって、まちがいでも起こしたばあいは」

さわ女は「まあ」と良人をにらんだ。

「あなたはすぐそういうことを想像なさいますのね」と彼女は云った、「広さんはあなたとは違います」

「はあそうですか」

「そうですとも、広さんは純で温和《おとな》しくって、それで女嫌いなんですからね」と彼女は云った、「それともあなたは反対だとでも仰しゃるんですか」

「とんでもない、おまえの意見に反対だなんて」

「なすったことがないと仰しゃるのね、そうよ」とさわ女は云った。

「そうしてなにかあれば、みんなわたくしの責任になさるのよ、あなたはそういう方なんですから」

「その、――どうして障子を閉めるんですか」

「ちょうどいい折です」と彼女は云った、「わたくしあなたに申上げたいことがございます」

さわ女は障子をぴたりと閉めた。座敷の中はそのまま、長いこと静かになっていた。

その日、広一郎が下城したのは午後七時すぎであった。彼は役料《やくりよう》十五石で藩の文庫へ勤めているが、十九歳から五年間、江戸邸《やしき》で昌平坂《しようへいざか》学問所へ通学したというほかに、さしてとびぬけた才能があるわけではない。二十六歳にもなる城代家老の息子を遊ばせておくわけにもいかないので、せいぜい城中の事に馴《な》れる、というくらいの意味のようであった。

広一郎が居間へはいると、母親が小間使を一人つれてはいって来た。

「今日はおさがりがたいそうおそいようですね」

「はあ」と広一郎は云った、「帰りに村田で夕餉《ゆうげ》の馳走《ちそう》になりました」

「村田さまってどの村田さまですか」

「三郎助です」

と広一郎は云った。よりみちをするときは断わらなければいけません、とさわ女は云った。母さんは夕餉をたべずに待っていたんです。それは済みませんでした。そういうときはいちど帰って断わってからゆくものです。そう致しましょう、と広一郎は云った。さわ女はそこで召使をひきあわせ、今日からこれが身のまわりのお世話をします、と云った。

「私のですか」と広一郎は母を見た、「――と云うとつまり」

「あなたの侍女です」

「どうしてですか」

「あなたはやがて御城代になる方です」とさわ女が云った、「もう少しずついろいろな事に馴れなくてはいけません」

「いろいろな事って、どういう事ですか」

「いろいろな事ですよ、あなたも諄《くど》いのね」とさわ女は云った、「これは城下の茗荷《みようが》屋《や》文左衛門という呉服屋の娘で、名はよの、年は十七です、うちでは紀伊《きい》と呼びますから、あなたもそう呼んで下さい」

広一郎は「はあ」と云った。

「では紀伊、――」とさわ女は云った、「おまえ若旦那《わかだんな》さまに着替えをしてさしあげなさい」

侍女は「はい」と云った。

広一郎は渋い顔をしてそっぽを見た。昼のうちに（さわ女から）教えられたのだろう、よの、否《いな》――紀伊という侍女は箪笥《たんす》をあけ、常着をひとそろえ出して、広一郎に着替えさせた。さわ女は側《そば》で見ていて、二、三注意を与えたが、概して紀伊の態度に満足したようであった。広一郎は始めから終りまで、侍女のほうへは眼も向けず、着替えが済むのを待ちかねたように、父と共同の書斎へはいってしまった。

竜右衛門はなにか書きものをしていた。たいへん熱心なようすで、息子がはいって来ても黙って書き続けていた。

「あれはどういうわけですか」と広一郎が囁《ささや》いた、「私に侍女を付けるなんて、いったいどういうことなんですか」

「おれは知らないね」

「御存じないんですって」

「知るわけがないさ」と父親は云った、「済まないが行燈《あんどん》をもう少し明るくしてくれないかね」

広一郎は行燈の火を明るくした。竜右衛門は書きものに熱中していた。少なくとも、そうやって息子の質問を避けようとしていることだけは慥からしい。広一郎はそれを理解し、唇《くちびる》で微笑しながら、父とは反対のほうに据《す》えてある（自分の）机の前に坐《すわ》った。

やがて、紀伊が茶道具を持ってはいって来た。彼女はおちついた動作で煎茶《せんちゃ》を淹《い》れ、広一郎の脇《わき》へ来て、それをすすめた。

「お茶でございます」と紀伊が云った。

広一郎は壁のほうを見たままで「ああ」と云った。

三

六月になった或る朝、広一郎は侍女の躯《からだ》つきを見て好ましく思った。

――温雅な躯つきだな。

彼はそう思った。温雅という言葉の正しい意味はべつとして、彼にはそういう感じがしたのであった。ちょうど薄着になったときで、彼女の躯のしなやかさや、弾力のある軟らかなまるみやくびれが、美しくあらわれていた。それまで眼を向けたこともなかったので、広一郎には特に新鮮で好ましくうつったようであった。

それからまもなく、彼は紀伊の肌《はだ》が白いのに気づいた。非番の日で、彼は机のまわりの掃除をし、筆や硯《すずり》を洗うために、紀伊に水を持って来るように命じた。彼女は金《かな》盥《だらい》と筆洗を運んで来たが、そのとき襷《たすき》をかけていて、両方の袖《そで》が高く（必要以上に）絞られ、殆《ほと》んど腕のつけねまであらわになっていた。

広一郎は眩《まぶ》しそうに眼をそらした。薄桃色を刷《は》いたような、あくまで白いそのあらわな腕の、溶けるような柔らかい感じは、たとえようもなく美しく、つよい魅力で広一郎をひきつけた。彼は眼をそらしながら、自分の胸がときめいているのを感じた。

七月になると、彼は紀伊の声がやわらかく、おちついて、きれいに澄んでいることを知った。そして、彼女のきりょうのよさ、——彼女が縹緻《きりよう》よしなことを発見したとき、広一郎はわれ知らず眼をみはった。

——初めからこんなにきれいだったのだろうか。

と彼は心のなかで自問し、同時に軀の内部が熱くなるのを感じた。

梶夫人はこの経過をひそかに注視していたらしい。ときどき彼にさりげなく問いかけた、紀伊はちゃんとやっているか、気にいらないようなことはないかどうか、などと息子に訊《き》くのであった。広一郎はあいまいに答えた。ええよくやっているようです、まあよくやるほうでしょう、かくべつ気にいらないようなことはありません、などと答えた。

八月にはいってから、彼は紀伊と話をするようになった。ふしぎなことに、紀伊に話しかけるとき、彼は赤くなるのを抑えることができなかったし、紀伊もまた同じように、赤くなったり、軀ぜんたいで嬌羞《きようしゆう》を示したりした。

或る夜、——父と共同の書斎で、父と彼とが読書をしていた。八月中旬だから、季節はもう秋であるが、残暑のきびしい一日で、夜になっても気温が下らず、縁側のほうの障子も窓もあけてあるのに、微風もはいってはこなかった。竜右衛門は読みながら、団扇《うちわ》で蚊を追ったり、衿《えり》もとを煽《あお》いだりした。息子のほうを見ると、息子は机に両肱《りょうひじ》をつき、じっと書物を読んでいた。蚊を追うようすもなく、風をいれるようすもなかった。

「——一郎」と竜右衛門が云った、「おまえ暑くはないのか」

広一郎は「はあ」と云った。

「なにを読んでいるんだ」

「三代聞書《さんだいききがき》です」

竜右衛門は「うん」と云った。

「父さん」と広一郎が云った、「あの娘は誰《だれ》かに似ていると思いませんか」

「——どの娘だ」

「私の侍女です、紀伊という娘です」

「——誰に似ているんだ」

「わからないんですが、誰かに似ているような気がしませんか」

「——しないね、私はその娘をよく見たこともない」と竜右衛門が云った、「おまえその娘が好きになったんじゃないのか」

「冗談じゃありません」

「それならいいが」と竜右衛門が云った、「男でも女でも、相手が好きになると誰かに似ているように思うことがよくある、――人間は性分によって、それぞれの好みの型がある。だから、好きになる相手というのは、どこかに共通点があるんだろう、……おまえいつか好きになった娘でもあったんじゃないのか」

「冗談じゃありません、よして下さい」

「それならいいさ」と竜右衛門が云った、「おまえには安永つなという、許婚者《いいなずけ》がいるんだからな、ほかの娘なんか好きになっても、母さんが承知しないぞ」

広一郎は「大丈夫です」と云った。ひどく確信のない気のぬけたような調子だった。そして書物のページをはぐり、熱心に読み続けた。竜右衛門ははたはたと団扇を動かし、それからとつぜん、自分の読んでいる書物を取り、表紙を返して、題簽《だいせん》を見た。

「一郎、――」と彼は云った、「おまえはいまなにを読んでいるとかいったな」

「三代聞書です」

「ほう」と竜右衛門は云った、「そんな本が面白《おもしろ》いかね」

「ええ、面白いです」

竜右衛門は微笑しながら、「そうかね」と云い、また自分の書物の題簽を見た。そこには「三代聞書全《さんだいききがきぜん》」としるしてある。それは戦乱や凶事を予知する禁厭《きんえん》の法を撰《せん》したもので、広一郎のような青年にとって、決して「面白い」筈《はず》のものではなかったし、梶家の蔵書ちゅうにも一冊しかないものであった。

「気をつけるがいいぞ、一郎」と竜右衛門は云った、「その娘を好きにならぬようにな、気をつけないと辛《から》き事にあうぞ」

広一郎は黙っていた。

――ばかな心配をする人だ。

一人になってから、広一郎はそう思った。あの娘を、そんな意味で好きになるなんて、おれにできることかどうかわかる筈じゃないか。尤《もっと》も父さんは懲《こ》りているからな、と広一郎は思った。父は枝島の娘と縁談があったのを、自分からすすんでいまの母を娶《めと》った。枝島の娘はときといい、縹緻はさわ女ほどではないが、気だてがやさしく、琴の名手として評判だった。父がさわ女を娶ったあと、枝島では長男が死んだので、さわ女の弟で甚兵衛《じんべえ》という人が入婿《いりむこ》した。それから三年、その二人の若い良人《おっと》たちは、お互いに自分の家庭生活について語り、結婚まえにその娘がどうみえようと、――気が強そうにみえようとやさしそうにみえようと、――結婚してしまえばみな同じようなものである。色情と物欲と虚栄と頑迷《がんめい》の強さにおいて、すべて男の敵とするところではない。という結論に達し、両人相共に、嘆いたということであった。

「おれはそんなふうにはならない」と広一郎は独りで呟いた、「おれはまた、そんな意味であれが好きだと云うのではない、おれはただ、……ただあの娘が、単に、――」

彼はそこで絶句し、渋いような顔をした。

九月になった或《あ》る夜、寝間で着替えをしているとき、紀伊がひどく沈んだようすをしているのに気づいた。広一郎は「どうかしたか」と訊いた。彼女はなかなか答えなかった。どうも致しません、なんでもございません、と云うばかりであった。

「正直に云ってごらん」と広一郎は声をひそめた、「ごまかしてもわかるよ、なにがあったんだ」

すると、紀伊は泣きだした。

四

紀伊はそこへ坐り、両手で顔を掩《おお》って、声をひそめて咽《むせ》びあげた。広一郎も坐った。すでに夜具がのべてあるので、低い声で話すためには、紀伊の側《そば》へ坐るよりしようがなかった。彼は紀伊の側へ坐った。

「云ってごらん、母が叱《しか》りでもしたのか」

「いいえ」と紀伊は頭を振った、「わたくし、おひまを頂くかもしれませんの」

広一郎はどきりとし「え」と云った。

「それは」と彼は吃《ども》った、「それはなぜです、どうして、なにかわけがあるのか」

「申上げられません」

「なぜ、なぜ云えないんだ」

「それも申せません」と紀伊は云った、「いつかはわかることでしょうけれど、わたくしの口からは申上げられませんの」

広一郎はまた吃った。

「それは縁談ではないか」

紀伊は答えなかった。

「縁談なんだね」と彼は云った、「云ってくれ、そうなんだろう」

紀伊は頷《うなず》いて、もっと激しく泣きだした。広一郎はのぼせあがった。そんなにも近く坐っているので、彼女のあまい躰臭《たいしゅう》や、白粉《おしろい》や香油のかおりが彼を包み、咽びあげる彼女の声は、じかに彼の胸を刺すようであった。

広一郎はのぼせあがって訊いた。そんなに泣くのは相手が嫌《きら》いだからか。はい、と紀伊は答えた。それだけで泣くのではないが、相手は好きではない、自分は「いやだ」とはっきり断わったのである、と広一郎は云った。それで相手は承知しないのか。そうのようです。しつっこいやつだ、と広一郎は云った。相手はなに者だ。お武家です。家《か》中《ちゅう》の者か。そうです、御中老《おちゅうろう》の佐野さまの御長男です。すると要平だな。そうです。あの平家蟹《へいけがに》め、と広一郎は云った。よし、彼のことは引受けた。でも、紀伊は云った。乱暴をなすっては困ります、あの方はお強いそうですから。いや大丈夫、私は暴力は嫌いだ。本当ですか。大丈夫だ、あいつのことは安心していい、と広一郎は云った。もう一つの理由を聞こう、泣いた理由はほかにもあると云った筈だ。ええ申しました、でもそれは、……紀伊は眼《め》を伏せた。云えないのか、縁談のことさえ云ってしまったのに、もう一つの理由は云えないのか、と広一郎は問いつめた。

紀伊はますます頭を垂れた。見ると耳まで赤くなり、呼吸も深く大きくなっていた。広一郎は恐怖におそわれた。

「おまえ」と彼は乾いた声で云った、「ほかに好きな人がいるんだな」

紀伊は肩をちぢめ、袂《たもと》で顔を掩った。

「そうか、――」と彼はふるえ声で云った、「それは知らなかった」

紀伊は掩った袂の下から「でも望みはないんです」と云った。その方とは身分も違うし、その方には許婚者がいるんです、わたくしはただ一生お側にいるだけで本望なんです、と云った。——袂に掩われた含み声で、はっきりしなかったが、広一郎はちょっと息を止めた。

「だって紀伊は、いま、——」

「はい」と彼女は云った。

「すると、おまえは」

「はい」と彼女は云った、「わたくし、若旦那さまとお別れするのが、辛《つら》くって、……」

そして彼女はまた泣きだした。

広一郎はとつぜん、彼女を抱き緊《し》めたいという衝動にかられた。むろん不純な意味ではない、泣いている紀伊の姿があまりにいじらしく、消えいりそうなほど可憐《かれん》にみえたからである。だが、彼は衝動をこらえ、ぐっとおちつきながら、頷いた。

「わかった」と彼は云った、「もう泣くことはない、私がいいようにしてあげよう」

「お側にいられるようにですの」

広一郎は「うん」と云った。

「若旦那さま」と紀伊が云った、「——うれしゅうございます」

こんどは彼女が、広一郎にすがりつきたいような身ぶりをした。すでにとびつきたいような姿勢をみせたが、広一郎は唇をへの字なりにし、じっと宙をにらんでいた。

——あの平家蟹め。

と広一郎は心のなかで云った。

——どうするかみていろ。

その翌日、——広一郎は登城するとすぐに、佐野要平のところへ行った。要平は中老伊《い》右《え》衛門《もん》の長男で、国もと小姓組に属している。年は二十八になるが、酒のみのぐうたらべえで、娘を嫁に遣《や》ろうという者がなく、いまだに独身のまま呑《の》んだくれていた。

佐野は貧乏で有名だった。要平をかしらに子供が十三人いるし、妻女は派手好みであり、伊右衛門が浪費家であった。そのため四百七十石の家禄《かろく》はいつも足らず、八方借りだらけで、要平の呑《の》み代《しろ》など出る余地がなかった。そこで要平は友人にたかり、到《いた》るところに勘定を溜《た》めた。彼は剣術がうまいし、腕っぷしが強かった。酒のために破門されたが、精心館道場では師範代の次席までいったことがある。したがって暴れだすと手に負えないから、たいていの者が泣きねいりということになった。

要平は詰所でごろ寝していた。酔っているのだろう、綽名《あだな》の「平家蟹」がよく似あう角ばった顔がまっ赤で、肱を枕に、口の端から涎をたらしながら、鼾をかいて眠っていた。広一郎は乱暴にゆり起こした。要平は眼をさましたが、起きあがるまで呼び続けた。

「起きたよ」と要平は云った、「ちゃんと眼をさまして、このとおり起きてるじゃないか、なんの用ですか」

広一郎は用件を云った。要平はどろんとした眼で、訝《いぶか》しそうに彼を見た。

「わかった」と要平は云った、「しかしなんの用ですか」

広一郎は「そのとき話すよ」と云い、そこを去った。

午後五時すぎ、城下町の北にある陣場《じんば》ケ岡《おか》で広一郎と村田三郎助が待っているところへ、佐野要平がやって来た。

「おそいぞ」と広一郎が云った、「必ず五時にと云った筈だ、支度しろ」

そして彼は襷《たすき》をかけ汗止めをし、袴《はかま》の股立《ももだち》をしぼった。要平はあっけにとられ、ぽかんと口をあいて見ていた。「支度をしろ」とまた広一郎が云った。なんのためだ、と要平が云った。いいから抜け、勝負だ。わけを云わないのか。そっちに覚えがある筈だと広一郎が云った。要平は当惑した。

「原田を殴った件か」と要平が云った、「それならあやまる、おれは酔っていたんだ」

「そんなことじゃない」

「では茶庄《ちゃしょう》のおしのを裸にした件だな」

五

広一郎は首を振り「違う」と云《い》った。

「すると駕籠辰《かごたつ》から金をまきあげた件か」と要平は云った、「あれなら悪いのはおれじゃない、駕籠辰はいつも茶庄で飲むが、勘定というものを払ったためしがないんだ、いや、おれだって少しは溜まってるさ、しかしやつのはまるで無法なんだよ、それでおれは茶庄の代理として」

「たくさんだ、支度をして抜け」と広一郎が云った、「理由は勝負のあとで云ってやる、早くしろ」

「どうしてもか」

「村田が立会い人だ」

要平はにっと笑った。軽侮と嘲弄《ちょうろう》のこもった、いやな笑いである。彼は広一郎と三郎助をじろっと見た。

「ふん」と要平は唾《つば》を吐いた、「城代の伜《せがれ》だから下手《したて》に出てやったが、おまえさん本当におれとやる気なのか」

「諄《くど》いぞ、抜け」

「斬《き》られても文句はないんだな」

「村田が証人だ」

要平はそっちを見た。三郎助は「そうだ」と頷いた。

「よしやってやろう」と要平は云った、「おまえさんは江戸へいっていて知らないだろうが、おれは家中《かちゆう》でもちょいと知られた腕になってるんだ、そのつもりでかかれよ」

「支度はいいのか」

「相手がおまえさんではな」要平はまた唇《くちびる》で笑った、「――いざ」

要平が「いざ」と云った刹那《せつな》、広一郎の腰から電光が閃《ひらめ》いた。もちろん、電光ではない、閃いたのは刀である。要平は「あ」と云ってとびさがった。三間ばかりとびさがったが、とたんに袴と帯がずるずると下り、着物の前がはだかってしまった。要平は仰天し、片手でずり下った袴を押えながら「待った」と叫んだ。

「いや待たん」と広一郎が云った、「真剣勝負に待ったはない、ゆくぞ」

要平はうしろへしさった。広一郎は刀を上段にあげ、一歩、一歩とつめ寄った。

「待ってくれ」と要平が云った、「これでは勝負ができない、これでは」

「勝負はついたぞ」

「頼むから待ってくれ、あっ」

うしろへさがろうとした要平は、ずり落ちた袴の裾《すそ》を踏んで、のけざまに転倒した。

広一郎は踏み込んでゆき、上から、要平の鼻さきへ刀の切尖《きっさき》をつきつけた。

「どうだ」

要平は口をあいた。

「斬ろうか」と広一郎が云った。

要平は「まいった」と云った。

「慥《たし》かだな」

「慥かだ」と要平が云った、「しかし、おれにはわけがわからない、まず聞かせてくれ、いったいこの勝負はなんのためだ」

「茗荷屋《みょうがや》の娘だ」と広一郎が云った。

要平はぽかんと彼を見あげた。

「きさまからの縁談を、娘ははっきり断わった筈だ」と広一郎は云った、「にも拘《かかわ》らずきさまは諦《あきら》めない、たぶん中老という家格と、自分の悪名にものをいわせようというんだろう、しかしそうはさせぬ、おれがそうはさせないぞ」

「ちょっと、ちょっと待ってくれ」

「手をひけ、佐野」と広一郎は云った、「おとなしく手をひけば、きさまの呑み代はおれが月々だしてやる」

「なんだって」要平はごくりと唾をのんだ。

「多くは遣《や》らない、月に一分ずつ呑み代をやる、それできっぱり手をひくか、どうだ」

「そっそれは慥かでしょうな」と要平は云った、「た、慥かに一分ずつ、呉《く》れるでしような」

「手をひくか」

「慥かに貰《もら》えるなら、——承知します」

「おれは武士だ」

「よろしい、私も武士です」

向うで三郎助がにっと苦笑した。要平は眼ざとくそれを見「笑いごとじゃあないぜ」と渋い顔をした。

「笑いごとじゃない」と要平は云った、「いまの契約にも、村田は証人だぞ」

三郎助は「いいとも」と頷いた。広一郎は刀をよくぬぐって、鞘《さや》におさめた。それから身支度を直し、ふところから紙入を出して、一分銀を懐紙に包んで要平に渡した。

「今月の分だ」

「いやどうも」と要平は頭を下げた、「――慥かに、……して、あとはどういうぐあいに呉れるんですか、こっちから訊《たず》ねていっていいんですか」

「月の五日に来れば渡す」

「五日ですな、わかりました」

「ひとつ注意しておく」広一郎は云《い》った、「これからは行状を慎むこと、もし不行跡なことをすれば、呑み代はむろん停止するし、公《おおやけ》の沙汰《さた》にするからそのつもりでいろ、それから、今日の事は決して他言するな」

「おれだって自分の恥をさらしはしないさ」

「そこに気がつけば結構だ、忘れるな」

そして広一郎は三郎助と共に去っていった。

要平はそれを見送りながら、いかにも腑《ふ》におちないという顔つきで、首を傾《かし》げたり、片手で頭を掻《か》いたりした。もう一方の手は、まだずり下った袴を押えたままである。

「おかしなやつだな」と彼は呟《つぶや》いた、「茗荷屋のはなしは去年のことだし、断わられてからおれはなにもしやしない、手をひくもなにも、おれはまるっきり忘れていたくらいじゃあないか、……わけがわからねえ」と彼は首を振った。「化かされたような心持だ」

広一郎と三郎助は坂をおりていった。三郎助は要平のことを笑いながら、「袴の帯を切ったのはみごとだ」と云った。梶が剣術をやるとは知らなかったし、あんなにすばらしい腕があるというのは意外だ、と云った。広一郎は苦笑した、おれだって侍の子だから、剣術ぐらい稽古《けいこ》するさ、江戸邸《やしき》ではやかましいんだ。流儀はなんだ。江戸邸へ抜刀流の師範が来るので、三年ばかりやったよ。なるほど、いまのは居合《いあい》か、いや、あれは見て覚えたんだ、と広一郎は云った。江戸にいたとき寛永寺へ参詣《さんけい》した、その途中で、浪人と浪人の喧嘩《けんか》があったが、片方が抜き打ちに相手の胴をはらった、すると袴の紐《ひも》と帯が切れてずり下り、相手は動けなくなった、おれはそのまねをしただけさ、と広一郎は云った。なるほどね、と三郎助は云った。江戸にいるといろいろな学問をするものだ。

「だが、それにしても」と三郎助が云った、「どうしてまた茗荷屋の娘などのために、こんなおせっかいなことをしたのかね」

「うん」広一郎は顔をそむけた、「その娘が三月から、おれの、……家の小間使に来ている。母の気にいりで、おれはよく知らないが、――母に頼まれたんだ」

「毎月一分ずつの呑み代もか」

六

広一郎はますます顔をそむけた。さもなければ、当惑して赤くなったところを、三郎助に見られるからであった。

「佐野にしたって、――」と広一郎は云った、「呑み代があればばかなことはしないさ」

「どうだかな」

「ここで別れよう」と広一郎が云った、「わざわざ済まなかった」

「今日の事は黙っているよ」

と三郎助は笑いながら云った。

その夜、――広一郎は紀伊に「もう大丈夫だよ」と囁《ささや》いた。紀伊は怯《おび》えたような眼をした。しかし彼がごく簡単に話して聞かせると、さも安心したというふうに微笑し、急に熱でも出たような眼で彼を見あげて、嬉《うれ》しそうにこっくりをした。

二人は親しくなるばかりだった。

陣場ケ岡の事は二人の秘密であった。その秘密な事が、二人を他の人たちから隔て、密接にむすびつけるようであった。——すると、十月になった或《あ》る夜、寝間の世話をしながら、紀伊は「明日いちにちお暇がもらえます」と云った。祖父の七年忌なので、梶夫人に頼んで暇をもらった、と云うのである。広一郎はそうかと云った。紀伊はなにか訳ありげな眼つきで、微笑しながら彼を見た。

「若旦那《わかだんな》さまも、明日は慥か御非番でございましたわね」

「そうだったかね」

「御非番の日ですわ」と紀伊は云った、「わたくし本当は、法事にはゆきたくないんですの」

「だって自分で頼んだのだろう」

「それはお願いしたんですけれど」

「しかもいやになったのか」

紀伊は含み笑いをし、斜交《はすか》いに、広一郎を見あげた。彼は眩《まぶ》しそうに眼をそらした。しかし眼をそらしたとたんに、ひょいと天床《てんじよう》を見あげ、その唇を尖《とが》らせた。

——明日はあなたも非番だ。

あなたも、の「も」という一字に、彼女の暗示があったのだ。つまり、二人はどこかへいっしょにゆける、ゆくことができる、という意味にちがいない。彼は振向いて紀伊を見た。

「紀伊は赤根の湯を知っているか」

「はい、存じております」

「うん」と広一郎は口ごもった。どうきりだしたらいいかわからない、そんなことを云うのは不作法かもしれないし、断わられるかもしれない、「うん、――」と彼は云った、「あそこは閑静でいい、温泉《いでゆ》も澄んでいるし、大きな宿も五、六軒あるし」

「そうでございますね」と紀伊が云った、「それに御領分の外ですから、あまり知った人にも会いませんわ」

「そうだ、赤根は松平領だ」

「まだ紅葉がみられますわね」と紀伊が云った、「わたくしゆきとうございますわ」

「私もいってみたいな」

紀伊は待った。広一郎の胸はどきんとなったが、どうにも勇気が出てこない。彼は赤くなって、急にそっぽを向きながら云った。

「私は明日いってみる」

紀伊は彼を見た。

「私は、――」と彼は不決断に続けた、「私は、東風楼という宿で、半日、保養して来よう」

「東風楼なら存じていますわ」

「あれはいい宿だ」

「でも武家のお客さまが多いようでございますね」と紀伊は云った、「平野屋という宿は小そうございますけれど、すぐ下に谷川が見えますし、静かでおちついていて、わたくし好きですわ」

「それなら、平野屋にしてもいい」

紀伊は待った。

「平野屋にしよう」と広一郎は云った、「――私はもう寝ることにする」

彼は寝衣《ねまき》に着替え、そして夜具の中へ（まるで逃げ込むように）もぐってしまった。

明くる朝早く、広一郎は両親に断わって、赤根の湯にでかけた。紀伊はなにもいわなかったし、変ったそぶりもみせなかった。

赤根はその城下から二里ほどのところで、佐貝川の渓流《けいりゅう》に臨んだ、小高い丘の中腹にあった。広一郎は歩いていった。その途中、彼はしきりに気が沈んだ。独りで保養にいってどうするんだ、温泉に浸ったり出たり、谷川を眺《なが》めたってしようがないじゃないか、「いっそやめにするか」と彼は呟いた。二度ばかり立停《たちどま》って、引返そうとした。しかし、ことによると紀伊が来るかもしれない、と彼は思った。平野屋をすすめた口ぶりだと、あとから追って来るつもりかもしれないぞ。いやそんなことはない。娘が一人で湯治場《とうじば》へ来るなんて、そんなことができる筈《はず》はないじゃないか、ばかな空想をするな、と彼は思った。

平野屋はすぐにわかった。一と筋道の左右に、宿や土産物の店などが並んでいる、そのいちばんさきの、川に面したほうに、平野屋はあった。彼は渓流の見える座敷へ案内された、建物は古いが、がっちりとおちついた造りで、ほかには客がないのか、渓流の音だけが、静かに座敷へながれいって来るだけであった。

女中が茶道具と着替えを持って来て、「すぐ湯へおはいりになるか」と訊《き》いた。彼はあとにしようといい、茶を啜《すす》ってから、縁側へ出て外を眺めた。対岸は松林で、楓《かえで》がたくさんあるのだが、季節が過ぎたのだろう、みんなもう葉が落ちていた。

「お湯へいらっしゃいませんの」

と脇《わき》で女の声がした。あまり突然だったから、広一郎はとびあがりそうになった。

振向くと紀伊がいた。

「ああ、――」と彼は云った、「紀伊か」

彼女は大胆に彼をみつめ、媚《こ》びた笑いをうかべながら頷《うなず》いた。

広一郎は眼《め》をみはった。彼女はもう湯あがりで、肌《はだ》はみずみずと艶《つや》っぽく、まるで光りの暈《かさ》に蔽《おお》われたように、ぼうとかすんでみえた。着物も屋敷にいるときとは違って、色彩の嬌《なま》めかしい派手な柄《がら》だし、町ふうに結んだ帯もひどくいろめいてみえた。

「きれいだね」と彼は云った、「――じつにきれいだ」

「うれしゅうございますわ」

「眼がさめるようだ」

広一郎はしんけんにそう云った。紀伊はそれをすなおにうけとり、すなおによろこんだ。

だが、いつのまに来たのか、と広一郎が云った。はい駕籠《かご》をいそがせて、おさきに来ていました。では途中で会ったんだな。はい途中でおみかけ致しました、と紀伊が云った。大榎《おおえのき》のところで立停っていらっしゃいましたわ。うん、――引返そうかと迷っていたときだ、と彼は心のなかで思った。

「お湯へいっておいであそばせ」

「いや」と広一郎は云った、「湯はあとだ、少し話をしよう」

「わたくしもうかがいたいことがございますわ」

「なんでも話すよ」と彼は云った、「座敷へはいらないか」

七

二人は坐《すわ》って話した。

紀伊が訊いた。世間ではあなたが女嫌《ぎら》いだと噂《うわさ》している、自分にはそう思えないが、なにかわけがあるのか。広一郎は「ある」と答えた。聞かせて頂けますか。いいとも。どういうわけですの。正直に云ってしまう、それは或る一人の娘のためだ。そうだと思いました、と紀伊が云った。それはあなたの許婚者《いいなずけ》で、安永つなさんと仰《おっ》しゃる方でしょう。なんだって、――広一郎は吃驚《びっくり》した。どうして紀伊はそれを知っているんだ。わたくしあの方とお稽古友達ですの、お琴、お茶、お華、みんな同じお師匠さまでしたわ、と紀伊が云った。それに、二人は姉妹のようによく似ているって、みんなからよく云われました。そうかな、私にはそうは思えないがな、と広一郎が云った。親しくはなかったろうな。どうしてですの。あれは気の強い意地わるな娘だった。あら、そうでしょうか、わたくしたいへん仲よくして頂きましたわ。あれは気の強い意地わるな娘だった。どんなふうにですの、と紀伊が訊いた。

「私はいまでもよく覚えているし」と広一郎は云った、「それを思いだすたびに、口《く》惜《や》しいような憎らしいような気持になることが幾つかある」

「うかがいとうございますわ」

「私は蛇《へび》が嫌いだ」と広一郎は云った、「蛇を見ると、いまだに私は軀《からだ》じゅうが総毛立つくらいだ」

十二歳の年だった。彼が安永の家へ遊びにいったとき、つなが「面白《おもしろ》いものを見せるからいらっしゃい」と云って、彼を庭へさそいだした。安永の庭は広くて、林や草原があったり、小さな池もあった。なにげなくついてゆくと、ひょいと草むらの中にしゃがんで、「ほら此処《ここ》よ」と云う。そして、彼が近よっていって、覗《のぞ》いて見ようとしたら、「わあ」と叫びながら、一疋《ぴき》の小蛇を摘《つま》んで、彼の眼の前へつきつけた。

「私は気絶しそうになった」と広一郎は云った、「たぶん悲鳴をあげたろう、気が遠くなったようで、われに返ったら、自分は草履をはいたまま、いつのまにか座敷の中に立っているし、母はおそろしく怒っているし、あの娘はげらげら笑っていた」

「あの方はお幾つでしたの」

「私が十二だから六つの年だ」と広一郎は云った、「そのまえの年だったと思うが、安永と梶と、両ほうの家族でこの赤根へ来たことがあった」

宿は東風楼だった。親たちが話をしているうちに、あの娘が「いっしょに湯へはいろう」と云った。彼が渋っていると「男のくせにいくじなしね」と云った。彼はつなといっしょに湯へはいった。湯壺《ゆつぼ》へはいると、つなは潜《もぐ》りっこをしようと云った。

——髪毛が濡《ぬ》れるからいやだ。

——あとで拭《ふ》けばいいわよ。

——母さんに怒られるからいやだよ。

——男のくせにお母さまが怖いの。

へええ弱虫ね、とつながあざ笑った。そこで彼は承知した。二人は潜りっこをしたが、どうしても彼は負けてしまう、三度やって、三度めには死ぬかと思うほどねばったが、つなは彼より十三も数えるほどよけいに潜っていた。

「あの娘は大自慢で、さんざん私のことをからかった」と広一郎は云った、「それから湯を出て髪を拭き、お互いに髪を結いあったあと髪毛がよく乾くまで遊ぼうと云った」

「そこでですか」と紀伊が訊いた。

「裸のままでだ」と広一郎が云った、「そして、まず自分のからだの自慢を始め、白くてすべすべしてきれいでしょう、よく見てごらんなさい、と云うんだ」

事実まっ白できめのこまかい、ふっくらとしたきれいな肌であった。つなは軀をすっかり眺めさせたうえ、あたしには「三つ星さま」があるのよと云い、足をひろげて、右の太腿《ふともも》の内側を見せた。薄桃色の、腿のつけ根に近いところに、黒子《ほくろ》が三つ、三角なりにあるのを彼は見た。ほんの一瞥《いちべつ》、ちらっと見ただけであるが、彼はなにか悪いことでもしたように、胸がどきどきし、ひどく気が咎《とが》めた。つなは平気な顔で、こんどは二人の軀を比べっこしようと云い、「あたしにぴったりくっつきなさい」と命令した。彼は狼狽《ろうばい》し、いやだと云って逃げた。するとつなは顔をしかめて軽蔑《けいべつ》し、またしても「男のくせにいくじなしね」とからかった。

「そういうことは誰《だれ》にもありますわ」と紀伊が云った、「そのくらいのじぶんは、なんとなく軀に興味があって、お互いに軀を見せあいたくなるものですわ」

「紀伊もしたのか」

「あら、――」と彼女は赤くなった、「いまは若旦那さまが話していらっしゃるのでしょう、わたくしのことはあとで申上げますわ」

「うん」と広一郎は云った、「だがかんじんなのはそのことじゃない」

　軀の比べっこで逃げたあとで、つなが「いいことを教えてあげましょうか」と云った。いいことってなんだ、彼は警戒した。つなは肩をすくめ、くすくすと笑った。そして、潜りっこをあんなふうにしては負けるにきまっている、途中で頭を出して息をするのだ、と云った。あたしなんか二度も三度も頭を出して息をした。あなたはばか正直で、「お知恵がないのね」と云うのであった。

「私は口惜しかった」と広一郎は云った、「いつかはやり返して、こっちで笑ってやろうと思った、ところがいつもやられてしまう、笑われるのはいつもこっちなんだ」

或る時やはり安永の庭で、つなが木登りをしていばっていた。例のとおり「あなたにはできないでしょう」と云う。そこで彼が登ると、あたしはもっと上まで登った、「あたし海が見えたわ」と云う。彼はさらに登った、すると海が見えなかったばかりでなく、枝が折れて墜落し、背中を打って気絶してしまった。

或る時は草の中の小径《こみち》で、ここをまっすぐに歩いてみろと云う。蛇がいるんだろう。蛇なんかいないわ、もう冬じゃないの「臆病《おくびょう》ねえ」と笑う。それでまっすぐに歩いていったら、落し穴があっておっこち、左のくるぶしを捻挫《ねんざ》した。

「おまえ笑うのか」と広一郎が云った。

「わたくし笑いませんわ」

「いま笑ったようだぞ」

「笑ったりなんか致しませんわ、わたくし」

「数えればまだ幾らでもある」と広一郎は云った、「袋撓刀《ふくろしない》のこととか、背中へ甲虫《かぶとむし》を入れられたこととか、暴れ馬のこととか、お化粧をされたのを忘れて、そのまま帰って土蔵へ入れられたこととか、——なんだ」広一郎は話をやめて、向うを見た。縁側へ女中がやって来たのである。「こちらは梶さまか」と訊くので、そうだと答えると「お客さまがみえました」と云った。広一郎はぎょっとした。

——客の来る筈はない。紀伊もちょっと色を変えた。

「その、——」と広一郎は女中に訊いた、「客というのは、どんな人間だ」

「お武家さまでございます」

広一郎は「う」と云った。

八

「お名前をうかがいましたけれど」と女中は続けた、「なんですか怒っていらっしゃるようで、会えばわかる、ぜひとも会わなければならない、と仰しゃるばかりでございます」

「よし、——」と広一郎は云った、「ではすぐにゆくから、ほかの座敷へとおしておいてくれ」女中は承知して去った。

「どなたでしょう」紀伊がおろおろと云った、「わたくしどうしましょう、みつかったのでしょうか」

「とにかく会ってみる」

「わたくし帰りますわ、お会いになっているうちに帰るほうがいいと思いますわ」

「うん、——」と広一郎が云った、「そのほうがいいかもしれない、そうするとしよう」

紀伊は立った。駕籠が待たせてあるから、いそげば祖父の法事にまにあうだろう、と紀伊は云った。では晩に、と広一郎が云った。紀伊はすばやく出ていった。

広一郎は冷えた茶を啜《すす》った。紀伊が支度をしてしまうまで、と思って坐っていた。やがて気持もおちついて来、時間もよさそうなので、わざと無腰のままで出ていった。

女中が案内したのは、隅《すみ》のほうの、暗くて狭い部屋であった。そのなんの飾りつけもない、古畳の、まるで行燈《あんどん》部屋のように陰気なところで、一人の侍が蝶足《ちょうあし》の膳《ぜん》を前にして、酒を飲んでいた。広一郎はあっけにとられた、盃《さかずき》を持って「よう」と振向いたのは、佐野要平であった。

「よう、これはどうも」と要平は云った、「御馳走《ごちそう》になってますよ」

「なんの用があるんだ」

「御《ご》挨拶《あいさつ》ですね、今日は五日ですよ」

広一郎は思い出した。なんだ、そのために来たのか。約束ですからな、約束の第一回から忘れられては困りますよ、と要平は盃を呷《あお》った。お宅へ伺ったら赤根だと云うので、すぐさまあとを追って来たわけです、ひとつどうですか、と要平は云った。

「奢《おご》ってくれるのか」

「冗談でしょ、貧乏人をからかっちゃいけません」

広一郎は坐った。紀伊がいたことは知らないらしい、罪ほろぼしに少しつきあってやるか、と思ったのであった。

その夜、——広一郎は「なんでもなかったよ」と云い、要平のことを話した。紀伊は頷いて、楽しゅうございましたわと囁《ささや》いた。そして、二人きりの時間（それはいつもごく短いものであったが）には、赤根の楽しかったことを、よくお互いに囁きあった。

赤根の湯から二人の心はもっとぴったり触れあうようになり、しばしば、ちょっと眼を見交わすだけで、互いの気持が、ごく些細《ささい》なことまでも、通じあうようになった。そして、十一月中旬の或る午後、——ちょうど広一郎の非番の日であったが、二人は庭の奥で少しながく話す機会があった。そこは北斗明神といって、梶家代々の氏神の祠《ほこら》があり、若木ではあるが杉林《すぎばやし》に囲まれていた。北斗明神は梶家がどこへいっても祭るもので、十幾代もまえからの氏の神だということである。

「わたくし、うかがいたいことがあるのですけれど」と紀伊が云った、「このまえ赤根の宿で、つなさまのことを仰しゃってましたわね」

広一郎は頷きながら、紀伊は日ましに美しくなるな、と心のなかで思った。縹緻《きりょう》もよくなるばかりだし、こんなにやさしい、気だてのいい娘はない、なんという可愛《かわい》い娘だろうと思った。

「若旦那《わかだんな》様はそのために、つなさまとも御結婚なさらないし、女嫌いになっておしまいなすったのでしょうか」

広一郎は「ん」と紀伊を見、それから自分が質問されていることに気づいた。

「うん、いや、それもあるけれど」と彼はちょっと口ごもった、「ついでに正直に云ってしまうと、——私の母のこともあるんだ」

「奥さまのことですって」

「紀伊だから云ってしまうが、母がどんな性質の人かわかるだろう」と広一郎は云った、「私はずっと父と母の生活をみて来た、そして、いつも父を気の毒に思った、……表面は旦那さまと立てている、父はいかにも家長の座に坐っている、しかし」と彼は首を振った、「じっさいはそうじゃない、城代家老としては別だが、私生活では母の思うままだ、すべての実権は母が握っている、父には、母のにぎっている鎖の長さだけしか自由はないし、その鎖で思うままに操縦されている」

「それはお言葉が過ぎますわ」

「父だけではない、どうやらたいていの男がそうらしいよ」

「あんまりですわ、それは」

「猿廻《さるまわ》しは猿を太夫《たゆう》さんと立てる、そして踊らせたり芝居をさせたりして稼《かせ》がせる、――よく似ていると思わないか」

「でも、――」と紀伊が云った、「ぜんぶの女がそんなふうだとは限りませんわ」

「たとえば紀伊のようなね」

「あら、あたくしなんか」

「私は紀伊となら結婚したいと思う」

紀伊は「まあ」と云って赤くなった。広一郎も自分の言葉に自分でびっくりした、深い考えもなく、すらすらと口から出てしまったのである。彼は狼狽したが、云ってしまってから、それが自分の真実の気持であり、ここではっきりさせるべきだ、ということに気がついた。

「紀伊は私の妻になってくれるか」

「うれしゅうございますわ」紀伊は赤くなったまま眼を伏せた、「若旦那さまのお気持はよくわかりますの、本当にうれしゅうございますけれど、身分が違いますし、なにより奥さまがお許しなさいませんわ」

「それは私が引受ける、来てくれるか」

「わたくしにはお返事ができません」紀伊は顔をそむけた、「だって、それはできることではないのですもの」

「いますぐに話す、これから話して、きっと承知させてみせるよ」

「いけません、若旦那さま」

「あとで会おう」と広一郎は云った、「今夜その結果を知らせてやるよ」そして彼は卒然と、紀伊の手を握った。彼女の軀はぴくっとし呼吸が深く荒くなった。そして、広一郎に握られた彼女の手は、冷たく硬《こわ》ばったまま動かなかった。

心配しないでいい、きっとうまくゆくよ、と広一郎は云った。紀伊は黙って顔をそむけていた。続けさまの感動で、ものを云う力もない、といったようすであった。

広一郎は母の部屋へいった。そこには鼓《つづみ》の師匠が来て、母の稽古《けいこ》をみていた。彼は鼓の音が聞えなくなるのを待って、改めて訪ねた。——梶夫人は、広一郎の言葉を、黙って聞いていた。眉《まゆ》も動かさなかったし、かくべつ感情を害したようすもなかった。

しめたぞ、と広一郎は話しながら思った。これは案外うまくゆくかもしれない、母は紀伊がお気にいりだからな、とも思った。――聞き終ったさわ女は、平生の声で「お父さまにお訊《き》きなさい」と云った。広一郎は、母上の御意見はいかがでしょうか、と訊いた。

「母さんは女ですから、そういうことに口だしはできません」とさわ女は云った、「お父さまが梶家の御主人ですからお父さまに訊いてごらんなさい」

広一郎は「ではそうします」と云った。

九

父の竜右衛門は首を振った。そうして、この話の第一章に記したとおり、彼自身の女性観を述べ、諦《あきら》めるほうがいいと云った。

私は諦めないつもりです、と広一郎は主張した。私は紀伊が好きですし、紀伊はよい妻になると思います、と云った。だめだね、母さんがおれに訊けと云ったのが、すでに不承知だという証拠だ、そうだろう、おまえだって母さんの性分は知っている筈《はず》だ。しかし母さんは、「父さまが梶家の主人だから」と云われましたよ。おまえもそう思うか。ええまあ、――それに相違ないんですからね、と広一郎が口ごもった。竜右衛門は苦笑し、その詮索《せんさく》はよしにしよう、と云《い》った。

「まあ諦めるんだな」と竜右衛門は続けた、「それにおまえは、たいそうあの娘が気にいったらしいが、さっきも云ったように、結婚してしまえば、女はみんな同じようなものだ、安永の娘だって紀伊だって、――おれは紀伊のことはよく知らないがね、しかし結婚して妻になれば、どっちにしても同じようになるものだよ」

「しかし父さんは反対ではないのですね」と云った。

竜右衛門は頷《うなず》いて、「母さんがよければね」と云った。

広一郎は母の部屋へいった。

こんどは問題がはっきりした。母は「いけません」と云った。

「あなたには安永つなさんという許婚者《いいなずけ》があります。そのうえ、あなたはやがて城代家老になる身ですから、町人の娘などを娶《めと》ることは許されません」とさわ女はきめつけた、「二度とそんな話は聞かせないで下さい」

「ですけれど、――」と彼は云った、「父上はいいと云われましたよ」

「お父さまにはあとでわたしが話します」とさわ女は云った、「――まだほかに、なにか仰《おっ》しゃりたいことがおありですか」

広一郎はひきさがった。

よろしい、それならこっちも戦術を考えよう、と彼は思った。父はこれからしぼられるだろうし、相当お気の毒さまであるが、それは御自分の茨《いばら》を御自分で苅《か》るわけである、「よろしい」と彼は呟《つぶや》いた、「戦術を考えるとしよう」

だがその暇はなかった。彼が両親と交渉しているあいだに、紀伊は屋敷から出ていってしまった。それがわかったのは、彼が寝間へはいったときである。夕餉《ゆうげ》のときも紀伊がみえず、書斎へ茶を持って来たのも、べつの小間使であったし、寝間の支度は安芸《あき》という小間使がした。――広一郎は不吉な予感におそわれ、「紀伊はどうした」とその小間使に訊いた。すると、まるでその質問を待っていたように、母がはいって来て、「今日からこの安芸があなたのお世話をします」と云った。

広一郎はかっとなった。

「母上が暇をおだしになったんですね」

「紀伊は自分でいとまを取ったのです」とさわ女は云った、「あなたはまさか、母を疑うほど卑屈におなりではないでしょうね」

広一郎は頭を垂れた。彼もそこまで卑屈になりたくはなかった。紀伊は同じ城下町にいるのである、会おうと思えば茗荷屋《みようがや》へゆけばよいのだ。「おやすみなさい」と彼は云った。さわ女も「おやすみなさい」と云い、寝間から出ていった。

安芸は用が済むと、一通の封じ文をそこに置き、挨拶《あいさつ》をして出ていった。安芸はなにも云わなかったが、もちろん紀伊の手紙であろう、広一郎はすぐに取って封をあけた。

――わたくし必ずあなたのところへ戻《もど》って来ます、とその手紙に書いてあった。神仏に誓って、必ず戻ってまいりますから、それを信じてお待ち下さい。どうぞわたくしを呼び戻そうとしたり、会いにいらしったりなさらないようにお願い致します。会いにきても自分は決して会わない、その代り半年以内に必ず、「あなたのところへ」戻ると、その手紙は繰り返していた。

「わかった」と広一郎は呟いた、「私はおまえを信じよう、紀伊、――待っているよ」

そして彼は待った。十二月になり、年が明け、二月になり、三月になった。梶家では毎年の例で、七人の小間使が出替ったが、すぐあとで、広一郎の結婚が行われることになった。

「安永さんを五年ちかく待たせました、これ以上お待たせすることはできません」とさわ女は云った、「広さんの女嫌いもなおったようだし、だって誰《だれ》かを嫁に欲しいと仰しゃったくらいですからね」とさわ女は注を入れた、「こんどこそお式を挙げることにします」

事は決定した。梶夫人がはっきり宣言した以上、誰に反対することができるだろう。梶家と安永家の往来が復活し、たちまち祝言《しゅうげん》の日どりがきまった。広一郎は祈った、「戻ってくれ紀伊、戻ってくれ」彼は空に向い壁に向い夜の闇《やみ》に向って呼びかけた、「どうしたんだ、紀伊、いつ戻って来るんだ」そしてまた云った、「おれは待っている、おまえを信じて、最後のぎりぎりまで待っているぞ」

紀伊は戻って来なかった。祝言の日が近づき、ついにその当日になった。紀伊はまだ戻って来ない、だが彼は望みを棄《す》てなかった。梶家には客が集まり、彼は着替えをさせられた。花婿《はなむこ》姿を鏡に写しながら、やはり彼は待った。紀伊は必ず戻って来る。紀伊は誓いをやぶるような女ではない、必ず戻って来るに相違ない。――そのうちに時刻が迫り、花嫁が到着した。仲人《なこうど》は次席家老の海野図書《ずしょ》夫妻である、定刻の七時が来、式が始まった。

白無垢《しろむく》に綿帽子をかぶった花嫁と並び、祝言の盃を交わしながらなお広一郎は紀伊を待った。紀伊はまだあらわれない、盃が終り祝宴に移った。賑《にぎ》やかで陽気な酒宴が続き、花嫁は仲人に手をひかれて座を立った。

――紀伊、どうしたんだ。と広一郎は心のなかで叫んだ。どうしたんだ、もうすぐ最後のぎりぎりだぞ。

そして、その「最後のぎりぎり」のときが来た。花嫁が立っていってから、約半刻《はんとき》、仲人の海野図書がおひらきの辞を述べ、広一郎は席を立って寝間へ導かれた。晴れの寝衣《ねまき》に着替えながら、「紀伊、――」と彼は心のなかで呼びかけた。海野夫人は彼を新婚の閨《ねや》へ案内し、彼を屏風《びょうぶ》の内へ入れてから、そっと襖《ふすま》を閉めて去った。

花嫁は夜具の上に坐《すわ》っていた。

六曲の金屏風に、絹行燈《きぬあんどん》の光りがうつっていた。華やかな嬌《なま》めかしい夜具の上で、雪白の寝衣に鴇色《ときいろ》の扱帯《しごき》をしめ、頭をふかく垂れて、花嫁は坐っていた。――広一郎は決心した、すべてを花嫁にうちあけよう。つなは気は強いしいじわるな娘だった。しかし、うちあけて話せばわかってくれるだろう、彼はそう思って、そこへ坐った。するとてめて、静かに花嫁が顔をあげた。

「あ、――」と広一郎は云った、「おまえ」

花嫁は両手をついた。

「どうぞ堪忍《かんにん》して下さいまし」と花嫁が云った、「わたくしがどのように変ったか、みて頂きたかったのです」

広一郎は「まさか」と呟き、茫然《ぼうぜん》と眼をみはった。

「お側《そば》に仕えてみて、それでもお気にいらなかったら諦めるつもりでした。決してお騙《だま》し申したのではございません、あなたのお眼で、つながどう育ったかをみて頂きたかったばかりでございます」そして花嫁は嗚咽《おえつ》した、「――堪忍して下さいますでしょうか」

「夢を見ているようだ」と広一郎は云った、「――すると茗荷屋の娘というのは」

「よのさんは稽古友達ですの」

「母は知っていたのか」

「はい、――」花嫁は啜《すす》りあげた、「どうぞ堪忍して下さいまし、わたくし、あなたの妻になりたい一心だったのですわ」

広一郎はあがった。すっかりあがってしまい、どう答えていいかわからなくなった。そこで鼻が詰ったような声で云った。

「おまえは誓いをやぶらなかった、つまり、私のところへ戻って来たわけだな」そして、すばやく指で眼を拭《ふ》いて、ばかなことを云った。

「三つ星さまはまだあるだろうね」

十

「もう一と月になるな」と竜右衛門がその息子に云った、「もう一と月になる、うん、

——どうやら無事におさまったらしいな」
「ええ」と息子が答えた、「無事にいっています」
「おれの云ったことが思い当ったかね」と父親が云った、「結婚してしまえば、女はみな同じようなものだ、ということがさ」
「さよう」と広一郎はおちついて云った、「仰しゃるとおりでした、女は同じでしたよ」

（「講談倶楽部」昭和三十年一月号）

しゅるしゅる

一

この話は世間周知だかもしれない。周知というほどではないかもしれない。殆《ほと》んど知られていないかもしれない。この「某旧藩」で代々家老だったという子孫の家が倒産したとき、私の若い友人の一人がその家の古文書《こもんじょ》の中から一と束の反故《ほご》を貰《もら》い受けて来た。それらは屑屋《くずや》さんでさえ軽蔑《けいべつ》して、「これは経師屋《きょうじや》の下張り用にしかならない」と云《い》ったそうであるが、――私はその一束の中から、この備忘録か回想録か、または誰《だれ》かの話の聞書であるかもしれない一綴《ひとつづり》の筆記をみつけた。私の若い友人は全部を私に贈呈すると云ったが、私は切にその好意を謝したうえ、この筆記だけを貰って二人で酒を飲んだ。その後、私は幾度かこの筆記を読み、その内容になんとなく不信の感をもった。どこかで聞いたか読んだかしたことがあるような、ないような。またそれは私自身が経験したことのような、そうでないような、一種のうさん臭い感じがするのである。しかし筆記の出所が出所であるし、「お臀《しり》」とか「褌《ふんどし》」とか、「孕《はら》ませる」とか「立ち尿《いばり》」などという直截《ちょくせつ》な表現――それも女性の口から――が記されているところなど、武家時代の上流階級の言動として実感がなくもないので、ここにその要領を抄録してみることにした。万一これが「世間周知」の話であるとしたら、この筆記の主《ぬし》に責任があるのではなく、私の寡聞《かぶん》の罪であることをお詫《わ》びしなければならない。因《ちな》みに、話中の人名やその条件の一部は、当事者の子孫が（倒産したとはいえ）現存しておられるので、すべて仮名《かめい》にしその経過に多少の変更を加えたことをお断わりしておく。

二

「老女尾上《おのえ》どのの教授法は、あまり厳に過ぎる」と次席家老の片桐五左衛門《かたぎりござえもん》が云った、「いかになんでも相当な家柄《いえがら》の娘を折檻《せっかん》するというのはよろしくないと思う、これはぜひ御城代から注意して下さるようにお願いしたい」

若き城代家老の由良万之助《ゆらまんのすけ》は返辞をためらった。こういう話はもう幾度も聞いている、みな同じ不平であって「なんとか御城代から注意してもらいたい」というのであるが、いま自分より二十歳も年長の、しかも次席家老ともある人から同じことを要求されてみると、これは卒爾《そつじ》なことではないらしいな、と思わざるを得なかった。

「しかしそれは片桐さんのほうが適任ではありませんか」と万之助は云った、「私はごらんのとおり若年ですし、城代といってもまだ拝命して半年そこその、要するに」

「いやこれは御城代でなければだめです」と五左衛門は遮《さえぎ》って云った、「これまでにも、少し教授法をゆるめてくれるようにと申入れたところ、まるで耳にもかけぬばかりか、逆に理屈を並べたて、結局こちらがへこまされたというしだいですから」

「それは相当なものらしいですな」

「要するに」と五左衛門は云った、「これは上意によって赴任して来たという自負があるためで、これを制するには城代家老という職権をもって臨む以外に手段はないと思うのです」

そんな女性に職権が効くかしらん、と万之助は思った。

「私は巌元寺へ接心《せつしん》にかよっているので」と万之助は云った、「もう五日で終りますから、そのあとでよかったら話しましょう」

片桐五左衛門はそれでよろしいと云った。

万之助が巌元寺へかよっているのは事実で、道済和尚《おしよう》から「死」一字の公案を与えられていた。筆記の原文ではこの公案と道済和尚について面白《おもしろ》い記述があるのだがここでは省略する、で、あと五日かよえば接心は終るのだが、まだ答案がうまくうかばないので、寝ても覚めても、禅学の逸話にあるような、突拍子な語彙《ごい》をひねってみたり、怪しげな動作をこころみたりしている、という状態であった。

「そんな老女などに会うのはいやだな」と万之助は独りで呟《つぶや》いた、「——公案の答案ができなければしようのないはなしだし、……接心の日限を延ばしてもらうかな」

だがその翌日、——

万之助が下城してみると、樫田広之進《かしだひろのしん》の妻女が訪ねて来て待っていた。母親の信乃《しの》女《じょ》からその旨《むね》を知らされて、「私が会うんですか」と彼は浮かない顔をした。信乃女は「そうですとも」と云った。あなたを訪ねていらしったのですからあなたがお会いにならなければね。用はなんでしょうかね。江戸からいらしった尾上という御老女のことですよ。やれやれ、またその話か。またですって、と信乃女が訊《き》き返した、「そんな話がたびたびあったんですか」ええ、と万之助は頷《うなず》いて、着替えを終った単衣《ひとえ》の衿《えり》のぐあいを直した。信乃女は万之助があとを続けるかと思ったが、黙って廊下へ出てゆくので、「では接待へおとおししますよ」と云った。

「さきに茶を下さいませんか」と万之助は云った、「ああ庭の桔梗《ききょう》が咲き始めましたね」

居間で茶を喫してから、万之助は接待ノ間へいった。

そこには樫田の妻女と、その娘の小園《こその》が坐《すわ》っていた。万之助は茶をもう一杯喫したいような気持になった、彼はひそかに、こういう面会を「売込み」だと思っている、というのが、父の図書《ずしょ》が亡《な》くなって以来、――約半年くらいになるが、娘を同伴した客がしきりに訪ねて来る。どの娘もきらびやかに盛装していて、しかもかくべつ用件があるわけではない。初めのうちは気がつかなかったが、娘たちの態度にあらわれる含羞《はにかみ》や嬌羞《きようしゆう》によって、「ははあ」と思い当ったのである。こういう習慣には疑問をいだかれるであろうが、亡くなった図書という人は、ずっとまえから「万之助の嫁は自分で選ばせる」と云い、亡くなるときにも、信乃女にそう念を押していった。――筆記の原文にはこの件について、信乃女と図書のあいだに相当な論争があったことを記してあるのだが、ここでは省略する。……で、しぜん娘を持つ親たちは、いろいろと機会を設けて、その娘たちを彼に認めさせ、あわよくば娶《めと》らせようと、それぞれ心を配っているようであった。

樫田の小園とも、これまでに三度くらい会っている。片桐五左衛門にも松枝という娘があり、いまこの両家がもっとも熱心にくいさがっているのであるが、万之助としては幾分(どうせ嫁にもらうなら)松枝のほうが無難だと思っていた。――樫田の妻女は挨拶《あいさつ》を済ませると、老女尾上について不平を述べだした。

「この人の手を鞭《むち》で打ったのです」と樫田の妻女は云った、「襖《ふすま》の閉めかたが少し荒かったというので、尾上さまはいつも鞭を持っているそうですが、それでこの人の手を、――さあ、そのお手を見ていただきなさいな」

娘は袂《たもと》に入れたまま手をうしろへ隠し、しなしなとかぶりを振った。

「さあお手を出して」と樫田の妻女は甘たるい撫《な》でるような声で云った、「なにを羞《はにか》んでいらっしゃるの、ほかの方ではあるまいし、由良さまに見ていただくのに羞むことがありますか、さあお手を出して」

娘はやはり（しなしなと）かぶりを振り、母親は甘たるい声で娘をくどいた。万之助は喉《のど》の奥のところがむず痒《がゆ》いような気持になり、それには及ぶまいと云った。

「その老女のことは聞いています」と彼は云った、「昨日も片桐さんから云われたので、私から注意することになっているのです」

「まあ、――」と樫田の妻はぎょっとしたような眼《め》をした。おそらく競争者の名が出たからであろう、「片桐さまもですか」

「いやお嬢さんのことは云いません、お嬢さんが折檻されたのではないでしょうが」

「松枝さまは」と小園が云った、「――お口の脇《わき》のところをつねられましたわ」

万之助は笑うのをこらえようとして骨を折った。樫田の妻女は「まあなんということでしょう」と云った。口の端をつねられるなんて、なにか不躾《ぶしつけ》なことでも仰《おっ》しゃったのだろうが、口の端をつねられるなんて子供みたようではございませんか。いいえ、と小園が云った。松枝さまは不躾なことなんか仰しゃりはしませんわ。ではどうなすったの。なにも仰しゃいませんの、ただそっと欠伸《あくび》をなすっただけですわ。まあ呆《あき》れた、欠伸ですって、と樫田の妻女が眼をみはった。

「そういうわけで」と万之助は扇子を帯へ差込みながら云った、「――老女には私がよく話すことにしますから、ではこれで」

三

明くる朝、といっても午前三時だったが、――

万之助は巌元寺の禅堂へいって坐った。夏とはいっても四月中旬のことで、外はまだ白んでもいず、広い堂内には燭台《しょくだい》が一基しかないから、うす暗くってどこに誰がいるかよくわからない。彼のほかに家中《かちゅう》の侍が二人と、城下町の商家の隠居が一人、ずっと坐りに来ていたが、その朝はもう一人、新しい顔がみえたようであった。

――侍らしいな。

万之助はそう思っただけで、気にもとめず打座《たざ》した。

その新しい参禅者は、じつは問題の尾上女史だったのである。伊村曹将という江戸邸《やしき》の重臣の娘で名はあきつ、年は二十七歳、小太刀《こだち》という乗馬に秀《ひい》でている。軀《からだ》は中肉中背、よくひき緊《し》まった肉づきで、膚《はだ》の色はやや浅黒い。顔はまる顔、決して美人ではないし、口が大きく、きつい眼つきをしている。ちょっと見ると「男まさり」という印象を受けるが、まるっこい顔のどこかしらに愛嬌があって、いわゆる美人とは趣きの違う魅力が感じられた。

彼女は藤色《ふじいろ》にこまかく千草を染めた単衣に男袴《おとこばかま》をはき、髪毛は結わずに、うしろできりっと一と束ねにしている。堂内が暗いためばかりでなく、そういうなりかたちや、端座した姿勢などから、それが女性だとはちょっとわからないようであった。もちろん一般には女性が男といっしょに禅堂で坐るという例はないことで、このばあいもまったく道済老師の特別なはからいによったものであるが、——筆記の原文には老師と尾上女史との面白い問答が記してあるがここでは省略する、——しかし万之助はそれが女史だなどということは知らないから、打座瞑目《めいもく》、一心不乱に心機を把握《はあく》しようとしていた。この一方、尾上女史のほうでは彼を認め、ひそかに彼を観察していた。女史は彼を知っているのである。

万之助は十五歳の春から三年、江戸へいって昌平黌《しょうへいこう》で学んだが、そのとき伊村家に寄宿して彼女の世話になった。三つ違いの姉と弟といったぐあいだったが、いま万之助を（ひそかに）観察する眼の中には、或《あ》る種の炎のようなものがうかがわれるのであった。

五時になると、道済老師が出て来て、如意《によい》を持って榻《とう》へあがる。すると参禅者は一人ずつ立ってゆき、榻の前で三拝の礼をして答案を述べる。答案のできない者は黙って（また）三拝の礼をして退下するのであるが、老師はいつも気乗りのしない顔つきで、答案ができなくともなんとも云わないし、答案を聞いても可も不可もない、「ああ」などと、退屈そうな声を出すくらいが関のやまであった。

その朝は万之助が第一に榻の前へいった。そして作法どおりに礼をし、答案がないので、もういちど礼をして退下した。すると老師が呼びとめて「落し物をしたぞ」と云った。万之助は振返って見た、——もう外はすっかり明けているので、堂内もよく見えるのだが、どこにも落し物などはみつからなかった。

「それ、そこだ」と老師は榻の前を如意で示した、「見えないかな」

万之助は「はあ」といった。

「自分の落した物が見えないようでは困るな」と老師は云った。「まあいい、不用な物じゃろ、ゆきなされゆきなされ」

万之助は退下した。

答案はついにできず、接心の日限は終った。老師は「落し物」のことは二度と云わなかったし、万之助も訊《き》き糺《ただ》しもしなかった。

——もういちど云ったら云い返してやろうかな。

彼はそう思っていた。当っているかどうかわからないが「落し物」がなんであるか、ほぼ見当がついたのである。しかし老師はなにも云わないので、その見当が当っているかどうかは、ついにわからずじまいであった。

接心の終った日の午後、——

万之助がいつもより少し早く下城すると、母の信乃女が待ちかねたように、「御老女がみえていますよ」と囁《ささや》いた。袴の紐《ひも》を解こうとしていた万之助は、ぎくっとして母の顔を見た。信乃女は息子に頷いてみせた。

「表の客間です」

彼は「なんの用だろう」と口の中で呟いた。信乃女は「そのままでいいでしょう」と云った。彼はまた母の顔を見た。

「着替えはなさらなくともいいでしょう」

彼は「ああ」と頷いた。軀の内部のどこかに、大きな鉛でも詰ったような、重ったるい不愉快な気分になったのである。彼は助けを乞《こ》うように、母の顔を（またしても）かえり見たが、そこになんの助けも発見できないのを認めると、扇子をぎゅっと握りしめ、前袴を一つ軽く叩《たた》いて廊下へ出ていった。

尾上女史は端然と坐っていた。ごくこまかくなにかの花を染めた紫色の単衣に、男袴をはき、前半に短刀を（袋へ入れずに）差している。頭髪は油を付けないまま、うしろできっちり一と束ねにし、紫色の紐で結んであった。

——女だか男だかわからないな。

万之助はこう思いながら、挨拶を受け、挨拶を返し、そして心のなかで「眼はきれいだ」と自分に頷き、「声もいい」と頷いた。

「国許《くにもと》は初めてですか」と彼が訊いた。

女史は「初めてです」と答えた。彼は「そうですか」と頷いた。女史の眼の中に（あの禅堂のときのように）或る種の炎のようなものが、かげろうの如《ごと》くゆらめき、そして消えた。万之助は膝《ひざ》の上で、扇子を無意味に動かし、女史は黙って坐っていた。

——かれらは二人の侍女が茶菓をはこんで来て去るまで、そのまま、向き合って黙っていた。それから、二人同時に「御用は、——」と云《い》いかけて、同時だったので、お互いに口をつぐんで相手を見た。

「なにか御用ですか」と万之助がゆっくり訊いた。

「はあ——」と女史は訝《いぶか》しげに彼を見た、「わたくしあなたがお呼びだと聞いてうかがったのですけれど」

「誰がそう云いましたか」

「御家老の片桐さまです」

「ああ」と万之助は云った。ひどい人だな、こんな不意打ちはひどい、と彼は心のなかで呟きながら云った、「ああそうでした、話したいことがあったものですから、——どうか楽にして下さい……茶はいかがですか」

「お話をうかがいます」

「そうですか」と万之助は扇子を下に置き、ちょっと口ごもり、そして、いま下に置いた扇子を取って云った、「じつは、……じつは貴女《あなた》の作法教授のことなんですが」

「どうぞ」と女史が云った。

「その」と彼は吃《ども》った、「これはあれなんですが、——貴女はどうしてまた、男袴なんかはいていらっしゃるんですか」

四

「お話を続けて下さい」と女史はむっとしたように云った、「わたくしの教授法が悪いとでも仰しゃるのですか」

「いや」万之助は口ごもった、「私はなにも知りません、したがって貴女に、ええ、いや、私ではないのです、みんなが私にそう云うものだから、あれだったんですがしかしもういいでしょう」

「なにがいいのですか」

「話はやめます、なにかのゆき違いだったと思いますから」と彼は云った、「――夕《ゆう》餉《げ》をあがっていらっしゃいませんか」

女史は耳にもかけなかった。

「ではわたくしから申しましょう」と女史は極めて即物的な調子で云った、「わたくしはお上《かみ》の御意《ぎょい》で、こちらの娘さんたちに作法の教授をするためにまいりました」

ところがこっちの娘たちは「なっておらない」と尾上女史は云った。

大藩はべつだろうが、領主が帰国ちゅうは、家中からしかるべき家柄《いえがら》の娘が、御殿へあがって御用を勤めるのが一般であった。それはいいのだが、現在の藩主、摂津守《せっつのかみ》信亥（当時二十歳という）は、京都の公卿《くぎょう》から奥方を迎えた。隠居した先殿が桜井松平家の血をひいており、奥方がやはり公卿の出であったからだろう。摂津守の奥方は良人《おっと》より二歳年長であり、結婚してもう三年になっていた。――筆記の原文にはこの摂津守夫妻についても興味深い話を記してあるがここには省略する、……で、御殿の作法も京都ふうに改めることになり、尾上女史が赴任して来たわけであった。

「おそらく、わたくしが教え子たちを打つとか叩くとかいう不平があるのでしょう」と女史は云った、「しかしわたくしも理由なしにそんなことは致しません、打つには打つ理由、叩くには叩く理由があります」

「そう、そうでしょう」と万之助は頷いた、「そうだろうと私も思います」

「それがわかって頂ければ結構です」と女史は彼の眼をうかがうように見た、「――なにかあなたのところへそういう不平を云って来て、それでわたくしをお呼びになったのではありませんか」

「貴女をですか」と云って彼は咳《せき》をした、「いやそうではありません、いちどその、ごいっしょに夕餉を、と思ったものですから」

「食事は三度とも教え子たちと致します」と女史はきっぱり云った、「食事の作法などでも大切な稽古《けいこ》の一つですから」

「なるほど」と彼は頷いた、「ではまた、よい折があったら来て頂くとしましょう」

女史は挨拶をして立ちあがったが、ふと声を低めて、「いいお母さまですわね」と彼に云った。彼は虚をつかれて「やあ」とあいまいな微笑をうかべた。

それから七日ほど経《た》った或る日、——城中で片桐五左衛門に（また）文句を云われた。このあいだ尾上《おのえ》どのがいったでしょう、というのが始まりであった。万之助は城代事務が多忙であるようなふりをして、「ええ、会って話しました」とうわのそらな返辞をした。五左衛門は信じないような眼つきで、ちゃんと肝心なことを云ってくれたか、と念を押したうえ、「牡丹亭《ぼたんてい》で夕食をさしあげたいが都合はどうか」と訊いた。

——ははあ、また娘だな。

万之助はそう思った。招待といえば（片桐に限らず）必ず娘があらわれる。家庭のばあいには給仕ぶりを見せるし、会席のときには着飾ったあでやかな姿を眺《なが》めさせるのである。片桐でもこれで五回くらい招待されるが「牡丹亭」を奢《おご》るというのは倹約家で名高い片桐氏にしては大決心だろう。万之助はこう思ったので、「うかがいましょう」と承諾した。

相手が松枝なら、会ってもそう悪くはない。時刻は六時というので、家へ帰るのが面倒だったから、彼は下城するとそのまま牡丹亭へゆき、風呂《ふろ》を浴びて、中瀬川の見える小座敷で待つことにした。——そこは城下町の西の端で、「牡丹亭」はちょっとした崖《がけ》の上に建っている。崖といっても高さ二間くらいだろう、岩を削った踏段《ふみだん》があって川までおりられる、そこに活洲《いけす》があるのだが、屋根を掛けた大小二はいの舟も繋《つな》いであり、好みによって舟遊びをすることもできる。尤《もっと》もそこから下流は流れが早いし、二町ばかり下には危ない急湍《きゅうたん》があるので、舟遊びはその辺から上流に限られていた。

万之助は城代家老というだけでなく、「牡丹亭」とは父の代からの馴染《なじみ》で、主人夫婦や召使たちもたいてい知っている。浴衣《ゆかた》になって風をいれていると、主人夫婦が挨拶に来た。かれらは挨拶だけして去ったが、古くからいる女中のお滝は「片桐さますってね、珍しい」と妙な笑いかたをし、「お嬢さまとうちがためでもなさるんじゃありませんか」などと云った。万之助は答える気はなく、ぼんやりと団扇《うちわ》を使いながら、なにを見るともなく川のほうを眺めていたが、ふいに「お」といって軀《からだ》をうしろへひいた。

「どうなすったんですか」とお滝が云った。

庭へ出て来た一人の女客が、崖のところまでいって川を眺めるようすだった。この家の浴衣を着ているが、髪のかたちや横顔で、老女尾上だということはすぐにわかった。

「ああ、あの方ですか」とお滝は云った、「江戸からいらしったんですってね、若旦《わかだん》那《な》はよく御存じなんでございましょう」

万之助はあいまいに「いや」と口をにごした。

「ときどき一人でおみえになるんですよ」とお滝は続けた、「さっぱりした御気性で、おきれいで、思い遣《や》りのあるいい方ですわ」

「一人で来るって、——」

「若いお嬢さま方を伴《つ》れていらっしゃることもございますが、たいていお一人ですわ」とお滝は云った。「やっぱりお江戸育ちはしっかりしていらっしゃるんですね、お一人で来て、御自分で注文なすって、召上って、ゆうゆうとお帰りになるんですもの、わたしたちなんぞ真似《まね》もできやしませんわ」

そして「お呼びしましょうか」と云ったが、万之助は黙って手を振った。

——誰《だれ》だって真似ができるものか。

江戸にだってそんなことをする娘はそういやあしない、と万之助は思った。女史が川のほうへおりていってから、まもなく「片桐さまがみえた」と知らせて来たので、万之助は着替えをしてその座敷へいった。そこには妻女と松枝がいるだけで、五左衛門の姿はみえなかった。互いに挨拶《あいさつ》を済ませ、食膳《しょくぜん》が並べられても、五左衛門はあらわれないし膳部も三人だけであった。もちろん酒は付かず、料理もごく簡単だったので、食事はたちまち済んでしまった。

果物ぬきで茶菓がはこばれると、妻女が能弁に話しだした。そして、それはもっぱら老女尾上に対する非難であった。

「いちど主人からお願い申した筈《はず》ですが」と片桐の妻女は云った、「御老女の教授はゆるむどころか、ますますきびしくなるばかりでございますの」

五

万之助は黙って聞きながら、松枝の顔を見てふきだしそうになった。「口の脇《わき》をつねられた」という話を思いだしたのである。――片桐の妻女は樫田の妻女より能弁だが、松枝は小園よりもっと口数が少ない。顔だちは美人のほうだろう、りっぱに美人でとおるかもしれない。はっきりした眉毛《まゆげ》と、温順《おとなし》そうな眼《め》や口もとが、万之助には好ましく思え、これなら妻《めと》に娶ってもそう悪くはあるまい、と（いまふきだしそうになりながらも）考えるのであった。

「あんまりです、これはあんまりです」と片桐の妻女は続けていた、「そうではないでしょうか、由良さまはあんまりだとはお思いになりませんか」

「え、――ああ」と万之助は云った、「要するにこんどはどんな折檻《せっかん》をしたんですか」

「それはいま申上げたとおりです」

「うっかり聞いていたものですから」と彼は云った、「御面倒でもどうかもういちど仰《おっ》しゃって下さい」

「それは、あの――」と片桐の妻女は口ばやに云った、「でございます」

「よく聞えないんですが、どうかもう少しはっきり仰しゃって下さいませんか」

「お母さま」と松枝が母に云った。

「いいえだめです」と母親は娘に云った、「これは恥ずかしいとか恥ずかしくないとかいう問題ではありません、こんどこそ御城代に聞いて頂いて、善後処置を考えなければなりません」そして彼女は万之助に向き直った、「――松枝は尾上どのに……を打たれたのでございます」

万之助はどこを打たれたのか聞えなかった。それで「どこですって」と訊き返した。

片桐の妻女はまた……ですと云い、万之助はよく聞えませんと云い、松枝は「お母さま」と云って、赤くなった顔をそむけた。

「ここでございます」と片桐の妻女は手を袂《たもと》へ入れ、その袂で自分の臀部《でんぶ》を押え、すぐに手を戻《もど》してつんと鼻をしゃくった、「――おわかりになりまして」

万之助は赤くなって、「はあ」と云った。赤くなったのは羞恥《しゅうち》のためではなく、笑うのをがまんするためであった。

片桐の妻女は「この次はどこを打たれるかわからない」と云い、「家名にかかわる」と云い、「これも松枝が未婚だからだ」と云い、「できるだけ早く婚約だけでもきめたい」と云った。万之助は婚約うんぬんは聞きながして、「それは老女のゆき過ぎである」こんどこそはっきり注意しよう、とたのもしそうに云った。

片桐の妻女は婚約問題でねばろうとした。それで五左衛門を欠席させ、男はとかく面目にこだわるものだから、女の率直な論法で万之助をまるめてしまおうという計画のようであった。だが万之助は巧みに（相手の投げかける）網や罠《わな》をすりぬけ、まもなく「人に会わなければならないから」と強引に話を打切った。

人に会うと云ったのはまんざら嘘《うそ》ではなかった。この母娘《おやこ》と別れたら飲み直そう、と思ううちに「尾上女史が来ている」と気がついたのである。女史が酒を飲むかどうか不明だが、口の端をつねったり妙齢の乙女の……を打つというのは、てきぱきといさましく、はっきりしていて愉快である。できるなら二人で飲み直して、その話をして大いに笑おう、と思ったのであった。

元の小座敷へ戻りながら、「女史がいるか」と訊くと「いま食事を始めるところだ」という、そこで「自分のほうへ来てくれまいか」と訊きにやったところ、「すぐうかがう」という返辞であった。

しめたぞと彼は呟《つぶや》き、浴衣に着替えながら、肴《さかな》と酒を注文した。やや暫《しばら》くして、お滝の案内で女史があらわれた。地味な鼠色《ねずみいろ》の小紋か飛絣《かすり》らしい柄の単衣《ひとえ》に、やっぱり男袴《おとこばかま》をはき、短刀を差している、浴衣になっている万之助は困ったが、「こんな恰好《かっこう》ですが失礼します」と云った。女史はすました顔で目礼をし、示された席へ（袴をさっとさばいて）坐《すわ》った。すぐ膳部が来たので、「酒はいかがですか」と訊くと、「飲みたいときには飲みます」と答えた。いまはいかがですか。わかりません、飲みたいような気分になれば飲みますが、「いまはまだそういう気分になっていません」と女史は答えた。

万之助は少なからず拍子ぬけがした。先日のようすとは感じが違うのである。

――なにか怒っているのかな。

彼はそう思いながら、「では私は勝手に飲みます」と云った。

「貴女も食事をなさるのならどうぞ始めて下さい」と彼は笑いながら女史を見た、「いま人に招待されていたんですが、飲み直さずにはいられなくなりましたのでね、じつはいま脱出して来たところなんです」

「さようでございますか」

「浴衣にくつろがれたらどうですか」と万之助はなだめるように云った、「さっき浴衣がけのところを見かけましたよ」

「さようでございますか」と女史は云った。

お滝に給仕させて飲みながら、どうかして女史を「そういう気分」にさせようと努力した。万之助としては前例のないことである。これまで一度として人をなだめたり、機嫌《きげん》をとったりするようなことはなかった。しぜん（自分は気づかないで）いつもより酒の飲み方も早く、お滝はそばではらはらし始めたが、やがてたまりかねたように、

「そんなに召上ってもよろしいのですか」と注意した。万之助は「よけいなことを云うな」と手を振り、「これから用談があるのだからおまえは座を外せ」と云った。お滝は女史のお許しを得て、座敷から出ていった。

「貴女《あなた》はどうしてそんな男みたような恰好をするんですか」と万之助は女史に訊いた、「おつくりするという気持になったことはないんですか」

「用談と仰しゃるのはそのことですか」

「もちろん違います」と万之助は笑った、「じつは用談というほどのことじゃないんですよ、いまあっちで片桐さんの妻女と娘に会っていたんですが、――笑っていいですか」

「お笑いになりたかったらどうぞ」

「笑えないんで苦しかったんですよ、まさか当人の前で笑うわけにはいきませんからね」

「なぜですか」と女史が反問した。

「なぜといったって、貴女は片桐さんの娘の……を打ったそうじゃありませんか」

「なにを打ったというのですか」

「なにをって——」

万之助は詰った。こんどは彼が片桐の妻女の立場に立ったような感じで、ぐあいが悪そうに苦笑した、「それはちょっと、女性の前で口にするのは失礼ですからね」

「ではわたくしが申しましょう」と女史は云った、「つまりお臀《しり》ですか」

万之助は酒をぐっと飲み、なにか喉《のど》につかえでもしたような声で「そう」と云った。

「お臀と云うのがなぜ失礼ですか」と女史は冷やかに云った、「わたくしにもお臀はあります、けれどもこれは口にして失礼なようなものではありません、わたくし自分の軀に失礼なようなものは一つも持っておりません」

「それは、理屈はそうでしょうが」

「なにが理屈ですか」と女史は云った、「四肢五躰《ししごたい》は自然に備わったもので、みなそれぞれ欠くことのできない職分を持っています、頭、手足、腰、乳房、お臀、なにが失礼ですか」

「なるほど」と万之助が云った、「貴女の仰しゃるとおりらしい、が、しかしいま数えたなかで落したものがある、それだって重要な職分をはたしていると思うのだが、そいつは数の内にはいらないんですか」

「そんなふうにふまじめに仰しゃることが失礼なんです」と女史は冷笑した、「そういう質問にはお答え致しません」

「ところが、貴女はそう云われるが、片桐の娘はいまの、そのあれを、恥ずかしがって云えませんでしたよ」

「あの松枝という娘はばかです」

万之助はあっけにとられ、「ばかですって」と訊き返した。

「普通に云うばかではなく、子供くらいの知恵しかありません」と女史は云った、「たぶん御両親もお気づきではないでしょうし、やがて結婚する方があるそうですけれど、その方もあの娘の美しさだけしか知ってはいらっしゃらないでしょう」女史は横眼で万之助を見て、判決を下すように云った、「あの娘の美しさは白痴の美しさです」

「すると、あれですか」と万之助は少しむっとした口ぶりになった、「貴女のように男だか女だかわからないような人が、本当の美人で賢いというわけですか」「私は老女としてことさら男や女の差別を認めないだけです」と女史はやり返した、「私は老女として御奉公をし、お上からお手当を頂き、召使を使って自分の生活をしています。由良さまが御城代ならわたくしは老女、身分や家禄《かろく》の差こそあれ、家臣として御奉公する点では男や女の差別はないと思います」

「しかし貴女には女を孕《はら》ませることはできないでしょう」

「由良さまは子を孕むことができまして」

「男は立って尿《いばり》をしますよ」

「女にだって立尿くらいできます」と女史は皮肉に云った、「ことにこちらでは、人の妻も娘もなかなか上手にやるようですけれど、あなたは御存じないんですか」

万之助は「うう」と唸《うな》り、「こうなったら話をはっきりさせよう」と云って、銚子《ちょうし》を取って酒を注《つ》いだ。すると女史は「それはもう空である」と云った。あなたはさっきから空の銚子で盃《さかずき》へ注いで、ありもしない酒を飲んでいるのだと教えた。

「それは教えてもらって有難《ありがと》う」と彼は云った、「つまり、――こんなときに、娘たちだったら、ぴしゃりとおやりになるんですね」

「それがわたくしの役目ですわ」

「折檻することがですか」と万之助は（すっかり酔ったらしい）なにも入っていない盃を持ってぐいっと呷《あお》った、「――はっきり云いますが、折檻はやめてもらいましょう、みんなもう年頃《としごろ》の娘たちで、子供じゃあないんですから」
「子供なら折檻などは致しません、軀ばかり育っても躾《しつけ》がなっていないから打ちも叩《たた》きもするんです」女史は自分の膳の上から銚子を取り、自分の盃に酒を注いで飲んだ、「わたくしも今日ははっきり申上げますわ」彼女はまた飲んだ、「あなたは茶ごとや、活花《いけばな》や琴をどう思っていらっしゃいますか」
「さよう、茶は茶、花は花、琴は」
「そういうものはすべて」と女史は彼を遮《さえぎ》って、もう一つ飲んで、云った、「すべて、日常の起居動作を正しくするための稽古《けいこ》です、ところがあの娘たちはどうでしょう、襖障子《ふすましょうじ》のあけたては乱暴だし、物にはけつまずくし、いらぬお饒舌《しゃべ》りはするが肝心なことは云えもしない、ようございますか、――茶席では作法どおりにお点前《てまえ》をする、花もみごとに活《い》ける、琴も間違わずに弾ける、そのくせ茶席が終るとすぐに襖のあけたてをがたぴしゃ、畳のふちにけつまずいたり、障子に穴をあけたり、片づけ物をしながらお饒舌りに夢中で器物を落したり毀《こわ》したり、……これは本末転倒です、そういうだらしのないことをしないように稽古ごとをするのに、稽古ごとのほうはどうやらできて、大事な起居動作がなっていないというのは本末転倒も論外です」と女史はまた飲んだ、「わたくしはあの人たちにちゃんと御殿づとめのできるように教授するのが役目ですから、口で云ってわからなければ打つよりしようがありません、手が悪ければ手、足が悪ければ足、口が悪ければ口をつねります」
「片桐の娘のお聟は、なにをしくじったんですか」
「あの娘にお訊《き》きなさい」と女史はまた一つ飲んだ、「あなたは城代家老、わたくしは作法教授、わたくしはあなたのお役目にくちばしを入れたりは致しません、あなたもどうかわたくしのすることによけいな世話をおやきにならないで下さい」
「貴女《あなた》の云うことを聞いていると」万之助が云った、「私はもぐらもちのことを思いだしますね」
「もぐらもちですって、——」
「ええ、もぐらもちです、地面の中をあっちへしゅるしゅるこっちへしゅるしゅる」と彼はそんなような手まねをした、「どこかの庭のことなんですがね、どこの庭だったか、まあいい、どこかの庭でもぐらもちを退治たことがあるんですが、こっちにいたと思って掘ってみるともういない、あっちにいたと思って掘ってみてももうそこにいない、あいつはいつもしゅるしゅるしゅるとうまく逃げてしまうんです、——いま私の云うことを、貴女が片っぱしからそらしてしまうようにです、あっちを掘ればしゅるしゅるこっちを掘れば」

「もぐらはしゅるしゅるなんて申しません」

「じゃあなんていうんですか」

「もぐらはただ土を掘るだけです」

「土を掘れば音がするでしょう」

「音はするでしょう、でもしゅるしゅるなどという音は致しません」

「じゃあしゅるしゅるというのはなんの音ですか」

女史の顔にとつぜん、悩ましげな表情があらわれた。それは極めて深い、嬌《なま》めかしさのこもった、そして悩ましげな表情であった。

「それがなんの音かということは」と女史はゆっくり云った、「由良さま御自身が御存じの筈《はず》です、わたくしはこれで失礼致します」

「逃げるんですか」

「いいえ」と女史は感情を抑えて云った、「退屈になったからですわ」

六

万之助は立ちあがり、「退屈なら退屈でないようにしましょう」と云った。女史は「そんなことがあるんですか」と反問した。ありますとも、ついていらっしゃい。どこへゆくんですか。退屈でないことをするんです、それとも私が怖いですか。女史は立ちあがり、「どうぞ伴《つ》れていって下さい」と云った。

——悲鳴をあげさせてやるぞ。

と万之助は心のなかで叫んだ。

——こいつをあやまらせてやるぞ。

髪をあんなふうに結んで、男袴をはいて、一人で平気で料亭《りょうてい》へ来たりして、「ことさら男女の差別を認めない」だの、立って尿《いばり》ぐらいできるだの、お臀だの腰だのお乳だの、男の前で恥ずかしげもなく云いたてる。——ようし、と酔った頭で万之助は思った。おれは断乎《だんこ》としてこいつに音《ね》をあげさせてみせる、この高慢なおとこ女に男女の差別をはっきりと認めさせてやるぞ、と彼は自分に誓った。

万之助は舟行燈《ふなあんどん》を借りて、岩の踏段を川へおりた。「牡丹亭《ぼたんてい》」の者はしきりにとめ、船頭を付けると云ったが、彼はぜんぜん相手にせず、諄《くど》くとめるとどなりつけた。

――彼には前例のないことで「牡丹亭」の者もあっけにとられ、するままにさせるよりしようがなかった。

「舟ですか」と女史は云った、「退屈でないというのは舟遊びですか」

「いまにわかります」と彼は云った。「乗って下さい」

女史は舟に乗った。

舟行燈を舳《へさき》先に置き、櫓《ろ》を掛け、そして纜《ともづな》を解いた。女史は屋根の下へはいって坐り、万之助は櫓をこぎ始めた、――下流に向って、黙ってこぎ進んだ。暫《しばら》くすると（沈黙に耐えかねたのだろう）女史が巌元寺の、接心《せっしん》のときのことを話しだした。

「ええそのとおりです」と彼は答えた、「たしかにそうです、老師に落し物をしたぞ、と云われました」

「あなたはそれをお拾いになりまして」

「拾いません」

「どうしてですの」と女史は追求した、「その落し物はそこにあったのでしょう」

「あるもんですか」

「ないんですって、ではどうして、――」

「あれは和尚《おしょう》の失敗です」と彼は云った、「私は死一字の公案をもらっていたんです、しかし答案ができないので、毎朝いつも榻《こしかけ》の前で拝礼だけして帰っていたんです、それで和尚は公案を落したと云ったんでしょう」

「ではそう仰《おっ》しゃればよいでしょう」

「ばかな」と彼は云った、「問題は公案の奥にあるので、公案などに拘泥《こうでい》するのは野《や》狐《こ》ですよ」彼は笑って云った、「和尚はわたくしをためすつもりで、自分がつい野狐をやってしまったんです」

女史は唇《くちびる》を嚙《か》んだ。どうやら、ひきだした話の結果が自分の不利になったらしい、そこで、「この舟はどこまでゆくんですか」と話題をそらした。もうすぐです、そっちへいって話しましょう、と万之助が云った。

彼は櫓をあげて女史のほうへ来た。だが舟は動いているし、その速度はしだいに増すようである。万之助は「失礼」と云って帯を解き、浴衣《ゆかた》をぬいで、「貴女も袴や帯を解いたほうがいいですよ」と云った。

「まあ」と女史は眦《まなじり》をあげた、「わたくしに裸になれと仰しゃるんですか」

「そのほうがいいと思うんです、もうすぐ棚瀬《たなせ》になりますからね」と万之助はおちついて云った、「この川は上流は淀《よど》が多くて静かなんだが、牡丹亭から二町ほど下流に棚瀬という急湍《きゅうたん》があるんです、ほら、舟が速くなったでしょう」と彼は女史の顔を見た、「そこは川底の岩が棚のように段になっていて、滝というほどでもないが、相当な飛沫《しぶき》をとばす急流だし、舟なんかひっくり返ってしまう、だからこれまで誰《だれ》も近よる者はなかったんですがね、今夜はひとつそこを乗切ってみようと思うんです」

「わたくしを威《おど》そうとなさるのね」

「舟の速さをごらんなさい」と万之助は云った、「そして用心のために、袴や帯を解いておくほうがいいと思いますね」

舟がぐいと下から揺りあげられ、左に傾《かし》ぎながら急速度にはしりだした。

「大丈夫、乗切れるとは思いますがね」と彼はまた云った、「もしも舟が転覆したら泳がなくちゃあならない、——諄いようだが、すぐ裸になれるように、用意しておくほうがいいですよ」

舟はまたぐいと下から小突かれ、速度はさらに大きくなった。女史は顔を硬《こわ》ばらせ、両手で舟べりにしがみついた。

「袴や帯をお解きなさい」と万之助は声をあげて云った、「なにをためらっているんです、男と女の差別を認めないんだし、四肢五躰は自然に備わったもので、裸になっても恥ずかしいようなものは」

万之助は絶句した。舟が大きく突きあげられ、危なく舌を嚙みそうになったのである。

舟はまさしく、棚瀬の急端にかかった。水は両岸の岩を嚙んでごうごうと咆《ほ》え、飛沫は左右からざっざっと、叩きつけるようにかぶさって来た。「帯を解きなさい」と万之助が叫び、女史がふるえ声で、「解けません」と答えた。あんまり舟の揺れかたが激しいので、舟べりから手が放せないのである。万之助はそばへすり寄って、彼女の袴を解き、帯を解いてやった。

「少しは面白《おもしろ》いですか」と彼は喚《わめ》いた。奔流の音がやかましくって、喚かなければ聞えないのである、彼は喚いた、「どうです、これでもまだ退屈ですか」

そのとき舟がぐるっと回転し、万之助と女史とがぶつかった。舟は右に片向きながら、非常な早さで二回転し、まるで滝を落ちるかのように、泡立《あわだ》つ奔湍へとまっしぐらに突込んだ。女史は「あ」といって万之助にしがみつき、「怖い」と叫んだ。

「危ない」と彼はどなった、「動いてはだめだ」

だが女史は力かぎり彼にしがみついたので、二人は絡《から》みあったまま横に倒れた。女史は彼にしがみついたままがたがたとふるえ、

「怖い、信二郎さま、堪忍《かんにん》して」と云った。

「大丈夫、しっかり捉《つか》まって」

万之助がそう云ったとき、舟ががくんと舳先をはねあげ、ざっと波をかぶりながら、

逆に艫《とも》のほうを持ってゆかれたと思うまに、あっけなく左へ転覆した。——万之助は女史の悲鳴を聞いた。渦巻《うずま》く流れの中へいちど沈み、そのとき向脛《むこうずね》を岩で擦《こす》った。流れに乗りながら浮きあがると、すぐ脇《わき》で「堪忍して、助けてちょうだい」という女史の声がした。万之助はそっちへゆこうとし、気がつくとなにか摑《つか》んでいた。女史の着物である。彼は波をかぶり、奔流に掠《さら》われながら、摑んでいる物をひき寄せ、女史の腕を抱えた。そして二人いっしょに（したたかに）水を飲んだ。——筆記の原文にはなお詳しく彼の奮闘のさまが記してあるがここには省略する、……で、ようやく二人は岸にとりつき、彼は女史を河原へひきあげたが、自分自身も精力を使いはたして、女史の上へ折重なるようにぶっ倒れた。

「勘弁して下さい」と万之助は喘《あえ》ぎ喘ぎ云った、「私が悪かったのです、酔って頭がどうかしたんです」

「いいえ」と女史も絶入《たえい》りそうな声で、とぎれとぎれに云った、「悪いのは、わたくしです、わたくしが、あなたを怒らせたのです」

「忘れましょう」彼が云った。

「忘れて下さいまし」と女史がうわ言のように云った、「なにもかも、すっかり、いままでのことはみんな、——そうでないと、恥ずかしくて、二度とおめにはかかれませんわ」

「忘れましょう」と彼も云った、「お互いになにもかも」

そして二人とも気を喪《うしな》ってしまった。

七

万之助は自宅の居間で、夜具の上で粥《かゆ》を喰《た》べていた。母の信乃女《しのじょ》が給仕をしている、彼は箸《はし》を休めて母を見た。

「伊村のあきつさんだと気がついたのは、あの人が信二郎さんと呼んだからです」と彼は云った、「伊村に寄宿していたときは、まだ信二郎でしたからね、それではっと気がついたんです」

「それまでまるでお気がつかなかったの」

「三つも年上ですからね」と彼は云った、「十五のとき三つ年上だと、ずいぶん感じが違いますから——」彼は茶碗《ちゃわん》を出した。

「あら、まだ召上るの」

「お母さん」と彼は云った、信乃女が粥をよそっている隙《すき》を窺《うかが》ったらしい、「三つ年上のなんとかは、鉄《かね》の草鞋《わらじ》で捜せっていいませんか」

「それはね」と信乃女が云った、「三つ年上の嫁は、鉄の草鞋で捜しても、もらえっていうんですよ」

「ああそうですか」と彼は茶碗を受取った。

「そうでなくっても」と信乃女が云った、「あなた方は裸で抱合ったまま人にみつかったのですからね、――あきつさんは申し分のない方ですよ」

万之助はにっと微笑した。

――そうだ、庭というのは江戸邸《やしき》の伊村の庭だった。

と彼は心のなかで思った。

――伊村の庭で土竜退治《もぐらたいじ》をしているときに、蛇《へび》がしゅるしゅると出て来た。そうだ、そうすると彼女が「蛇はにゅるにゅるだ」と云ったので、にゅるにゅるかしゅるしゅるかで云いあいをしたんだ。

そうだそうだ、と彼は微笑した。

「なにを笑ってらっしゃるの」と信乃女が云った、「箸がお留守ですよ」

「大丈夫です」と万之助が云った、「いつかあの人も云ってましたよ、母さん、貴女《あなた》のことをいいお母さまですねって、――本当ですよ」

（「オール讀物」昭和三十年十月号）

裏の木戸はあいている

一

その道は狭く、両側には武家屋敷が並んでいた。内蔵《くら》町の辻《つじ》から西へ数えて一町ばかりのあいだは、その屋敷が両側とも裏向きなので、道は土塀《どべい》と土塀に挟《はさ》まれるが、北側の中ほどにある一棟《ひとむね》の屋敷だけ、土塀ではなく、黒い笠木《かさぎ》塀をまわしてあり、その一隅《いちぐう》に木戸が付いていた。——その道は昼のうちも殆《ほと》んど人通りはない。夜はもちろん、月でもないかぎりまっ暗であるが、しばしば人が（あたりを憚《はば》かるように）忍んで来て、その笠木塀の屋敷の裏木戸をあける。木戸には鍵《かぎ》が掛っていない。桟《さん》を引けば、ことっと軽い音がするだけで、すぐに内側へ開くのであった。……男も来るし、女も、老人も来る。みんな足音をぬすむように来て、その木戸をあけ、庭へはいって、しばらくなにかしていて、やがて出て来ると、静かに木戸を閉め、来たときと同じように、足音を忍んで去ってゆくのであった。

二

お松は立停《たちどま》って、うしろへ振返った。

十月はじめの夜、もう十時を過ぎた時刻で、細い上弦の月が中空にあり、初冬にしてはやや暖かい風が吹いていた。そこは内蔵町の辻から裏通りへと曲ったところで、あたりに人影はなかった。お松は歩きだした。彼女は桶《おけ》町の「巴屋《ともえや》」という料理茶屋のかよい女中で、いま店からの帰りに、そこへまわって来たのであった。

土塀に沿って半町ばかりいったとき、お松はまた立停り、振返って、「どなた——」とうしろの暗がりへ呼びかけた。

「どなた」とお松は云《い》った、「どうしてあとを跟《つ》けたりするんですか」

すると暗がりから一人、ふらふらと出て来た者があった。着ながしに草履で、腰の刀がずり落ちそうにさがっている。

「勘のいいやつだ」と男が近よりながら云った、「跟けているのがよくわかったな」

「藤井《ふじい》さんね」とお松は云った、「なんの用があるんですか」

「それはこっちで訊《き》きたいことだ、おまえこそこんな処《ところ》へなんの用があって来たんだ」

「あなたの知ったことじゃありません」

「見当はつくさ」と藤井十四郎は云った、「おまえは金に困っている、そこで誰《だれ》かの家へその金を作りにゆく、というわけだろう」

「それがどうしたんです、あなたには関係のないことだわ」
「相手は誰だ」と十四郎は云った、「店では男嫌《ぎら》いと堅いので評判だが、やっぱり男があったんだな、誰だ、河本か」
「あなたらしい邪推ね、ほんとに藤井さんらしいわ、いけ好かない方よ、あなたは」とお松は云った、「仰《おっ》しゃるとおりあたしはお金に困ってるわ、おっ母さんは長患《ながわずら》いで寝たっきりだし、やくざな弟はいるし、いろんなとこに借は溜《た》まっているし、……でもあたし、そのために身を売るほどおちぶれやしませんよ」
「そうむきになるな」と十四郎は笑った、「おまえが身を売ったなんて云やあしない、こんな夜なかに忍んでいって、金を貰《もら》う相手は誰だと訊いているだけだ」
「それが藤井さんになにか関係でもあるんですか」
「おまえはおれに金の無心をしたことがある筈《はず》だ」
「あなたは貸してやろうと仰しゃったわ、でもお金は貸してくれもしないで、いやらしいことをなさろうとしただけよ」
「おれは三男坊だからな、いつもふところに金が唸《うな》ってるというわけにはいかないさ、しかしそのつもりになれば五両や十両くらいの金は作ってやるよ、これからだってさ、――」と十四郎は云った、「但《ただ》し、金を払ったら品物を受取るのが世の中の定《きま》りだからな」

「御重役の御子息らしいお言葉ですね」

「世間は甘くないということだ」

「人間も甘くみないで下さい」とお松はやり返した、「あたしはばかかもしれないけれど、あなたのことはもうすっかり知ってるんですから」

「なにを知ってるって」

「たいていのことは聞きました。云えと仰しゃるなら云ってもようございますよ」

「嘘《うそ》っぱちさ、ふん、世間の噂《うわさ》なんてでたらめなもんだ」と十四郎は云った、「おまえそんな世間の噂なんかを信用しているのか」

「どっちでもありません、あたしには縁のないことですからね」とお松は云った、「どうぞお願いします、もうあたしのあとを跟けまわしたりしないで下さい、あたしはたとえ殺されたって、あなたの自由になんかなりゃあしませんから」

「そろそろいったらどうだ」と十四郎が云った、「向うでも来るのを待っているんだろう」

「跟けないで下さいってお願いしているでしょう」

「おれに相手を知られたくないんだな」

「勝手になさるがいいわ」とお松は歩きだした、「あたしだって相手の方を存じあげてはいないんですからね、御身分に恥じなかったら跟けて来てごらんなさるがいいでしょ」

「おまえが相手を知らないって」

お松は黙って歩いた。十四郎は不決断な口ぶりで、「おれをごまかそうというのか」とか「もういちど相談しよう」など云いながら、うしろからついていった。

「おい、そこは高林だぞ」と十四郎はお松が立停るのを見て云った、「そこは高林喜《き》兵衛《へえ》の家だぞ」

お松は黙って、笠木塀の端を手でさぐり、桟をみつけて右へ引いた。十四郎が近よって来て、お松の肩を押え、「相手は喜兵衛か」と囁《ささや》いた。お松は返辞をしないで、肩の手を振り放し、木戸をそっと内側へ押した。木戸があくと、向うに高窓が見え、障子にぼっと燈火《とうか》が映っていた。——お松は木戸から中へはいった。十四郎はうしろから、首だけ入れて覗《のぞ》いた。お松はすぐ右手の、塀の内側にある箱のところへゆき、その蓋《ふた》をあけた。箱は縦五寸に横一尺ばかりの大きさで、前面の板が蝶番《ちょうつがい》で前へあくようになっている。お松は蓋をあけ、それから箱の中を手でさぐった。

「此処《ここ》だったのか」と十四郎が低く喉声《のどごえ》で囁いた、「するとあの噂は本当だったんだな」

箱の中で小さな物音がした。そしてなにかをつかみ出し、窓からさして来る仄《ほの》かな光りで、掌《てのひら》の中にあるものを数えた。そこには小粒銀と南鐐《なんりょう》が幾つかあり、文銭もあった。おどろいたなあ、本当だったのか、と十四郎が呟《つぶや》いた。おれは根もない噂だと思ったし、このせち辛い世の中に、そんなばかなことがある筈はないと思っていた、それがなんと、――と十四郎は頭を振り、肩をすくめた。それがどうやら本当らしいうえに、高林喜兵衛のしごととはおどろきだ、と十四郎は云った。お松は掌の上から幾らかを数えて握り、残ったのを箱に戻《もど》して、蓋を閉めようとした。すると十四郎がすばしこく寄って来、お松の手を押えて、「待て」と云った。

「ちょっと待て、ついでにおれも借りてゆこう」

「手を放して下さい」とお松が云った、「そんな冗談をなさるものじゃありませんわ」

「困っている者なら、誰でも借りていいんだろう、おれの聞いた噂ではそういうことだったぜ」

「冗談はよして下さい」とお松は云った、「これはその日の食にも困るような貧乏人だけが貸していただけるお宝ですよ、茶屋酒や博奕《ばくち》に使うお金とは違うんですから」

「それは高林喜兵衛のきめることだ」

「大きな声をだしますよ」

「聞きたいね、さぞいい声だろう」

お松は突然「誰か来て下さい」と高い声で叫んだ。十四郎はびっくりして、「おいよせ」と手を振りながら、殆んど横っとびに木戸の外へとびだした。——向うの窓の障子があき、一人の侍が立ちあがってこちらを覗いた。

「誰だ」とその侍が云った、「どうしたんだ」

「お金を拝借にあがったものです」とお松が云った、「お騒がせ申して済みません、有難《ありがと》うございました」

お松は低くおじぎをした。窓の侍は黙って立っていた。

三

藤井十四郎はかしこまって、袴《はかま》の膝《ひざ》に両手を突っぱり、すくめた肩の間に頭を垂れていた。幸助というのは四十がらみの、軀《からだ》の小さな、実直そうな男であるが、いまは十四郎に対する不信のために、容赦のない眼《め》つきをしていた。彼は浜田屋の手代で、浜田屋は藩の御《ご》用達《ようたし》だから、高林喜兵衛も彼とは面識があった。喜兵衛は納戸《なんど》方頭取《がたとうどり》で、いま郡代取締を兼務しているが、死んだ父はながいこと勘定奉行を勤めたので、幸助とは父の代のときのほうが近しかった。

「人の名が出るから、詳しいことは話せないけれど」と十四郎が頭を垂れたまま云った、「酒色に使ったわけじゃないんだ、どうしてもそれだけ必要だったし、期限までには返せる筈だったんだ」

幸助が咳《せき》をした。十四郎は言葉を切り、横眼ですばやく幸助を見て、それからまた「期限までには返せる筈だった、本当なんだ」と続けた。喜兵衛は穏やかな眼つきで、頷《うなず》き頷き聞いていた。それは話を理解するというよりも、聞くことによって相手を慰めている、というふうにみえた。

「だからもう一と月待ってくれと頼んだんだが、だめだというんだ」と十四郎は云った、「すぐに返済しなければ、屋敷へ来て話して、兄から返してもらうと云うんだ」

「話しますとも」と幸助が云った、「私はもう信用しません、貴方《あなた》にはなんど騙《だま》されたかしれないんですから」

喜兵衛は手をあげて、「大きな声を出さないでくれ」と云った。

「失礼ですが貴方は藤井さんという人を御存じないんです」と幸助が云った、「この人は大きな声ぐらいに驚くような人ではございません」

「そうかもしれないが」と喜兵衛は襖《ふすま》のほうを見た、「家の者に聞えるといけないからね、たのむよ」

「それで、——」と十四郎は続けて、「家へ来て話されれば、まえにもしくじりをやっているし、兄はあのとおりの性分だから、こんどは放逐されるにきまっているんだ」

幸助はまた咳をした。

「そちらは」と喜兵衛は幸助を見た、「どうしても待てないんですね」

「はい」と幸助は頷いた、「高林さまが保証して下さるなら、二日や三日はなんとか致しますが、それ以上お待ち申すことはできません」

喜兵衛は立って居間へゆき、まもなく戻って来て、紙にのせた金を、幸助の前に置いた。十四郎はうなだれたままだったが、その顔には安堵《あんど》の色があらわれ、唇《くちびる》には微笑さえうかんだ。

「ここに半分だけある」と喜兵衛は幸助に云った、「あとは明日か、ことによると明後日になるかもしれないが、私が店のほうへ届けることにします」

「いや店は困ります」と幸助は首を振った、「これは店には内密で御用立てしたのですから、店ではお屋敷からのお断わりで、十四郎さまには一銭もお貸ししないことになっているのです、あんまり哀れそうな話をうかがったので、私はつい騙されてしまったのですが」

「まあまあ」と喜兵衛が遮《さえぎ》った、「金が返れば騙されたということはないだろうから、——ではどこへ届けようか」

幸助は「私が来る」と答えた。喜兵衛はこちらから届けると云い幸助は「それでは私の住居へ来ていただきたい」と云った。自分は店へかよっているので、住居は川端町二丁目の裏である、と幸助はその道順を詳しく述べ、来てくれるなら早朝か夜がい い、と云った。彼は金を数えて包み、ふところから大きな古びた革財布を出して、金包をその中へしまった。その財布には紐《ひも》が付いていて、その紐はまた彼の首に掛けてあった。

「こう申すと失礼ではございますが」と幸助は云った、「金が返っても騙されたことには変りはございません、十四郎さまは私をお騙しなすったのです、話を聞いて私はもらい泣きを致しましたが、しらべてみるとまるで根も葉もない、口から出まかせの嘘でございました」

「ばかなことを云うな」と十四郎がどなった、「きさまそんなことを云って、きさま自身はどうだ、きさまは店の金で利を稼《かせ》いでいるじゃないか、知ってるぞ」

「もういい」と喜兵衛が制止した。

「なんですって」と幸助がひらき直った、「私が店の金でどうしたんですって」

「もういい、よしてくれ」と喜兵衛が手を振った、「十さんもよして下さい、加代に聞えるとよけいな心配をさせるだけですから」

幸助は怒りの眼で十四郎を睨《にら》み、やがて、喜兵衛に挨拶《あいさつ》をして去った。

「あいつは悪人ですよ」と十四郎は去っていった幸助のほうへ顎《あご》をしゃくった、「私に貸したのも欲得ずくです、金は店の金でちゃんと利息を取るんです」

「そういう話はよしましょう」

「本当です、ほかにも貸しているし、利息は自分のふところへ入れることもわかっているんです」

「その話はよしましょう」と喜兵衛は穏やかに云った、「それよりも、浅沼との縁組のはなしはどうしました」

「気乗りがしないんだ」と十四郎は気取った口ぶりで云った、「娘が年をとりすぎてるし、いちど会ったんだけれど縹緻《きりよう》もよくないもんでね、私は気乗りがしないんですよ」

喜兵衛はかなしげに微笑し、「まあよく考えることですね」と云った。

その翌日、――喜兵衛は隣り屋敷の和生久之助《にぎゆうひさのすけ》を訪ねた。和生は重職の家柄《いえがら》で、久之助は寄合肝煎《よりあいきもいり》を勧めている。喜兵衛より二つ年上の三十二歳であるが、少年時代から（互いに）誰よりも親しくつきあっていた。

「いいとも」と喜兵衛の話を聞いて、久之助はこころよく頷いた、「――このところ多忙でみまいにゆかなかったが、松さんのぐあいはどうだ」

「ああ、もういいらしい」と喜兵衛は柔和に眼で頷いた、「自分では起きたがっているが、加代があのとおり神経質なんでね」

久之助は頷いて、立っていった。彼はすぐに、紙に包んだ物を持って戻り、「では」と云って、喜兵衛に渡そうとして、ふと疑わしげな眼をした。

「ちょっと訊くが、藤井の三男に貸すんじゃあないだろうね」

喜兵衛は眩《まぶ》しそうな眼をした。

「やっぱり十四郎か」

「それは訊かないでもらいたいんだ」

「十四郎ならおれはいやだ」

「だって」と喜兵衛はかなしげに云った、「これは和生には関係のないことだから」

「いやだ、十四郎ならおれは断わる」

喜兵衛は穏やかに久之助を見た。

四

「その金は私が借りるんだよ」と喜兵衛がゆっくり云《い》った、「どう使うかは私の自由だと思うんだが」

「ものには限度がある」と久之助が云った、「これまでにも、高林は幾たびも彼のために手を焼いている、御妻女の兄だから、或《あ》る程度まではしかたがないとしても、これでは際限がないし却《かえ》って当人のためにもならない、もう放っておくほうがいいよ」

「放っておくわけにはいかないんだ」

「現に彼のきょうだいが匙《さじ》を投げているじゃないか」と久之助は云った、「彼のやることはたちが悪い、侍らしからぬ噂がいろいろ耳にはいる、もうよせつけないほうがいいな、さもないとどんな迷惑を蒙《こうむ》るかわからないぞ」

「しかし、私が放っておけば、彼は良くなるだろうか」

「彼には三郎兵衛という長兄もいるし、岡島へ婿《むこ》にいった次兄もいる、父は亡《な》くなったが母親だってまだ健在な筈だ」

「それがみな匙を投げているって、いま云ったばかりじゃないか」と喜兵衛は微笑した、「しかも家中《かちゅう》ではもうつきあう者もないようだし、このうえ私までがよせつけないとしたら、彼はどうなるか想像はつくと思う」

「樹《き》が腐りだしたら根から伐《き》るがいいさ」

「彼は樹じゃあない、人間だよ」

「だからなお始末が悪い」と久之助は眉《まゆ》をしかめた、「樹ならはたに迷惑は及ぼさないが、腐った人間はまわりの者までも毒する」

「藤井十四郎は人間だし、他の人間と同じように、悩みも悲しみも苦しみもある、あると私は思う、いろいろな失敗や不始末をするが、そのたびに苦しんだり悩んだりするだろう、私は幸いにしてまだ、彼のように不始末や失敗をしないで済んでいるが、それでも彼の傷の痛みや、どんな気持でいるかということは、推察ができるよ」

久之助は「ああ」と溜息《ためいき》をつき、片手で膝を力なく打った。いかにも「やりきれない、もうたくさんだ」とでも云いたげな身振りであった。

「いつも思うんだが」と久之助は云った、「高林のそういう考えかたは、人を力づけるよりもなまくらにする危険が多い、ことに彼のような男はそうだ、同情や劬《いたわ》りや、しりぬぐいをしてくれる者がいるあいだは、決して彼の行状は直らないし、ますます深みにおちこむだけだ」

喜兵衛は頷いて「そうかもしれない」と口の中で云った。慥《たし》かに、そうかもしれないと思う。彼はそう呟いて、久之助を見た。

「だが、どうしてだろう」と喜兵衛はかなしげに（まるで訴えるように）云った、「彼にはいま同情や劬りや助力が必要なんだ、ぬきさしならぬほど必要なんだ、しかも、そうすることが、逆に彼の堕落をたすけるかもしれないということは、なぜだろう、和生《にぎゆう》、どうしてだろう」

「それは十四郎自身の問題だ、十四郎がそういう人間だというだけのことだ」

「わからない、私にはそれだけだとは思えない」と喜兵衛は頭を垂れた、「人が不幸になってゆくということは、単にその人間の問題だけではなく、環境や才能やめぐりあわせなど、いろいろな条件の不調和ということもある――彼は傷ついた人間だし、私は幸いにして傷ついてはいない、私は自分が無傷でいて、傷ついた人間を突き放すことはできない、それは私にはできないことだ」

久之助は紙包を渡しながら、「わかった、その話はもうよそう」と云った。それからふと喜兵衛を見て、ときに、――となにか云いかけたが、すぐに首を振り、「いや、なんでもない」と咳をしながら、云いかけたことをうちけした。喜兵衛は包をしまって、役目の用件について暫《しばら》く話し、まもなく和生家を辞去した。

日が昏《く》れてから、喜兵衛は川端町までいって来た。すると、妻が待っていて、「松之助がまた発熱した」と告げた。

「いま長玄《ちょうげん》さまが帰ったところです」と加代は云った、「これから薬をとりにやるのですけれど」

そして良人《おっと》の顔を見た。喜兵衛は「どうした」という眼つきで妻を見返した。

「お薬礼が溜《た》まっているんです」と加代は云った、「もう三月も溜まっているんですから、お金を持たせなければ薬を取りにはやれませんわ」

「しかし」と喜兵衛は訝《いぶか》しそうに云った、「まだ薬礼ぐらいはある筈《はず》じゃないか」

「あればこんなことは申上げません」

妻の云いかたがあまりきついので、喜兵衛はちょっと答えに詰り、黙ってわが子の寝ている部屋へいった。松之助は眠っていて、部屋の空気は（熱の高い）病児に特有の、物の饐《す》えるような匂《にお》いがこもっていた。――子供は五歳になるが、生れつき弱く、ちょっと風邪をひいても、半月くらいは治らないというふうで、今年は夏に寝冷えをして以来、下痢《げり》と発熱がしつこく続き、九月の中旬から殆《ほと》んど寝たきりという状態であった。

――子供はもう少し自由にさせておくほうがいい、こちらでは神経質にかまい過ぎる。

藩医の村田研道はたびたびそう忠告した。妻の加代はそれが気にいらず、町医者の氏家長玄《うじいえちようげん》を頼むようになった。長玄は六十に近く、小児科では良い評判をとっていたが、薬礼の高いことでも知られていた。

喜兵衛はそっと子供の枕許《まくらもと》に坐《すわ》り、暗くしてある行燈《あんどん》の光りで、その寝顔を覗《のぞ》いた。松之助は妻に似た神経質な顔だちで、眉が際立《きわだ》って濃く、鼻が尖《とが》っている。繰り返す下痢のため、栄養が付かないから、いまはかなり瘦《や》せていて、その寝顔は熱で（発赤《はっせき》しているにもかかわらず）まるで老人のようにみえた。……加代は良人のあとから来て、その脇《わき》に坐ると、「あなた」と囁《ささや》いた。

「よく眠っている」と喜兵衛が云った。

「お薬をどう致しますか」

「薬だって」と彼は振返った、「まだ取りにやらないのか」

「ですからお金をお願い申しましたわ」

「いま急に云われても困るよ」

「頂けないのでしょうか」

喜兵衛は妻の顔を見て、「困るね」と云い、立ちあがって、自分の居間へ去った。机の前に坐り、行燈の灯《ひ》を明るくして、火桶《ひおけ》の火に炭をついでいると、加代が来て坐った。喜兵衛は眼を向けなかったが、それでも妻の顔が蒼《あお》ざめて硬《こわ》ばり、唇の歪《ゆが》んでいるのが見えるようであった。

家計はどこでも予算どおりにはゆかないものである、と加代は云った。ことに松之助が弱くて、半年と医者の手をはなれたことがないのだから、それだけでもよけいな出費があると思ってくれなければならない、薬礼がとどこおって、薬も取りにやれないようではあまりに悲しいことだ、と加代は云った。喜兵衛は太息《といき》をつき、机の上へ写本の支度をひろげた。彼はもう二年あまりも、古書を筆写してそくばくの賃銀を稼いでいるが、それも加代にとっては、「外聞が悪い」といって不満のたねであった。

「家計は予算どおりにはいかないだろう」と喜兵衛は静かに云った、「しかし、松之助のことがあるから、急の場合の用意をしておくように云ってあるし、雑用もこのまえは余分に渡した筈だ」

「わたくし帯を買いました、それは申上げましたわ」

「帯を、買ったって、――」

「慥かに申上げた筈です、お忘れになったのですわ」と加代は云った、「十一月には実家の父の三年で、法事にまいらなければなりません、親類縁者がみんな集まるんですから、せめて帯くらい新調しなければ、わたくし恥ずかしくって出られはしませんわ」

喜兵衛は硯《すずり》の蓋をあけた。

五

喜兵衛はくたびれたような気分で、墨をすった。彼は帯のことを聞かなかった。むろん帯を買う買わないは問題ではない、「薬礼を持たせなければ薬を取りにやれない」とか、「古い衣裳《いしょう》では、（恥ずかしくて）法事にも出られない」などという妻の考えかたが、――藤井家とは禄高《ろくだか》が違うのだから、といくら云い聞かせても、あらたまるようすがない。それがつねに喜兵衛を悩ませ、重荷になっているのであった。加代はなお不満を並べていた。喜兵衛は墨を措《お》いて、「わかった」と云い、では私がいって来《こ》よう、と立ちあがった。

「どこへいらっしゃるんですか」

「もちろん医者へだ」

「うちには下男がおりますわ」

「しかし、金を持たせなければやれないんだろう」と喜兵衛が云った、「それなら私が取りにゆくよりしようがないじゃないか」

「あなたは」と加代は声をふるわせた、「わたくしに当てつけをなさるんですね」

「私がそんなことをする人間かどうか、わかっている筈じゃないか」と彼は穏やかに云った、「医者の払いは年に二回ときまっている、氏家は町医者だからというが、町医者だってかかりつけになれば同じことなんだ、むろん手許《てもと》に金があれば払うほうがいいさ、しかし金がないのに無理をして払うことはないし、そういうみえはもう棄《す》てなければ困るよ」

「わたくしのすることがみえで、あなたのなさることはみえではないのでしょうか」

「私のすること、――」と彼は妻を見た。

「知らないと思っていらっしゃるんですね」と加代は云った、「裏の木戸の箱もそうですけれど、家計のほうは詰めるだけお詰めになって、他人には幾らでもお金を用立てていらっしゃる、たった一人の子供の薬礼にも不自由しながら、人に頼まれれば幾らでもお金の都合をしておあげになる、それはみえではないのでしょうか」喜兵衛はかなしげに首を振り、そこへ膝《ひざ》をついて、妻の手を取った。そして妻の手をやさしく撫《な》でながら、「その話はまたのことにしよう」と云った。

「おまえは疲れて気が立っているんだ」と喜兵衛はなだめるように云った、「今夜はいいねに代らせて寝るほうがいい、薬を取って来たら、私が松之助に飲ませてやるよ」

「あなたは少しも」と加代は涙声で云った、「あなたはわたくしの申上げることを、少しもまじめに聞いては下さいませんのね」

「もういい、おやすみ」と彼は静かに妻の手を撫でた、「私は薬を取って来る、おまえはもう寝るほうがいいよ」

「医者へは与平をやりますわ」

「私がいって来よう、そのほうが早いからね」と彼は立ちあがった、「みえなどと云って悪かった、あやまるよ」

加代は眼を押えながら微笑し、喜兵衛も微笑を返して、そして部屋を出ていった。

松之助の熱は朝になるとおさまった。

それから五、六日ののちのことであったが、夜の九時過ぎに、裏の木戸で妙なことが起こった。その年はじめての冷える晩で、写本をしていた喜兵衛が、火桶《ひおけ》へ炭をつぎ足していると、裏木戸のあくかすかな音がした。喜兵衛は手を止めて耳をすました。

——返しに来たのか、借りにか……。

そこへ銭を借りに来る者は、たいていは黙って、おじぎをしてゆくだけであるが、返しに来た者は、必ず低い声で礼を述べる。この部屋の（灯の映っている）窓に向って、囁くような声で礼を云うのが、ときには、かなりはっきり聞えるのであった。

——借りに来たのだな。

喜兵衛は眉をひそめた。「必要だけ箱にあってくれればいいが」そう思っていると、ふいに人の争う声が起こった。裏木戸のあたりで、暴《あら》あらしく揉《も》みあうけはいと、平手打ちの高い音と、「きさま、恥を知れ」という声が聞えた。喜兵衛は驚いて机の前を立ち、窓の障子をあけた。

「誰《だれ》だ」と彼は呼びかけた、「どうしたんだ、なにごとだ」返辞はなかった。誰かの逃げてゆく足音がし、すぐに、誰かが木戸を閉めて、ことっと桟《さん》を入れる音がした。

「どうしたんだ」と喜兵衛は呟《つぶや》いた、「なにがあったのだろう」

暫くようすをうかがっていたが、もうなにも聞えないし、人のいるけはいもないので、喜兵衛は障子を閉め、机の前へ戻《もど》った。

十一月になってまもない或る日、城中の役所で事務をとっていると、「細島どのがお呼びです」といって来た。細島左内は寄合で、馬廻《うままわり》支配を兼ねている。平常は寄合役の部屋にいるので、喜兵衛はすぐにそっちへいった。そこには細島左内だけでなく、脇谷五左衛門、藤井三郎兵衛、そして和生《にぎゅう》久之助がいた。

「表向きの話ではないが、少し訊《たず》ねたいことがあって、——」と左内が云った、「御用ちゅうだから簡単に云うが、そこもとが隠れて金貸しめいたことをしている、という訴文が、目安箱の中に投げ入れてあった、十数通も入れてあったので、念のために事実かどうかを訊《き》きたいのだが」

喜兵衛は「事実無根である」と答えた。左内は藤井三郎兵衛に振向いた。三郎兵衛は無表情に喜兵衛を見つめながら、「それだけでは判然としない」と云《い》った。喜兵衛は戸惑ったような眼で三郎兵衛を見た。この、妻の長兄に当る人物は、潔癖と頑《かたく》なことで、親族じゅうに知られていた。

「私はそこもとと妹の縁でつながっているからこういう忌《いま》わしい問題は明白にしておきたいのだ」と三郎兵衛は云った、「訴文は十数通に及んでいるし、ただ事実無根というばかりでは納得がゆきかねる、なにか思い当るようなことがあるのではないか」

喜兵衛は眼をつむった。

——裏木戸のことだろうか。

そうかもしれない、「金貸しめいたこと」といえば、意味は違うけれども、そのほかに思い当ることはない。だが、もしもそうだとすると話すことはできない、絶対に話してはならない、と喜兵衛は思った。

「いや」と喜兵衛は首を振った、「私には思い当るようなことはありません」

「慥かにか」と三郎兵衛が云った。

「よけいな差出口かもしれないが」と和生久之助が云った、「高林には、そういう中傷のたねになるようなことが一つある筈だ」

喜兵衛は久之助を見た。他の三人も久之助に振向き、あとの言葉を待った。久之助はさりげない顔で、静かに喜兵衛を眺《なが》めていた。

「私から云おうか」と久之助が云った、「裏の木戸のことだ」

喜兵衛は「あ」と口をあけた。待ってくれというように、手をあげて制止しようとしたが、その手は膝から二寸ほどあがったばかりで、久之助はもう言葉を続けていた。

六

「私から云いましょう」と久之助は三人に向って云った、「高林の家の裏木戸の内側に、金の入っている箱が掛けてある、金額は知らないが、たいした額ではないでしょう、その木戸はいつもあいているし、窮迫している者は誰でもはいっていって、箱の中から欲しいだけ持ってゆくことができる、そして、返すときも同様に、黙って木戸をはいって、その箱の中へ戻しておけばよい、——これはかなり長い期間ずっと続けて来たらしいし、訴文はこのことをさすのだと思われます」

「それは事実か」と三郎兵衛がするどく喜兵衛を睨《にら》んだ、「いま和生どのの云われたことは事実か」

喜兵衛は弁明しようとして義兄を見た。すると三郎兵衛の顔が急に赤くなり、片膝を進めながら、「それが事実とすれば、金貸しめいたことではなく、金貸しそのものではないか」とたたみかけた。

「それは違います」と久之助が遮《さえぎ》った、「それは藤井どののお考え違いです」

「しかし現にいまそこもとが」

「まあお聞き下さい」と久之助はゆっくり云った、「金貸しというものは、人に金を貸して利を稼《かせ》ぐものでしょう、高林は利息などは取りません、窮迫した者が必要なだけ持ってゆき、返せるときが来たら返せばよい、借りるのも返すのも自由だし、返せなければ返さなくともよい、誰がどれだけ借りたか、誰が返し、誰が返さないかもわからない——高林はただその箱をしらべて、金があればよし、無くなっていれば補給するだけです、これが些《いささ》かでも金貸しに似ているというなら、私が御意見をうけたまわりましょう」

細島左内は脇谷五左衛門を見た。五左衛門は藤井三郎兵衛を見、それから喜兵衛に向って、「それに相違ないか」と念を押した。喜兵衛は当惑したように、眼を伏せながら、「相違ない」と答えた。

「どうしてだ」と五左衛門は訊いた、「どういう事情でそんなことを始めたのだ」

「それは——」と喜兵衛は低い声で云った、「その日の食にも窮している者たちに、いちじの凌《しの》ぎでもつけばよいと思いましたので」

「小人の思案だ」と三郎兵衛が云った、「それは人に恵むようにみえるが、却《かえ》って人をなまくらにする、貧窮してもそんなふうに手軽に凌ぎがつくとなれば、そうでなくても怠けたがる下人《げにん》たちは、苦労して働くという精神を失うに違いない、十人が十人とはいわない、十人のうち一人でも二人でも、そういう人間の出ることは慥《たし》かだと思う」

「それに」と五左衛門が云った、「返してもよし返さなくともよしとなると、借りたまま口をぬぐっているという、狡《ずる》い気持をやしなう危険も考えられる」

「これについてどう思うか」と三郎兵衛は喜兵衛に云った、「そういう安易な恵みが、逆に害悪となるという点を考えたことがあるか」

喜兵衛は暫《しばら》く黙っていたが、やがて「そういうことは考えなかった」と答えた。三郎兵衛は左内の顔を見た。左内は咳《せき》をし、膝の上で扇子をぱちっと鳴らし、それから三郎兵衛に向って「どうぞ」と云うように頷《うなず》いてみせた。

「それでは寄合役の意見を述べる」

三郎兵衛は改まった調子で云った、「いずれお沙汰《さた》があるまで、ただちにその木戸を閉め、その箱を取払っておくがよい」

喜兵衛は静かに「いや」と云って、眼《め》をあげて三郎兵衛を見た。

「それはお受けができません」

「なに、――不承知だというのか」

「お受けすることはできません」と喜兵衛は穏やかに云った、「箱の中の僅《わず》かな銭を、たのみにする者が一人でもある限り、私はその箱を掛け、木戸をあけておきます」

「寄合役の申しつけでもか」

「それは、――」と喜兵衛は口ごもったが、頭を垂れながら、呟くように云った、「いや、私にはお受けは、できません」

三郎兵衛が眼を怒らせ、なにかどなりだそうとしたとき、「まあ暫く」と久之助が静かに云った。

「これはそう簡単な問題ではない」と久之助は続けた、「領内に窮民があれば、藩で救恤《きゅうじゅつ》の法を講ずるのが当然で、高林はそれを独力でやって来たわけです、したがって廃止を命ずるまえに、その実際の状態と、なに者が目安箱へ訴文を入れたか、ということを調べるべきだと思いますが、いかがでしょうか」

他の三人は顔を見交わした。久之助は寄合役肝煎《きもいり》だから、三郎兵衛も（不満そうではあったが）敢《あ》えて反対はしなかった。

「ではまた沙汰があろう」と久之助は喜兵衛に眼くばせをした、「今日はこれでさがられるがよい、御用ちゅう御苦労であった」

喜兵衛は感謝の眼で久之助を見、それから会釈《えしゃく》をして立ちあがった。

その日、——下城の太鼓が鳴ってから、喜兵衛の役部屋へ久之助が来た。彼は他の者が帰るのを待って、「頑張《がんば》ったな」と微笑した。お受けはできない、と二度まで云いきったのはさすがだ、「しかし、あの箱をたのみにする者がいるということを、なぜもっとはっきり云わなかったのか」と久之助は訊いた。

「しかし、それを云ったところで」と喜兵衛はかなしげに微笑した、「あの人たちにはわからないだろうからね、自分で現実に飢えた経験がなければ、飢えがいかに辛《つら》いかということはわからないものだ」

「だが高林にはわかるんだろう」

「あの人たちは云ったね」と喜兵衛は嘆くような口ぶりで続けた、「そんなふうに手軽に凌ぎがつくとなれば、苦労して働く精神が失われる、金を借りたまま口をぬぐうような、狡い気持をやしなうって、——あの人たちは知らないんだ、知ろうともしないんだ、下人どもは怠けたがるものだって、ああ」と彼は悲しげに首を振った、「貧しい人々がどんなふうに生き、どんなことを考えているか、貧窮とはどんなものか、あの人たちはまったく知ってはいないんだよ」

「だが高林は知っているじゃないか」

「もう十五年ちかく経《た》っているが」と喜兵衛は低い声で続けた、「――和生《にぎゅう》などはもちろん知らないだろう、家に出入りの吉兵衛という桶屋《おけや》がいたが、貧窮のあまり、妻子三人を殺して自分も自殺した、ということがあった」

「その話は覚えている」と久之助が云った、「桶屋の吉兵衛はおれの家へも出入りしていた、慥か可愛《かわい》い娘がいたと思う」

「なおという名だった」

「名は知らないが、十三四になる縹緻《きりょう》のいい子だった、――そうだ」と彼は頷いた、「父親が足をどうかしたといって、その娘が桶を取りに来たり届けに来たりしたようだ」

喜兵衛は「うん」と頷いて、遠くを見るような眼つきで、じっと襖《ふすま》の一点を見まもった。久之助は「そうか」という表情をし――喜兵衛はその娘が好きだったのか、と心のなかで問いかけた。

七

「私は吉兵衛の家へいってみた」と喜兵衛はやがて言葉を継いだ、「父には隠して、経料を届けるように母から云われたんだ、そして事情を聞いたんだが、吉兵衛が足を挫《くじ》いてから不運つづきで、借財や不義理が重なった結果、どうにもならなくなって一家で自殺したという話だった」

喜兵衛にその話をしたのは、家の差配をしている老人だったが、「吉兵衛は正直で気の弱い、まことに好人物であった」と云い、子煩悩《こぼんのう》だから「娘を茶屋奉公に出す」気もなかったのだろう、「ちょっと相談してくれれば、少しくらいの金は都合してやったものを」などと云った。

「その晩か次の晩だった」と喜兵衛は続けて云った、「父のところへ客があって、その話が出た、客は、よく覚えているが、藤井兄弟の父の図書《ずしょ》どのだった、二人は吉兵衛の一家自殺を評して、――銀の一両か二両あれば死なずとも済んだであろう、そのくらいの金なら誰に頼んでも都合ができたであろうに、ばかなことをする人間もあったものだ、……二人はそう云った、誇張ではない、殆《ほと》んどこのとおりに云ったのだ」

「私はそのとき思った」と喜兵衛は少しまをおいて云った、「差配の老人もそう云い、父や図書どのも同じように云う、だが、はたしてそうだろうか、銀の一両や二両というけれども、それは吉兵衛一家が死んだあとだからで、もし生きているうち借りにいったらどうだ、こころよく貸す者があるだろうか、——いや私にはわかっている、かれらはおそらく貸しはしない、少なくともそういうことを云う人間は、決して貸しはしないんだ」

久之助は同意するように頷いた。

喜兵衛はそのとき「裏の木戸」のことを思いついた、と云った。かなしいことに、人間は貧乏であればあるほど、金銭に対して潔癖になる。施しや恩恵を、かれらほど嫌《きら》うものはない。しかし顔も見られず、証文や利息もなしに、急場を凌ぐことができたら、かれらもたぶん利用しに来るだろう。喜兵衛はそう考えたのであった。

「実際に箱を掛けたのは、父が死んで家督相続をしてからだ」と彼は続けた、「——初め吉兵衛の差配だった老人に相談をして、小金町と山吹町の、裏店《うらだな》の人たちだけに限り、よほど困った場合にはといって知らせた、半年くらいは誰も来なかったが、やがて来るようになった、……差配の老人は、返すような者はないだろう、と云った、——藤井や脇谷どのも云ったように、借りる者はあっても返す者はないだろうって、その補給かに、二年ばかりのあいだは、箱はからになることのほうが多かったし、その補給にはかなり苦労をした」

「やめようと思ったことはないんだな」

「うん、――」と喜兵衛は頷いた、「そう思ったこともある、ずいぶん苦しいときがあったからね、しかし、そういうときには、いつも吉兵衛の小さい娘のことを思いだした、あのなおという娘のことを、……あのなおがどんな気持で死んだかということをね」

久之助は眼をそらしながら、「それほどあの娘が好きだったんだな」と心のなかで合点《がてん》した。喜兵衛は「それがいつも自分を支えてくれた」と云った。死んだ娘のことを考えれば、彼の苦労などはさしたることはない、「続けられるだけ続けよう」といつも思い返した。

「そのうちに返す者が出はじめた」と喜兵衛は云った、「箱がからになるときより、余っているときのほうが多くなった、しかも、ときによると元金より多く入っていることさえあるんだ」

「高林が勝ったんだ」と久之助は顔をそむけながら云った、「――貧しい者ほど金銭に潔癖だという喜兵衛の信頼が勝ったんだ」

喜兵衛は急に息をひそめて、久之助を見た。そむけている久之助の横顔を、じっと見まもっていてそれから「ああ」と声をあげた。

「そうか」と喜兵衛は云った、「和生《にぎゆう》も入れていてくれたんだな」

「おい、よしてくれ」

「いやだめだ、裏木戸のことを知っているのは、小金町と山吹町界隈《かいわい》の者たちだけだ、それを和生はさっきの席で云いだしたし、——そうか、そうだ、思いだしたよ」と喜兵衛は云った、「先月中旬の或る夜、裏の木戸で人を殴る音がし、恥を知れ、という声が聞えた、そのときは気がつかなかったが、いまは思いだすことができる、あれは和生の声だった」

「十四郎のやつが来たんだ」と久之助は銜《て》れたように云った、「十四郎のやつが来て、箱の中からつかみ出そうとしたんだ」

「和生は金を入れに来ていたんだな」

「おれはかっとなった」と久之助は云った、「どうして木戸のことを知ったかわからないが、彼などに一文だって手を付けさせたくなかったからな、思わず捉《つか》まえて平手打ちをくれてやったんだよ」

喜兵衛は俯向《うつむ》いて「有難《ありがと》う」と囁《ささや》くように云った。

「だいぶなが話をしてしまった」と久之助は立ちあがった、「よかったらいっしょに帰ろうかね」

喜兵衛は机の上を片づけながら、「寄合役の意見はどうなるだろう」と訊《き》いた。大丈夫だおれが引受けるよ、と久之助が云った。目安箱へ訴状を入れた人間も、およそ見当がついてるんだ。見当がついているって。「うん」と久之助は頷いた。小金町あたりの連中に日金を貸しているやつの仕事さ、やつらは貧乏人の生血を吸って肥えるんだから、裏の木戸は大敵なんだ。へえー、と喜兵衛は眼をみはった。和生はいろいろなことを知っているんだな。そうでもないさ、じつを云うと町奉行の意見を聞いたんだ、と久之助は苦笑した。

「むずかしいものだ」と喜兵衛は太息《といき》をついて云った、「——こういうことでさえも、どこかへ迷惑を及ぼさずにはいないんだな」

久之助は「帰ろう」と云った。

数日のちに藤井で法事があった。亡《な》くなった図書の三年忌で、加代は松之助を伴《つ》れて寺へゆき、喜兵衛は下城してから、藤井の家へいって焼香した。そのとき三郎兵衛が、「木戸のことは構いなしになるようだ」と告げたが、あまり機嫌《きげん》のいい顔ではなかった。——加代は「松之助を夜風に当てたくない」と云って日の昏《く》れるまえに帰り、喜兵衛は残って、二十人ばかり集まった親類縁者たちと、精進の接待を受けてから辞去した。

まだ宵《よい》の口だったが、もう霜でもおりたかと思われるほど寒く、やや強い風が北から吹きつけていた。供の提灯《ちょうちん》の光りを踏みながら、内蔵町の辻《つじ》へかかろうとすると、ふいに横のほうから、藤井十四郎が出て来て呼びとめた。

「済まないが」と十四郎は供のほうへ手を振って云った、「内密で話したいことがあるんだが」

「家へゆきましょう」

「いや」と彼は首を振った、「いそぐんだ、非常にいそぐんです」

喜兵衛は供の者から提灯を受取って、「先へ帰れ」と命じた。

八

二人きりになると、十四郎はせきこんで、金を五両ほど都合してくれと云った。

「騙《だま》されて博奕《ばくち》場へ伴れこまれた」と十四郎はふるえながら云った、「もちろんいかさま博奕で、五十両という借ができた、——半月ばかり延ばしてもらっていたんだが、今夜かぎり待てないと云って来た、かれらはいま内匠《たくみ》町の神明の境内で待っている、時刻までに来なければ、屋敷へいって兄に談判するというんだ」

「それで」と喜兵衛は訊いた、「五両の金でどうするんです」

「おれは、私は逃げる」と十四郎は云った、彼の荒い息が、寒さのために白く凍った、「とても五十両などという金は作れないし、博奕の貸しは殺しても取るというから、もう逃げるほかに手段はないんだ」

「相手は神明の境内にいるんですね」

「頼む、これが最後だから」

「いや、私がいって話してみましょう」と喜兵衛は云った、「博奕場のしきたりがどんなものかは知らないが、事情を話せばなんとか方法があるでしょう」

「だめだ、それはもうだめなんだ」と十四郎は殆んど泣くように云った、「相手は海《み》松徳《るとく》といって、兇状《きょうじょう》持ちの博徒だし、これまで延ばしたのを騙したといって、怒っているんだから」

「とにかく話すだけ話してみましょう」と喜兵衛は歩きだした、「相手がそういう人間なら、逃げたところで必ず捜し出されるでしょう、こんなときには当って砕けろというじゃありませんか」

　喜兵衛は道を引返して、大手筋を横切っていった。十四郎はなお「それはむだだ、かれらは話など聞きはしない」と繰り返しながら、それでも喜兵衛のあとからついて来た。

——おそらく嘘《うそ》だろう。

五両という金を借りるために、そんな話を拵《こしら》えたのだろう、と喜兵衛は思った。しかし内匠町にかかると、十四郎は急に黙って、喜兵衛の蔭《かげ》に隠れるようにして歩いた。

——神明社は武家町の端に近く、境内はさして広くないが、古い杉林《すぎばやし》があり、石の玉《たま》垣《がき》のすぐ内側に、大きな池があった。喜兵衛は鳥居のところで、「此処《ここ》ですね」と十四郎に念を押した。十四郎は頷いた、彼のふるえているのが喜兵衛によくわかった。

喜兵衛は鳥居をくぐっていった。

「海松徳の人はいますか」と喜兵衛は呼びかけた、「藤井十四郎のことで話したいのだが」

すると右手の杉の木蔭から、「やっちまえ」という声とともに、四五人の男がとびだして来て、一人がいきなり喜兵衛に躰当《たいあた》りをくれた。脇腹《わきばら》へ火を当てられたように感じ、喜兵衛は「うっ」といった。提灯がはね飛んで、地面へ落ちて燃えあがり、喜兵衛は手で脇腹を押えながら、くたくたと膝《ひざ》をついた。

「待て」と喜兵衛は喉《のど》で云った、「待て、話がある」

そのとき、「いけねえ、こいつは大変だ」という声がした、「高林の旦那《だんな》だ、大変なことをした、誰《だれ》か医者へいってくれ」そう叫ぶのを聞いたまま、喜兵衛は気を失ってしまった。

医者が来て、手当をされたとき、痛みのためにわれに返った。そこには十四郎と、見知らぬ若者が二人いて、その一人（まだ十七八とみえた）がふるえながら、「とんでもねえことをした、とんでもねえことをしちゃった」と伴れの男に囁いていた。おれの姉さんが旦那の御恩になったんだ。おふくろの病気が治ったのも旦那のおかげなんだ、暗くってわからなかったし、まさか旦那が来《こ》ようとは思わなかったんだ。「もういい、諄《くど》いことはよせ」と伴れの若者が云った。

——この若者の姉とは、誰だろう。

喜兵衛は手当をされる痛みのなかで、ぼんやりと思った。十四郎はまっ蒼《さお》に硬《こわ》ばった顔で、医者の手許《てもと》を見まもっていたが、やがて喜兵衛のほうへ振向き、「勘弁してくれ」と低い声で云った。

「済まなかった、高林、勘弁してくれ」

喜兵衛は眼で頷《うなず》いた。

——それでも彼は逃げなかった。

おれを置いて逃げるほど、彼も卑怯《ひきょう》ではなかったんだな、と喜兵衛は思った。

「わかってるよ」と喜兵衛は喉で云った、「もののはずみだったのさ、心配することはない、たぶんこれで、あの話もうまくいくだろう、——私は大丈夫だから、もう家へ帰るほうがいいよ」

十四郎は泣きだした。十四郎の眼から、涙のこぼれ落ちるのを、喜兵衛は見た。まもなく、——他の二人の若者が、戸板（喜兵衛を運ぶための）を持って走って来た。

「もう帰って下さい」と喜兵衛が十四郎に云った、「今夜のことは私がうまくやります、どんなことがあっても決して他言しないように頼みますよ」

九

雪の降る夜の十時ころ、——五十年配の老人がひとり、頭からやぶれ合羽《がっぱ》をかぶって、内蔵町の裏道を歩いて来る。彼は口の中で絶えずぶつぶつ呟《つぶや》いている、「だめかな、だめだろうな」などと云う。風がないので、雪はまっすぐに降り、老人のまわりだけでくるくると舞う。老人はぶるぶるとふるえ「旦那はけがをなすったそうだからな」と彼は呟く、「けがをして半月も寝ておいでだというからな」そっと首を振り、それでも歩き続けながら、「きっとだめだろう、むだ足だろうな」と呟いた。

老人は笠木《かさぎ》塀《べい》の処《ところ》で立停《たちどま》り、（雪明りで）木戸を捜し当てた。彼はそこでためらった。その家の主人は、半月ほどまえにけがをした。刀の手入れをしていて、誤って自分でどこかを傷つけた。という噂《うわさ》を聞いていたのである。……老人は溜息《ためいき》をつき、救いを求めるようにあたりを眺《なが》めまわした。それから、不決断に木戸へ近より、おそるおそる桟《さん》へ手をかけた。その手は見えるほどおののいていたが、桟はことっと動き、木戸はかすかにきしみながらあいた。

木戸はやはりあいていた。木戸があくと、積っていた雪が落ち、向うに灯《ひ》の映っている窓の障子が見えた。老人はその窓に向って、低く三度おじぎをした。

「旦那……」と老人は囁いた、「また拝借にあがりました、どうぞお願い申します」

（「講談倶楽部増刊号」昭和三十年十一月）

地蔵

一

「鬼もこそ聞け、こうみえてもおらあただの女じゃねえ」と女が云《い》った、「——五百《いお》夜《よ》の濃萱《こすげ》といって、洛中《らくちゅう》洛外にかくれもねえ女宰領《おんなさいりょう》だよ、わかってるのかい」

「あい」と手白《てじろ》は頷《うなず》いた。

「おらのことを日に三十里も歩けるくせに五里しか歩かねえ怠け者だと云っている牛飼いの十喜《とおき》じじいでも」と脛黒《すねぐろ》が云った、「——それを疑いはしめえと思う」

「こちたきことよ」と女は土器《かわらけ》の盃《さかずき》で酒を呷《あお》り、大きなおくびをし、あぐらをかいたままで片方の裾《すそ》を捲《まく》りあげ、ほっとりと柔らかそうな、白い太腿《ふともも》を叩《たた》きながら訊《き》き返した、「——じじいがなにを疑わねえんだ」

　手白は眼《め》をまるくして女の太腿を見た。

「おめえさまのことをよ」と脛黒は答えた、「おめえさまが五百夜の濃萱といって、洛中洛外にかくれのねえ女宰領だということをよ」

「あい」と手白が云った。

「あざあざし」女は瓶子《へいし》から酒を注《つ》いで、大きく呷ってから手の甲で唇《くちびる》を拭《ふ》き、その手でひたひたと裸の太腿を叩きながら云った、「――それがわかっているんなら、おれの云ったとおり仕事をすぐに始めろ」

手白はじっと女の太腿をみつめていた。

「おらのことを二十五になってもうぬの母親が本当にうぬの母親かどうかさえたやすくは信じねえほど疑いぶかい人間だと二条院の堀《ほり》さらいをする瘤八《こぶはち》が云ったもんだが」と脛黒は答えた、「――その仕事は考えものだ」

「かしがまし」と女が云った、「なにが考えものだ」

女がもっと裾を捲りあげたので、手白の眼はとびだしそうになった。

「おらのことを」

「かしがまし」と女がどなった、「そのどこかのじじいだの瘤八だのに口をきかせるな、てめえの云いてえことだけをてめえの口で云え、うるせえ」

「これは枕詞《まくらことば》なんだが」

「それがなんだと」

「枕詞よ」と脛黒は答えた、「おめえさまは、人間はみやびやかでなければいけねえと云われた、ことにおらたちのように品《しな》よく世渡りをする者は、世間からおくゆかしい人間だと思われるのが肝心だ、それにはものを云うときに枕詞の一つも付けるくれえの心掛けがなければだめだと」

「この蛭《ひる》ったかりの臍《へそ》つぶれめ、よく聞けよ、枕詞とは五文字か七文字、それもあとに続く文句とつながりがなくっちゃならねえもんだ、こう」と女はそこで声にあやを付けた、「――あまのはら、とか、みすずかる、とか、あおによし、とか、こういったものが枕詞だ、てめえのは牛追いのじじいだの」

「牛飼いなんだが」

「うるせえ」と女はどなりつけた、「追うも飼うもおらの知ったことか、枕詞を付けるんならおらのように付けろって云うだ、この、かいかい病みの犬っぱらみめ」

「おらのことを頭にできた疣《いぼ》が」

「かしがましかしがまし、うるせえったらうるせえぞ」と女はもの凄《すご》く頭を振って、もう一と声きめつけた、「わかったかい」

「あい」と手白がいそいで眼をそらしながら答えた。

「黙んな手白」と女が睨《にら》みつけ、「おめえはここを見てえればいいんだ、ここをよ」と太腿を叩いて云った、「おらそういう眼で軀《からだ》を見られんのが好きだ、いま都にどれほど男がいるか知らねえが、おめえのようにあけすけな眼つきで見てえ物を虚心にみつめるほど勇気のある者はありあしねえ、それだけがおめえの取得だ、それだけがだ、忘れるんじゃねえぞ、手白」

「あい」と手白は頷き、こんどは眼をほそめて、覗《のぞ》きこむようにその部分を凝視した。

「それ、もっとこうしたらどうだ」女はさらに裾をたくしあげた、「こうしたら」

手白は口をあき、長い舌を垂らした。

「この覗き狸《たぬき》め」女は手白の頬《ほお》に平手打ちをくれ、裾をおろしてどなった、「二人とも立って支度をしろ、こういう仕事はほかにも思いつくやつがあるかもしれねえ、こういう仕事は先に手をつけた者の勝ちだ。支度をしてすぐに始めろ」

「おらは考えもんだと思うがな」脛黒はぐずぐずと立ちながら云った、「越《こし》のくにから京へ来て三年と八十二日になるが、おらあものごとをひろい眼で見るようにしているだ、仮に小さな石がそこに一つあるとする、人はその石だけを見てなんだとかかんだとか云う、だがおらあそうじゃねえ、その石がどうしてそこにあるか、石の下は土か砂か、それとも草っ原かどうか、その石はそこにじっとしているつもりか、それとも転げだすつもりでいるかどうか、また、その石は」

脛黒はひらっと、いかにもそこに石があるように手を振り、すると女がその手をすばやく掴《つか》んで引き、脛黒はのめって膝《ひざ》を突いた。女は掴んだ脛黒の手を床板へ押しつけ、片手で彼の顔を逆に撫《な》でた。

「あかねさす、眼をさませ脛黒」と女は云った、「いいか、物は衣笠道《きぬがさみち》にある、仁和寺《にんなじ》の東を衣笠山のふところへはいる山道だ、いいか、三段ばかりゆくと左に杉林《すぎばやし》があって、そのいちばん大きい杉の樹《き》のうしろの藪《やぶ》の中にある、いいかい、使うところは六条坊門を東へいって、五つめの辻《つじ》だ、辻の向う角に築地塀《ついじべい》の壊れた無住の第《だい》がある、もと久我大納言《くがだいなごん》が住んでおられたのだが、陰陽師《おんみようじ》なにがしに方位の難を告げられて四条へ移られ、それ以来ずっと荒れ放題になってるんだ、使う場所はそこの床下だ、わかったか」

「あい」と手白が云った。

「脛黒はどうだ」

「おらあ考えてみるに」云いかけて脛黒は眉《まゆ》をしかめた、「手が痛え」

「痛ければ返辞をしろ、いやか、おうか」

「おう」と脛黒が答えた。

「はしけやし」と云って女は摑んでいる脛黒の手で床板を叩かせた、「そのつまらねえ石を拾ってさっさと支度にかかれ」

「石だって、どこの」

「てめえがいま捻《ひね》りだした石よ」と女は手を放してやった、「することはよくのみこんだろうな、物は衣笠道だぞ、使う場所はどこだ」

「おめえさまの云わしゃったには」と腟黒が立ちながら云った、「六条坊門を東へへえって、五つめの辻の向う角にある無住の第さ」

「はしけやし」と女は云って、盃の酒をうまそうに飲みほした、「この仕事が当ったら、こんどこそおめえらと夫婦《めおと》になってやるぞ、いいか、もしまた仕損じたときには、二人とも生皮《いきかわ》をひん剝《む》いて牝犬《めすいぬ》の腹巻にしてくれるからな、わかったか」

「あい」と手白が云った。

二

「このとおり、仁和寺のほうへ向って歩きながら」と腟黒が云った、「みなさんに申上げたいのだが」

手白がけげんそうに腟黒を見た。

「歩けよ、おめえじゃねえ、おらあ木や草や土や、空の雲なんかに話してるだ、おめえは黙ってな」と腟黒は歩きながら云った、「――おらは越のくに松生《まつお》というところのおん百姓で、三年と八十二日めえに年貢《ねんぐ》を持ってこの京へ来た者です、松生というところは隆家卿《たかいえきょう》の領分で、年貢は云うまでもなく卿の倉庫へ納めました、納めたは納めたものの、くにへ帰ることができません」

「あい」と手白が云った。

「このとおり」と脛黒は手白を指さした、「この男もおらと同じ身の上なのです、年貢は納めたがくにへは帰れない、おらは三年と八十二日ですが、この手白という男は」

「七年と十二日」と手白が云った。

「七年と十二日」と云って脛黒は片方の手を意味ありげに振った、「——むかし、寧《な》楽朝《らちょう》とかいったころにも、諸国から京へ年貢を納めに来た者は、くにへ帰ることができないため、そのまま浮浪者か乞食《こじき》か強盗《がんどう》になったそうです、それは未開のむかし語り、といまの大臣《おとど》たちは申される、いまこの平安の時代にさような暴政はゆるされない、民を肥やし、国のもとを確立するのが、まつりごとを預かる者の第一のつとめである、ありがたしおん百姓ども、年貢が高いなどということは気にするな、おまえらは死ぬまで働くために生れてきた、たとえ働き死にに死ぬるとも、おまえらが納めた年貢はむだにはならない、国の守り、都の美観、宮廷貴人の威勢は保たれ、まつりごとは正しく行われる、——そうです、いまは未開の時代ではない、大臣がたはおらたちのような者にまで、大蔵卿の切下文《きりくだしぶみ》をもってかように懇切に宣告されるのです、なんの不服がありますか」彼は両手をひろげた、「おらは年貢を納めに来た、そうしてくにへは帰れない、おらもこの手白も、おらたちのほかの何百何千という者も帰れない、けれどもそれについて些《いささ》かの不平不服はありません」

「あい」と手白が云った。

「くにへは帰れないが都を見ることができました」と腥黒はまた続けた、「天皇のみゆきのこの世ならぬ荘厳《そうごん》さと華麗さ、貴人公子の邸宅や社寺の輪奐《りんかん》たる眺《なが》め、すなわち、くにの栄えというものをこの眼で見ることができたし、それらがおらたちの年貢によって賄《まかな》われていると思うと、ただもう感動の涙にくれるばかりであります、つまり、おん百姓としての感動なのでありますが、ここに一つ困ったことは、くにでこそ耕す田や畑はあれ、この都ではどうして生きてゆくかわからない、知れたこと、おらは途方にくれはてました」

「七年十二日」と手白が云った。

「七年と十二日」腥黒は手白のほうへ頭をかしげてみせた、「この男は七年と十二日も都にいて、かつえどおしにかつえていました、おらがこの手白に初めて会ったのは四条河原ですが、そのとき彼は河原の石を拾っては舐《な》め、拾っては舐めしていた、おらがなにをしているかと訊くと、彼はめしを喰《た》べていると云う、河原の石には水苔《みずごけ》が付いているし、水苔は栄養分があって充分めしの代りになる、おぬしもやってみろというわけです」

「あい」と手白が云った。

「おらも腹がへってたからためしてみようとした、すると手白が云うには、石にも味のよしあしがある、不味《まず》い石はよけて、美味《うま》い石を選ぶのがこつだというのです」脛黒はゆっくりと肩をすくめた、「——そこで美味い石を覘《ねら》ってはやってみたのですが、こつを覚えるまえに、おらは胃のさしこみを起こしてぶっ倒れてしまいました」

手白は「あい」と云いかけたが、慌《あわ》てて口をつぐみ、渋い顔をしながら眼をそむけた。

「おらのことを頭にできた疣がどれほどまで大きくなるかと気を病んでばかりいるため軀に肉の付くせきのねえ男だと、くにの水守りの眉太《まぶと》じじいが云ったもんだが」と脛黒は歩き続けながら云った、「——おらは疣のことは承知しているだ、この頭にできている疣はたとえどれほど大きくなろうとも、しょせん頭よりでかくなる筈《はず》はねえ、もしまた、この頭よりもでっかくなるとすれば、しめたもんで、そうすれば見世物か因果ものとしてめしのたねになりますからな、そうでしょう」

「はは」と手白が云った。

「そのとおり」脛黒は手白に頷いた、「おらどものような者には、そんな幸運もこぼれては来ない、その代りに五百夜《いおよ》の濃萱《こすげ》という女宰領につかまったのです」

「かくれなき女宰領」と云って手白は脛黒を見た、「女宰領た、なんだ」

「よくは知らないが、あんなにいばってるところをみるとたぶん女の大将とでもいうところだろう、――で、みなさん」と脛黒は話を続けた、「濃萱というあのあねえは、おらと手白に仕事をあてがってくれたのです、みんな辻に立つか、家の門に立つしょうばいで、ずいぶんいろいろなことをやりました、あねえは品《しな》よき世渡りだと云うけれども、おらが考えるにはどうもうろんなことばかりだったと思う、なにしろいつも使庁の役人が来はしないかと、あたりに気を配りながらやらなければならないし、また、その役人に追っかけられない日のほうが稀《まれ》なくらいなんだから、――それだからおらあなにをやってもすぐ忘れることにしているし、あねえも二度と思いださせるようなことは云わない、そうさ、一つだけうまく当りかけたことがあったっけな」

「犬のい」と手白が云った。

「しっ、くまのいだ」と脛黒は手を振って制止し、それから云った、「もちろんみなさんには正直に申しましょう、犬の肝を抜いて干し固め、それを熊胆《くまのい》といって売ったのです、これはもうたいそう繁昌《はんじょう》して、このままゆけば東山を含めて京の半分を買うこともできようと、おらばかりでなく、あねえまでが気をよくしたものです」

「あい」と手白が云った。

「ところがいけなかった、原因はこの手白なんで、この男はごらんのとおりずぬけて口がへたです」と脛黒は云った、「だからしょうばいの口上はおらがやるときめてありました、これはもう検《け》非《び》の庁宣のように堅いものだったのですが、或《あ》るとき、さよう、薬王院の門前の市で売っていたところ、常にない繁昌で客がひしひしと詰めかけ、おら独りの口上では隅《すみ》まで届かなかったんでしょう、或る心のねじくれたような客が手白をつかまえて、この熊胆を取った熊はどんな毛並であるかと訊いた、手白はいつもの伝であいとだけ答えたが、客はなお羆《ひぐま》か月の輪かと問い詰めた、するとこの男は、いや白と黒の斑《ぶち》だったと答えました、白黒の斑、——は」脛黒は右手をひらっと振った、「しかもそれだけではない、心のねじくれたような客はすかさず、鳴き声はどんなだと訊きました、それで一遍に御破算です、この男は白黒斑の鳴きまねをしてみせ、取巻いていた客たちはげらげらと笑いだし、やがて石を投げ始めました、いま考えてみても、よくまあ生きて逃げられたものだと、われながら訝《いぶか》しく思うほど猛烈な、恐ろしい石つぶてだったのです」

「瘤《こぶ》」と云って手白は自分の頭を指さした。

「それ以来」と脛黒は手白には眼もくれずに続けた、「おらたちは暫《しばら》く鳴《なり》をしずめていました、おらとこの手白の顔を、世間の者が見おぼえているうちは危ないというわけです、このあいだに、あねえはこんどの仕事を考えていたんですな、なにしろ女宰領というくらいだから、頭のめぐりのいいことにはかなわない、おらとしてはこの仕事は気乗りがしないのです、これまでやって来たどんな仕事よりも子供騙《だま》しで、とうてい世間は信じないだろう、ことに都の人間はわる賢くって狡猾《こうかつ》で、おらたちは幾たび死ぬようなめにあわされたかしれないのですから、——だがやむを得ません、おらは濃萱のあねえのあの白い腿《もも》が忘れられねえだし、この仕事がうまく当れば夫婦になってやるというわけですからな」

「おらもだ」と手白が力んで云った、「もう三年もだぞ」

「三年はお互いさまだ」と脛黒が云った、「おらかおめえか、どっちと夫婦になるかはあねえのきめることよ、熱くなるな」

「あい」と手白は頷《うなず》いた。

「それ仁和寺へ来た」脛黒はそう云って向うを指さした、「あの道をはいるだぞ」

三

「これがあねえの云《い》った杉林で」と脛黒が云った、「あれが中での大杉だな」
「思いだした」
「この大杉のうしろの藪《やぶ》か」
「おら、やっと思いだしたぞ」
「黙ってろ」と云って脛黒は藪の中へはいっていった、「へいへい、見ろや手白、あねえの云ったとおり、ちゃんとここに地蔵さまがあったぞ」
「捨て物だ」と手白が云った、「ずっとめえ、微妙院のい、い、いざりが捨てたもんだ」
「い、いざりだって、――乞食《こじき》か」
「微妙院のおしょうにんだ」
「それじゃ阿闍梨《あざり》だろう」
「その人が地蔵を作らせた」と云って手白は藪の中に転げている石の仏像を指さした、「出来あがったとき、論が起こった、洛中《らくちゅう》洛外、河内《かわち》や大和《やまと》、叡山《えいざん》や高野《こうや》などの寺々から、たくさんのひじりやいざりや、いや、――なんだっけ」
「あざり、阿闍梨っていうんだ」

「そのざりだ」と手白は頷いた、「それらの衆が集まって来て、三十七日と三十七夜のあいだ論判した」

「なにがいけなかった」

「その手だ、地蔵の手がごたごたのもとだ、よく見てみろ」手白は石の仏像の右手を指さした、「この手は輪を作っているが、この輪になったところは錫杖《しやくじよう》を入れるだ、左手には宝珠を持ってるが、これが誤りだという、錫杖を右手に持たせたら、左手は施無畏《せむい》の印を結んでいなければなんねえ、左手に宝珠を持ったなら右手は甘露印を結ぶだという、どの経文にはかくかく、あの経文にはしかじか、古法だとか俗説だとか、並んだ坊主《ぼうず》あたまが火を噴くような騒ぎよ」

「ふうん」と脛黒は頭を振って感嘆した、「そう聞いてみると、地蔵なんぞといってもこれ、おいそれとばかにはできねえもんだな」

「論は尽きねえ」と手白は続けた、「どのひじりもあざりもあとへひかねえだ、しめえにはみんなくたびれはてて、こんなおかしな物あもう見たくもねえって、叡山の坊主は叡山へ帰るし、大和の坊主は大和へ、河内の坊主は河内へ、高野の坊主は」

「わかった、その先は云うな」

「なぜ」と手白が問い返した。

「なぜだって」脛黒《すねぐろ》はふんと鼻を鳴らした、「きまったはなし、高野の坊主は高野へ帰ったんだろうが、え」

「死んだだ」と手白は云った。

「死んだ、どうして」脛黒は気をわるくして反問した、「どうしてまた高野の坊主だけ死なせるんだ」

「微妙院のあざりも死んだだ」

脛黒は眼を剝《む》いた。

「その二人がいちばん激しく論判した」と手白は云った、「それで脾臓《ひぞう》をやぶっちまったっていうだ、それで、高野の坊主は高野へ立つ日に死んだし、微妙院のあざりは十日おくれて死んじまっただ」

「おめえはさっき」と脛黒が訊《き》いた、「この地蔵は微妙院のあざりが捨てたと云ったぞ」

「死ぬめえだ、死ぬ二日めえに、こんな縁起でもねえ物は捨てちまえって、念を押して遺言さしゃったってえことだ」

脛黒は腕組みをし、その縁起でもない物をみつめて、首を振ったり、唸《うな》ったりしながら、よくよく思案を練るようであった。

「あれがこうで、これがああで」と腟黒は呟《つぶや》き、片手で顎《あご》を摑《つか》んだ、「あの手はうめえ、錫杖を入れる穴がぴったりだ、しかし待て、まあ待て、おらあどうもこの仕事には気乗りがしねえ、ま、もうちっと考えてみよう」

手白は草の上へ腰をおろした。腟黒は地蔵の顔を覗《のぞ》きこみ、像の頭や肩や手などから、松やその他の落葉を払いおとし、輪にしている右手の穴へ指を入れてみたりした。

「よかんべ、やってくれよう」とやがて腟黒が云った、「日が昏《く》れたら担《かつ》ぎだすべや」

そして手白の脇《わき》へ腰をおろした。

四

「まっ暗だな」と腟黒が云った、「——おらたちは六条坊門を東へへえって来た、それから五つめの辻《つじ》の、ここが向う角だ、なあ」

「あい」と手白が答えた、「おら肩の骨が折れそうだ」

「しっかり担げ」と腟黒が云った、「するとこの築地塀《ついじべい》の中が無住の第《だい》だろう、足もとに気をつけろ、この塀の崩れたところからへえるだ、それっ、気をつけろよ」

暗闇《くらやみ》のどこかで朽ちた木を踏み折るような音がし、ずしんと、なにか重量のある物が、地面に落ちた。手白が呻《うめ》き声をあげ、腟黒が制止し、二人いっしょに激しく喘《あえ》いだ。

「静かにしろ」と脛黒が云った、「無住だとは聞いたが、どこに誰《だれ》がいるか知れたもんではねえ、――どうした」

「おら、くにへ帰りてえ」と手白が泣き声で云った、「おら、こんな仕事は性に合わねえだよ、おらくにへ帰っておん百姓をやりてえだ、頼むからおらのことをくにへ伴《つ》れて帰ってくれな、なあ脛黒、頼むからよ」

「まあおちつけ、ここへ掛けようぜ、手白」と脛黒がなだめにかかった、「今夜は月も星さえもない、どっちを見てもまっ暗だしどっちになにがあるか見当もつかない、こんな晩は誰しも陰気になるもんだ、いまをときめく藤原どの御一門や、貴人長者などはそうじゃない、この暗闇をよそに燭台《しょくだい》を列《つら》ね、くにぐにの珍味を盛った台盤を前に、酒を飲みながら踊ったりうたったりしている、酔い潰《つぶ》れれば美女を抱いてとのごもり、暑さも知らず、ひもじさ悲しさ苦しさも知らない、だが手白、これはおらたちがさせてやっていることだぞ、おらたちが死ぬほど働いて年貢《ねんぐ》を納めればこそ、あの衆たちは苦労知らずにやっていられるんだ、なあ、そう考えればはればれとした気分になるじゃないか」

「どうしてはればれするんだ」

「だっておめえ、あの衆たちにあれだけ贅沢《ぜいたく》をさせてやっているのが、このおらたちだと思えばはればれするだろうじゃねえか」と脛黒は保護者の誇りをみせて云った、「——あの衆たちはそこに気がつかねえ、口ではおん百姓こそ国の宝だなんて云ってるが、自分らは自分らのちからでやってると思ってる、無邪気なもんよ、可愛《かわい》いもんさ」そしてまた付け加えた、「まるっきり子供みてえだ」

「おめえはすぐに感動したりはればれした気分になるが、おらあうちしおれるばかりだ」と手白は溜息《ためいき》をついた、「おらあ五つくれえのときから今日まで、しょっちゅううちしおれてばかりいるだ」

「濃萱《こすげ》あねえの内腿《うちもも》を見てもか」脛黒は誘惑するように云った、「あのまっ白で、柔らかくあたたかそうで、たっぷり脂《あぶら》の乗ったあの太腿を見てもかい」

「見ているうちはいいが」手白は唾《つば》をのみこんで、それから弱よわしく首を振った、「——そのあとでは倍増《ま》しいけなくなっちまうだ」

「おらが考えるに」と暫く黙っていたあとで脛黒が静かに云った、「それはおめえが眼の前のことだけ見ているからだと思う、人間はもっとひろい眼で見、ひろい心で考えなくっちゃならない、たとえば或るとし大饑饉《ききん》があったとする、おめえはそこでうちしおれるだろう、が、それは間違いだ、どんなにずぬけた大饑饉でも、人間が死に絶えたためしは一度もねえし、そのあとには豊作ってものが来るだ、いつかあねえと夫婦になれると思えばこそ、こんな仕事でもはげみが出る、つまり、眼の前のことばかり苦に病まねえで、もっとひろい眼とひろい心を持つことが肝心だ、そうは思わねえか」

「くにへ帰りてえ」と手白は云った、「おらもうくにへ帰りてえだけだ」

「さあさあ、元気をだせよ」脛黒は陽気な声で云った、「この仕事はうまくいきそうだし、うまく当れば濃萱あねえと夫婦になれる、三年も待ったあねえといっしょになれるんだぜ手白、おめえこれがうれしくはねえのか」

手白は闇の中でじっと眼を凝らしていた。

「おめえ」とやがて手白が云った、「濃萱っていう名の出どこを知ってるか」

「聞いたこともねえ」

「おら見た」手白はひそめた声で、歌でもよむように云った、「――ころも干すまた野の奥にむら立ちて萱《かや》こそ茂れ濃黒にぞ見ゆ」

「寐《ね》べえ」と脛黒が云った、「夜が明けたら仕事だぞ」

彼は横になって肱枕《ひじまくら》をし、寐ぐあいをよくして長い溜息をついた。それからいまが四月であって、こんなふうに寐ても寒くないことを感謝し、もういちど溜息をついて眼をつむったが、暫くすると急に起き直った。

「おい手白」と彼は吃驚《びっくり》したような声で訊いた、「いまのはほんとか」

「あい」と手白が答えた。

「おめえそれを見たのか」

「あい」と手白は答えた。

脛黒は闇の一点をじっと睨《にら》んでいたが、やがて首を振り、横になりながら唸った。

「寐べえ」と彼は云った、「仕事が先だ」

五

「どうしたことだ、誰もとおらねえ」脛黒は頭を掻《か》いた、「夜は明けきったし、おてんとさまも昇ったし、こんないい日和《ひより》だってえのに、ええ、これはどうしたわけだ」

彼は辻に立って四方を眺《なが》めまわした。南の微風《そよかぜ》があるため、明るい朝日をあびて乾いた道には、ときどき薄く土埃《つちぼこり》が舞いあがった。その辺は西の京でもはずれに近く、縦横にきちんと道割りこそできているが、家屋敷はごくまばらにしか建っていない。官有地だから田も畑も作れず、空地は草や灌木《かんぼく》の茂みで蔽《おお》われ、その茂みの中には、野鼠《のねずみ》や兎《うさぎ》などが草や木の根を嚙《か》んだり、はしゃいで跳ねまわったりしていた。

「おーい」と手白の叫ぶのが聞えた、「まだかよ、おら腕が痺《しび》れちまうだよ」

　脛黒は振向いて歩きだすと、築地塀の崩れたところを跨《また》いで庭へはいった。その無住のやしきは形容しようもないほど荒れはて、ぶっ毀《こわ》れて、元なにがしの第であったなどとは、想像もつかぬくらいみじめなありさまになっていた。——手白はその廃屋《はいおく》の一つの床下に坐《すわ》っていた。それはたぶん寝殿作りの対屋《たいのや》だったのだろう、ほかの建物はみな倒れたり崩れたりしているが、それだけは穴だらけだが屋根もあるし、柱や廂《ひさし》や廊下なども、危なっかしくはあるが残っていた。

「どうしただ」と手白が呼びかけた、「まだ人は来《こ》ねえか」

「そうせっつくな」と脛黒が答えた、「まだ時刻が早すぎるんだろ、人らしい人はみえねえが、もうそろそろのたくりだすじぶんだ」

「この縄《なわ》、ちっと緩めちゃだめか」

　手白は縛られている両手を出してみせた。細くよった苧《お》の縄で、両方の手首がきっちり縛ってあり、その縄の端は延びて、傍《かたわ》らにある石地蔵の手に握られていた。もちろん石の地蔵にそんなことができる道理はない、右の手は錫杖《しゃくじょう》を差込むために輪を作っていて、その輪にした穴へ縄が巻かれてあるのだ。手白は床下の支柱に背を凭《もた》せ、両足を投げだして坐ったまま、哀願するように脛黒を見あげた。

「考えもんだな、そいつは」と脛黒は用心ぶかく云った、「そんなふうにしたら、つまり、痛くねえようにかげんして縛ってあるとしたら、——都の人間どもはこすっからいうえに疑いぶけえからな、おらたちのせっかくのこんたんを嗅《か》ぎつけるかもしれねえ」

「ほんの少しでいいんだが」

「それは気のもんだな、うん」ちょっと考えてから脛黒が云った、「おらのくにに修《しゅ》験者《げんじゃ》がいたっけ、名は忘れたが横鬢《よこびん》たにこんなでっけえ瘤《こぶ》があって、その修験者が剣の刃渡りをやってみせるだ、両刃のよく切れる剣の刃を、素足でもって踏み渡るだが、それでおめえ足の裏には毛筋ほどの傷もできねえ、どうしてだかと思うと、それが気のもんだっていう、神経をそっぽへ向けちまうだな、瘤の修験者は酔っぱらったとき云ってただが、その、——まず美しい女を素っ裸にすることを考えるだってよ、着物を上から順にぬいでいって、素っ裸にして、それからその、——いろいろとやって、寐るとこまでのことをじっと考えるだって、そうするとな、躯《からだ》じゅうの神経が一つところへ集まるから痛さも痒《かゆ》さも感じねえ、足の裏の神経だってそっちへいっちまうもの、剣を踏んでも痛かったり切れたりするわけがねえって云うだ」

手白は沈黙し、眼で宙の一点をみつめながら、じっとなにかに神経を集中した。

「事のついでだから云うが」と脛黒は続けて云った、「あの衆がおらたちおん百姓を国の宝だって云うことを、おらが信じてると思うかい、とんでもねえ、死ぬほど働いたものを年貢だと云ってごっそり取りあげられ、また死ぬほど働かされていて国の宝、――小わらべだってそんなことに騙《だま》されるもんじゃねえ、だがな、それだからと云っておらたちがあの衆ととっ替ることもできねえ、つき詰めて考えればいっそ死んじめえたくなるだろう、そこでおらあ神経をそらすことにしただ」

「その裾《すそ》をもちっと」手白は宙の一点を凝視したまま、口の中で呟いていた、「もうちっと上へ、もうちっと」

「あの衆はおらたちが養ってやってるんだ、おらたちがいなければ、かわいやあの衆は食うすべも知らねえだってよ、すると気持がらくになって」そこまで云って脛黒は手白のようすに気がつき、囁《ささや》き声で「おい」と呼びかけてみ、それから肩をすくめた、「神経がそれきったただな、うん」

そのとき手白がだらっと舌を出したので、脛黒は一と足とびしさった。

「おい、よせ手白、その辺でやめろ」と脛黒が云った、「それ以上はゆきすぎだぞ」

午《うま》の刻さがり、――その、もと久我大納言の第であったという荒れ屋敷の庭は、二十人ほどの男女が集まってい、なお辻の四方から、ぞくぞく駆けつけて来る者があり、その数はふえるばかりであった。崩れた築地塀の外には、牛や馬が繋《つな》がれてい、藁《わら》や籠《かご》を乗せた荷車が幾台も置かれてあった。——人垣《ひとがき》の中では脛黒が話していた。彼の顔には敬虔《けいけん》な畏怖《いふ》と、信仰の、深いおどろきとが、誰にも疑う余地のないほど明確に、はっきりと刻みつけられていた。

「さあ、うしろの方たちと入れ替って下さい」脛黒は合掌しながら云った、「このような奇蹟《きせき》、この世に又とない不可思議な、そしてみほとけの無辺際な力を示された奇蹟は、できるだけ多くの方がたに見ていただかなければなりません、どうか一つ前の方はうしろの方と入れ替って下さい、どうかお願いします」

人垣は崩れ、前列の人たちは後列の人たちに場を譲った。場所は入れ替ったが、そこを去る者はなかった。かれらは二人三人とかたまって、いま現に自分たちの眼《め》で見、耳で聞いたことの神秘さと、動かしがたい不思議さを語りあい、それが事実であることを慥《たし》かめあい、お互いの驚愕《きょうがく》と畏敬《いけい》の気持を告白しあった。

「あの男が地蔵さまに縛られていたのを見たな」と中年の男が云った、「手首をこうしてきりきり縛りあげられていた」

「そしてその縄の端を」と白髪の老人がふるえ声で続けた、「地蔵尊が右手でしっかりと握ってござったただ、しっかりとな、ああ南無仏、南無大慈大悲の地蔵尊」

「あの男は強盗《がんどう》だと云ったわ」とこちらでは痩《や》せた中年増《ちゅうどしま》の女房《にょうぼう》が云っていた、「強盗にはいろうと思ったって、誰が自分で自分を強盗だなんて云うかしら、人間は誰しも自分を正直者にみせたがるものよ、正直で働き者だというふうにね、それが人情というもんでしょ」

「それをあの人は、おれは強盗だとりっぱに云ったわ、どうしましょう」と二十二、三の娘が云った、「あの人はみほとけのお力を見て悔悟したのよ、ああどうしましょう、あたしふるえが止らないわ」

「いきなり首ねっこを摑《つか》まれたって」とこちらで若者の一人が仕方ばなしをしていた、「まっ暗がりの道でよ、これからどこかの屋敷へ強盗に押し込もうと思って歩いてるところをよ、こう、――がっちりと首ねっこを摑まれ、叩《たた》き伏せられ、あっというまに縛りあげられたって、これは帝釈天《たいしゃくてん》か摩利支天《まりしてん》でもあらわれたんじゃねえかと思ったって」

「それが気がついて見たら地蔵さまだったたってな」とべつの若者が付け加えた、「化かされたんじゃねえ、あのとおり地蔵さまが縄尻《なわじり》をしっかと握ってるぜ」

「あれはただの地蔵尊ではねえ」とべつのところで老婆《ろうば》が杖《つえ》にしがみついたまま、片手で眼をぬぐいながら云っていた、「生きているうちにこんな有難《ありがた》い霊験をおがめたっちゅうことも、極楽往生のできる証拠でしょう、わたしゃうちへ帰ってお布施を取って来ますよ」

「わたしはもうお賽銭《さいせん》はあげました」とべつの老婆が云った、「これからもわたしにできる限りは奉謝につくつもりですよ、ねえ、こんな有難い地蔵さまのためなら、裸になっても果報と云わなければなりませんからね」

「みんな自分らの罪障を思え」と一人の巨漢が絶叫した、「みほとけの力がどんなに広大無限であるか、人間の心に起こる悪徳邪欲がいかにみとおしであるかは、いまみんなが見たとおりだ、おれたちは自分を恥じ、自分を戒め、自分のなして来た罪障の赦《ゆる》しを乞《こ》わなければならない、さあ、この地蔵尊のために浄財を献納しよう」

「おらは背負って来た焚木《たきぎ》を寄進する」と一人の男が手をあげて叫んだ、「おらは愛宕山《あたごやま》の奥から来た者だが、伜《せがれ》二人と焚木を六十把《ぱ》背負って来た、六十日がかりで束に作ったもので、帰りには女こどもの着物や帯を買ってゆくつもりだった、なにしろ二十年このかた一枚も買ったことがねえで、みんな木の葉を綴《つづ》くったような物を着ているだ、けれども、おらはいますっぱりと悟っただ、そんなこの世の欲は捨てちまえ、現にこうして有難えみほとけのあらっしゃることをおがんだ以上、この世の暑さ寒さ、苦労や心配なんぞくそくらえ、枯れっ葉を綴くったような物でも着物は着物だし、粟《あわ》と稗《ひえ》を食っても死ぬまでは生きられる、おらあこの六十把の焚木をそっくり寄進するだ」

「待って下さい、みなさん待って下さい」と一人の小柄《こがら》で貧相な軀つきの、そして懐疑論者ふうな顔つきをした青年が、両手を高くあげて叫んでいた、「——騙されてはいけません、冷静になって下さい、この出来事にはなにかわるだくみがある、仏教というものはこんな現象的なものではありません、よく見てごらんなさい、地蔵といってもあれは石を彫った物で、人間の手で作った単なる物質にすぎません、哲学的には地蔵という概念をもっているが、実在としては唯《ただ》の石です、その生命なき石に、人間を捕えたり両手を縛るなどという、物理的なことができると思いますか」

「きさまの口を塞《ふさ》げ」と瘦せた白髪の老人が拳《こぶし》を振りあげながら喚《わめ》いた、「きさまはその臭い口でみほとけを汚《けが》し奉《たてまつ》っているぞ」

「私は真理を説いているのです」と青年は叫び続けた、「私は大学寮の少属《すないさかん》で算法を教えている者ですが、これは明らかにぺてんであり詐欺《さぎ》であります、なぜなら」

「そいつを黙らせろ」という絶叫が聞えた、「そいつにそれ以上しゃべらせると、みほとけはわれわれをみすててしまうぞ」

わっと人垣がどよめき、土が崩れでもするように、その青年をめがけて群衆が殺到し、たちまち青年の姿は見えなくなってしまった。——そのとき、一人の美服をまとった尊大な人物が、庭子とおぼしき若者たちを供にあらわれ、庭子の一人が東大寺の巨鐘《おおがね》のような声で「道をあけろ」とどなった。

「市町の長者、金住肥太《かなずみこえた》さまだ」と若者はもっと声をはりあげた、「地蔵尊のあらたかな霊験を聞かれ、勧進に付くとの仰《おお》せでまいられた、おのれらその道をあけろ」

六

「夢みてえだ、これはそっくり夢みてえだ」と脛黒《すねぐろ》が云《い》った、「金住長者のおかげで、こんな立派なお堂も建ち堂守り小屋も建った、おらたちがもし夢をみているんでなければ、こいつは恐ろしいほどでかく当てたぞ」

「むれ烏《う》なく、うるさいぞ」と濃萱が云った、「ちっと静かにしろ脛黒、そうやかましく饒舌《しゃべ》ってばかりいられては、銭勘定もきやしねえぞ」

「おらは信じねえ」と手白がうちしおれた声で云った、「まるでこれは話だ、こんなことが本当にあるもんじゃねえ、こんなことは一日も早くよさなくちゃいけねえ」

「おらのことを一生涯《いっしょうがい》かかっても藁小屋ひとつ建てることができねえと思って生れて来たことを悔んでいるような能のない男だってくにの蟹目《かにめ》ばあさまが云ったもんだ

が」と脛黒は揉《も》み手をしながら云った、「みろ、おらはでかしたぞ」

「その袋をよこせ、手白」と女が云った、「銭を入れるんだからよ、おめえはそっちの山を入れろ、手っとり早くしろってばね」

「はずみだな、うん、すべてものごとにははずみってものがある」と脛黒は首を左にかしげ右にかしげして云った、「こんどのことがうまくいったのは、あの学者づらをした大学寮とかの痩せっぽちだ、あの男が物質だとか実在とかぺてんだなんて云いだしたとき、――あのとき正直に云うとおらあ逃げだそうかと思ったもんだが、――それがおめえはずみになった、三分の二がところ疑っていた者まで、あの理屈を聞いてのぼせあがった、は、人間なんておっかしなもんよ、てめえで信じようかどうしたものかと迷ってるとき、信じちゃいけねえそれはぺてんだ、などと脇《わき》から云われると、てめえがお人好しだと云われたように思ってかっとなるらしい、あの学者づらをした痩せっぽちがどなりだしたとたん、集まっていた者ぜんぶが頭から火を噴くようにのぼせあがって、痩せっぽちを死ぬようなめにあわせたし、地蔵の霊験を鵜呑《うの》みに信じこんじまった、なあ」彼はまた揉み手をした、「考えてみるに、あの男はおらたちの恩人だぞ」

「おらくにへ帰りてえ」と手白が云った。

「雁《かり》わたる、泣くんじゃないよ」と女が云った、「ようやく仕事のめどがついたばかりじゃないか、ついでに脛黒に云っとくけどね、あの大学寮の少属はゆだんがならないよ」
「どうしてだね」
「あいつは毎日ここへ来るんだ、そして参詣人《さんけいにん》のうしろにたって、じっとこの地蔵堂を睨《にら》んでいるんだよ、知らねえのかい」
「知らなかった」脛黒は不安を感じたように、ぼりぼりとうしろ首を掻いた、「——本当とは思えねえがな」
「あやにかも、おめえはどう思いもしねえさ、ただ女の参詣人にみとれてるだけじゃねえか」と女宰領が云った、「あの男はいつも来ているし、なにをやりだすか知れたもんじゃねえ、なんとか考えなくっちゃいけねえよ」
「あの男はいちど死ぬようなめにあわされた、あの男は懲《こ》りた筈《はず》だ」
「じゃなんのために来るのさ」
「そうさな」脛黒は暫《しばら》く考えてから、「——くにの菩提寺《ぼだいじ》にいる目赤っていう坊主《ぼうず》は、おらのことを石から蜻蛉《かげろう》が飛び立つのを見て」
「枕詞《まくらことば》はぬきにして話せ」と女は遮《さえぎ》った、「あの男がなぜ毎日やってくると思うんだ」

「信心だな」と脛黒は確信なげに云った、「でなければ、信心すべえかどうかって、迷って来るのかもしれねえ」
「ほんとにそう思うのかい」女は錐《きり》のような眼つきで彼をねめつけた、「大学寮なんていかがわしいところにいる人間は、そこらの百姓や人足とは違うんだよ、おめえも聞いたろうが、なにかってえば概念が滑ったとか実在が転んだとか、わけの知れねえ禁呪《まじない》みてえなことをぬかして、いちどこうと思いこんだが最後、梃《てこ》でも動かねえようながんがち頭をしているんだ、あいつが地蔵の霊験をぺてんだと思った以上、たとえ死ぬようなめにあわされても、いや、ひどいめにあわされればあわされるほど、もっと執念ぶかく、きちがいみたように自分の云い分をとおそうとするもんだ」
「あのちっぽけな、痩せっぽちがかね」
「でなくってなんのために毎日やって来るんだい、知れたことさ、あいつはこれがぺてんだっていう証拠を押えようとしているんだ、あいつの眼を見ればわかるよ」そして女はまた云った、「もしこの仕事にけちがつくとすれば、それはあの男のためだということを覚えておきな、かまえて、あの男にゆだんするんじゃないよ、わかったかい」
脛黒は顎《あご》を摘《つま》んで、女の言葉をよく吟味するかのように、ひどくしかんだ顔つきで沈黙した。

「どうしたのさ、おれの云ったことがわからないのかい」

「云いだしたもんかどうか、さっきから踏ん切がつかねえでいるんだが」と脛黒は顎を摘んだままで云った、「それってえのがさ、あねさんはいつかこの仕事が当ったら、おらたちのどっちかと夫婦になるって」

　女宰領である濃萱が眼を吊《つ》りあげて叫びだした。それはどんなに兇悪《きょうあく》な山賊《やまだち》でもちぢみあがるだろうような、毒どくしく辛辣《しんらつ》を極めた悪罵《あくば》であったが、幸いにも脛黒や手白には言葉の意味がよく理解できないため、ちぢみあがるほどの恐怖は感じないで済んだ。

「いいから、まあいいから」と脛黒はあねさまをなだめた、「おらたちもべつにせっついてるわけじゃねえ、あねさんが忘れていせえしなけれあいいだから」

「仕事はまだめどがついたばかりだ」と女は二つの袋を引寄せて云った、「当るか当らねえかはこれからのこった、おれと夫婦になりたかったらよそ見をしねえで、この仕事がおしゃかにならねえようにもっと精を出せ、仮にもおれと寝《ね》ることなんぞ考えるんじゃねえ、わかったかい」

「あい」と手白が云った。

「じゃあおらあ帰るからな」女は苧縄《おなわ》の両端で二つの袋の口を括《くく》りながら云った、「いつまで起きてねえで早く寐るんだよ、油がもってえねえから、——手白、いっておれの草履を直しな」

手白は「あい」と云って立ちあがった。濃萱は苧縄を肩に掛け、よいしょと力んで腰をあげた。二つの袋は軀《からだ》の前後にずっしりとさがり、よほど重いのであろう、女の顔は血がのぼって赤くなった。

「ないしょだがね、脛黒」と女はいきんだ声をひそめて囁《ささや》いた、「おれは夫婦になるならおめえだと、とっくに心できめているんだよ」

脛黒の下顎が静かに、だらっとさがった。

「ないしょだよ」と女は念を押した、「手白に云うんじゃないよ、いいね」

脛黒は声が出ないとみえ、口をあけたままで二度、三度と大きく頷《うなず》いた。女は少しよろめきながら、出ていった。

七

「はあー」と手白が云った、「おらどうしてもくにへ帰りてえ」

「堀《ほり》へ酒飲みにいくべえ、なあ」と脛黒が云った、「賽銭《さいせん》の中からくすねておいただ、堀へいって一と遊びやらかして来べえ」

「酒を飲ませるとこなんかあるのかい」

「ぐつ女《め》がいるだ、知らねえのか」と脛黒が云った。「銭を持ってけば酒を飲んで、うめえ物を喰《た》べて、きれえな女と遊べるだよ、なあ手白、二人でちょっといって来べえよ」

「だめだ、すぐあねえに勘づかれるだ」

「大丈夫だってば」

「だめだ」と溜息《ためいき》をついて手白は云った、「あねえはここにいなくても、おらたちの云うことすることが見とおしらしい、おらこうやってても、あねえの眼がおれのことをじっと見てい、あねえの耳がおらの云うことを聞いてるのが、ちゃんとわかるだ、おらにゃそれがちゃんと感じられるだよ」

脛黒は疑わしげに手白の顔をみつめた。

「ほれ」と云って手白は眼をつむり、漠然《ばくぜん》と空間のそこらを手で撫《な》でた、「ここにあねえの眼が届いてる、な、ほれ、耳はここらまで来ている、それからあねえの手は」

「よせ、眼をあけろ」と脛黒は慌《あわ》てて遮った、「眼をつぶってあねえのことを考えるな、おめえはともすると考えがゆきすぎる、あねえのことで頭がいっぺえだから、そんなありもしねえことを感じるんだ、おらたちもちっとは自分てものを思わなくちゃいけねえ、仕事はこんなにうまくいってるんだぜ」

「おらは信じねえ」と手白は悲しげに首を振った、「こんなことが本当にあるもんじゃねえ、こんな話が長く続くわけはねえだよ」

「そんならいっそくにへ帰れな」と云ってから、脛黒は自分の言葉のよき意味に気づき、にわかに熱のこもった調子になった、「――なあ、その、手白」と彼は脣《くちびる》を舐《な》めて云った、「おめえの云うことをだんだん聞いてみると、本当にこの仕事は危なっかしいし、うっかりするとんでもねえことになりそうな気がし始めた、うん、本当のところこれは、いまのうちにくにへ帰るほうがいい分別かもしれねえぞ」

「あい、あい」と手白はうれしそうに膝《ひざ》をすすめた、「おめえがそう思ってくれるなら相談がしやすいだ、ひとつおらの考えを聞いてくれるか」

「おうよ、おめえがくにへ帰るんなら、なんでも相談にのるぜ」

「こうだ」手白は左手を上に向けて出し、右手の食指でその掌《てのひら》を突きながら云った、「おらたちは道理に合った別れかたをしなくちゃなんねえ、これが第一だ、承知か」

「文句はねえな」

「第二は儲《もう》けの分けかただが、この仕事でいちばん割の悪い役をやったのはおらだ、ぎりぎり巻きに縛りあげられ、強盗だといって人まえに恥をさらし、それでもって地蔵の霊験てえことをでっちあげた、な」
「それはわが田へ水を引きすぎるようだが、まあまるっきり理屈がねえわけでもねえかしれねえ、で、どう分ける」
「袋にした数をちゃんとかぞえといたが、銭二貫匁《め》の袋が三百、粒銀と砂金は、十両包にした袋でそれぞれ二十五袋、米麦、豆などを売った分がおよそ五十貫匁か、な」と手白は云った、「これだけを道理に合った分けかたにすると、おらが全部を二つに分けた半分」
「おめえが全体の半分だって」
「残りの半分をあねえとおめえで分けるだ、おらそれだけの骨折りをしたし、道理に合わねえことはしねえだ、な、承知か」
「こいつは口べただと思ったら」と脛黒は脇へ向いてそっと呟《つぶや》いた、「どうして、とんでもねえほど達者なやつじゃねえか、こいつはよっぽど用心してかからねえと、頭の疣《いぼ》まで掠《さら》っていかれちまうかもしれねえぞ」それから声に出して云った、「——それはまあおめえの考えとして、第三のほうを聞くとしよう」
「それがちょっと云いにくいんだが」手白は少し羞《はにか》んで云った、「おら、くにへ帰るときに、なんだ、その、あねえをいっしょに伴《つ》れてゆくつもりで」

膣黒は片手をあげて「あ、あ、あ」と手白の言葉を押し止《とど》めた。

「そらあだめだ、その考えだけは頭の中からひん抜いて捨てるがいいだよ」

「なぜ」と手白は不審そうに眼《め》をほそめた。

「こうなったら云っちまうが、あねえはおらと夫婦になるだ」

「おめえ知らねえだな」

「知らねえのはおめえだ」

「おめえ知らねえだ」と手白が云った、「ずっとめえにあねえは、おらと夫婦になるって約束かためてあっただよ」

膣黒は笑いだした。

「あい」と手白は云った、「あねえに訊《き》いてみればわかるだよ」

膣黒はもっと高笑いをし、片手で手白を指さしながら「騙《だま》されてるだ」と云い、笑いの止らない苦しさのため、その手で床板を叩《たた》いてひいひいと悲鳴をあげた。しかし、やがてその笑いが切って落したように止り、口をあいたままで、じっと空間の一点を見まもった。

「そうか」と膣黒は呟いた、「ありそうなこったぞ、うん、おらにした約束を手白にしねえと考えるのは甘すぎる、これあ二人ともやられたぞ」

「二人ともなんだって」

「あねえにやられただ」と脛黒が云った、「二人ともいいようにしゃぶられただよ」

そのとき外から妻戸をけたたましく叩く者があり、「ここをあけろ」と叫ぶ声がした。

「検非違使《けびいし》の庁の者だ」とその声は云った、「ここをあけろ、すぐにあけぬと踏みやぶってくれるぞ」

「やられただな、あい」と手白が云った、「おめえの云うとおり、二人ともうまくやられたようだ」

脛黒は黙ったまま肩をすくめてみせた。

八

「使庁のお役人で坂中と仰《おっ》しゃれば」と女が云った、「いまをときめく佐《すけ》の殿でいらっしゃいますね」

「いや、まだ判官《ほうがん》だ」と坂中判官は云った、「佐と云ってくれてもさして間違いはない、いずれ近いうちにそうなる筈だが、いまはまだ残念ながら使庁の大尉《だいじょう》、判官にすぎない」

「お人柄《ひとがら》ですぐにわかりますわ」女は瓶子《へいし》の酒を注《つ》いでやりながら、あでやかに頬笑《ほほえ》みかけた、「それに判官さまは坂上、中原の御両家が世襲で勤めていらしったのでしょう、あなたは御両家の姓を一つに合わせた坂中さま、お名まえの縁起も上々でございますわ」

「わたしは」と云って判官は髭《ひげ》を捻《ひね》った、それはまだ髭というには遠く、生毛《うぶげ》のようなものが疎《まば》らにうっすりと伸びかかっているだけだが、彼の自負心や満足感を表明する心理的役割はたしているようであった、「——ああ、わたしとしては」と判官は続けた、「検非違使の庁に全生涯《しょうがい》を捧《ささ》げるというつもりで、本姓の蛭田《ひるた》を廃し、あえて坂中を名のったようなしだいであるが、これを坂上、中原の両家に対するへつらいである、などと中傷する者があるのはまことに心外に耐えない」

「召上れな」と女はまた酒を注いだ、「世間にはろくな出世のできない人間がうようよいて、ちょっとでも才能のある人を見ると、蔭《かげ》でこそこそ悪口を云うものですよ、ことにあなたのような輝かしい将来を約束された方には、中傷や蔭口が集まるのは当然ですわ、出る棒杭《ぼうぐい》は打たれる、ね、そうでしょう」

「その譬《たと》えは当っているかもしれぬ、なるほど、出る棒杭は打たれるか、——供の者はどうした」
「お供の方たちはあちらで召上ってますわ」女は酒を注ごうとして軀の重心が狂い、片手で判官の膝へ凭《もた》れかかった、「あら失礼、ごめんあそばせ」
「よしよし、あやまるには及ばぬ、柔らかい手だな」
「まあ恥ずかしい、こんな汚ない手を、どうしましょう」
「これが汚ない手なら、女御上臈《にょうごじょうろう》たちの手は百姓女のようだと云わなければなるまい、このすべすべとした肌《はだ》、柔らかにすんなりと長く、青柳のように撓《しな》う指の美しさ」
「まあお上手なお口」女は判官の膝へ半身で凭れかかり、たっぷりと媚《こび》をきかせた眼で斜めに相手を見あげた、「嘘《うそ》でもそんなふうに仰しゃられると、骨まで溶けてしまいそうになりますわ」
「嘘どころか、本心も本心、——供の者はどうしているか」
「さあ召上れ」女は凭れかかったままで巧みに酒を注いだ、「出世をなさる方はお酒の飲みっぷりも違いますのね、おみごとだわ」
「使庁の判官として、理由のない馳走《ちそう》は受けられないのだが」と云ってから、判官は急に眼がさめでもしたように、身を反《そ》らせて女を見た、「——はて、わたしはどうしてここにいるのだ」

「わたくしがお招き申したのですわ」

「招いたって、——ここはどこだ、そしてそなたはどういう身分の者だ」

「あらいやだ、またお忘れになったんですか」女は嬌《なま》めかしく睨《にら》んだ、

「ここは三条西の京、紙屋川の側《そば》で、わたくしはこの家の女あるじ濃萓《こすげ》、もう二度も申上げましたわ」

「ふむ」判官《ほうがん》は手の甲で横鬢《よこびん》を打った、「なるほど、濃萓というと、——思いだした、あの脛黒手白の二人と関係がある者だったな」

「それも違いました」と女は云った、「関係があるのはあの二人ではなく、坂中の判官さま、あなたとですわ」

「そなたと」と判官は女を指さし、次に自分を指さしながら反問した、「このおれとがか」

「召上れよ」女は酒を注いでやった、「気持よくお酔いになれば思いだすでしょ、あなたとわたくしはもう約束が済んでいるんですから」

「おれは棒杭であるか知れぬ」判官は腑《ふ》に落ちないというふうに頭を振った、「——棒杭であって少しつん出たがために打たれて、それで忘れっぽくなったのか知れぬ、どんな約束だっけ」

「あの地蔵さまで儲ける話よ」
「あれはぺてんだ、あれは愚民を惑わす詐欺《さぎ》だ、脛黒も手白もすっかり白状したぞ」
「いいじゃありませんか、いつの世だって愚民はなにか信仰せずにはいられないものですわ」と女はあまったるい声で云った、「山をおがむ者もあれば御神木《ごしんぼく》だなどと云って木をおがむ者もあり、厠《かわや》にまで神さまがいるって、有難《ありがた》がっておがむ者さえあるんですもの、いくら愚民賤民《せんみん》だって、信仰の自由くらい与えてやるがいいじゃありませんか、そこまで干渉するのは民を憐《あわ》れむお役柄にも似あわないと思いますわ」
「それは一面の理屈ではあろうが、しかしだ、明らかにぺてんだとわかっているのに」
「この世にぺてんでないものがありまして」と女は肩で判官の肩を小突いた、「道鏡禅師が太政大臣になったのはどうしてでしょう、忠仁公が親の威光なしで太政大臣になれたでしょうか、近ごろの大臣《おとど》や数の外《ほか》の大臣たちで、ぺてんなしに任命された人がいくたりいると思いますか」
「慥《たし》かに、官界は腐りかけておるか知れぬ」
「あなたほど才能のあるお方が、まだ佐《すけ》の殿にもなれないのはなぜでしょう」女は話をやんわりと主題へ導入した、「それは蛭田という御本姓が邪魔をしているからです、これは痛いところでしょうが、まず痛いところをはっきりさせましょう、ようございますね」

「わたしはなんにでも慣れたいと思う」

「そこで本題にはいりましょう、氏姓《うじせい》などということにこだわる人たちの腰を折り、あなたの前にある障害を除くには、どういう手を打ったらいいでしょうか」女はそこで声をひそめ、判官に向って暗示的に囁《ささや》いた、「それはお金です」

判官はまじまじと濃萱の顔を見た。

「そう、お金ですべてが解決するのよ」と女はゆっくり頷いた、「たとえばあなたが、使庁の別当に黄金五百両を贈るとします、それで佐の殿に任命されることは間違いないでしょう」

「黄金、五百両」判官は喉《のど》を鳴らした、「それは任官はされるだろうが、わたしは判官になるために持ち銀《がね》はすっかりはたいてしまったから」

「そこで地蔵さまを使うのよ」と女はまた肩で判官の肩を小突いた、「あなたがあの二人のうすのろを出して下されば、百日と経ないうちにそれだけのお金を作ってみせますわ」

「あの二人を、牢舎《ろうや》から出すって」

「番人付きでね」と女が云った、「夜が明けたら牢から出し、日が昏《く》れたら牢へ戻《もど》す、つまりそのあいだ二人に働かせるんですよ」

「話がそう混《こ》みいってくると頭の中で風車が廻《まわ》るようなこころもちになるんだが」と判官は云った、「もう少し酒を貰《もら》おうかな」

「召上れ」と女は瓶子を持った、「どうしたらいいかは、もうちゃんと筋書ができてるの、あなたはいい気持に酔ってらっしゃればいいのよ、わかって」

「わたしはこれがぺてんの二枚がさねでなければいいがと思うだけだな」判官は片手で女を抱きながら云った、「なんてまた柔らかくって温かい肩だろう、ええ、ぺてんなんぞくそくらえだ」

九

「おい、どうだこの景気は」と脛黒は犇《ひし》めいている群衆を見ながら、手白に囁いた、「ざっとめのこ算をしただけでも、四五百はくだらねえようだぞ」

「やつらは面白《おもしろ》がっているんだ、おらは恥ずかしい」手白はきれいに剃《そ》られた坊主頭《ぼうずあたま》を撫《な》で、着ている法衣の衿《えり》を掻《か》き合せた、「この恰好《かっこう》を見てくれ」

「それはおらも同じことだ」脛黒もまた坊主頭を撫で、法衣の袖《そで》を直した、「どっちにしてもあねえの知恵にあかなわねえだし、現に毎日の寄進やお布施《ふせ》はべらぼうに殖えてるだからな、恥ずかしいぐれえは辛抱するだ」

「あれだけの人数がみんなで、おらのやりもしねえ罪業《ざいごう》をたのしみに聞きたがってるかと思うと、あのときなぜさっさとくにへ帰らなかったか、自分で自分が悔まれてなんねえだよ」

「これ、泣き言を申すな」と壇の下から使庁の看督長《かどのおさ》が叱《しか》った、「参詣人《さんけいにん》は出揃《でそろ》ったぞ、早く始めろ」

「ただいま、ただいま」と答え、腔黒は壇の上で坐《すわ》り直した、「みなさん、ようお集まり下さいました、今日もまたこの地蔵尊のありがたい霊験についてお話を致します」

「前置きはぬきだ」と群衆の中から喚《わめ》く声が聞えた、「白坊主の罪の話をしろ、ぐっと面白いところを頼むぞ」

するとそれに応じて、幾十人もの男や女が騒ぎだし、使庁の役人たちが「しずまれ、しずまれ」と制止した。

「おのれらなにを騒ぐ」と看督長が壇の脇《わき》へ登って大喝《だいかつ》した、「かたじけなくも地蔵尊の霊験について、現の証人がざんげをしようというのに、その不謹慎なざまはなにごとだ、もしまた騒ぐ者があればぶち殺すぞ」

「おい手白」と脛黒が囁いた、「あそこに例の大学寮の若い教官が来ているぞ」

「知ってる、おらあの男の眼が気にいらねえだ」と手白は囁き返した、「あの眼つきは尋常ではねえ、いまにおらたちの化けの皮をひっ剝《ぱ》ぐべえと思って、ひっしに隙《すき》を覘《ねら》ってる眼だ」

「そう云えばおっかねえ眼つきだな」と脛黒が首をちぢめた、「ぎらぎら光ってるだぞ」

「よろしい」と看督長は群衆に向って満足そうに頷《うなず》いた、「そのとおり静かに聞くんだ、いいな、——ああそれから、ざんげを聞いたら必ず寄進を忘れるなよ、寄進を忘れたようなふりをして帰るようなやつがあれば、仏罰を待つまでもなく、このおれがぶち殺してくれるぞ、わかったか」

そして脛黒に手を振ってみせ、彼は壇からおりた。脛黒は二度、三度と咳《せき》をした。

「それではお好みによって」と彼はおもむろに語りだした、「前置きはぬきにしてはじめます、この白坊主、——と申しても、かくべつ軀《からだ》が白いわけではなく、手白という名の一字を取ったので、私の黒坊主も同じ趣向なのでありますが、ごらんのとおり、白坊主はいま哀れなほど従順であり温良な人間になっております、もちろんこれは地蔵尊の」と云って彼はうやうやしく合掌した、「――いやちこな霊験に浴したからであります、現に、私がこんなふうにしても怒りません」

脛黒は指で手白の頭を小突いた、「こうしても怒りません」彼は手白の耳を引張った、「また、こんなにしても怒りません、こう、こうしてもです」

「かげんしろ」と手白がむっとしたように囁いた、「痛《いて》えぞ」

「がまんしろ」と囁き返して、脛黒は手白の片腕をねじあげた、「こうしても怒らないどころか顔色も変えないのです、このまえなどは裸にして鬼念仏を踊らせましたところ、一と言の反抗もせず、それはもう面白おかしく踊ったくらいです、もしもいまみなさんが」

「よせ」と手白が吃驚《びっくり》して囁いた、「ばかもほどほどにぬかせ、おら踊りなんかてんで知りもしねえぞ」

「なぜ白坊主がこんなになったか」脛黒は声を張りあげて云い、合掌した、「それはいま申したとおり地蔵尊の御加護によるものです、彼は丹波のくに狼谷《おおかみだに》という村里で生れたが、生れながらの極悪人であって、三歳のときもう実のおふくろさまをかっちゃぶきました」手白が眼を剝《む》き、彼は続けた、「なぜかというと、乳があがってしまったので、乳の出なくなった女はもう母親ではない、というわけです、おふくろさまは仰天して、かっちゃぶかれた軀の部分を拾い集めるなり、ただ走りに走って伯耆《ほうき》の大山《だいせん》まで、息もつかずに逃げのびたということです」

群衆はふるえあがり、女性たちはみな人の背中へ隠れて、熱心に唱名念仏をした。

「五つのとしには一郷の馬を盗みました」と脛黒は続けた、「数は二百頭あまりだったが、白坊主はそれを京まで追って来て売りとばし、堀川に館《やかた》を構えるやら、白拍子を八人も抱えるやら、朝から酒浸りで踊れうたえと」

「幾つだって」と群衆の一人が問いかけた、「はっきり云ってくれ、それは幾つのとしだ」

「おらは質問には答えない」脛黒は昂然《こうぜん》と云い返した、「いまは法論をしているのではなく、一人の人間にあらわれた奇蹟について語っているのだから」

「慥かにそれは奇蹟だ」と群衆の中の他の一人が喚いた、「僅《わず》か五歳のわっぱで二百頭もの馬を盗んだり、館を構えて白拍子を抱いたりするなんて、おまけに朝から酒浸りだなんて」

「黙れ、ほざくな」と看督長がまた壇の脇へとびあがって叫んだ、「おのれらはろくな布施もあげぬくせに文句ばかりぬかす、いまほざいたのはどいつだ、ここへ出て来い、手足をぶち折ったうえ背中へ鉛の熱湯を注《そそ》ぎこんでくれるぞ、これへ出て来い」

群衆はひっそりとなり、看督長は脛黒に頷いて、壇の下へとおりた。

「さていま申したとおり」と脛黒は話を続けた、「そんなにも小さいとき、すでに極悪人の本性をあらわしたのだから、その後どのような悪事をかさねたかは、みなさんにも想像がつくことであろう、強盗、放火、殺人、かどわかし、ぺてん、人買い、およそ罪という罪で彼の犯さないものはこの世に一つもない、と云《い》ってもいいでしょう、——これを詳しく話せばさぞかしみなさんを満足させ、昂奮と感動のあまり踊りだしたくなるだろうと思う、けれどもそれはまたのたのしみとして、いまは地蔵尊の霊現について話すことにする」

「さあ、文句のあるやつは云え」と看督長が機先を制して絶叫した、「うっ、うっとでも云ってみろ、おれはきさまたちの誰《だれ》かをぶち殺したくって、この腕がむずむずしているんだ、この螻蛄《けら》食いの賤民ども、さあ、うっとでもかあとでもほざいてみろ」

群衆はしんとしていた。

「ではいよいよ奇蹟について申上げるが、そのまえにみなさんで合掌念仏をとなえていただきたい」と脛黒は合掌しながら云った、「南無仏、一切衆生発菩提心《ほつぼだいしん》」

群衆は云われるとおりにし、念仏の声が賑《にぎ》やかにわき起こった。

「よろしい、御信心のほどがよくあらわれていた」と脛黒が云った、「では去る四月の或《あ》る夜、ここでいかなる奇蹟が起こったか、地蔵尊のあらたかな霊験によって、一人の極悪人がいかに改悛《かいしゅん》し、いかにうるわしく生れ変ったか、という事実を申し述べましょう、さあ、うしろの方はずっと前へお詰め下さい、——では始めますぞ」

十

「おめえに訊《き》くがな、手白」と腟黒が云った、「おらたちあ人間か、それとも猿《さる》か」

「もう壇へあがるじぶんだと思うだ」

「よく聞け」腟黒は声をひそめた、「もういちど訊くがな、おらたちは人間か猿か、どっちだ」

手白は考えぶかく頭を捻《ひね》った。

「おめえそれくらいのことがわからねえだか」と腟黒はひそめた声でどなった、「自分が人間か猿かという区別さえわからなくなったのか」

「あい」と手白は慎重に答えた、「おらもう、なにを信じていいか見当もつかねえだよ」

「おらたちあ人間だ」と腟黒は云った、「毛物のように這《は》いもしねえ、手に箸《はし》を持ってめしを食うし着物も着る、ものごとを考えることもできるし口もきける、泣いたり怒ったり笑ったりもする、なあ、こうかぞえてみれば歴《れつき》とした人間にまちげえはねえ、そうだろう」

「あい」手白は確信なげに答えた、「おめえがそう云うなら、おらさからおうとは思わねえ、それならそうとしとくがいいだ、おらの知ったこっちゃねえだからな」

「眼《め》をさませ」と脛黒は喉声で云った、「人間なら自分てものにめざめなくちゃいけねえ、自分がなに者であるか、いまどんなふうに生きているか、ゆくさきどう生きたらいいか、生きることに満足し幸運を感じているかどうか、なあ、人間ならこういう問題をしんけんに考えなくちゃいけねえ、そうでねえものは人間とは云えねえだよ」

「おらに、――考えろってかい」

「まず訊くが、おらたちはなにをしている」

「なにって」手白は当惑し、片手で幕の向うにある壇のほうへ手を振った、「――だろうがよ」

「くぐつに飼われてる猿だ」と脛黒は手白のその手を押えつけて云った、「おらもおめえも牢舎へ繋《つな》がれてる、よしか、夜があけると曳《ひ》き出され、ここへ伴《つ》れて来《こ》られる、よしか、そうして二人であの壇の上へ登って、地蔵さまの霊験についてざんげ話をする、よしか」

「おらにゃおふくろさまをかっちゃぶいた覚えはねえ」

「眼がさめかかったな、そうだとも、おめえはおふくろもかっちゃぶかねえし牛を盗んだこともねえ、極悪人どころか、おめえは天下一のお人好《ひとよ》しだし、蟻《あり》も殺せねえほど臆病《おくびょう》な人間だ」

「あい、おらどうやら眼がさめかかったようだ」と手白が云った、「おらあ極悪人じゃねえ」

「とんでもねえ話よ」

「だがそう云ったのはおめえだぞ」

「おらの口から出ただけさ」と腟黒はいそいで云った、「筋書はあねえが拵《こしら》え、おらはその筋書どおりに云ったまでだ、おめえもそのことは承知の筈《はず》じゃねえか」

手白はよく考えてから「あい」と頷いた。腟黒は幕の隙間から外を覗《のぞ》いて見、唇《くちびる》を舐《な》めた。

「さあそこだ」と彼は云った、「そうやっておらたちは一日じゅうざんげをして、日が昏《く》れるとまた牢舎へ戻して繋がれる、これがおらたちのやって来たことだ、おらとおめえとで、この七十日あまりというもの、現実にここでやって来たことなんだぞ」

手白は自分の外側へぬけだして、そこから自分を眺《なが》める、といったふうな表情をした。

「それから次には参詣人だ」と脛黒は続けた、「あの大勢の参詣人たちはなにも知らず、おらとおめえのざんげを鵜呑《うの》みにして、地蔵さまの功徳《くどく》に涙をながし、不相応な賽銭《さいせん》や供物《くもつ》を捧《ささ》げている、ありもしねえ利生《りしょう》を頼みにしてよ、そうじゃねえか」

「——あい」と手白はゆっくり答えた。

「おらとおめえはこういうひどいめにあってるし、参詣人たちはなけなしの銭や供物をかたり取られている」脛黒は両手を前へ出して云った、「それで儲《もう》けてるのは誰だ」

手白は用心ぶかく黙っていた。

「おらたちと参詣人のあいだで、うまくふところを肥やしているのは誰だ」

手白はなお黙っていた。

「眼をさませ手白」と脛黒が云った、「あねえは使庁の坂中という判官《ほうがん》とつるんでる、判官はあねえの家で毎晩のように酔いつぶれ、毎晩のようにあねえと寝《ね》ているだぞ」

手白は眼をほそめ、呼吸を止めて、脛黒の言葉の意味を理解しようとした。そしてやがて、口をそろそろとあけ、しだいに大きく眼をみひらきながら、脛黒の顔をみつめた。

「あねえが、誰と寝るだって」

「使庁の判官とよ」

「おめえでもおらでもなくかえ」

「坂中っていう判官とだ」脛黒は唆《け》しかけるように云った、「だからこそ、おらたちは牢舎《ろうや》から出されるだし、用が済めば伴れ戻されて繋がれるだ、あねえと判官がつるんだんでなければ、こんな芸当ができる筈はねえ、おら昨日の晩、使庁の下部《しもべ》たちが話してるのを聞いただ、あねえと判官のことを知らねえのは、おらたち二人と参詣の衆だけだとよ」

「おめえ」と手白が云った、「おらのこと、騙《だま》すんじゃねえかい」

「騙されてるんだ、おらもおめえもけろっと騙されちまったんだ、いいか」と脛黒はじれったそうに云った、「いいかよく聞け、おらたちは牢舎から出され、ざんげをしてまた牢舎へ戻される、――そうだ、おめえ毎日あがるあの賽銭や供物のことを考えてみろ、あの莫大《ばくだい》な寄進はいったい誰のふところへへえると思う、おらか、おめえか」

手白の眼が動かなくなり、まもなく顔ぜんたいに歪《ゆが》みがあらわれた。

「あねえの家だ」と手白は呻《うめ》くように、口の中で云った、「袋にして積んだ銭も、粒銀も砂金も、なにもかも濃萱《こすげ》あねえの家にあるだ」

「そしてあねえは誰と寝るだ」
「判官だ、なんとかいう使庁の判官だ」
「おめえそれとわかって満足か、おめえいま幸福な気分か」
「いつだったか、おらひどく腹の立ったことがあった」と手白は云った、「古いことでよくは覚えていねえだが、ひどく腹が立ってどうにもなんねえ、もうがまんが切れたもんだから、裏へいって二十貫石を持ちあげただ」
「それをどうした」
「どうしたっておめえ、おらに二十貫石が持ちあがるわけがねえ、汗みずくになってやってみたが石は動きもしねえ、おらなおさら腹が立って肝が煮えくり返るようだから、うちへへえって寐ちまっただ」と手白はそのときを思いだすように云った、「――ふんとうに、おらがあんなに腹あ立ったのは生れてから初めてだっけだ」
「おめえ」と脛黒がさぐりを入れるように訊いた、「いまはその、どんなこころもちだ」
「そうさな」手白は片手で胸を押えてから、よく考えてみて云った、「おめえを威《おど》かすつもりはねえが、いまは三十貫石を持ちあげてえような気持らしいだ」
「おめえは眼ざめただ、それでこそおめえは人間として眼ざめただよ」と脛黒は頷いた、「大事なのはここだ、おめえははじめのころ、こんな話が本当にあるもんじゃねえ、と云った、そのとおり、これは初めからぺてんであり企《たくら》んだ仕事だ、おらたちは食うためと、いつかあねえと夫婦になるのをたのしみに、今日が日まで辛抱に辛抱をかさねて来た、だがいまといういま、おらもおめえも眼ざめただ、なあ」

「あい」と手白がいさましく答えた。

「おらたちはずいぶん長いことめくらだった」と腔黒は太息《といき》をついて云った、「のちの世になってこの話を聞く者は、あんまり諄《くど》くってだらしがねえことに怒るかもしれねえ、だが、おらたちはついにしんじつに眼ざめただ、大事なのはそこよ、どんなに賢くって頭のめぐりがよくって、知恵がまわるために長者になったり、大将や大臣《おとど》になる人があっても、しんじつに眼ざめなけれあ本当の人間たあ云えねえ、それはただ大臣、ただ長者、ただ大将というだけのことだ、それに比べれば、おらたちがばかみたように長い時をかけたことも、決してむだだったとは云えねえ、半刻《はんとき》で眼ざめるやつもあれば二十年めに眼ざめるやつもあるだろう、それにかけた時間は問題じゃねえ、人間としてしんじつに眼ざめることができるかどうか、それがなにより大事なことだ」

「あい」と手白は頷き、自分たちがしんじつ眼ざめたことの偉大さに胸をわくわくさせながら、訊いた、「それでどうするだえ」

「おらのことを死に死にかつえているときでもそれを人にわかるように話すことのできねえほど理のとおらねえ口をきく男だとくにの郡院《ぐういん》の案主《あんじゅ》が云ったっけだが」と脛黒は云った、「おらあの衆にぶちまけるだよ」

「あの衆とは？」

「集まっている参詣人《さんけいにん》の衆によ」

「なにをね」

「しんじつをよ」と云って脛黒は立ちあがった、「このぺてんの初めから終りまでを残らずぶちまけて、あの衆たちにもしんじつに眼ざめるようにしてやるだ、立て手白」

そのとき看督長《かどのおさ》がはいって来た。片手の拳《こぶし》を頭の上で振り廻《まわ》しながら、ひどくよろめき、幾たびも酒臭いおくびをした。

「こいつら、なにをしておる」看督長はもつれる舌でどなった、「参詣人どもは集まっとるぞ、この螻蛄《けら》食いの、どぶ狐《ぎつね》の、豆ぬすっとめ、出ていって白痴《こけ》説法をぶちまくれ、はは」彼はどしんと尻《しり》もちをつき、また片手の拳で頭の上へ輪を描いた、「はははは」と彼は空虚に笑った、「白坊主に黒坊主か、うぬれどもの命もあと僅かだ、五六十日もすれば、——それも参詣人がそれまで続いてのはなしだが、それでもせえぜえ五六十日もすればこれだ」彼は片手で自分の首を叩《たた》いてみせた、「五条河原へ曳き出されて、その首をばっさり斬《き》られるんだ、うぬれらは極悪人で、地蔵野郎のれんげえは受けられるかもしれねえが、法の裁きからつん逃げるわけにあいかねえ、そんなことをすれば使庁の威勢てえものがなくなるし、われもわれもと地蔵野郎を担《かつ》ぎだすやつがあらわれて、都の大路小路は地蔵だらけになっちまうだろう、とんでもねえ、そもそも検非違使《けびいし》の庁というものは、そういうすっとぼけたことのねえように、そんなことで万民の生命財産が損害を受けねえように、ゆだんなくこう眼をかっぴらいているのが役目だ」彼はげっぷうをし、片手を大きくひらっと振り、「はははは」と笑い、「さあ出ろ」と云った、「——出ていって地蔵野郎のれんがえ説法をぶちまくれ、判官どのは判官どの、おれはおれで役得を握るさ、さればこそ、賤民《せんみん》どもをぶち殺すと威《おど》すわけだし、おれが威せばこそれんぎい説法もやれるという順だ、はは」看督長はそこで仰向《あおむ》けにぶっ倒れた、「さあやっつけろ、あと五六十日だぞ、その首が胴に付いているうちに稼《かせ》げ、説法をぶっくらわせて絞れるだけ賽銭を絞れ、あとは判官どのやおれが引受ける、心配することはねえからずでかい説法でぶちのめしてやれ、はは、おれはいいこころもちだ」と彼は四肢《しし》を大の字に伸ばして喚《わめ》いた、「おれはすばらしくいいこころもちだ、極楽だぞ」

十一

「みなさん」と腟黒は両手をあげ、「みなさんよく聞いて下さい」と云った、「今日という今日、おらはすべての偽りやごまかしを捨てて、――ちょうどこの坊主頭と法衣をぬぎ捨てるように、すっ裸になってしんじつを話すことにしました」
「裸踊りか」と群衆の中からどなる声が聞えた、「どうせなら二人でやれ」
「念仏踊りでねえのをな」と他の声が喚きたてた、「いろっぽいのを頼むぞ」
「静かに、お静かに」腟黒は両手をあげ、厳粛に制止して云った、「これは踊りではねえです、また、裸になると云ったはこの法衣をぬぐことではなく、この」と彼は自分の胸へ手を当てた、「――この心に偽りの衣を着せねえ、つまりなにもかも隠さずに、あったことをあったままに申上げるというわけで」
「つまんねえ」と叫ぶ声がした、「いつもの極悪人をやれ、人殺し強盗、火つけかどわかし、それよりもっとあくの強いところをたっぷりやれ、あったことをあったままだなんてつまんねえこったぞ」
「つまんねえ、つまんねえ」

「眼をさませ」脛黒は両手をもっと高くあげ、群衆の喚声をきびしく制止した、「人間はいつまで盲目であってはなんねえ、おらはみなの衆に眼ざめてもらいてえだ、そのためにおら今日ここに立っただ」

「おれは眼をさましてるぞ」という声が聞えた、「これ以上どう眼をさますんだ」

「この白坊主を見て下さい」脛黒は手白を指さして云った、「これまでおらは、この男を極悪人だと話して来た、だがそれは根も葉もない、まるっきりの嘘《うそ》っぱちだ、ということをまず申上げたいのです」

群衆はううううと唸《うな》り、吸声《どせい》をあげ、不満と怒りのためにどよめいた。

「眼ざめなさい」脛黒はそのどよめきを凌《しの》ぐ声で叫んだ、「しんじつに眼をみひらきなさい、この地蔵さま、この石で彫った地蔵はただ石で彫った地蔵というだけにすぎねえです、そこにいるおめえさまがおめえさまであり、そっちにいるおめえさまがおめえさま自身であり、こっちにいるそこのばあさまがばあさまであるように、この地蔵も石の地蔵だというほかになんの意味もねえし、霊現なんてことは嘘にもできやしねえです」

「やい黙れ」と群衆の中から叫び声が起こった、「てめえなにを云いだすんだ」

「しんじつをです」脛黒は叫び返した、「おらたちは騙され、ぺてんにかけられてるだ、この白坊主を縛ったのは地蔵じゃねえ、このおらがやったことです、濃萱《こすげ》という女宰領に唆《そその》かされて、おらが白坊主を縛り、そして地蔵の霊験ばなしをでっちあげただ、これが正真正銘、嘘偽りのねえしんじつだった」
「それは嘘だ」と叫んで前へとびだして来た青年があった、「きさまは地蔵尊の霊験というおごそかな事実を瀆《けが》し、自分自身を地獄の火で焼こうとしているんだぞ」
「あれ、おめえは」脛黒は眼を剥《む》いた、「おめえさまはいつかの、あの大学寮の」
「いかにも、大学寮の少属《すないさかん》で算法を教えている者だ」とその青年は云った、「私は初めは疑っていた、実在としては石にすぎない物が、霊験などという奇蹟《きせき》を行えるわけはない、すべてごまかしでありぺてんだと云った、だが毎日かよって来ているうちに、私の考えが誤りであることを悟ったのだ、南無仏」青年は合掌三拝をして続けた、「――どう誤っていたか、それは私の悟性が足らなかったからである、物質とはいったいなんであるか、われわれ人間は物質ではないのか、実在として石であることと、哲学的概念としての地蔵とをどこで分離するか、血と肉と骨で成り立っている人間を、血と肉と骨との集合体にすぎないと云えるか、集合体にすぎないから物理的な能力はないと立証できるか」
「そいつもぺてん師だ」と群衆が喚きだした、「白坊主黒坊主と組んで地蔵さまに悪口をついてるだ、三人ともやっつけろ」

「待て、私はいま、痛い」青年は頭を押えながらきいきい声で叫んだ、「石などを投げないで聞いて下さい、私はいまみなさんに代って、霊験の哲学的意義を、痛い」

「おらはしんじつを」

「逃げるだ」手白が脛黒の腕を引きながら云った、「早く逃げるだ」

「あの衆を眼ざめさせねえでか」

「殺されちまうぞ」手白は脛黒を抱えるようにして壇からとびおりた、「こっちがいい、いそげ」

「おちついて下さい」と青年は叫んでいた、「私は地蔵尊のいやちこな霊験を、痛い、なにをする、袖《そで》を引張るな、私は、こ、押すな」

「そのぺてん師をやっつけろ」群衆は雪崩《なだれ》のように襲いかかった、「白坊主と黒坊主が逃げたぞ、ひっ捉《つか》まえて三人とも木の股《また》へ吊《つる》しあげろ、八つ裂きにしてしまえ」

「よせ、私はみんなの味方だ」群衆の揉《も》みあう中から青年の悲鳴が聞えた、「私はいま死ぬようなめにあわされてる、助けてくれ」

十二

「もう大丈夫だろう、少し休もう」と脛黒が云った、「おめえけがはなかったか」

「あい」手白は喘《あえ》いだ、「くたびれた」

「ここへ掛けよう、ああ、ひでえめにあったな、心の臓がこんなだ」と脛黒が喘ぎながら云った、「なんていうきちげえどもだろう」

「おら殺されるかと思った」

「なんていうばか者だろう」と云って脛黒は唸った、「あいつらの頭の中がどんなからくりになってるか、いっぺん見てみてえくらいだ」

「おらくにへ帰りてえ」

「おらのことを親だからといってどうして伜《せがれ》が孝行しなければなんねえかっていうことさえわからねえほど理にうとい人間だってくにの新家のばあさまが云ったっけだが」と脛黒が云った、「そのとおりだな」

手白が「あい」と云った。

「おらみんなのためにしんじつを話した」と脛黒は続けた、「するとあいつらは怒りだした、なあ、あいつらは怒りだしただ、そこがおらにゃわからねえ」

「あの大学寮の人もな、あい」

「あの大学寮の人もよ」と脛黒は頷《うなず》いた、「おらたちが霊験だあ奇蹟だあって、嘘で固めたことを饒舌《しゃべ》ってるうちは、あいつらは手を合わせて拝んだり、有難《ありがた》がって泣いたり、そうしてありもしねえ物を根こそぎ寄進したりした、なあ、そのときこそあいつらは怒ってもよし、石を投げつけてもいい筈《はず》だ、どんなにされてもおらたちとしちゃ文句のつけようがねえところだ、そうじゃねえか」

「あい」と手白は確信なげに頷いた。

「それをおめえ、――あの大学寮の人がなにを云ったかはてんでわからねえ、神さまでもわかるめえと思うだが、――それをおめえ、おらが本当のことをぶちまけ、なにもかもぺてんで嘘っぱちだと話したらあの騒ぎだ」

「大学寮の人が先達《せんだつ》よ」

「わかんねえ」と脛黒は考え深く首を振った、「やつらはあの人のこともやっつけた、そうしてみるとあの人も、あの人の流儀でしんじつに眼ざめたのかもしれねえ」

「あい」と手白が云った、「眼ざめるってことは危ねえもんだ」

「もう一つ解《げ》せねえのは濃萱だ」と脛黒は話をそらした、「これまでやって来たどの仕事も、張本人はあねえだった」

「あい」と云って手白は眼をつむった、「あのあねえ」

「それなのにあねえは追われも打ち打擲《ちようちやく》もされず、おらたちばかりが難儀なめにあわされた、番たびがそうだった」腟黒は拳で自分の膝《ひざ》を殴った、「これはどういうことだ」

「ああ」と眼をつむったままで、うっとりと手白は呟《つぶや》いていた、「あの柔らかく、あたたかそうな肌《はだ》」

「こんども同じ伝だ」と腟黒は続けた、「おらたちはこんなめにあわされたが、あねえはいまごろ判官をまるめてよろしくやってるだろう、儲《もう》けた銭金を積みあげて、美味《うま》い物を喰《た》べ放題、飲みてえだけ酒をくらい酔って、――おい手白、あれを聞け」

「黙っててくれ」と手白は恍惚《こうこつ》の中で微笑した、「ああ見えるぞ、――ころも干すまた野の奥にむら立ちて」

「よせ、眼をあけろ」腟黒は手白を見て、吃驚《びつくり》してどなった、「そんな物を見るな、眼をあけろ、眼をつむったままであねえのことを考えるな、ゆきすぎになるぞ」

「あい」と手白は眼をあけて云った、「おら京へ戻《もど》る」

「あの声を聞け、こっちへ来る」腟黒は足踏みをした、「追手だぞ」

「おら都へ戻る、あねえが判官とうまくやってるなんて思うと」

「判官はうまくやれやしねえ、あねえにうまくやられるだ」と脛黒は叫んだ、「おらたちの代りに、こんどは判官がうまくやられるだよ」

「じゃあ、おらたちはどうする」

「逃げてっからのこった」脛黒は手白を力ずくで立たせた、「捉まると五条河原で首をやられるだ、みろ、やつらは近づいて来るぞ」

「おらあねえに気が残るだ」

「逃げるだ、逃げるだ、逃げるだ」

「萱《かや》こそ茂れ」と手白が云った、「おらああれが恨みだ」

そして二人は走りだした。


（「別冊文藝春秋」昭和三十六年三月）

改訂御定法《ごじょうほう》

一

「だんだんお強くなるばかりね」
「そう思うだけさ」
「初めのころはいつも二本でしたわ」
「嫌《きら》われたくなかったんだろう」
「うまいこと仰《おっ》しゃって」河本佳奈《かな》は上眼《うわめ》づかいに彼をにらんだ、「それならいまは嫌われてもいいんですか」
「それほどの自信もないね」と云《い》って中所直衛《ちゅうしょなおえ》は佳奈の膳《ぜん》を指さした、「肴《さかな》がさめてしまうよ」
「お給仕をしたり喰《た》べたり、そんなきような芸はできません、お酒が済んだらごいっしょにいただきます」
「だんだん昔の生地《きじ》が出るな」
「なにがですか」
「磯村《いそむら》へいってからはおしとやかになっていたじゃないか、眉《まゆ》を剃《そ》った顔をいつもうつ向けにして、俯《ふ》し眼づかいで、立ち居もおっとりとしなやかで、大助になにか云うにもあまったるい、蚊の鳴くような声をだしていたのにな」
「もの覚えのおよろしいこと」
「あのおてんばな佳奈が、人の女房《にょうぼう》になるとこんなにも変るものかと」
「思いもしないくせに」佳奈はまたにらんで云った、「わたくしが磯村へとついでから、あなたがいらっしたのはたった三度よ、それも一度は磯村の葬礼のときでしょ、わたくしがあまったるい声をだしたかどうか、そんなことがあなたにわかるものですか」
「もの覚えがいいんでね」
「あなたこそ昔どおりよ、ほかの人にはやさしいのに、わたくしに向うと意地わるばかりなさる、直衛さまはしんから佳奈がお嫌いなんだって、小さいときから幾たび思ったかしれませんわ」
「それでも嫁には来る気になった」
「来《こ》いと仰しゃったのはあなたよ」
「礼を云うのがおくれたかな」
佳奈は直衛の顔をみつめ、どうしようもないというふうにかぶりを振った、「――

どうしてあなたはそう、わたくしだけに意地わるを仰しゃるの」

「嫌いだから、だろうね」直衛は笑いもせずに盃《さかずき》をさしだした、「手が留守だよ」

これは春の終るころ、二人の縁談がまとまった二十日ほどのちのことであった。中所直衛も結婚した妻に死なれ、佳奈も磯村大助に嫁《か》して二年、良人《おっと》に死なれて実家へ戻《もど》っていた。佳奈の兄、河本宗兵衛が直衛と古くから親しいばかりでなく、両家は相互にしげしげと往来し、殆《ほと》んど親族以上のつきあいを続けてきた。直衛と佳奈は周囲の人たちに、初めから結婚するものと思われていたが、当代の藩主になって御定法《ごじょうほう》の改廃が行われたとき、直衛が頑強《がんきょう》に反対し、そのため甲斐守教信《かいのかみのりのぶ》に疎《うと》まれて、御代代実録という、藩史編纂《へんさん》の頭取に左遷《させん》された。中所はこの藩の筋目の家で、祖父の三衛《かずえ》は城代を勤め、父の兵衛《ひょうえ》は二十九歳から四十一で死ぬまで、名君といわれた先代、信濃守教員《しなののかみのりかず》の側用人《そばようにん》を兼ねていた。直衛は十八歳で家督をし、二十三歳で「連署」になった。これは家老になる序席なのだが、二年のちに藩法改新の問題がおこり、閑職に追われてしまったのであった。

河本家は四百石の大寄合《よりあい》であるが、宗兵衛は三年まえから町奉行を勤めている。としは直衛と同じ三十二歳、妻のほかに二人の子があった。御定法が改新されて以来、七年間に町奉行の交代が宗兵衛でもう三度めになる。新法では町人や百姓にいろいろな権利が与えられているため、それらの訴訟が多く、町奉行は困難な役になっていたのだ。――磯村へ嫁した妹の佳奈が、良人の大助に死なれて実家へ戻ったのは、大助の弟が磯村の家を相続することになり、彼には婚約者があったからである。そうでなくとも、子供がないのに磯村で一生を終る気はなかったろう。佳奈は兄をくどいて河本へ帰った。そのことはまもなく中所家にもわかり、暫《しばら》くして直衛から再婚の話がもちこまれた。直衛も編纂所頭取になった年に結婚し、これは一年とちょっとで妻に死なれた。初尾というその妻は山田氏の出で、結婚したのが十七歳の冬、死んだのが十九歳の春で、やはり子には恵まれなかった。

ほぼ月に三度ぐらいの割で、直衛と佳奈の二人は、比野川畔《ほとり》にある料亭《りようてい》「難波《なにわ》」で会い、夕食をともにした。もちろん河本宗兵衛の了解のうえであるが、佳奈は人に見られるとうるさいからと云い、極端なくらい用心していた。

「ばかだね、佳奈らしくもない」と直衛は笑った、「ちゃんと縁談もまとまっているし、私と佳奈とは幼な馴染《なじみ》だ、人に気兼ねをするような理由はなにもないじゃないか」

「との方《がた》はそれでいいでしょうけれど、女はそうはまいりません」

「なぜ女はいけないんだ」

「あなたも結婚のご経験があるし、わたくしも良人を持った軀《からだ》ですもの、こんなふうに二人だけで逢《あ》っているところを見られたら、なにをしているのかと思って、どんな疑いをうけるかもしれませんわ」

「ほう、そうですかね」直衛はきまじめに首を捻《ひね》った。

「結婚の経験のある男女が、二人っきりで食事をしていると、なにをしているのかと疑われますか、そいつは気がつかなかったが、——ぜんたい、どんなことをしていると疑われるんですか」

佳奈はさっと赤くなった。

「そうね」と佳奈は赤くなった顔をそむけながら云った、「——きっと隠れんぼでもしていると思われるんでしょ」

直衛は下唇《したくちびる》を上へ押しあげながら、小さく首を振った、「その返辞の中へうまく自分を隠したな、狡猾《こうかつ》だ」

「わたくしがなにを隠しまして」

「自分自身をぜんぶさ、酒がないよ」

「憎らしいお口だわ」

佳奈は直衛の眼をとらえてにらみつけた。秋のなかばになると、佳奈は「難波」で逢うことを拒みだした。料亭の人たちにもへんな眼で見られるようだし、あによめも皮肉なことを云う。これからは河本の家か、直衛の家で逢うことにしたい、というのであった。

「祝言《しゅうげん》をすれば世帯《しょたい》じみてしまうんだ」と直衛は云った、「家庭の煩瑣《はんさ》なきずなからはなれ、二人だけで暢《の》びり食事のできるのはいまのうちだからな、他人の眼なんか気にするのはばかげた話だよ」

「との方ならそれで済むでしょうけれどね」

「そう男と女の差別をつけるのは佳奈らしくないぞ」と直衛は云った、「――覚えているが、佳奈が十一か十二のときだったろうな、男ばかりが特にいばる理由はない、なぜかといえば、男と女の違いは」

「このとおりよ」佳奈は赤くなり、合掌してみせながら遮《さえぎ》った、「どうぞその話はやめて」

「ははあ」と直衛は微笑した、「自分でも覚えていたとみえるな」

「そういうお口の達者なところを、御定法改新のときにどうしてもっとお使いにならなかったのですか」佳奈がやり返した、「編纂所頭取などという隠居じみたお役になってからでは、せいぜいわたくしをへこませるだけじゃあございませんの」

こんどは直衛が片手で口を押えながら、ぴしゃりと云った。

「それで勘弁してくれ、あのときは若かったので、むきになって正面から議論を吹っかけ、そのため老人たちにうまく躰《たい》を躱《かわ》されてしまった、いや、こっちが左遷されたという結果が、そのまま重職諸公に躰を躱されたことになるさ」と直衛は云った、「――あれだけは一生の不覚だった、あやまるよ」

「まさかわたくしにではないでしょうね」

「それは佳奈がご存じさ、――次の十五日にまた逢おう」

「このわたくしの部屋か」と云って佳奈はやさしく直衛を上眼づかいに見た、「御殿《ごてん》下《した》のあなたのお屋敷でね」

それは室町の河本家の、佳奈の居間で食事をしたときのことであるが、この会話が終らないうちに、佳奈の兄の宗兵衛があらわれ、なんとなくその席に加わった。邪魔をしてもいいかな、と云いながら坐《すわ》り、妹が淹《い》れた茶にも手はつけず、ぼんやりと二人の話すのを聞いていた。いくらきょうだいの仲でも、婚約者と同席ではぐあいが悪いのだろう、やがて佳奈は用ありげに立って座を外した。

「そうだ、頼もうと思ったまま忘れていたが」と直衛が云った、「河本家に玄斎《げんさい》日録というのを書いた人がいるか」

「曾祖父《そうそふ》だろう」と宗兵衛が答えた。

「その人の書いたものがほかにまだある筈《はず》なんだ、たしか閑窓夜話《かんそうやわ》とかいうんだがね」

「私は知らないが、あるかもしれない」

「あったら貸してもらいたい、峻学院《しゅんがくいん》（伊予守教清）さまの御事蹟《ごじせき》について、閑窓夜話になにか記事があるらしい、玄斎日録にそう書いてあるのをみつけたんだ」

「捜してみよう、いそぐのか」

直衛はちょっと眼を細めた。宗兵衛の顔になにかおちつかない色があるのを、初めて認めたのである。

「どうしたんだ」と直衛がきいた、「なにか心配ごとでもあるのか」

宗兵衛はけげんそうな眼をし、「どうして」と反問した。

「こっちが知るものか」と直衛は云った、「いつもの河本とは人が違っている、なにか困っていることでもあるんじゃないのか」

「矢堂玄蕃《やどうげんば》は知っているな」

「その話はよそう、玄蕃のことなら聞くまでもない」直衛は茶碗《ちゃわん》を取ったが、それにはもう茶はなくなっていたので、そのまま元へ戻した、「どこかへ飲みにいくか」

宗兵衛は不決断に首を振った。

二

役所へは毎日出仕するが、直衛のする仕事は殆んどなく、午前ちゅういればあとは帰ってもよかった。版におろすとき稿閲を求められるけれども、責任者がちゃんといるので、彼が見る必要はない。頭取としての形式だけだから、たいていはそのまま係りへ戻すのが例であった。そんな生活では頭も軀もなまってしまう、直衛はなにかの足しになるだろうと思って、去年の夏から剣術の稽古《けいこ》を始めた。藩校の精士館では念流を教えてい、彼は十二歳から二十歳まで、大沼三郎兵衛についてまなんだ。太刀捌《たちさば》きに独特の冴《さ》えがあり、十八歳で首席に抜かれたが、そのため却《かえ》って興味を失い、わざと成績を落して次席にさげられ、二十歳で退校するまでその席を動かなかった。

——去年また稽古を始めたのは、退校してから十年とちょっとになるわけで、むろん一般の門人とは別科の扱いであり、教えるのも三人の助教が担当した。三日に一度ずつかよい、三十日ばかりは軀が痛んだけれど、調子が出はじめると本領があらわれ、助教たちは扱いかねるようになった。別科の稽古に来るのは、いちど精士館を出て、すでに役付きになった者が多く、躰調をととのえるくらいが目的であって、本科の若者たちはこれらを「養老組」と呼んでいた。

これらの中に矢堂玄蕃がいた。矢堂も筋目の家柄《いえがら》であったが、先代の玄蕃が役目の上の失策で罰せられ、五百石の家禄《かろく》も二百石に削減されてしまった。いまの玄蕃は二十五歳で家督を相続し、屋敷地割方肝煎《きもいり》という殆んど有名無実のような役についていた。つまり家臣の住居に変動がある場合、その土地の選定や家屋の建築に立会うのだが、この藩のように狭い城下ではそういうことは極めて稀《まれ》であったし、たとえそういう例が出たにしても、現実には普請《ふしん》奉行が担当するので、矢堂は単に名目上の立会いをするにとどまっていた。彼は二十九歳になるがまだ妻を娶《めと》らない。両親は亡《な》く、古くからいる家扶《かふ》、下僕《げぼく》らとくらしながら、いつとなく側女《そばめ》のような者を引入れ、子供まであるという噂《うわさ》も伝わっていた。

去年の秋、直衛が精士館へかよい始めてから三十日ほどしたとき、矢堂から初めて稽古の相手を求められた。ときたま顔は見ているが、いやな噂があるし、人柄が好ましくないので、同じ道場で稽古をするような場合にも、それまで口をきいたことはなかった。——それからのち、顔が合うと三度に一度ぐらいは相手になった。矢堂の太刀筋には癖があり、勝ちみにするどい技《わざ》をみせる。直衛はたいてい負けて引くが、彼がしいて勝ちを取ろうとしないことはわかるとみえ、しかも、それで屈辱を感ずるというより、くみしやすいと思いこんだらしく、或《あ》るとき稽古の帰り、強引に直衛を酒席へさそった。直衛は四たびくらいまでつきあったが、それからあとはどんなにさそわれても断わった。――矢堂の酒はだらだらとながく、酔うと給仕の女にからんだり、諄《くど》ぐ、ぐ、ちを並べたりするうえに、どの店にも勘定を溜《た》めているようすで、少しも酒がたのしくないばかりか、こっちまでがうらさびれた気持になるだけであった。

河本宗兵衛が玄蕃の名を口にしたとき、直衛はあとを聞かなかった。というのは、それより半月ほどまえ、城下の要屋《かなめや》喜四郎という商人が、借財不払いの件で矢堂を町奉行へ訴えた、ということを聞いたからである。一商人が藩士を訴えるなどということも、ゆきすぎた御定法の改新によるものだし、これまで同様の紛争で町奉行は幾たびも苦杯をなめてきた。いままたそんな事件が起こっても、おれの知ったことではないぞと直衛は思った。――ところがそうはいかなくなったのだ。河本家で佳奈と食事をしてからほんの二三日あと、朝起きた直衛が裏庭の井戸端で洗面していると、ふいに河本宗兵衛があらわれた。たぶんここだろうと思って、表から案内なしにまわって来たのだという。なにか用かときいたら、佳奈と祝言する日をきめてくれと答えた。

「祝言の日どりだって」直衛はちょっと眼をみはった、「それで朝のこんな時刻にやって来たのか」

た。


「それだけでもないんだ」

「はっきりしてくれ」直衛は宗兵衛の眼をみつめた、「――どうしたんだ」

宗兵衛は眼をそらし、下唇を強く嚙《か》んだ。直衛は黙って、なおその眼で宗兵衛の眼を追った。宗兵衛はいちど大股《おおまた》に井戸端からはなれ、すぐに戻って来て急に眼をあげた。

「勝手なことを云うようだが」と宗兵衛が云った、「組み太刀を一と手頼めないだろうか」

直衛は彼の表情を見まもってから、「いいだろう」と云って家士を呼び、刀を持って来るようにと命じた。そのあいだに直衛は、宗兵衛の右手を見て、朱墨が付いているぞといい、それから表情をひき緊《し》めた。

「おい、遠廻《とおまわ》りはよせ」と直衛は云った、「組み太刀をしたくて来たんじゃないだろう、祝言の日どりでもない、肝心な用はほかにある筈だ、そうじゃないのか」

宗兵衛はあいまいに片手を振り、空を見あげた。家士が刀を持って来、直衛はそれを左手に受取ったまま、宗兵衛の顔を見まもっていた。

「じつは矢堂玄蕃の吟味で困ったことになっているんだ」と宗兵衛が云い、直衛が遮ろうとするのに手をあげて続けた、「いや、玄蕃個人の問題ではなく、こんどのことで改新御定法そのものが壁につき当ってしまったんだ」

「こんなところではしようがない、おれの部屋へゆこう」と云って直衛は刀をみせた、「それとも組み太刀をやるか」

宗兵衛は眼《め》で否《いな》と答えた。直衛は大股に庭のほうへあるきだした。着替えをした直衛が居間へはいってゆくと、宗兵衛は茶托《ちゃたく》へ茶をちょっとそそぎ、それで懐紙を濡《ぬ》らして、指に付いた朱墨を拭《ふ》いていた。

「要屋のしょうばいは知っているな」と直衛が坐るのを待って宗兵衛が云った、「呉服、染物、什器《じゅうき》のあきないに、両替と質屋をやっている」

「表向きはな」と直衛が云った。

「金貸しもやっているという噂だが、これは証拠があがらない」と宗兵衛が云った、「要屋は小商人や貧乏な者は相手にしない、武家なら二百石以上、商人なら土蔵持ち、農家も地主でなければだめだ、そういう者は借財していることを内密にするから、公式には誰《だれ》も証言しようとしないんだ」

「御定法の改新まえなら、踏込んでいって帳簿を押収《おうしゅう》することができた、もちろん」と云いかけて直衛は手を振った、「まあいい、あとを聞こう」

「それで、矢堂に対する債権も、時貸し金から時服、什器といろいろあって、その合計は百八十両あまりになっている」

　直衛が唇を舐《な》めた、「——幾らだって」

「百八十両と三分幾朱かだ」

　直衛は右手の食指をまっすぐに立て、鼻の上へ静かに近よせて当てた。すると左右の眼の瞳孔《どうこう》がまん中へ寄り、そこで止った。

「こういうことができるか」と彼は云った、「こういうふうに両方の眸子《ひとみ》を寄せておいて、猫蜂《ねこはち》とんぼきりぎりすの親方って、云うんだ」

　宗兵衛はむっと口をつぐんだ。

「云っているあいだ両方の眼が寄っていれば勝ち、はなれれば負けさ」と直衛は云った、「ためしてみろ、なかなかむずかしいぞ」

「いまおれをからかってどうしようというんだ」

「これを殿に教えたことがあるんだ、七つか八つで、御学友にあがっていたときだったがね」と構わずに直衛は云った、「すると、いま城代になっている朝倉さんが、まだ江戸家老で御養育係を兼ねていてさ、これをみつけて怒った——若ぎみがやぶにらみにでもなったらどうするかって、たいへんなけんまくなんだ、ところでそのあとで注意してると、朝倉さん自身が陰でこっそりこれをやってるんだな、指をこうやりながら口の中で、猫蜂とんぼきりぎりすの親方ってさ」

宗兵衛は怒りの眼つきで直衛をみつめ、直衛もその眼を見返していたが、やがて失望したように肩をゆりあげた。

「よし、あとを聞こう」

「話す気がなくなったよ」

「冷静になれたわけさ」直衛は右手で着物の左の袂《たもと》をぴんと伸ばした、「それとも、いやなら聞かなくってもいいんだぜ」

宗兵衛は気をとり直すという口ぶりで、また語りだした。要屋の訴えを正式にとりあげれば、矢堂玄蕃を処罰しなければならない。それでは藩の面目にかかわるので、借財の三分の二を重職から要屋へ支払って、訴訟をとりさげにするようにという内交渉をした。けれども要屋は御定法を楯《たて》にとって、どうしても正式な裁《さば》きを願う、と云ってきかないのだそうであった。

「わかった」直衛は宗兵衛の言葉を遮って反問した、「その辺で結論に移ろう、町奉行はどうしようというんだ」

「重職評定《ひょうじょう》を五回やったが、結局、――矢堂に詰腹を切らせるよりほかはないだろう、ということになった」

「河本はそれを承知したのか」

「町奉行一人の責任では裁ききれないところにきてしまった、ということなんだよ」

直衛は立ちあがった。

三

立ちあがった直衛は縁側へゆき、腕組みをして庭を見た。そのように腕組みをしてまっすぐに立つと、背丈がずっと高くみえる。彼はなにかをみつけたように眼をほそめて、「野木瓜《のぼけ》に実がなったな」と呟《つぶや》き、そのままの姿勢で、だめだと云った。

「矢堂に詰腹を切らせることは、藩の面目を守るどころかまったく威信を失ってしまうだけだ」

「おれも評定の席でそう主張したよ、そんなふうに事をごまかすのはあとに災いの根を残すばかりだとね、しかし、ではどうするかと問い返されて、こうすればいいという思案がないんだ」

「あるさ」と直衛が云った。

宗兵衛は眼をあげた。直衛はこっちへ背を向けて立ったままである。宗兵衛は次の言葉を待ったが、直衛はなにも云わなかった。

「あるという方法だ」

そこで直衛は向き直り、こっちへ来て坐った。「どういう方法だ」

「おれに任せてくれればやってみせる」

「任せろとは、なにをだ」

「裁きだ」と直衛は云った、「どういう資格でもいい、おれに裁きを任せてくれれば藩の面目の立つようにやってみせる」

「おれではいけないのか」

「誰でもいけない、この中所直衛でなければだめだ」

宗兵衛は詮索《せんさく》するような眼つきで、直衛の顔をみつめながら云った、「御定法に槍《やり》をつけるつもりじゃあないだろうな」

直衛は頰笑《ほほえ》んだ。彫って磨《みが》きをかけたような、はっきりした頰笑みかたであった。

「そういうつもりか」と宗兵衛が云った。

「どういうつもりもない、おれなら裁きをつけてみせるというだけだ」と云って直衛は片手をゆっくり上へあげた、「しかし、むりに買って出るわけじゃないぜ」

宗兵衛は考えてからきいた、「どうすればいいんだ」

「城代の朝倉さんに相談するんだな、御定法も曲げず、藩や家中《かちゅう》の名聞《みょうもん》もきずつけずに裁きをつける、おれならそれができる、そう云えばいいだろう」

「今日は出仕か」

「非番だ、精士館へゆくかもしれないが」

「ここにいてくれ」と宗兵衛が云った、「十時から最後の評定がある、矢堂詰腹の案はその席で決定するだろう、そのまえに御城代と会って相談するつもりだ」

「早くしろよ」と直衛は感情のない口ぶりで云った、「詰腹なんぞ切らせたら取返しのつかないことになるぞ」

宗兵衛は去り、直衛は朝食をたべた。

食事のあと、庭へおりていって、彼は野木瓜を見た。庭木の木瓜ではなく、野生の木瓜で、丈は高いので一尺五寸くらいだし、枝も極めて細い。亡くなった妻がどこからか移したもので、春には朱色の花がみごとに咲く。この実を塩漬《しおづ》けにすると香《か》りのよい箸休《はしやす》めになる、と云っていたが、妻の生きているうちには一つか二つしかならなかった。さっきそれが実を付けているのをみつけたので、そこへいって数えてみると、蜜柑《みかん》色をした実が二十八個もなっていた。——梅の木を持たない農家では、青いうちに漬けて梅干の代りにする、とも亡き妻は云った。直衛はその一つを枝から千切ってみた。色は美しいが石のように固く、甘酸《あまず》っぱいような強い香りを放った。

「漬けるには青いうちだと云ったな」直衛はそっと呟いた、「青いうちに摘むか」

彼がその実を握ったまま居間へ戻《もど》るとすぐに、朝倉摂津《せっつ》から迎えの者が来た。会いたいからすぐにという口上である。直衛は裃《かみしも》をつけず、袴《はかま》だけはいていった。摂津はもう七十五か六になるだろう、直衛は七歳のとき若ぎみの学友として江戸屋敷へ呼ばれ、十歳まで勤めて帰藩したが、江戸にいるあいだずっと、御養育係の朝倉に睨《にら》まれどおしであった。当時はただ性が合わないんだと思っていたけれども、あとで考えてみると自分のほうが悪かった、ということに気がついた。——先年、御定法改新の会議にも、朝倉とは正面から対立し、独りで頑強《がんきょう》にねばりとおしたが、そのときまた考え直して、江戸勤めのときも自分が悪かったのではなく、朝倉のほうが偏狭《へんきょう》だったのだと思った。

「今日は用心しろよ」と彼は自分に云った、「怒らせたらおしまいだぞ」

朝倉邸へ着いて、案内されたのは摂津老の居間であり、河本宗兵衛もそこにいた。

「時刻がないからすぐ用談にする」と摂津は直衛の顔を見ずに云った、「矢堂玄蕃の件についてなにか意見があるそうだな」

「矢堂の件について、特に意見はございません」

宗兵衛は吃驚《びっくり》したように直衛を見た。摂津も初めて眼をあげた。老人の灰色になった眉《まゆ》の下で、その眼が怒りをあらわしていた。

「意見はない」と摂津は反問した、「では河本に話したのはなんだ」

「私は玄蕃の御処致について、或る噂を耳にいたしました」と直衛は答えた、「単なる噂とは存じましたが、いかにも姑息《こそく》であり、後難を残すやりかたなので、河本をたずねて事実を慥《たし》かめたのです、役目の秘事ですから河本はなかなか語ろうとは致しません、私はやむなく中所が筋目の家柄であり、家中の大事は知る権利があると」

「わかったわかった」摂津は膝《ひざ》の上で扇を鳴らした、「いまさら河本を庇《かば》うことはない。いいから要点を申せ」

「玄蕃の裁きはお白洲《しらす》でつけるべきだ、と私は申しました」と直衛は答えた、「――新しい御定法には、たとえ百姓町人なりとも、家中の侍に不正があれば訴え出ることができると明らかに記《しる》してございます、したがって玄蕃の件もお白洲で裁かぬ限り、藩の名分が立たぬと存じます」

「自分なら裁きをつけると申したか」

「申しました、私なら御定法にもとらず、家中の面目にもきずをつけずに裁くことができます」

「その方法は」と摂津がきいた。

「ここでは申上げられません」

摂津の眼がすっと細められた。こいつなにかたくらんでいるな、とでも云いたげな眼つきであった。

「もう刻限が迫っております」と宗兵衛が脇《わき》から云った、「私は先に登城しなければなりませんが」

摂津は頷《うなず》いた。宗兵衛は直衛の眼を見て、いそぎ足に出ていった。

「どう裁くのか」と摂津がきいた、「その段取りも聞かずに任せられると思うか」

「信じていただけないのなら、むりにお願いは致しません。私は役目違いなのですから」

老人は扇を開いたり閉じたりしながら、口の中でなにか呟いた。直衛を罵《ののし》っているか、自分の癇癪《かんしゃく》を抑《おさ》えようとしているらしい。直衛は発句《ほっく》でも考えているような、はてな、とでもいいたげな表情で庭のほうを眺《なが》めていた。

「きさまの強情は少しも治《なお》らないな」と摂津がやがて云った、「よし、きさまに確信があると申すなら任せてやろう」

「お役はいまのままですか」

「この件だけについて町奉行を命じよう」

直衛は微笑して、「この件だけ、ということをお忘れにならないで下さい」

「どうしてだ」

「町奉行などに据置《すえお》かれてはたまりません」

摂津は口をあき、どなりつけようとしたらしいが、直衛は辞儀をして、すばやくうしろへさがった。

朝倉邸の帰りに、彼は河本家へ寄り、佳奈を呼んで、話があるから「難波」へ来てくれと云い、反対しようとする佳奈には構わず、さっさとそこを出て比野川のほうへ向った。ちょっとおくれて、佳奈が難波へ着いたとき、直衛は菓子をつまみながら茶を啜《すす》っていた。

「まず用件を片づけよう」佳奈が坐《すわ》るなり彼は云った、「佳奈の持参金は幾らくらいだ」

坐って、いま褄先《つまさき》を直していた佳奈は、そのまま手を止めて、不審そうに彼を見あげた。

「なんと仰《おっ》しゃいました」

「さあさあ」と直衛はせきたて、「気取ることはない、幾らだ」

「そういう物を持ってゆかなければならないのですか」

「一般のしきたりじゃないか、多少にかかわらず女が嫁にゆくときには金を持ってゆくんだろう」

佳奈は表情をひきしめた、「あなたはそれを当てにしていらしったんですか」

「当てにしていたわけじゃないが、当てにしなければならなくなったんだ」と直衛は云《い》った、「じらさずに云ってくれ、幾らだ」

「わたくしは存じません」佳奈はそっぽを向いた、「そういうことは親がしてくれるものでしょう、わたくしには親がありませんから、どうぞ兄にでもきいて下さいまし」

「河本には云えないんだ」

「お話というのはそのことでしたの」

「河本が祝言《しゅうげん》の日どりをききに来た、そのことも相談したいが、差当っては持参金のことが知りたいんだ」

「わたくしそんな物を持ってゆかなければならないような弱みはございません、ほかにお話がないのならこれで失礼いたします」

直衛に止めようとする隙《すき》も与えず、佳奈はすばやく立って出ていった。

「昔の性分がそっくり出てきたな」直衛はにやっと微笑し、手を叩《たた》きながら呟いた、

「——相変らず怒った顔はきれいだ」

女中が来て「お呼びですか」と云った。

「万平を呼んでくれ」と直衛が云った、「あるじの万平だ」

四

それから三日のあいだ、直衛は町奉行所へかよい、宗兵衛と共に要屋の訴状をしらべた。それには三年前からの売掛け代銀や、時貸しの金額が、月日順に詳しく記してあり、最後に「返済してくれと再三ならず督促したところ、刀を抜いて威《おど》し、店へ来てまで暴《あば》れる始末だから、やむを得ず御定法に縋《すが》って訴え出た」という意味のことが書いてあった。直衛はその訴状の必要なところに、印を付けたり、なにか書き入れたりしたのち、これでよし、と云って微笑した。

「明後日からここの白洲で下吟味を始める」と直衛は宗兵衛に云った、「要屋の主人と番頭、手代二人か、——ここに署名している者たち三人を呼出してくれ、時刻は五つ半だ」

「下吟味からやるのか」

「たっぷりとな」直衛は右手で左の腕をしごいた、「腕が鳴るということは本当にあるもんだな」

「玄蕃はどうする」

「お預けか、謹慎か」

「柳田左門どのにお預けちゅうだ」

「彼はそのままでいい、おそらく、白洲へ呼出すのは一度か二度で済むだろう」そう云ってちょっと考えてから、直衛は宗兵衛を見た、「そうだな、城代にはずっと出てもらおうか」

「下吟味にか、どうして」

「吟味に重みをつけたいからさ」と直衛はあっさり云った、「終りの二回くらいは他の重職にも列席してもらうつもりだ、少なくとも三人以上はね」

宗兵衛は呆《あき》れたような眼《め》つきをした、「――いったい中所はなにを考えているんだ」

直衛は声を出さずに笑ってみせ、頼むよと云って席を立った。そして刀架から自分の刀を取りながら、急に思いだしたように振返って、佳奈べえはどうしているかときいた。

「どうもしていないが」と宗兵衛は答えた、「なにか用でもあるのか」

「いや」直衛は首を振った、「なんでもない、ちょっときいてみただけだ」

そして彼はそこを去った。

中一日おいて九月十二日、午前十時に白洲がひらかれた。朝のうち降っていた小雨《こさめ》はやんだけれども、空は雨雲で蔽《おお》われていて、いつまた降りだすかわからないような空模様であった。――直衛は書役《かきやく》を三人にし、要屋の主人、番頭、手代ら一人ずつの口書を、分担して取るように命じた。刻限まえに朝倉摂津も来たが、ひどく不機嫌《ふきげん》で、下吟味などにどうして自分が陪席しなければならないのかと、直衛に向って文句を云った。

「下吟味というのは名目、これはもうお裁きなのです」と直衛は答えた、「だから、そこのお白洲を使うわけです」

「なんのためにそんな細工をする」

「このお裁きは私がお受けをし私の方法でおこないます」と直衛は云った、「なんに限らず、お裁きについてのお口出しは無用に願います」

そして摂津には構わず、与力《よりき》の席や白洲の人配りなど、こまかいことに詳しい指図《さしず》をした。同心や警護の下役人たちの数は、これまでに例のないほど多く、城代家老が臨席するというので、白洲にはおもおもしい緊張がみなぎっていた。――こういう手のこんだ準備をしたにもかかわらず、吟味は殆《ほと》んど四半刻《しはんとき》もかからずに終った。その経過を記すと、定刻に要屋の主従三人が出頭して白洲に並び、諸役人と中所直衛が着座し、城代の朝倉摂津があらわれて、当番与力が三人を呼びあげると、直衛は要屋の主人に「台帳を呈出しろ」と云った。要屋喜四郎は六十一歳、固太りのがっちりした軀《からだ》で、髪も眉も青年のように黒く、厚い唇《くちびる》や大きな鼻が、膏《あぶら》ぎった顔に精力的な印象を与えた。眼は尋常のようにみえるが、それは火の上に膜を張ったような感じで、ときにその膜の下からいかにも剛腹な、するどい光が放たれるのであった。彼は「訴状に詳しく記してあるし、その点は河本さまのお調べが済んでいるから、台帳をご覧に入れる必要はないと考える」と答えた。

「必要があるかないかは奉行の思案によるものだ」と直衛は穏やかに云った、「明日、同時刻に台帳、諸帳簿、証文など、この件に関する書類をとり揃《そろ》えてこのお白洲に出頭するように、――今日の吟味はこれまで」

そう云うと、直衛は席をさがって朝倉老に低頭した。控え所へ戻ると、朝倉摂津が待っていて、どういうつもりだと嚙《か》みついた。直衛は朝倉老の眼を黙って見返したが、なにも答えずに河本宗兵衛のほうへゆき、明日も白洲の威儀は今日のとおり、と伝えた。

明くる日の白洲では、訴状と諸帳簿、また証文の一つ一つを照合するという、面倒なことをやり、それが済むと、各項目について詳細な訊問《じんもん》を始めた。時服一と揃えとあれば、その反物の名柄《めいがら》から染め色、原価と売価、仕立て賃などまで問い詰めるので、要屋主従はたちまち返答に窮した。

「そのような些末《さまつ》なことまで御訊問とは存じませんので」と要屋喜四郎が答えた、「控えの帳簿をしらべませんければお答えが申上げかねます」

直衛は要屋の顔をみつめたまま、深く息を吸い、静かに吐きだしてから、云った、「――昨日、そのほうに台帳、諸帳簿、証文など、この件に関する書類をとり揃えて持参するようにと、申しつけた筈《はず》だが」

要屋主従は平伏した。

「そのほう奉行の申しつけをなんと心得る、おのれの雇人がぐちでもこぼすと心得たか」直衛の声は低くやわらかであった、「――要屋喜四郎、返答を聞こう」

要屋は額を蓆《むしろ》にすりつけて詫《わ》びた。

「よし」直衛は頷いた、「お上《かみ》に手数をかけ、大切な御用の暇を欠かせたことは不届きであるが、このたびは許してつかわす、次の吟味は十五日の同刻、怠慢があってはならんぞ」

そして、今日はこれまでと云い、席をさがって朝倉城代に低頭した。

「おどろいたな」控え所で待っていた宗兵衛が云った、「いったいなにを考えてあんな面倒なことをするんだ」

「朝倉老はごきげんだったか」

「だったろうね、かんかんになってものも云わずに出ていったよ」

「そのうちには慣れるだろう」

「十五日にも今日のような吟味をするのか」

「初めに云わなかったか、たっぷりとな、って」と直衛は云った、「忘れないでくれよ」

「そんな意味だとは知らなかったね」

「じゃあいまわかったわけだ」

「いい気持らしいな」

「そうでなくってさ」と云って直衛はにやっと笑った、「佳奈によろしく伝えてくれ」

その佳奈が、御殿下《ごてんした》にある中所の屋敷へ来て待っていた。小菊の模様を散らした元禄袖《げんろくそで》の常着に、秋草を染めた白地の半幅帯という略装で、直衛が帰ったとき、客間で古瀬戸の壺《つぼ》に紅葉した山はぜを活《い》けていた。直衛は着替えた袴の紐《ひも》を緊《し》めながら出てゆき、活けている佳奈の姿を、立ったまうしろから眺めていた。佳奈は振向きもせず口もきかなかったが、やがて活け終ると、暫《しばら》く見まもっていて、その姿勢のまま、いかが、と問いかけた。

「葉の色が少し派手《はで》すぎたでしょうか」

「まあそんなもんだろう」

「ご挨拶《あいさつ》ですこと」と云って佳奈は初めて振返った、「——なにを見ていらっしゃるの」

「その着物さ」直衛はまだ佳奈の姿を眺めながら坐った、「めかしているじゃないか、どうしたんだ」

佳奈は直衛をにらんで身のまわりを片づけ、茶を淹《い》れるからと立っていった。直衛も立ちあがって縁側へ出てゆき、腕組みをして、冷たい板を素足で踏みながら、縁側をぼんやりと往《い》ったり来たりした。茶の支度ができた、と云う声で振返ると、家扶《かふ》の畠中《はたなか》重平であった。直衛は頷いて居間へいったが、畠中がついて来て、佳奈の姿はみえず、机の脇に茶の支度ができていた。

「河本のお嬢さまがこれを」と畠中が袱紗《ふくさ》包を差出した、「お渡し下さるようにと仰しゃいました」

直衛は受取りながら、訝《いぶか》しそうに畠中を見た。

「お嬢さまはいまお帰りなさいました」

直衛が頷くと、畠中は去った。なんだ、と口の中で呟《つぶや》きながら、直衛は袱紗をあけた。出て来たのは白紙の包で、表に「持参金」と書いてあり、中に十五両はいってい た。手紙もなにもない、その金包だけであった。

「おまえらしいな、かな公」と直衛は微笑しながら呟いた、「気にいったぞ」

十五日の白洲《しらす》でも、前回と同じ煩瑣《はんさ》な調べが続いた。時貸し三両とあれば、その貨幣の内容を糺《ただ》す。小判か、銀か、小粒か。また手文庫一具とあれば、その形や塗り、仕入れ先はどこで、元値は幾らか、といったぐあいであった。三年と幾カ月かにわたる借財の、一カ条ごとに、まるで畳の目を数えるような吟味をするので、半年分を終るのがやっとのことであった。——このあいだ、要屋主従の答弁は、三人の書役によって詳しく記録されたのはもちろん、直衛も矢立を側《そば》に置いて、訴状の要所へしばしば書入れをした。十二時に半刻《はんとき》の休息をし、四時の太鼓を聞いて調べを終りにした。

「明日、同刻に次の吟味をする」と直衛は云った、「今日はこれまで」

朝倉城代は直衛の辞儀を待たずに座を立ち、これ以上の渋面はないだろうと思われるような渋い顔で、荒あらしく奥へ去った。

五

下吟味は前後九回、要屋主従はもちろん、立会う役人たちまでがうんざりし、くたびれはてたというようすを隠さなくなった。月も変って十月となり、ちょうど一と月目に当る十二日に、裁決をする、と直衛は要屋に申し渡した。

朝倉城代は例のとおり先に帰ったものと思ったが、控え所に戻《もど》ってみると、宗兵衛と共に老人が待っていた。

「ちょっと坐ってくれ」と宗兵衛が呼びかけた、「要屋から願いが出されたんだ」

朝倉老は直衛が坐るのを、冷たい眼で睨《にら》みながら、膝《ひざ》の上でやかましく扇子を開いたり閉じたりしていた。

「訴えの取下げか」と直衛がきいた。

「どうしてわかった」

「そろそろくるころだと思っていたよ」と直衛は云った、「条件はどうだ」

「ちょっと待て」と朝倉摂津が云った、「そろそろくるころとは、どういう意味だ」

「どういう条件だ」と直衛は宗兵衛にきいた。

「おれがきいているのだ」と摂津は怒りを抑えた口ぶりで云った、「そのほうは要屋が取り下げにくるのを待っていたのか」

直衛は向き直り、袴《はかま》の膝に両手を置いて城代を見た、「どのような理由がありましょうとも、この裁きにはお口出し無用と申上げました、もしまた御不満なら、ただいまからでもお役御免にしていただきます」

摂津の顔が赤黒くなり、ぎらぎらする眼で直衛を睨みつけたが、とつぜん立ちあがると、扇子で袴をぴしりと打って出ていった。

「ひどいやつだ」と宗兵衛が云った、「なにも怒らせることはないじゃないか」

「それより要屋の条件を聞こう」

「初めにこっちの出した案だ」と宗兵衛は太息《といき》をつきながら云った、「全額の三分の二を貰《もら》えば訴訟を取りさげたいと云っている」

「そいつを待ってたんだ」

「一と月がかりで、あんな手数と時間をかけてか」

「はねつけるんだよ」

宗兵衛はなにか云いかけたが、黙って直衛の顔を見まもった。

「その願い出は記録しておいてくれ」と直衛は立ちあがりながら云った、「十二日までにあと五日ある、はねつけられた要屋はなにか手を打つかもしれない、頭がよければそんなことはしないだろうがね、――また、老職のほうでおれに圧迫をかけるかもしれない、なにしろ穏便第一だからな、しかしおれは断じてひかないぞ」

「おれはだんだん心配になってきた、中所はこの裁きになにかを賭《か》けているようだ」と宗兵衛が不安そうに云った、「要屋の件を裁くだけでなく、ほかになにか目的があるんじゃあないのか」

「改新された御定法にはゆきすぎがある」と直衛は答えた、「そのため町奉行が幾たびも苦境に立たされたことは知っているとおりだ、しかし、いったん触出《ふれだ》された法令をそうたやすく変えることはできない、御改新を阻止し得なかったのはおれにも責任があるから、この要屋の裁きを利用して、新しい御定法にはっきりした威厳と基準を与えようと思うんだ」

「それならなおさら、少なくとも朝倉さんぐらいには相談すべきじゃあないか、独りで責任を負ってもし失敗したらどうする」

「万に一つもそんな心配はないよ」と云って直衛は声を出さずに笑った、「くよくよするな、見ていればわかるさ」

　宗兵衛は信じかねるように首を振り、御諚書《ごじょうしょ》はいつ書くのかときいた。

「そんなものは書かない、まず精士館で二三日、みっちり躰力《たいりょく》をつけることにするよ」

御殿下《ごてんした》の家には佳奈が来ていた。

「珍しいな、なにか用事か」

「お着替えをなさいな、いまお茶を淹れて、それこそ珍しいお菓子をさしあげますから」

「えーと」直衛はなにか云いかけたが、まあいいと片手を振った、「菓子よりも今日は酒を飲みたいんだがね」

「こんな日中からはいけません」

「もう一と月も飲んでいないんだ」

佳奈はかぶりを振った。

「吟味も今日で終ったし、かな公と祝言《しゅうげん》の日どりもきめたいんだ」

佳奈はまたかぶりを振り、早くお着替えなさいまし、と云って奥へ去った。直衛は眼を細くし、やっぱり昔の佳奈だな、と心の中で呟いた。着替えをするとき若い家士に、酒の支度を命じたが、家士は微笑しながらなま返辞をするばかりで、承知したとは云わなかった。ぬいだ物を片づけて家士が去ると、佳奈が茶と菓子を持って来た。

「佳奈はこの家を占領したのか」と直衛が云った、「おれの云うことをきいてくれなくなったぞ」

「昼間からお酒はいけません」と佳奈が答えた、「これを召上ってみて下さい」

杏子《あんず》くらいの大きさで、色も熟れた杏子色のなにかの果実が、平皿《ひらざら》の上に三つ並んでいた。箸《はし》が添えてあるので、その一つを喰《た》べてみると、木でも嚙むように固くて、ちょっと歯の立たない感じだった。

「なんだ、これは」直衛は口の中のそれを箸で摘《つま》み出して、眺《なが》めた、「嚙めやしないぞ」

「そんなことがあるもんですか」

「じゃあ喰べてみるさ」

「さっき一ついただいたんですよ」と云いながら、皿の上の一つを取って口に入れた、「あらおかしい、どうしたんでしょう」

彼女もすぐに口から出してしまった。

「いったいこれはなんの実だ」

「お庭の木瓜《ぼけ》の実よ」と佳奈は云った、「先月のいまごろでしょうか、お留守にみつけて、あんまりみごとだから摘み取って、砂糖漬けにしてみたんです」

ところがどうしてもやわらかにならないので、今日は半日がかりで煮てみた。ちょっとまえに一つ喰べたら、固いことは固いけれども喰べられたし、特殊な風味があってうまかったのだ、と佳奈は云った。――宗兵衛が要屋のことで相談に来たとき、直衛もそれをみつけ、亡《な》くなった妻の初尾が、塩漬けにするといい箸休めになる、と云ったことを思いだしたものであった。

「塩漬けにするということは聞いたが」と云いかけて直衛は佳奈の顔を訝しげに見まもった、「――おどろいたな、留守に来てそんなことをしていたのか」

「ですから珍しくはないんですのよ」

「家の者はなにも云わなかったぞ」

「畠中さんの躾《しつけ》がよろしいからでしょ、わたくしは口止めなんかいたしませんでしたわ」

「だろうと思うよ」と云って直衛は木瓜の実を指さした、「お手並は拝見したから、酒にしてもらってもいいだろうね」

「そんなにあがりたいんですか」

「一と月も飲まないって云ったろう」直衛はまじめな顔つきをしてみせた、「ようやく吟味も終ったし、珍しくかな公も、いや、かな公は珍しくはなかったのか」

「かな公はやめて下さい、わたくしそう呼ばれるのがなにより嫌《きら》いなんです」

「自分でそう呼べと云ったんだぞ、十一か二のときだったな、男と女と差別はない、ただ違うところは」

「お酒の支度をするように申します」

「そのあとは省略しよう」直衛はにやっと笑った、「そのとき佳奈は、これからあたしのことをかな公と呼んでくれって」

「嘘《うそ》ばっかり」佳奈は直衛をにらんで立ちあがった、「お酒の支度をするように伝えてまいります」

「佳奈がしてくれるんじゃないのか」

「祝言の日どりもうかがわずにですか」

「それをきめようと云った筈だぞ」

「わたくしがいそいでいるなんてお思いにならないでね」佳奈はにこっと笑い返した、「縁談はほかにもあるんですのよ」

「持参金は返さないぞ」

　佳奈はなにも云わずに出ていった。

　まさかそのまま帰ってしまおうとは思わなかったが、若い家士が二人、酒肴《しゅこう》の膳《ぜん》をはこんで来て給仕に坐《すわ》ろうとするので、佳奈はどうしたかときくと、お帰りになりましたと答えた。

「怒っていたようか」

「木瓜の実は失敗したと仰《おつ》しゃって、舌を出して笑っていらっしゃいました」と家士は云った、「そうして、あれをすっかりまとめて、持ってお帰りになりました」

直衛は声を出さずに笑った。

明くる日、彼は精士館へいった。宗兵衛に向って、躰力をつけると云ったが、それは誇張ではなく、要屋の訴訟の裁決に当って、彼には実際その必要があったのである。精士館の控え所で稽古着《けいこぎ》に替え、別科の道場へ出てゆくと、若い藩士が五人、面《めん》をつけない稽古着でやって来て、直衛を半円に取巻いた。

「中所さん」と中の一人が呼びかけた、「あなたにうかがいたいことがあるんですがね」

直衛は五人の顔を順に見やり、穏やかな声で、なんですかとき返した。

「あなたは要屋の件で裁きをなさるそうですが本当ですか」

直衛は黙って頷《うなず》いた。

「すると」その若侍は続けた、「矢堂玄蕃がお白洲へ呼び出される、というのも事実なんでしょうか」

直衛はまた、黙って頷いた。その若侍は他の四人と眼を見交《めみかわ》した。すると左の端にいた一人が前へ出て来た。

「私は岡倉小太夫《おかくらこだゆう》という徒士組《かちぐみ》の者です」とその若侍は云った、「――失礼かもしれませんが、矢堂を白洲へ呼び出すことはお考え違いじゃあないでしょうか」

直衛はかれらを押しのけ、黙って自分の竹刀《しない》を取りにいった。

六

岡倉という若侍と他の四人は、あとからついて来た。直衛は面と籠手《こて》を左手に抱えたまま、右手に竹刀を持って向き直り、もういちど五人の顔を順に眺めた。

「私のうかがう意味がおわかりですか」と岡倉小太夫が云った、「矢堂は放埒者《ほうらつもの》かもしれませんが藩士です。それを白洲へ呼び出して、商人などと並べて裁《さば》きにかけるということは、家中《かちゅう》ぜんたいの面目にかかわると思うんですがね」

直衛は静かな口ぶりで反問した、「おまえたちはめしを食うのに、箸を使うか指を使うか」

岡倉は伴《つ》れの四人と眼を見交した。

「それは、――」と岡倉が用心ぶかく云った、「物によっては指で摘んで喰べることもあるでしょう」

「めしを喰べるのに、ときいているんだ」

「それとこれとなにか関係でもあるんですか」

「訴えられた人間を呼び出さずに裁きをしろというのは、客の面前で箸を使わずにめしを喰べろと云うようなものだ、たとえ侍たりとも、不正無道なおこないがあれば訴えることができると、御定法にはっきり示されている以上、矢堂を呼び出さずに裁きはできない」

「それはそうでしょうが」と岡倉は直衛の言葉を遮《さえぎ》って云った、「あなたは御定法の改新には反対だったのでしょう」

直衛は相手の眼をするどくみつめながら云った、「それを覚えているなら、おれがどんな裁きをするかも想像はつくだろう、もし想像しなかったのなら、これから想像してみるんだな」

そして彼はそこをはなれようとしたが、ふと振返ってかれらを見た。

「ひと汗ながしたいんだが」と直衛は云った、「誰《だれ》か相手にならないか」

岡倉がすぐに「私がお相手しましょう」と云って、表道場のほうへ走ってゆき、竹刀を持って戻った。

「面や籠手はつけないのか」

「これでいいです」と岡倉が答えた、「そちらはどうぞおつけ下さい」

直衛は道具をつけた。二人は作法どおりに竹刀を合わせ、立ちあがって左右にひらいた。とたんに直衛が踏み込んだとみると、岡倉の竹刀が生き物のように彼の手からはなれ、道場の羽目板まで飛んでいって床の上へ落ちた。その人けの少ない別科の道場の、しんとした空気の中で、床へ落ちた竹刀の乾いた音が、おどろくほど高く聞えた。

「もう一本」と岡倉がおじぎをして云った、「お願いします」

「いやだ」直衛は他の四人を見た、「ほかに誰か出ないか」

四人はすぐに表道場へ走っていった。岡倉は顔を赤くして自分の竹刀を拾いにゆき、そのまま羽目板を背に坐りこんだ。四人は道具を持って戻り、一人が身支度をすると、竹刀をおろし、片膝を突きながら、「渡辺孫次郎」と名のった。次が砂田慶之助、続いて江原次三郎、渡辺十兵衛と、四人が四人とも初太刀で竹刀をとばされてしまった。

「ぜひ私にもう一本」と岡倉小太夫がとびだして来た、「お願いします」

直衛は「道具をつけろ」と云った。岡倉は道具を取りにゆき、戻って来ると、そのあとから六七人の若侍たちが、道具を外した稽古着姿でついて来て、羽目板を背に並んで坐った。岡倉はしっかりと面籠手《めん》をつけ、作法どおりに竹刀を合わせ、立ちあがった瞬間、全身の力をこめて、絶叫しながら躰当《たいあた》りをくれた。すばらしい気合で、直衛の軀《からだ》はすっとんだかとみえたが、すっとんだのは岡倉自身で、直衛はふわっと左へよけたまま向き直り、岡倉が「まいった」と叫んだ。誰の眼にもとまらなかったが、すっとぶときに胴を取られたのである。

「まだだ」と直衛が云った、「いまのは一本にならない、さあ」

岡倉は竹刀を取り直したが、すぐに首を振り、膝を突いて面をぬいだ。

「まいりました」と岡倉は竹刀を斜にして低頭した、「この次にまたお願いします」

そして立ちあがり、直衛の眼をみつめながら近よって来た。

「この手合せでは負けましたが」と岡倉は云った、「要屋の裁きのしようによっては、改めてご挨拶《あいさつ》にまいるつもりですから、どうぞお忘れにならないで下さい」

直衛は黙って頷き、道具をぬぎにかかった。

十二日までに、三人の老職が中所家へたずねて来た。いずれも裁決をどうするか、という懸念《けねん》のためであったが、直衛はどの老職にも、「当日お立会い下さい」と云うだけで、どう裁くかについては一と言も語らなかった。そのほかには御用商人の大橋屋茂兵衛が、夜になってから枡屋《ますや》和助といっしょにやって来た。大橋屋は全般の御用、枡屋はお金御用達《ごようたし》で、これもまた要屋の裁きがどうなるかについて、直衛の肚《はら》を打診するつもりのようであった。さすがに口には出さなかったし、直衛も気づかないふうをよそおいとおし、二人は僅《わず》かな時間いただけで帰った。

十日の夕方には河本宗兵衛が妹を伴れて来た。佳奈はあとから、召使の少女と来たのだが、いろいろな訪問客のあることを聞いたのだろう、裁決の済むまで佳奈に手伝わせよう、というのであった。そんなに騒ぐほどのことはないと云ったが、直衛はしいて断わらなかった。

「いいだろう」と彼は頷いた、「どうせまもなく祝言をするんだから、自分の居間でも片づけておくんだな」

「もう片づいていますわ」あとから来た佳奈は、茶を持って来ながら云った、「簞笥《たんす》とか長持のような嵩張《かさば》る品は、とっくにこちらへ運んであります、ご存じなかったんですか」

直衛は彼女の顔を見まもった、「――それも留守のあいだにか」

「お留守のあいだにです」

「ほかにも縁談があった筈《はず》じゃないか」

「あなたが落胆なさってはお気の毒だと思って」と云って佳奈はあやすように笑った、

「これで安心なすったでしょ」

宗兵衛が睨《にら》みつけ、佳奈は知らん顔で二人に茶をすすめると、気取った身ごなしで出ていった。直衛が見送っていると、佳奈は襖《ふすま》のところでちらっと舌を出した。

「すっかりこけが落ちたな」と直衛は呟《つぶや》いた、「これで芯《しん》から元のかな公だ」

「こけが落ちたとはどういうことだ」

「磯村の妻というこけさ、おれは元の佳奈になるのを待っていたんだ」

「あいつはいつもかな公だったよ、男に生れてくればよかったって、父は死ぬまで嘆いていたがね、――ときに」と宗兵衛は言葉を改めた、「このあいだ精士館で、若い連中と立会って五人もやっつけたそうだな」

「一人は二度だから六人だ」

「どうしてそんなことをしたんだ、負けてやらないまでも勝負のつけようはあったろう、かれらはこんどの裁きに不満をもっている、ことによると一と騒ぎおこるかもしれないぞ」

「それで条件が揃《そろ》うわけさ」と直衛は微笑した、「城代はじめ重職諸公、家中《かちゅう》の若い連中から商人たち、そしておそらく、城下の住民の多くが十二日の裁決に注目するだろう、あけてびっくりかもしれないが、裁きの効果の大きいことは疑いなしだ」

宗兵衛はなにか云いかけたが、思い返したとみえ、首をそっと振りながら、膝《ひざ》の前にある茶碗《ちゃわん》を取った。

「大丈夫かと念を押したいんだろう」と直衛が云った、「心配するな、大丈夫だよ」

そして十二日になった。

裁きの席はものものしかった。朝倉城代はじめ二人の家老と、連署の重職三人、書役三人には一人ずつ与力が付いた。要屋主従は白洲《しらす》の砂利《じゃり》の上だが、その日初めて、矢堂玄蕃《やどうげんば》が出頭し、これは同心二人に付添われて縁側に坐った。もちろん無腰であるが、衣服も新しいし、髪も結い直し髭《ひげ》も剃《そ》っていた。つくばい同心や手先の人数も、これまでのほぼ倍はいるようで、裁きの始まるまえから、白洲には重苦しいほどの緊張感がみなぎっていた。

直衛の訊問《じんもん》は要屋に集中した。一と月にわたって吟味した訴状の内容を、また初めから順に読みあげ、要屋の確認を求めた。白洲には不満とだれた気分が動きだした。ものものしい緊張の中で、なにか異常な場面が展開するだろうと期待していたのに、同じことの繰り返しが始まったからであろう。列席の重職たちも要屋主従も、その他の役人たちまでが、それぞれ違った意味で失望し、うんざりし、退屈しはじめたようであった。

中所直衛は、そんな空気がひろがるのを承知のうえのように、念を入れて訴状の再確認を終り、さて、と云って要屋主従をみた。

「以上はこれまでの吟味によって、一条ずつ詳しく取調べたものであるが、改めて、事実に相違ないかどうかを聞きたい」直衛は訴状を巻いて膝の脇《わき》に置きながら云った、「要屋のあるじ喜四郎、返答を申せ」

「これはご念の入りました仰《おお》せ」喜四郎は両手をおろし、直衛を見あげながら答えた、「こんにちまでたび重なるご吟味にも明らかなるとおり、差出しましたる訴状の始終、些《いささ》かたりとも事実に相違するところはございません」

「しかと相違ないか」

「些かも紛《まぎ》れはございません」

直衛は扇子を取って膝に置いた、「ときに、奉行はまだ不案内であるが、要屋の業態を聞こう」

喜四郎は番頭に振向いた。番頭の五助が両手をおろし、おそれながら私より申上げます、と云いかけたが、直衛は制止し、あるじ喜四郎から聞こうと云った。

「申上げます」と喜四郎がむっとしたように答えた。

「これもご吟味のはじめにお答え申しましたが、業態はお届けのとおり、呉服太物《ふともの》、家具什器《じゆうき》の販売にございます」

「そのほか役所に届け出でず、陰にて営《い》むしょうばいはないか」

要屋喜四郎はちょっと口をつぐんだ。

「この裁きにはほぼ三十日の時日をかけている」と直衛は云った、「そのあいだ奉行はお白洲の砂利を眺《なが》めていたわけではない、要屋についてよからぬ噂《うわさ》があるため、手をつくして探索し、事実の有無を調べていたのだ」

白洲の砂利を眺めていたわけではない、というところでは、重職たちのあいだに忍び笑いが聞えた。直衛はふところから一綴《ひとつづり》の書き物を取り出し、それをぱらぱらとめくりながら言葉を続けた。

「そのほうは家業のほか、ひそかに高利をもって金貸しをしている、ここに」と彼は手に持った書き物を指で叩《たた》いた、「その事実と証人の口書が取ってあるが、これについて申し開きがあるか」

「おそれながら」と喜四郎は力のある声で云った、「このお白洲は差上げました訴状についてのお裁き、私の業態についてのお咎《とが》めは筋違いかと存じますが」

「金貸しをしているかおらぬか」と直衛はやわらかな口ぶりで云った、「まずその返答を聞こう、番頭、手代どもとも相談のうえ、はっきりと申せ」

喜四郎は蓆《むしろ》の上で五助のほうへ振向き、手代の平吉、正次らも首を寄せた。なにを囁《ささや》きあっているかむろん聞えないが、相談はすぐにきまり、喜四郎は両手をおろした。

「お答え申上げます、おそれながらしょうばい上の縁によって、ときに金の融通を頼まれ、やむなく用立てることはございます」と喜四郎は云った、「これは私ども商人に限らず、自分に貯《たくわ》えがあり友人知己に頼まれれば、どなたでもなさることだと存じますが」

「奉行がきいているのは、そのほう家業のほかに金貸しをしておるかどうかということだ、否《いな》か、応か、それだけを聞こう」直衛は持っている書き物をあげてみせた、「——友人知己に頼まれて、ときによんどころなく用立てるのと、初めから利息をきめ期日をきめ、期日に返済できぬ場合の処致まできめるのとは、まったくその意味が違うぞ、そこをよく思案のうえ答えるがよい」

「おそれながら」と番頭が云った、「それにつきましては主人はなにも存じません、この五助より申上げますが」

「返答は喜四郎から聞く」

「主人はなにも存じません。この五助いちにんにて致しました」と五助は押して云った、「初めは主人の申上げましたとおり、よんどころなく用立てたものでございますが、無利子では気の毒と借りぬしも云いますし、あきんどとして銀をただ遊ばせておくのも商法の道に外《はず》れますので、しぜん多少の利息をいただくということになったようなしだいでございます」

「わかった」直衛の声は依然としてやわらかであった、「すると、そのことについてはあるじ喜四郎はなにも知らぬと申すのだな」

「申上げましたとおりにございます」

「要屋の銀を番頭の一存にて貸し、その利息によって高額な収益を得ていながら、あるじ喜四郎にはなにも知らせなかった、また、要屋の主人である喜四郎がその事実を些かも知らずにいた、と申すのだな」

番頭の五助は黙って平伏した。

「では、矢堂玄蕃への訴状に戻《もど》るとしよう」と云って直衛は、持っていた書き物を置き、もういちど訴状を取りあげた、「――要屋喜四郎、そのほうがこの訴状によって、百八十両三分二朱の借財不払い、ならびに脅迫と暴行の理由で矢堂を訴え出たのは、事実とは認めがたいぞ」

「なんと仰せられます」

「いま番頭の五助が申したな、あきんどとして銀をただ遊ばせておくのは商法の道に外れると、――そのほうはあきんどだ、あきんどは銀を生かして使い、利によって家業を営むものだ、されば返済不能な銀を貸す筈もなし、品物を貸し売りすることもない筈だ、矢堂玄蕃の家禄《かろく》は二百石であるが、実収が百五十石あまりであることも知っているであろう」

喜四郎はなにか云おうとしたが、すぐに思い止《とど》まって、直衛の言葉が理解できないかのように小首をかしげた。

「そのほうが商人であり、この城下で家中の諸屋敷へ出入りしているからには、表高と実収との差ぐらい知らぬ筈はない」直衛の口ぶりはまだ穏やかさを変えなかった、「したがって、矢堂玄蕃に百八十両という多額な借財を返済するちからのないことも、わかっていた筈だ」

「仰せではございますが、帳簿もごらんにいれ証文もごらんにいれました、いまさらご不審とは心得がとうございます」

喜四郎の顔には不敵な表情があらわれ、その声にも頑《がん》として動じない力があった。

七

「心得がたいと申すならたずねるが」直衛は一語一語ゆっくりと云った、「返済するちからのない者に多額の金品を貸す以上、なにかこれぞという目安があったであろう、いったいなにを目安に貸したのか」

「目安とはいかなることでございましょうか」

「繰り返して聞かそう、商人は資金を動かし、その利によって生活をするものだ、これならば利益があるという目安がついてこそ、金品を貸しもするであろう、返済する能力のない矢堂にこれほど多額の金品を貸したのは、なにを目安にしたのかとたずねるのだ」

「お言葉を返すようですが」と喜四郎は云い返した、「なるほど商人は利によって生業《なりわい》を立てる者です、けれどもそればかりでもしょうばいは成り立ちません。土台になるのは信用というもので、いま現銀がなくとも、相手を信用すれば掛け売りも致すのがしょうばいの通例でございます」

「そうか」と云って直衛は頷《うなず》き、膝の上で扇子をなんの意味もなく動かした、「――するど、矢堂玄蕃には信用して貸したのだな」

「仰せのとおりでございました」

「ではどうして彼を訴え出たのだ」

喜四郎はすぐには答えなかった。

「矢堂を信用して貸したのなら」と直衛は繰り返した、「なぜ彼を奉行に訴えたのだ」

「信用というものは無限ではなく、必ず限度がございます」

「人を信ずるということに限度はない、と奉行は考えるが、そのほうは商人、ここまでは信用するが、ここから先は信用しないという限度がある、そういうことだな」

「さようお考え願って差支《さしつか》えございません」

「その限度をきめるのを目安と云おう、矢堂に百八十両余まで貸した目安はなんだ」

「信用にも限度があると申上げましたことで御了察を願います」

「奉行はそのほうの目安をきいているのだ」

「さようなものはなかったと、申上げるよりほかにお答えはございません」

「そうか」直衛は持っていた訴状と、証文の束を取って投げだした、「では申し聞かせるが、そのほうの訴えは事実無根だぞ」

「それは仰せともおぼえません」喜四郎はけしきばんだ、「私のほうには証拠の帳簿もあり証文もございます。それをただ事実無根だと仰せられても、私には理解がつきかねます」

「お上《かみ》の眼《め》をかすめて金貸しをしながら、それは番頭いちにんの仕業《しわざ》であるじ喜四郎がなにも知らぬ、ということも奉行には理解できない」直衛の言葉はまだ穏やかであった、「また、この訴訟の初めに、三分の二を支払うから訴えを取りさげるよう、さる方から交渉したところ、そのほうはたってお裁きをと申し立てた、しかし奉行が下吟味を続けるうち、こんどはそのほうより三分の二の支払いで訴えを取りさげたいと願い出た。金貸しの件といい訴訟のことといい、そのほうの仕方にはうろんなところが多い、帳簿も証文も、謀版謀書のできないものではないのだ、矢堂玄蕃に対する訴えは事実無根と認めるぞ」

「その証拠がございますか」喜四郎はあとへはひかなかった、「私の差上げました証拠が事実無根と仰《おっ》しゃるなら、これが事実無根であるという証拠を拝見したいと存じます」

「よし、見せてやろう」直衛は頷いて、縁側に控えている矢堂玄蕃のほうを見、そのうしろにいる同心に呼びかけた、「――矢堂どのの刀を持ってまいれ」

同心の一人が重職たちのほうへ眼をやり、それから立ってさがっていったが、すぐに、一とふりの刀を持って戻り、直衛に渡した。直衛は座をすべり、懐紙を口に咥《くわ》えて、静かに刀を抜いた。鞘《さや》を左に置き、刀を垂直に立ててその切刃を見た。切先《きっさき》から鍔元《つばもと》まで。次に表と裏をうち返して、ゆっくりと眺めてから、咥えていた懐紙を口から取り、その白刃《はくじん》を要屋のほうへ、さしかざして見せた。

「この刀を見ろ」と直衛は云った、「一点のくもりもなくきずもないこの刀を、そこからよくよく見ろ」

要屋主従は手をおろしたままで、不安そうにその刀を見あげた。

「刀は武士のたましいという」直衛の声はやはり静かであり、相手をなだめるようなやわらかみを帯びていた、「――そのほうどもには侍のから念仏と聞えるかもしれぬが、これは武士のたましいであり、武士のまことに武士らしさをあらわすものだ」

彼はさしかざしていた刀をさげ、それを持ったままで、拳《こぶし》を膝へ置いて続けた、

「――武家に生れた男子は、およそ七歳にして切腹の式をまなぶ、そのとき彼はその家の子ではなく、藩家の臣に加えられるのだ、もはやおのれというものはない、身も心も藩家に捧《ささ》げ、いったん大事に当面すれば一命を賭《と》して責任をはたさなければならない、七歳にして切腹の法をまなぶのはそのためだ」

侍は糸も紡《つむ》がず、田も作らず鉋《かんな》も持たず、代々その家禄によって生活をする。それは、主君と藩に仕え、領民の安泰を護《まも》ることが本分だからだ、侍の生きかたは、善と悪との差別なく藩家と領民につながる、善事をすれば藩家と領民の誇りとなり、悪事をすればすなわち藩家と領民の恥辱となる、つねに威儀を崩さず、独りいても容態を慎《つつし》むのはそのためであり、そのこころざしに誤りのないことを証明するものは刀だ。

「刀は人を斬《き》るためにあるのではなく、おのれの志操《しそう》をまさしく保つことの証《あか》しとしてあるのだ」と直衛は柔和な口ぶりで云った、「もういちどよくこの刀を見ろ」

直衛はまた刀をさしかざし、呼吸五つほどしてから、拳を膝へおろした。

「矢堂玄蕃は侍だ、しかもこの藩では筋目の家柄《いえがら》に当る」と彼は続けた、「——筋目の家柄に生れた侍が、商人から金品を借りて返さず、返済を迫られて暴行をする、などということがある道理はない、要屋喜四郎、そのほうの訴えはまったく事実無根である」

直衛は元の座に直って云った、「業態にも不審があるうえに、かような根もなき訴えをするとは不届き極まる仕方だ、重罪をも申付けるべきところ、上《かみ》のお慈悲によって、主従四名に三十日の入牢《にゅうろう》を申し渡す、立て」

直衛は片手を振り、つくばい同心たちは納得のいかない顔つきだったが、要屋主従をせきたてて白洲から去った。直衛は持っていた刀を、懐紙で念入りにぬぐい、鞘におさめた。

「矢堂家に明寿《みょうじゅ》があるとは、少年のころから聞いていました」と直衛は縁側にいる矢堂玄蕃に向って云った、「——いつかはいちどは拝見したいと思っていたが、このようなときに拝見できるとは思いませんでした、——みごとなお伝えぶり、失礼ながら感服いたしました」

　そして同心を呼んで刀を渡すと、座をすべって両手をおろし、朝倉城代の眼を見あげながら、これで裁決を終ると述べ、すばやく立ちあがってその場を去った。

　控え所には宗兵衛がいて、むろんいまの裁きを聞いたのだろう、吃驚《びっくり》したような顔で呼びかけたが、直衛は「あとであとで」と首を振り、麻裃《あさがみしも》のまま役所から出ていった。彼はまっすぐに御殿下《ごてんした》の家へ帰り、出迎えた若い家士に佳奈はまだいるかとき、返辞も待たずに、すぐ酒の支度をしてくれと命じた。若い家士はなにか云いかけたが、彼は酒だとどなって居間へはいり、着物をぬぎすてるとそのまま風呂舎《ふろや》へいった。水を浴びるつもりだったが、焚《た》き口の戸をあけて佳奈が顔を出し、湯かげんはどうかと呼びかけた。

「おどかすな」と直衛は云った、「びっくりするじゃないか、なにをしているんだ」

　佳奈は両手をひろげた、「お風呂をたいていたんですわ、なにをしているとお思いになったんですか」

「気にするな」直衛は風呂桶《おけ》の蓋《ふた》を取った、「すぐ酒にするからなにかうまい物を拵《こしら》えてくれ」

「はい」と云って佳奈はにこっと笑った、「今日だけは、はい、と申上げますわ」

「やさしくなることもできるんだな」

「おだてないで下さい、女はすぐにつけあがると云いましてよ」

「うまい物を頼む」と直衛は云った。

ざっと流して出ると、佳奈は待っていて着物を着せた。裁きのことをなにかきくかと思ったが、もちろんそんなことは口にせず、やまどりが手に入ったから、焙《あぶ》り焼《や》きとお椀《わん》にしましたと云った。

「すまないが」と直衛は裸の背中を向けた、「ここをちょっと掻《か》いてくれ」

佳奈はふきだしながら、近よって来て、どこですかと指を当てた。もっと上だ、ここですか。その右だ、いやちょっと下の、いやその左だ、と直衛は身をもじらせ、佳奈はくすくす笑いながら掻いた。

居間には酒肴《しゅこう》の膳《ぜん》が据《す》えてあり、若い家士が給仕に坐《すわ》っていた。直衛は彼にさがれと云い、手酌《てじゃく》で飲みだしながら、かな公はまた逃げだすんだな、と思った。幾たびその手をくったろう、比野川の「難波《なにわ》」で一度、いや二度だったかな、その次は、――と頭を捻《ひね》っていると、佳奈が盆を持ってはいって来た。

「やまどりですけれど」と坐りながら佳奈が云った、「まだ早うございましたでしょうか」

「佳奈という人にきいてくれ」と直衛は云った、「酒にも肴《さかな》にも時刻がやかましいんだ、うっかりすると叱《しか》られるからな」

「もの覚えのおよろしいこと」と云って佳奈は盆の上の皿《さら》と椀を膳へ移した、「では、その人にはないしょに致しましょ」

「いいなかまになれそうだな」直衛は唇《くちびる》だけで笑い、盃《さかずき》を干して佳奈に渡した、「かために一つ進上しよう」

佳奈は坐り直して、その盃をすなおに受け、直衛が酌をすると、唇のあいだからちらっと舌を出した。

八

ほぼ半刻《はんとき》のちに、矢堂玄蕃がたずねて来た。直衛は彼を客間にとおさせてから、佳奈の給仕でなお暫《しばら》く飲んだ。

「お椀がさめてしまいました」と佳奈が云った、「召上らないんですか」

「盃であと三つ」と直衛が云った、「そのくらいが汐《しお》どきだろうな」

佳奈は黙って酌をした。矢堂を客間に待たせておくのは、時を計っているのだと推察したようだが、佳奈はそんなけぶりもみせなかった。

「さて」とやがて直衛は盃を置いた、「――裁きをつけるかな」

そして立ちあがった。

客間へゆくと、昏《く》れかかった片明りの中で、矢堂玄蕃がしんと坐っていた。出してある茶にも手は付けないようで、袴《はかま》の上に両手を置き、折れるほど首をうなだれていた。直衛は折目ただしく坐り、待たせて済まなかった、と云った。矢堂は俯向《うつむ》いたまで、柳田家へのお預けが解けて帰宅したこと、すべては直衛の裁決によるもので、礼の云いようのないことなどを、聞き取りにくいほど低い声で云った。

「あなたの裁きをうかがいながら、私がどのように思ったかは申しますまい」と矢堂は続けた、「ただ、――明寿の刀に一点のくもりもきずもないと云われたとき、自分が裸にされたように感じました。身の皮を剝《は》がれたような気持でした」

直衛はなにも云わず、矢堂のほうに眼も向けなかった。

「いまになってかようなことを申すのは、みれん極まるはなしですが」と矢堂は自分の膝《ひざ》をみつめながら云った、「――これをしおに、侍らしい人間になってみたい、新しくやり直してみたいと思うのですが、御助力が願えるでしょうか」

直衛は暗くなってゆく庭のほうを見たまま、かなり長いあいだ口をつぐんでいた。なんの表情もないその横顔を、矢堂玄蕃はとりすがるような眼つきで見まもってい、やがて、直衛はゆっくりと矢堂のほうへ振向いた。

「私は祖父から、こういうことを云われました」と直衛は云った、「——侍も人間であるからには、人間としてのあやまちや失策のないことは望めない、けれども、侍としてゆるすことのできないものが二つある、——一つは盗みをすること、一つは死にどきを誤ること、この二つは侍にとって、理由のいかんにかかわらずゆるすことはできない、ということでした」

矢堂はびくっとして直衛の顔を見た。まるで平手打ちでもくったような眼つきで、同時に、膝の上の両手を強く握り緊《し》め、また折れるほど首を垂れた。

「わかりました」と矢堂は囁《ささや》くような声で云った、「みれんなことを申して恥入ります、どうかお忘れ下さい」

「お帰りなら待って下さい」と云って直衛は立って出てゆき、すぐに、紙包を持って戻ると、それを矢堂の前に差出した、「——この中に要屋へ返済する分がはいっています、帰りに要屋の店へ置いていって下さい」

「これは」と矢堂は眼をみはった、「いや、こんなことをしていただく筋はありません」

「持っていって下さい」と直衛は相手の言葉を遮《さえぎ》って云った、「借《かり》は借です」

矢堂は黙って両手をおろした。その姿をじっと見てから、直衛は「失礼」と云って立ちあがった。——矢堂玄蕃はそのまま、居間へ戻ると誰もいなかったが、直衛が手酌で二つ飲むと、佳奈が燗徳利《かんどくり》を盆にのせてはいって来た。

「持参金だなんて」と佳奈は酌をしながらやさしくにらんだ、「——本当のことを仰しゃって下さればいいのに」

「立聞きは無作法だぞ」

「ずっと安心いたしましたた」と佳奈は云った、「わたくしのはべつとして百八十両あまり、こんなに御内福とは存じませんでしたわ」

「あさはかだな」直衛は酒を啜《すす》って、一種のめくばせをした、「あれは借りた金だよ」

佳奈はけげんそうな眼をした。

「持参金の話のときさ」と直衛は微笑しながら盃をあげた、「——かな公が帰ってから、難波の亭主《ていしゅ》を云いくるめたんだ」

「嘘《うそ》ばっかり」と佳奈が云った、「噂《うわさ》では吝嗇《けち》なことで有名だというじゃございませんの」

「ものは使いようさ、良薬は毒から作るというくらいのものだ」

「本当に難波からお借りになったんですか」

「五年がけでね」と云って直衛はそっぽを向いた、「あとはかな公に頼むよ」

佳奈は黙っておじぎをした。

「よし」と直衛は頷《うなず》いた、「月が変ったらすぐに祝言《しゆうげん》をしよう」

明くる朝、直衛はまだ寝ているところを河本宗兵衛に起こされた。彼が洗面をし、常着に着替えて出てゆくと、宗兵衛は坐っていたのを立ちあがり、すぐにまた坐った。灰色になった顔が硬《こわ》ばり、手の置き場のないように、膝の上で重ねたり、拳を握ったりした。

「早いな」と直衛が云った、「ゆうべはおそくまで佳奈に済まなかった」

宗兵衛は首を振り、ちょっと吃《ども》りながら云った、「――矢堂玄蕃が切腹したぞ」

直衛は眼をそむけながら反問した、「うまくやったか」

「うまく――」と云いかけて宗兵衛は眼をみはった、「中所は知っていたのか」

「ほかに始末のつけようがあるか」

「それは、しかしそれならなぜ」と宗兵衛はせきこんで云った、「初めに詰腹を切らせようというのをどうして止めたんだ、裁きのあとで切腹することがわかっていたのなら、白洲《しらす》で恥をさらすことはないではないか」

「人間の命ほど大事なものはない」直衛は言葉を選み出すような口ぶりで云った、

「人間の命ほど大事なものはないが、その命は世の中ぜんたいのつながりと切りはなすことはできない、世間の道徳や秩序をふみにじって我欲をとおす者は、おのれでおのれの命を打ち砕くようなものだ、矢堂玄蕃はみずから自決の道をあるいた、おそかれ早かれ玄蕃の自決はまぬがれなかっただろう、けれども、詰腹を切らせることは間違いだ、要屋の訴えはどうしても白洲で裁かなければならなかったのだ」

「そこにも問題がある、要屋主従に三十日の入牢を命じたことは、重職がたでも不当だといって」

直衛は片手をあげて制止した、「――おれの裁きの要点はそんなところにあるのではない、要屋がなにを目安に、あれだけ多額な金品を貸したか、ということをはっきりさせたかったのだ」

宗兵衛は眼をしばだたいた。

「要屋が金品を貸したのは、矢堂個人にではない、わが五万二千石の藩が目安だったのだ」と直衛は云った、「新しい御定法によって、いざとなればどんな多額な貸も取り戻《もど》せる、それを目安に貸した、ということをはっきりさせたかった、――これをしなければ、御定法のゆきすぎに乗じて、今後も家中の者が同じような穴に落される危険が充分にある、おれはその危険を除きたかったのだ」

宗兵衛は黙ったまま頷き、また頷いた。

「おそらく、要屋主従はこの意味を察したであろうし、城下の商人どもも懲《こ》りるであろう」と直衛は云った、「――喜四郎と番頭手代らは、十日ほどしたら帰宅させることにしよう」

（「文芸朝日」昭和三十七年十二月号）

ひとごろし

一

双子六兵衛《ふたごろくべえ》は臆病者《おくびょうもの》といわれていた。これこれだからという事実はない。誰《だれ》一人として、彼が臆病者だったという事実を知っている者はないが、いつとはなしに、それが家中《かちゅう》一般の定評となり、彼自身までが自分は臆病者だと信じこむようになった。――少年のころから喧嘩《けんか》や口論をしたためしがないし、危険な遊びもしたことがない。犬が嫌《きら》いで、少し大きな犬がいると道をよけて通る。乗馬はできるのに馬がこわく、二十六歳になるいまでも夜の暗がりが恐ろしい。鼠《ねずみ》を見るととびあがり、蛇《へび》を見ると蒼《あお》くなって足がすくむ。――これらの一つ一つを挙げていっても、臆病者という概念の証明にはならない。それは感受性の問題であり、多かれ少なかれ、たいていの者が身に覚えのあることだからだ。

この話の出典は「偏耳録《へんじろく》」という古記録の欠本で、越前《えちぜん》家という文字がしばしばみえるし、「隆昌院さま御百年忌」とか、「探玄公、昌安公、御涼の地なり」などという記事もあるから、しらべようと思えば、藩の名を捜すのは困難ではないだろう。当時の越前には福井の松平、鯖江《さばえ》に間部《まなべ》、勝山に小笠原《おがさわら》、敦賀《つるが》に酒井、大野に土井の五藩があった。けれども「越前家」とひとくちに呼べるのは、まず福井の松平氏だと思うし、たとえそうでないにしても、話の内容にはさして関係がないから、ここでは福井藩ということにしておきたい。「偏耳録」によると、双子家は永代《えいたい》御堀支配という役で、家禄《かろく》は百八十石三十五人扶持《ぶち》だとある。城の内濠《うちぼり》外濠の水量を監視したり、泥《どろ》を浚《さら》ったり、石垣《いしがき》の崩れを修理したりするものらしい。のちにこれらは普請《ふしん》奉行の管轄《かんかつ》に移されたが、双子家の永代御堀支配という役はそのまま据《す》え置きになった。

　要するに何十年かまえ、双子家は名目だけの堀支配で、実際には無役になってしまったのだ。そして、誰も気がつかなかったのか、それとも「永代」という文字に意味があったのか、六兵衛の代になっても、役目だけで実務なしという状態が続いていた。——この出来事が起こったとき彼は二十六歳、妹のかねは二十一歳であった。父母はすでに亡《な》くなり、僅《わず》かな男女の雇人がいるだけで、兄妹はひっそりとくらしていた。六兵衛も独身、妹のかねも未婚。親族や知友もあったのだろうが、兄にも妹にも、縁談をもちこむような人はいなかった。筆者であるわたくしには、このままの兄妹を眺《なが》めているほうが好ましい。当時としては婚期を逸したきょうだいが、世間から忘れられたまま、安らかにつつましく生活している、という姿には、云《い》いようもない人間的な深いあじわいが感じられるからである。——だが、話は進めなければならない。

「お兄さま、どうにかならないのでしょうか」とかねは云った、「わたくしもう、つくづくいやになりましたわ」

妹がなにを云おうとしているか、六兵衛はよく知っていた。それは周期的にやってくる女の不平であり女のぐちであった。

「今日はね」と彼は話をそらそうとした、「別部《わけべ》さんの門の前で喧嘩があって」

「お兄さま」かねは兄の言葉を容赦もなく遮《さえぎ》った、「あなたはわたくしの申上げたことが聞えなかったんですか」

「いや、聞いてはいたんだがね、喧嘩のことが頭にあったものだから」

「わたくしもう二十一ですのよ」

「ほう」彼は眼《め》をみはってみせた、「二十一だって、——それは本当かね」

「わたくしもう二十一です」

「ついこのあいだまで人形と遊んでいたようだがね」

「お友達はみなさんお嫁にいって、中には三人もお子たちのいる方さえあります、それをわたくしだけがまだこうして、白歯のままでいるなんて、恥ずかしくって生きてはいられませんわ」

「喰《た》べないかね」と彼は云った、「この菓子はうまいよ」

「この菓子はうまいよ」かねはいじ悪く兄の口まねをした、「お兄さまにはそんなことしか仰《おつ》しゃれないんですか」

この辺で泣きだすんだ、これがなによりもにがてだ、と六兵衛は思った。けれどもかねは泣かなかった。顔をこわばらせ、凄《すご》いような眼で兄の顔をにらみながら、ふるふると唇《くちびる》をふるわせた。

「お兄さまにも嫁にきてがなく、わたくしにも一度として縁談がございません」とかねは云った、「なぜだか御存じですか」

「そう云うがね、世間にはそういうことが」

「なぜだか御存じですか」

六兵衛は黙り、もしも女というものがみんな妹のようだとしたらおれは一生独身でいるほうがいいな、と心の中で呟《つぶや》いた。

「みんなお兄さまのためです」とかねはきっぱりと云った、「あなたが臆病者といわれているためなんです、侍でいて臆病者といわれるような者のところへは、嫁も呉《く》れはしないでしょうし、嫁に貰《もら》いてもないのは当然です、そうお思いになりませんか」

先月も同じ、先々月もそのまえも、定期的に何年もまえから、同じことを云われているように感じ、けれど六兵衛はそんなけぶりもみせず、よく反省してみるように、仔細《しさい》らしくなにかをみつめ、首をかしげた。

「そうだね」と彼は用心ぶかく云った、「そう云われてみれば」

「云われなければわからなかったと仰しゃるんですか」

「いやそんなことはない、そんなことはないさ、自分だってうすうすは感づいていたんだ」

「うすうす感づいていたんですって」とかねは膝《ひざ》の上の拳《こぶし》をふるわせながら云った、「――それならなにかなすったらいかがですか、なにかを、そうよ、臆病者などという汚名をすすぐために、もうなにかなすってもいいころではありませんか、そうお思いになったことはないんですか」

「自分でもときどきそう思うんだが」六兵衛は溜息《ためいき》をつきながら云った、「なにしろその、道に落ちている財布を拾う、というようなわけにはいかない問題だからね」

「お拾いなさいな」とかねは云った、「道にはよく財布が落ちているものですわ」

慥《たし》かに、彼は道に落ちていた財布を拾った。しかもたいへんな財布を。ここで「偏耳録」の記事を二三引用しなければならない。

——延享《えんきよう》二年十月五日、江戸御立、同十八日御帰城。三年丑《うしの》八月、将軍家重公《いえしげこうご》御上洛《じようらく》。同年芳江比巴国山兎狩御出。

——兎狩のとき争論あり、御抱え武芸者仁藤昂軒《にとうこうけん》（名は五郎太夫《だゆう》、生国常陸《ひたち》）儀、御側《おそば》小姓加納平兵衛を斬《き》って退散。加納は即死、御帰城とともに討手のこと仰《おお》せ出《いだ》さる。

仁藤昂軒は剣術と半槍《はんそう》の名人で、新規に三百石で召し出され、家中の者に稽古《けいこ》をつけていた。六尺一寸という逞《たくま》しい躰軀《たいく》に、眼も口も鼻も大きかったらしい。特に鼻が目立っていたのだろうか、若侍たちはかげで「鼻」という渾名《あだな》で呼んでいた。——狩場でどんな争論があったのかはわからない、昂軒はちょっと酒癖が悪く、暇さえあれば酒を飲むし、酔えばきまって乱暴をする。剣術と半槍の腕は紛れもなく第一級であり、稽古のつけかたもきびしくはあるが本筋だった。彼は三年まえ、江戸で藩公にみいだされ、二百石十人扶持で国許《くにもと》へ来たが、三十一歳でまだ独身だったし、女に手を出すようなことはなかった。

——おれの女房《にようぼう》は酒だ。

昂軒はつねにそう云っていたし、よそ者には心をゆるさない土地のならわしで、縁談をもちだす者もいなかった。お抱え武芸者として尊敬はされるが、人間どうしの愛情や劬《いたわ》りには触れることができない。それが「藩公にみいだされた」という誇りとかちあって、しだいに酒癖が悪くなったようであった。

狩場で斬られた加納平兵衛は、お側去らずといわれた小姓で、親きょうだいは江戸屋敷にいた。藩公は激怒され、すぐに追手をかけろと命じた。これは加納の家族とは関係がない、昂軒はおれに刃《やいば》を向けたのだ、上意討だ、と名目をはっきりきめられた。——昂軒は狩場からいちど帰宅したが、すぐに旅支度をして出ていった。そして出てゆくとき、彼は門弟の一人に向かって、これから北国街道をとって江戸へゆく、逃げも隠れもしないから追手をかけるならかけるがよい、と云い残した。

そこで誰を討手にやるか、という詮議《せんぎ》になったが、相手が相手なのでみんな迷った。彼なら慥かだ、という者もみあたらないし、私がと名のって出る者もない。だからといって一人の相手に、人数を組んで向かうのは越前家の面目にかかわる、どうすればいいかと、はてしのない評議をしているところへ、双子六兵衛が名のって出た。人びとは嘲弄《ちようろう》されでもしたように、そっぽを向いて相手にしなかった。六兵衛は怯《おび》えたような顔で、唇にも血のけがなく、軀《からだ》は見えるほどふるえていた。よほどの決心で名のり出たのだろうが、名のり出たという事実だけで、もう恐怖にとりつかれているようすだった。

――よしたほうがいい、と一人が云った。返り討にでもなったら恥の上塗りだ。

だがほかの者は同意を示さなかった。六兵衛が臆病者だという評は、家中に隠れもないことだし、仁藤昂軒の耳にもはいっているかもしれない。その臆病者が討手に来たと知ったら、はたして昂軒はどう思い、どういう行動に出るか。そう考えた一人が、急に膝を打ち、そこにいる人びとを眼で招いた。

二

「かね、いるか」六兵衛は帰宅するなり叫んだ、「来てくれ、旅支度だ」

兄の居間へはいって来た妹のかねは、大きななりをして帰るそうそう、めしの支度だなんてなにごとですか、と云った。

「めしではない旅支度だ」

いよいよそうか、とでも云いたげに、かねは冷たい眼で兄を見た。世間の嘲笑《ちょうしょう》に耐えかねて、いよいよ退国する気になったのか、と思ったようである。

「そういそがなくともいいでしょう」とかねは云った、「片づけなければならない荷物だってあるし、それに」

「荷物なんぞいらない」六兵衛は妹の言葉を遮って云った、「肌着《はだぎ》と下帯が二三あればいいんだ、いそいでくれ」

　おちつかない手つきで袴《はかま》をぬぎ、帯を解いている兄を見ながら、かねは心配そうに「なにかあったのか」ときいた。

「あったとも」と六兵衛が云った、「ながいあいだの汚名をすすぐときがきた、御上意の討手を仰せつけられたんだ」

　これを見ろと云って、脇《わき》に置いてあった奉書の包みを取って渡した。その表には「上意討之趣意」とあり、中には仁藤昂軒の罪状と、討手役双子六兵衛に便宜を与えてくれるように、ということが藩公の名でしたためてあった。藩公の名には墨印と花《か》押《おう》がしるされているし、宛名《あてな》のところには「道次諸藩御老職中」と書いてあった。かねは顔色を変えた。

「仁藤とは」とかねは兄に問いかけた、「あのお抱え武芸者の仁藤五郎太夫という人のことですか」

「そうだ、それに書いてあるとおり」と六兵衛は裸になりながら答えた、「あの仁藤昂軒だ、着物を出してくれ」

「とんでもない」かねはふるえだした、「やめて下さいそんなばかなこと、あの人は剣術と槍《やり》の名人だというではありませんか」

六兵衛はそう聞くなり両手で耳を塞《ふさ》ぎ、悲鳴をあげるような声で「着物を出してくれ、旅支度をいそいでくれ」と叫び、風呂舎《ふろや》のほうへ走り去った。かねはそのあとを追ってゆき、やめて下さいと哀願した。相手は名人といわれる武芸者、あなたは剣術の稽古もろくにしたことがない。返り討になるのは知れきっているし、そうなれば双子の家名も絶えてしまうだろう。わたくしがいつも不平や泣き言を云うので、あなたはついそんな気持になったのだろうが、あなたに死なれるより、まだ臆病者と云われるほうがいい。すぐにお城へ戻《もど》って辞退して下さい、これからはわたくしも、決して泣き言やぐちはこぼさない、どうかぜひとも辞退しにいって下さい。かねは涙をこぼしながらそうくどいた。

風呂舎で水を浴びながら、六兵衛は「だめだ」と云った。

「これは私のためだ」と彼は云った、「おまえの泣き言でやけになったのではない、私も一生に一度ぐらいは、役に立つ人間だということを証明してみせたいんだ」

「お兄さまは殺されてしまいます」

「そうかもしれない、だがうまくゆくかもしれない」六兵衛は軀を拭《ふ》きながら云った、

「道場での試合ならべつだが、こういう勝負には運不運がある、仁藤昂軒は名人といわれ、自分の腕前を信じているが、私は臆病者だと自分で認めている、この違いは大きいんだぞ、かね、私はこの違いに賭《か》けて、討手の役を願い出たんだ」

「お兄さまは殺されます」と云ってかねは泣きだした、「お兄さまはきっと、返り討になってしまいますわ」

「たとえそうなったとしても」六兵衛はふるえ声で云った、「この役は御上意という名目だから、断絶するようなことはない、私はないと思う、おまえに婿《むこ》を取っても家名は立ててもらえるだろう、必ず家名は立つと私は信じている」

「わたくしが悪いんです」かねは咽《むせ》び泣きながら云った、「みんなわたくしが悪かったからです、お兄さま、堪忍《かんにん》して下さい」

「さあ早く」と六兵衛が云った、「旅支度を揃《そろ》えてくれ、泣くのはあとのことだ」

「偏耳録」によると、双子六兵衛は昂軒のあとを追って、三日めに追いついたという。ところは松任《まっとう》、町の手前の畷道《なわてみち》にかかったとき、六兵衛は昂軒の姿をみつけた。背丈が高く、肩の張った骨太の、逞しい軀つきは、うしろからひとめ見ただけで、それとわかった。六兵衛はわれ知らず逃げ腰になり、口をあいて喘《あえ》いだ。口をあかなければ喉《のど》が詰まって、呼吸ができなくなりそうだったからである。心臓は太鼓の乱打のように高鳴り、膝から下の力が抜けて、立っているのが精いっぱい、という感じだった。「待て、おちつくんだ」と六兵衛は自分に囁《ささや》きかけた、「まずおちつくのが肝心だ、向うはまだ気づかない、いまのところはそれだけが、こっちの勝ちみだからな」

彼は全身のふるえを抑えようとし、幾たびも唾《つば》をのみこもうとした。ふるえはおさまらないし、口はからからで、一滴の唾も出てこなかった。昂軒はゆっくりと遠ざかってゆく、大きな編笠《あみがさ》をかぶっているが、その笠が少しも揺れないし、歩調は静かで、その一歩々々が尺で計ったように等間隔を保ってい、乾ききっている道だのに、足もとから埃《ほこり》の立つようすもなかった。

「武芸者もあのくらいになると」と六兵衛は呟いた、「あるきかたまで違うんだな」

彼は感じいったように首を振り、そろそろあるきだした。

昂軒は松任で宿をとった。六兵衛はそれを見さだめてから同じ宿に泊り、明くる朝、昂軒がでかけるのを待って、あとからその宿を立った。昂軒と同宿しているということで、六兵衛はおちおち眠ることができなかった。どうすれば討てるかと、いろいろと思案したけれども、これというくうまい手段が思いうかばず、ともすると「荒神《こうじん》さま」という言葉にひっかかった。

「なにが荒神さまだ」と彼は昂軒のあとを跟《つ》けてゆきながら首をひねった、「こんなところへなんのために荒神さまが出てくるんだ」

仁藤昂軒は金沢へは寄らず、北国街道をまっすぐにあるいていった。金沢城下は騒がしく、なにやらものものしい警戒気分が感じられた。往来の者の話を聞くと、将軍家重が上洛《じょうらく》するとのことで、怪しい人間の出入りを監視している、ということであった。将軍家の上洛なら東海道であろう、こんなに遠い加賀のくにで、往来の者を警戒するなどとはばかげたことだ。そう云ってあざ笑う者もいた。——昂軒が金沢城下を避けたのは、そんな騒ぎに巻き込まれたくなかったからであろう。将軍上洛のことは、「偏耳録」に延享三年丑《うしの》八月と記してあるから、このときは七月から八月へかけての出来事とみることができる。すなわち新暦にすると盛夏の候で、北国路でも暑さのきびしい時期だったに違いない。——乾いた埃立つ道をあるき続けながら、双子六兵衛はしだいにうんざりしてきた。自分のしていることがばからしくなり、上意討という名目のそらぞらしさ、そんなことで日《ひ》頃《ごろ》の汚名をすすごうと思った自分の愚かさ、などについて反省し、昂軒が狩場で加納を斬ったのは、昂軒の個人的な理由があったのだろうし、このおれには関係のないことだ。そんなことを考えながら、汗を拭き拭きあるいていると、突然うしろから呼びかけられた。

「おい、ちょっと待て」とその声は云った。「きさま福井から来た討手じゃないのか」

六兵衛はぞっと総毛立ちながらとびあがった。とびあがって振り返ると、仁藤昂軒がうしろに立っていた。

「その顔には見覚えがある」と昂軒は編笠の一端をあげ、ひややかな、刺すような眼で、じっと六兵衛を睨《にら》んだ、「――うん、慥かに覚えのある顔だ、きさま討手だろう、おれのこの首が欲しいのだろう」

六兵衛は逆上した。全身の血が頭へのぼって、殆《ほと》んど失神しそうになった。

「ひとごろし」六兵衛はわれ知らず、かなきり声で悲鳴をあげた、「誰《だれ》か来て下さい、ひとごろしです、ひとごろし」

そして夢中で走りだし、走りながら同じことを叫び続けた。どのくらい走ったろうか、息が苦しくなり、足もふらふらと力が抜けてきたので、もう大丈夫だろうと振返ってみた。白く乾いた道がまっすぐに延びてい、右手に青く海か湖の水面が見えた。道の左右は稲田で、あまり広くない街道の両側には松並木が続き、よく見ると、道の上には往来する旅人や、馬を曳《ひ》いた百姓などが、みんな立停《たちどま》って、吃驚《びっくり》したようにこっちを見ていた。――十町ほど先で道が曲っているので、おそらくまだそっちにいるのだろう、仁藤昂軒の姿は見あたらなかった。

「逃げるんだ」と彼は自分に云いきかせた、「いまのうちに逃げるんだ、早く」

六兵衛は激しく喘ぎながら、いそぎ足にあるいてゆき、やがて右手に、松林のある丘をみつけると、慌《あわ》ててその丘へ登り、松林の中へはいっていった。六兵衛は笠をぬぎ、旅嚢《りよのう》を取って投げると、林の下草の上へぶっ倒れた。

「危なかった」と彼は荒い息をつきながら呟《つぶや》いた、「もう少しで斬られるところだった、あいつがうしろにいようとは思わなかったからな、いつ追い越してしまったんだろう」

六兵衛は眼《め》を細めた。仰向《あおむ》けになった彼の眼に、さし交わした松林の梢《こずえ》と、梢の高いかなたに、白い雲の浮いた青空が見えた。おれはとんまなやつだな、と六兵衛は思った。臆病《おくびよう》なうえにまがぬけている、追いかけている人間を追い越したのも知らず、逆にうしろから相手に呼びとめられた。へ、いいざまだ。そんなふうに自分を罵倒《ばとう》していると、ふいに「荒神さま」のことを思いだした。

「そうか」と彼は眉《まゆ》をしかめた、「子供のときの話だったか」

幼いころ母から戒められたことがある。窓から外へ湯茶を捨てるものではない、家の周囲にはいつも荒神さまが見廻《みまわ》っているから、捨てた湯茶が荒神さまにかかるかもしれないし、そんなことになると罰《ばち》が当る、というのであった。

三

荒神さまといえば、とにかく神であろう。神ならなにごともみとおしな筈《はず》であるのに、窓から捨てられる湯や茶がよけられず、ひっかけられてから怒って罰を当てる、というのはだらしのないはなしである。荒神さまが本当に、だらしのない神であるかどうかはわからないが、神でさえ、不意に投げ捨てられた湯茶を避けられないとすれば、人間である昂軒はなおさら避けることができないだろう。六兵衛のあたまの中で、無意識にそのことがちらちらしていたのであった。

「そうか、そんなことだったのか、ばかばかしい」と彼は高い空を見あげたままで呟き、大きな溜息《ためいき》をついた、「――そうだとすれば、追いかけている相手にうしろから呼びとめられるなんて、おれこそ荒神さまみたようなもんじゃないか、ふざけたはなしだ」

ふざけたようなはなしだ、と呟きながら、六兵衛は自分のみじめさに涙ぐんだ。これからどうしよう、福井へは帰れないし、重職から与えられた路銀には限りがある。どこか知らない土地へいって、人足にでもなってやろうか、――そんなふうに思いあぐねていると、くに訛《なま》りのつよい言葉で、人の話しあう声が聞えてきた。

「人殺しだって、ほんとか」と一人の声が云《い》った、「それで、誰か殺されたのか」

「うまく逃げた」と他の声が云った、「お侍だったがうまく逃げた、逃げたほうが勝ちよ、相手はおめえ鬼のような凄《すご》い浪人者で、十人や二十人は殺したような面構《つらがま》えをしていた、嘘《うそ》じゃねえ、往来の衆もみんなふるえあがって、てんでんばらばら逃げだしたもんだ」

「ふーん」と初めの声が云った、「おら、これから御城下までゆくつもりだが、その浪人者はまだいるだかえ」

「いまごろは笠松《かさまつ》の土橋あたりかな」と片方の声が云った、「御城下へゆくのは一本道だ、危ねえからよしたほうがいいぞ」

そういうことならいそぐ用でもないから、今日はここから帰ることにしよう、と初めの男の声が云い、その二人の話し声は遠のいていった。街道でゆき会った百姓たちであろう、あたりが静かだから、ここまで聞えてきたのだろうが、十人や二十人は殺したような面構え、という言葉は、六兵衛の耳に突き刺さり、改めてぞっと身ぶるいにおそわれた。

「だが、待てよ」暫《しばら》くして彼はそう呟き、高い空の一点に眼を凝らした、「だが待て、ちょっと待て、なにかありそうだぞ、よく考えてみよう」

彼の顔は仮面のように強《こわ》ばり、呼吸が静かに深くなった。彼は荒神さまを押しのけた。隙《すき》を覘《ねら》うという策はだめだ、現にそれは失敗し、なさけないほどみじめなざまをさらしてしまった。とすれば、この失敗を逆に利用したらどうか、「人殺し」という叫びを聞いて、土地の者が恐れ惑った。いま街道で話していた百姓も、城下まで用があって来たのに、そういう浪人者がいると聞き、用事を捨てて引返した。話を聞いただけで引返した。聞いただけで、ただ話を聞いただけで。

「そうか」と呟いて彼は上半身を起こした、「おれは臆病者だ、世間には肝の坐《すわ》った名人上手よりも、おれやあの百姓たちのような、肝の小さい臆病な人間のほうが多いだろう、とすれば」

そうだとすれば、と呟いて彼は微笑し、「とすれば」という言葉をこれでもう三度も口にした、と自分を非難し、口をあいて、声を出さずに笑った。

「その手だ」と彼は笑いやんで呟いた、「おれの臆病者はかくれもない事実だからな、いまさら人の評判を気にする必要はない、よし、この手でゆこう」

双子六兵衛は立ちあがり、旅嚢を肩に、笠をかぶって松林から出ていった。仁藤昂軒はもうそこを通り過ぎていたが、大きな編笠と、際立《きわだ》って逞《たくま》しいうしろ姿は、六兵衛の眼にすぐそれと判別することができた。六兵衛はいそぎ足に追ってゆき、二十間ばかり手前で足をゆるめた。

「よしよし、そんなふうに威張っていろ」と六兵衛は昂軒のうしろ姿に向かって呟いた、「威張っているのもいまのうちだからな、——いまにみていろよ」

稲田にはさまれた道の右側に、小高くまるい塚《つか》のようなものがあり、そこだけひと固まりに松林が陽蔭《ひかげ》をつくってい、その陽蔭に小さな掛け茶屋があった。あの茶店へはいるなと、六兵衛は思った。昂軒はその茶店へはいり、笠をぬぎ旅嚢を置いて腰掛けに掛けて汗をぬぐった。六兵衛はそれを見さだめてから、十間ほどこっちで立停り、大きな声で叫びたてた。

「ひとごろし」と彼は叫んだ、「その男はひとごろしだぞ、越前《えちぜん》福井で人を斬《き》り殺して逃げて来たんだ、いつまた人を殺すかわからない、危ないぞ」

六兵衛は三度も続けて同じことを叫んだ。小説としてはここが厄介《やっかい》なことになる。その叫びを聞いて昂軒が立ちあがるのと同時に、茶店の裏から腰の曲った老婆《ろうば》と、四十がらみの女房《にょうぼう》がとびだし、小高くまるい塚のような、円丘のほうへ逃げてゆくのが見えた。

「黙れ」と昂軒が喚《わめ》き返した、「おれにはおれの意趣があって加納を斬った、おれは逃げも隠れもしない、北国街道をとって江戸へゆくと云い残した、討手のかかるのは承知のうえだ、きさまが討手ならかかって来い、勝負だ」

六兵衛はあとじさりながらどなった、「そううまくはいかない、勝負だなんて、斬りあいをすればそっちが勝つにきまっているさ、私は私のやりかたでやる、この、ひとごろし」

「卑怯者《ひきょうもの》」と昂軒は喚き返した、「それでもきさまは討手か、勝負をしろ」

昂軒は大股《おおまた》にこっちへあるいて来、六兵衛はすばやくうしろへ逃げた。逃げながら「ひとごろし」と叫んだ。その男は人殺しである、側《そば》へ寄るな、いつまた人を殺すかもしれない、危ないぞと、繰返し叫びたてた。道には往来の旅人や、ところの者らしい男女がちらほら見えたが、六兵衛の叫びを聞き、昂軒のぬきんでた逞しい容姿を見ると、北から来た者は北へ、南から来た者は南へと、みな恐ろしそうに逃げ戻《もど》っていった。昂軒は「勝負をしろ」といって近づいて来、六兵衛は「ひとごろし」と叫びながらあとじさりをした。

「卑怯者」と昂軒は顔を赤くしながら喚きかけた、「きさまそれでも侍か、きさまそれでも福井藩の討手か」

「私はこれでも侍だ」と逃げ腰のまま六兵衛が云った、「上意討の証書を持って、おまえを追って来た討手だ、だが卑怯者ではない、家中《かちゆう》では臆病者といわれている、私は自分でもそうだと思っているんだ、卑怯と臆病とはまるで違う、おれは討手を買って出たし、その役目は必ずはたす覚悟でいるんだ」

「ではどうして勝負をしない、おれが勝負をしようというのになぜ逃げるんだ」

「勝負はするさ」と六兵衛は答えた、「——但《ただ》し私のやりかたでだ」

昂軒はじっと六兵衛の顔を見まもった。なにが彼のやりかたか、ということをみきわめようとしているらしい。六兵衛は歯をみせて笑った。それは、人がいきなり恐怖におそわれた場合、叫びだすまえに笑うような、笑いではない笑いかたであった。現に、彼は笑うどころではなく、全身でふるえ、額や腋《わき》の下にひや汗をかいていた。

「必ず役目をはたすって、おかしなやつだ」と昂軒は云った、「いいだろう、おれは断じて逃げも隠れもしない、ゆだんをみすまして寝首をかくつもりかもしれないが、そんなことでこのおれを討てると思ったら、大間違いだぞ」

「さあ、どうかな」と云って六兵衛はまた歯をみせた、「それはわからないぞ、仁藤昂軒、それだけはわからないぞ」

昂軒は眉をしかめ、片手を振って茶店のほうへ戻った。双子六兵衛はあとからついてゆき、十間ほど手前で立停り、昂軒のようすを見まもった。昂軒はどなっていた、茶を持ってこいというのである。けれども、さっきの腰の曲った老婆と、その娘らしい四十がらみの女房とは、茶店の裏から逃げだしていった。昂軒がいくらどなっても、彼女たちが戻ってくる公算はない、つづめていえば、仁藤昂軒は一杯の渋茶も啜《すす》れないのである。

「それみろ」とこっちで六兵衛が呟いた、「いくら喚き叫んでも人は来やあしない、おまえは人殺しだからな、これからずっとそれがついてまわるんだ、くたびれるぞ」

茶店の女たちはついに戻らず、昂軒はやむなく、一杯の渋茶も啜らずにその店を出ていった。その夕方、仁藤昂軒は高岡というところで宿をとった。ここも天領で、松平淡路守《あわじのかみ》十万石の所領に属する。六兵衛はあとをつけてゆき、昂軒が宿へはいるなり、表の道から「ひとごろし」と叫んだ。

「その侍は人殺しだぞ」と彼は昂軒を指さしながら声いっぱいに叫びたてた、「気にいらないことがあるとすぐに人を殺す、剣術と槍《やり》の名人だから誰にも止めることはできない、そいつは人殺しだ、危ないぞ」

洗足《すすぎ》の盥《たらい》を持って来た小女が、盥をひっくり返して逃げ、店にいた番頭ひとりを残して、他の男や女の雇人たちはみな、おそるおそる奥のほうへ姿を消した。

「人殺しだ」と六兵衛はこっちから、昂軒を指さしながら叫んだ、「その侍は人殺しだ、危ないから近よるな、危ないぞ」

高岡はさして大きくはないが繁華な町であり、夕刻のことで往来する男女も多かった。それらが六兵衛の声を聞くなり、みんな自分たちの来たほうへあと戻りをするか、いそぎ足で恐ろしそうに通り過ぎていった。

「卑怯者」と云って昂軒が表へとびだして来た、「そんなきたない手でおれを困らせようというのか、女の腐ったような卑怯みれんな手を使って、きさまそれで恥ずかしくはないのか」

「ちっとも」と云って六兵衛はゆらりと片手を振った、「あなたには剣術と槍という武器がある、私には武芸の才能はない、だから私は私なりにやるよりしようがないでしょう、あなたの武芸の強さだけが、この世の中で幅をきかす、どこでも威張ってとおれる、と思ったら、それこそ、あなたの云ったように大間違いですよ、わかるでしょう」

「ちょっと待て」と昂軒が云った、「するときさま、これからもずっとこんなことをするつもりか」

六兵衛は頷《うなず》いた。いかにもさよう、というふうに双子六兵衛は大きく頷いた。

「そんなことは続かないぞ」と昂軒は同情するように云った、「町人や百姓どもなら、きさまの言葉に怯《おび》えあがるかもしれない、だが侍は違う、侍には侍の道徳がある、きさまの卑怯なやりかたに、加勢する者ばかりはいないぞ」

「ためしてみよう」と六兵衛は逃げ腰になったままで答えた、「いざとなれば上意討の証書を出してみせるからね、それに、侍にだってそう武芸の達人ばかりはいないでしょう、たいていは私のように臆病な、殺傷沙汰《さっしょうざた》の嫌《きら》いな者が多いと思う、私はそういう人たちを味方にするつもりなんだ」

昂軒は顔を赤黒く怒張させ、拳《こぶし》をあげて、「卑怯者、臆病者、侍の風上にもおけないみれん者」などと罵《ののし》った。あんまり語彙《ごい》は多くないとみえ、同じ言葉を繰返しどなり続けた。六兵衛は用心ぶかくあとじさりしながら、人殺し、おまえは人殺しだ、みなさん、この男は人殺しですよ、と喚きたてた。道には往来の者が多く、六兵衛の声を聞くなり、それぞれが元来たほうへ駆け戻っていった。かれらの足許《あしもと》から舞いあがる土埃《つちぼこり》で、道の上下は暫く灰色の靄《もや》に掩《おお》われたようであった。

「卑怯者」と昂軒が刀の柄《つか》に手をかけてどなった、「きさまが討手なら勝負をしろ」

「勝負といっても、こっちに勝ちみのないことはわかっている」六兵衛はまたあとじさった、「私は私の流儀でやるつもりだ」

「きさまそれでも武士か」

「どう思おうとそっちの勝手だ、私は私のやりかたで役目をはたすよ」

「みさげはてたやつだ」昂軒は道の上へ唾《つば》を吐いた、「福井にはきさまのような卑怯者しかいないとみえるな」

「人殺しよりは増しだろう、とにかく、ゆだんは禁物だということを覚えておくんだね」

昂軒は追いかけようとしたが、それより先に六兵衛が逃げだした。その動作の敏速なことと、逃げ足の速いことはおどろくばかりであり、昂軒はすぐに追いかけるのを諦《あきら》めた。

「そうだ、思いだした」と昂軒は呟いた、「あいつはたしか双子なんとかいう、福井家中に隠れもない臆病者だ、あんな男を討手によこすなんて、福井の人間どもはどういうつもりだろう」

どういうつもりもない、討手を願い出たのは彼だけだったということを、読者はすでに御存じの筈である。そしてこれは、深いたくらみや計画されたことではなく、あの丘の松林の中で聞いた二人の百姓の話から思いついた方法であり、双子六兵衛にとってそのほかに手段はないのであった。——昂軒が掛け茶屋へはいれば、六兵衛は道の上から「人ごろし」と叫ぶ。その男は福井で人を殺して来た、いつまた人を殺すかもしれない、その男の側へは近よらないほうがいい、「その男はひとごろしだ」用心をしろと喚きたてる。まず茶店にいた客たちが銭を置いて逃げだし、次に茶店の者たちが逃げだし、昂軒は一杯の渋茶にもありつけず、六兵衛に悪口雑言をあびせながら、茶店を出てゆくという結果になるのであった。

宿屋でも同様で、昂軒が店へはいろうとすると同じことを叫ぶ。たいてい店の者に断わられるが、強引に泊り込むときもある、そうすると彼もその宿に泊って、明くる朝のことを頼む、あの侍が出立するときは起こしてくれと頼み、一と晩じゅうこちらからどなりたてる。

「十番に泊っている侍は人殺しですよ」と或《あ》る夜は叫び続ける、「あの侍は人殺しです、いつなにをしでかすかわかりません、みなさん気をつけて下さい、あの侍に近よると危ないですよ」

昂軒がとびだして来ると、六兵衛はすばやく逃げ、逃げながらも叫び続ける。そらあのとおり、あいつは人殺しです、見境もなく人を殺す男です、みなさん用心をして下さい。すると道をゆく人たちは逃げ、店屋は慌《あわ》てて大戸を閉めるのであった。昂軒も手を束《つか》ねていたわけではなく、物蔭や藪《やぶ》や雑木林に隠れて、六兵衛の不意を襲おうと幾たびかこころみた。けれど一度も成功しなかった。臆病者の六兵衛はあくまで慎重であり用心ぶかく、殆《ほと》んど摑《つか》まえたと思ったときでも、昂軒の手を巧みにすりぬけて逃げた。まるでしろうとが鰻《うなぎ》を摑みでもするように、するすると昂軒の手をすりぬけ、風のようにすばやく、逃げてしまうのである。ある宿屋では、逃げだした老人がびっこをひきながら、自分の右足の膝《ひざ》には軟骨が出ていて、医者にかかってもよく治らない、だからよく走れないのだが、どうか斬らないでもらいたいと、泣き泣き哀訴しながら、よたよたとよろめいていた、という悲しいけしきもあった。そして高岡というところへ来たとき、意外なことが起こった。高岡は富山松平家十万石の所領であり、城下町の富山よりもおちついた、静かな風格のある町だった。昂軒は本通りの松葉屋市兵衛という宿に泊り、六兵衛もよく見定めてから同じ宿で草鞋《わらじ》をぬぎ、特に帳場の脇《わき》の行燈《あんどん》部屋に入れてもらった。それから例によって、夕食を運んで来た女中に昂軒のことをきくと、二階の「梅」にいること、いま風呂《ふろ》からあがって酒を飲んでいること、向うでも六兵衛を気にしていること、などを詳しく話した。そこで彼は女中に心付をはずみ、その侍は大悪人であり、自分は討手として追っている者だ。もしかすると隙《すき》をみて逃げだすかもしれないから、よく見張っていてくれと頼んだ。女中は承知をし、どんなことがあってもみのがしはしない、とりきんで頷いた。

夕食のあと六兵衛はざっと湯を浴び、汗臭い着物に埃だらけの袴《はかま》や脚絆《きやはん》をつけて、半刻《はんとき》ばかり横になって眠った。ながくは寝ていられない、あいつを休ませるばかりだからな、おれの勝ちみはあいつをへとへとにさせることだけなんだぞ。眠りながらそんなことを思っていると、誰《だれ》かに呼び起こされた。六兵衛は吃驚《びっくり》してとび起き、どうした、なにかあったのかときいた。さっきの女中がなにか知らせに来たもの、と直感したのであるが、そうではなくて、十七八とみえる美しい娘が、彼を見おろして立っているのであった。――娘はほっそりした小柄《こがら》な躯《からだ》で、おもながな顔に眼鼻だちのはっきりした、六兵衛にとって生れて初めて見るような美しい姿をしていた。けれども娘の表情は、怒ったときの妹のかねのそれとよく似てい、彼には美人だなという感想よりも、この娘は怒っているなという感じのほうが先にきた。

「まあ呆《あき》れた」娘は行燈の火を明るくし、六兵衛のようすを吟味するように見て云った、「――あなたはいつもそんな恰好《かっこう》で寝るんですか」

「そんなことはない」六兵衛は首を振った、「にんげん誰だって、いつもこんな恰好で寝るわけにはいかないでしょう、それとも、あなたはできますか」

「あたしは女中のさくらから事情を聞きました」娘は彼の言葉など聞きながらして云った、「あなたはうちの二階にいるお客を、闇討《やみう》ちにしようとしているそうですね」

六兵衛はちょっと考えてから反問した、「それはどういうことですか」

「きいているのはあたしのほうです」

「私は闇討ちをしようなんて、考えたこともありませんよ」

「その恰好で」と娘は六兵衛の着ているものを指さした、「女中に金を握らせて二階にいる客を見張らせるなんて、それが正しいお侍のなさることでしょうか」

「これには仔細《しさい》があるんです」

娘は坐《すわ》って、膝へきちんと両手を置いた、「うかがいましょう」と娘は云った、「あたしはおようといって十七歳ですが、両親に亡《な》くなられたあと三年も、この宿の女あるじとしてやってきました、そのあいだにいろいろなことも経験し、男女のお客も見てきています、話すことがしんじつか、でたらめな拵《こしら》えごとかどうかぐらい、見分け聞き分けるちからはもっているんですから」

妹のかねと同じだな、六兵衛はそう思い、額の汗を手の甲でぬぐった。すると妹の「兄さんが臆病者《おくびょうもの》だから、自分はこのとしまで縁談ひとつなかったのだ」という思い詰めた言葉と、しんけんな顔つきが思いうかび、その回想に唆《け》しかけられるかのように、六兵衛は大きく、あぐらをかいて坐り直した。

「よろしい」と彼は云った、「これから私の話すことが、あなたにとってどう判断されるかわからない、だが私はそんなことをぬきにして、正直に自分の立場を話す」

そして彼は語った。たぶんこんな十七歳の小娘などには理解してもらえないだろう、と思いながら、これまでのゆくたてを詳しく語った。彼にとっては思いがけないことだが、娘は話をよく理解してくれた。彼女は涙ぐみ、呼びに来た女中や番頭を追い返して熱心に聞き、六兵衛が討手を願い出たところでは、眼《め》がしらを押えて涙をこぼしさえした。

「さあ云って下さい」話し終ってから六兵衛が娘を見た、「これで話は全部です、あなたはこの話を信じますか信じませんか」

「あたしが悪うございました」と云って娘は咽《むせ》びあげた、「堪忍《かんにん》して下さい、疑ぐったりして申訳ありませんけれど、その代り、あたしもお手伝いをさせていただきますわ」

六兵衛は不審そうに娘の顔を見、娘のおようは彼のほうへ、膝ですり寄った。

四

おようは番頭に、あとのことを一切任せ、旅支度で六兵衛といっしょに高岡を立った。土地では古い宿とみえ、旅切手もすぐ手にはいったし、旅費の金もたっぷり用意したらしい。

そんなことよりも「お手伝い」というのがさらに現実的であり、大きな効果をあげた。これまでは六兵衛ひとりで追い詰めて来たのだが、高岡からはおようという交代者ができたのだ。

すなわち、六兵衛が休んだり眠ったりしているとき、おようが代って「ひとごろし」と叫びたてるのである。

「その侍は人殺しです」と彼女は昂軒を指さして叫ぶ、「越前の福井で人を殺して逃げたんです、いつまた暴れだして人を殺すかもしれません、みなさん用心して下さい」

そうして充分に休息し、眠りたいだけ眠った六兵衛が、おように代るという仕組であった。これは昂軒にとって大打撃であった。

彼は掛け茶屋にも寄れず、宿屋でゆっくり眠ることもできなかった。

「ひとごろし」という叫びを聞くと、茶店の者は逃げてしまうし、宿屋でも相手にしない。客が満員だからとか、食事の給仕をする者もろくにない。

泊り客たちが逃げだすのはいうまでもないし、宿の者や雇人たちも近よろうとしないのであった。こちらの二人はゆうゆうとしていた。

「あたし本当のことを云《い》うわ」おようは娘らしいしなをつくりながら云った、「あたしの本当の名はおとらっていうんです、兄が一人、姉が一人、小さいときに死んだものですから、この子は丈夫に育つようにって付けたんですって」

「よくあるはなしですよ」

「だっていやだわ、おとらだなんて」およう は鼻柱に皺《しわ》をよせた、「ですからあたし、自分で名を選びましたの、初めに付けたのがおゆみ、それも気にいらなくって次ははな、それからせき、去年まではさよっていってましたの」

「そしておようさんですか」

「昔のお友達に同じ名の、しとやかで温和《おとな》しい人がいたんです」

「しとやかで温和しいとね」

「いやだわ」およう は赤くなった、「そういうお友達がいたって云っただけですのよ」

その他もろもろのことで、二人の話はしだいにやわらかく、親密になっていったが、六兵衛がそんなことで役目を忘れた、などとは思わないでいただきたい。現に富山城下へ着いたときのことだが、昂軒が宿屋へはいろうとするのを見て、当番だった六兵衛が、例のとおり喚《わめ》きだし、宿の前はこわいもの見たさの群集が、遠巻きに集まって来た。すると、町方与力《まちかたよりき》とみえる中年の侍が、同心らしい二人の男をつれてあらわれ、六兵衛の前に立ちはだかった。

「ここは松平淡路守さま十万石の御城下である」とその中年の侍が云った、「かような時刻に町なかで、ひとごろしなどと叫びたて、往来の者を威《おど》し騒ぎを起こすとは不届きなやつだ、役所まで同行しろ」

越前の言葉も訛《なま》りがひどい。

だが富山の言葉はもっと訛りがひどいので、正確なところは解釈しにくかったけれども、大体な意味だけは推察することができた。

そこで六兵衛は事情のあらましを語り、上意討趣意書を出して、その中年の侍に読ませた。

「これはこれは」とその中年の侍は読み終って封へ入れてから、三拝して趣意書を彼に返し、これはまことに御無礼と、急に態度を改めた、「かような仔細があるとは少しも知らず、失礼をつかまつった」

その中年の侍は古風な育ちとみえ、道にころがっている石ころのように古くさい、きまり文句でながながと詫《わ》び言《ごと》を並べ、自分の思い違いを悔やんだ。六兵衛にはその半分もわからず、この男は正真正銘の田舎侍だな、などと思いながら聞いていた。

「かように仔細がわかった以上」と中年の侍は続けた、「わが藩としても拱手《きようしゆ》傍観はできません、すぐさま奉行所の人数を繰出して、この宿の見張りをさせましょう、あなたはゆっくり休息して下さい、その武芸者になにかあったら即刻お知らせをします、宿はこの向うの田川がいいでしょう」

宿賃の心配は無用、ほかになにか希望があったら、それも聞いておきましょうと、念のいった親切ぶりをみせた。

「あなたにうかがいたいことがあるんだけれど」と、田川屋へ泊ってからおようが云った、「こんなことうかがうのは失礼かしら」

宿帳にはこれまでどおり兄妹と書いたので、二人は八帖《じょう》の座敷に夜具を並べて寝ていた。

「聞いてみなければわからないな」と六兵衛は答えた、「――尤《もっと》も、なにをきかれるかはおよそ見当がつくけれどね」

「あらほんと」およう は枕《まくら》の上で頭をこっちに向け、つぶらな眼をみはった、「そんならなにをきくと思って」

「うう」と彼はあいまいな声をだし、それから溜息《ためいき》をついて云った、「たぶん私には、上意討ができないだろう、ということじゃないかな」

「そのことなら心配はしていません」

こんどは六兵衛が振り向いた。

「ええそうよ」とおようは彼に微笑してみせた、女が心から信頼する男にだけしか見せないような、匂《にお》やかな微笑であった、「昂軒っていうんですか、あの人はもう疲れきって、身も心もくたくたになっています、いまならあたしにだってやっつけられますわ」

「そうはいかない、武芸の名人ともなれば、いざという場合になると吃驚するように変るものだ、吃驚するようにね」と云って六兵衛は深い太息《といき》をついた、「――あいつを仕止めるには、まだ相当に日数がかかるよ」

「あたしがうかがいたいのはそんなことではないんです」とおようが云った、「思いきって云いますけれど、はしたない女だと思わないで下さい」

彼は「そんなことは思わない」と答えた。肝心の話にはいるまでの男女の問答は、およそ紋切り型であるし、退屈至極なものときまっているようだ。そこでその部分をはしょって、本題にはいることにしよう。

「あなたにはもう奥さまがいらっしゃるんですか」とおようがきいた。

「私にですか」と六兵衛はおどろいたように問い返した、「私が隠れもない臆病者だということは、初めての晩に話した筈《はず》です、そのため妹は二十一にもなるのに縁談もない、そんな人間のところへ来るような嫁がありますか」

「では結婚なすったことは一度もないんですのね」

六兵衛は黙って頷《うなず》いた。

「でも」とおようは疑わしげにきいた、「お好きな方の二人や三人はいらっしゃるんでしょう」

「さてね」彼は恥ずかしそうに天床《てんじょう》を見た、「家中《かちゅう》随一の臆病者と、小さいじぶんから云われどおしでしたから、美しい娘を見ても、いそいで眼をそらしたり逃げだしたり、――私にはこれまで、好きな娘なんか一人もいませんでしたよ」

「ずいぶんばかな御家中ね、なにも武芸に強いばかりがお侍の資格ではないじゃありませんか」

「世間ではからかう人間が必要なんですよ」と六兵衛はまた溜息をついた、「誰にもしんからのわるぎはないんだと思う、よそのことは知らないが、どこでも一人ぐらいは臆病者と呼び、そう呼ばれても怒らないような人間が必要なんだと思います」

「それであんた」思わずはしたない呼びかけをして、おようは赤くなった、「どうしてもあの人を討つ気なんですか」

「さもなければ、妹は一生嫁にゆけないんですからね」

「あなたのことはどうなんですか」

「私のなにがです」

「お嫁さんのことよ」とおようがさぐるようにきいた、「上意討が首尾よくいけば、あなたにもお嫁さんに来る人がたくさんあるんでしょ」

六兵衛はちょっとのま考え、それから枕の上でそっと首を振った、「そうは思いませんね」と彼は陰気な口ぶりで云った、「——臆病者というのはこの私です、妹は嫁にゆけるかもしれないが、臆病者と呼ばれてきたのはこの私です、一度ぐらい手柄《てがら》を立てたところで、生来の臆病者の名が消えるわけじゃありませんよ」

およう は考えこんだ。この宿のどこかで、賑《にぎ》やかに囃《はや》したりうたったりするのが聞え、床下で鳴く虫の声が聞えた。

「ねえ」と暫《しばら》くしておようが囁《ささや》いた、「もうお眠りになって」

「いや眼はさめてます」六兵衛はぐあい悪そうに答えた、「じつは女の人と同じ部屋で寝るのは初めてのことだし、私は寝相が悪いので、それが心配で眼が冴《さ》えてしまったらしい、けれどももう少し辛抱すれば眠れるでしょう」

「ねええ」と掛け夜具で口を隠しながら、おようが囁き声で云った、「あたしをお国へつれていって下さらないかしら」

「だって」と彼は吃《ども》った、「だってあなたは、松葉屋の娘あるじという、大切な責任を背負っているんでしょう」

「あれは番頭の喜七と、女中がしらのおこうに任せて来ました、あの二人にはもう子供もあるんです」

「私にはよくわからないが」

「詳しいことはあとで話しますわ」と云っておようは媚《こ》びた微笑をうかべた、「いまはあたしをお国へつれていって下さるかどうかがうかがいたいんです」

六兵衛は唾《つば》をのんだ、「いいですとも、あなたがそう望むなら、もちろんいいですよ」

「証拠をみせて下さる」

「どうすればいいんですか」

あなたはじっとしていればいいの、と云っておようは起きあがり、行燈《あんどん》の火を吹き消した。

五

昂軒《こうけん》、仁藤五郎太夫は精根が尽きはてた。宿へ着けば「ひとごろし」という叫び声で、客は出ていってしまうし、宿の者も逃げだしてしまう。

富山松平藩から通報でもあったらしく、到《いた》るところに番士が見張っているし、街道の掛け茶屋さえ例外ではなく、空腹に耐えかねて店の品を摘《つま》み食《ぐ》いすれば、代価を置いてゆくのに「泥棒《どろぼう》」とか「食い逃げ」などと喚きたてられた。しかも、初めは討手が一人だったのに、いまは娘が加わって二人になった。

片方がのびのび寝ているとき、片方が起きていて、「ひとごろし」と叫び続ける。その声を聞くと、そこまで食膳《しょくぜん》を運んで来た宿の女中が、その食膳を持ったまま逃げてしまうのであった。

越中富山から雄山《おやま》峠を越えて、道は信濃《しなの》へはいる。中には天竜川をくだって、東海道の見付へゆく者もあるが、たいていは中仙道《なかせんどう》を選ぶのが常識だったらしい。仁藤昂軒は後者の道を選んだのであるが、諏訪湖《すわこ》へかかるまえに骨の髄からうんざりし、飽きはててしまった。——名の知れない高山が遠く左にも右にも見え、まわりはいちめんの稲田であった。

その道傍《みちばた》のひとところに、松林で囲まれた三尺ばかり高い台地がある、昂軒はそこへあがってゆき、大きな編笠《あみがさ》をぬぎ旅嚢《りょのう》を投げやって、大きな太息《といき》をついた。——街道のかなたには、旅装の男女が二人、いうまでもないだろうが、双子六兵衛とおようのあるいて来る姿が見えた。

「もうたくさんだ」と昂軒は呟《つぶや》いた、「もうこの辺が決着をつけるときだ」

彼は頰《ほお》がこけ、不眠と神経緊張のために眼は充血し、唇《くちびる》は乾いて白くなっていた。

それに反し、街道をあるいて来る二人はみずみずしいほど精気にあふれていた。どういうことがあったのか、筆者のわたくしにはわからない。六兵衛もそうだが、およめのほうは特にうきうきしたようすで、絶えず六兵衛にすばやいながしめをくれたり、なにか云っては、やさしく肱《ひじ》に触ったり、そっとやわらかく突いたりした。――かれらはまるで、本来の使命を忘れたかのようにその台地の前を通りすぎようとした。

そこで昂軒は立ちあがり、おれはここにいるぞ、と呼びかけた。二人は仰天したようすで、娘のほうはすぐさま「ひとごろし」と叫びだした。

「やめろ、それはもうたくさんだ」と云いながら、昂軒は台地の端へ出て来た、「そこの双子なにがしとかいう男、きさまおれを上意討に来た男だと云ったな」

六兵衛は黙って頷いた。

「おれは初めから逃げも隠れもしないといってある」と昂軒は続けた、「きさまも侍なら、どうして勝負をしないんだ、いまここでもいいんだぞ、こんな茶番芝居みたようなことにはうんざりした、勝負をしろ」

「それはだめだ」六兵衛は唇を舐《な》めてから答えた、「私とおまえさんでは勝負にならない、私のほうでも初めから云ってある筈だ、私は私のやりかたで上意討をするほかはないんだ」
「きさまそれでも武士か」
「それはまえにも聞いたよ」
「しかも恥ずかしくはないんだな」
六兵衛は頭を左右に振り、「ちっとも」と云《い》った、「私はもともと臆病者《おくびょうもの》と定評のある人間なんだ、いまさらなんと云われようと恥ずかしがることはこれっぽっちもないさ」
「どこまで跟《つ》けて来る気だ」
「それはおまえさんしだいさ」と云って六兵衛は歯を見せた、「——おまえさんがへたばるまではどこへでもついてゆくよ、路銀は余るほど貰《もら》ってあるからね」
「きさまはだにのようなやつだ、人間じゃあないぞ」
「福井へ帰ったらそう云いましょう」と六兵衛は逃げ腰で答えた、「きっとみんなよろこぶにちがいない」
「勝負はしないのか」
「そちらしだいです、念には及ばないでしょうがね」
「おれはいやだ、飽きはててうんざりして、生きているのさえいやになった」と云って昂軒はそこへ坐《すわ》った、「腹はへりっ放しだし眠れないし、寝てもさめても人殺し人殺し、しかも尋常に勝負をしようとはしない、こんな茶番狂言には飽き飽きした、おれはここで腹を切る」

昂軒は着物の衿《えり》を左右にひろげ、脇差《わきざし》を抜いた。

「ちょっと」六兵衛は片手を差し出した、「それはちょっと待って下さい」

「なんだと」

「そうそっちのお手盛りで片づけられては困ります」

「お手盛りとはなんだ」

「おまえさんの勝手に事を片づけられては困るということです」と六兵衛が云った、「ここに私という討手がいるんですからな」

「だが、刀を抜いて勝負する気はない、そうだろう」

それが私の罪ですか、とでも云うふうに六兵衛は肩をすくめた。

「おれは誤った」昂軒は頭を垂れ、しんそこ後悔した人間のような調子で、しみじみと云った、「おれも誤ったし、世間の考えかたも誤っている、おれの故郷は常陸《ひたち》の在で、何代もまえから和昌寺という寺の住職をしてきた、だがおれはそんな田舎寺で一生を終る気にはなれなかった」

都へ出て人にも知られ、あっぱれ古今に稀《まれ》なる人物と、世間からもてはやされるような人間になりたかった。常陸はもともと武芸のさかんな国だし、名人上手といわれる武芸者を多く出している。

名を挙げるには武芸に限ると考え、自分もそのみちで天下に名を売ろうと思い、数えきれないほど、達人名人といわれる人の教授を受けた。

「だがそれらはみんな間違っていた」と昂軒は云い続けた、「武芸というものは負けない修業だ、強い相手に勝ちぬくことだ、強く、強く、どんな相手をも打ち負かすための修業であり、おれはそれをまなび殆《ほと》んどその技を身につけた、越前侯にみいだされたのも、そのおれの武芸の非凡さを買われたからだ、けれどもこんどの事でおれは知った、強い者に勝つのが武芸者ではない、ということを」

「まあまあ」と六兵衛が云った、「そんなふうにいきなり思い詰めないで下さい」

「いきなりだと」昂軒は忿然《ふんぜん》といきり立ったが、すぐにまた頭を垂れた、そして垂れたままでその頭を左右にゆっくり振った、「――いや、これはいきなりとか、この場の思いつきとかいうもんじゃない、そんな軽薄なものではない、おれはこんど初めて知ったのだが、強いということには限度があるし、強さというものにはそれを打ち砕く法が必ずある、おれには限らない、古来から兵法者、武芸者はみな強くなること、強い相手に打ち勝つことを目標にまなび、それが最高の修業だと信じている、しかしそれは間違いだ」そこでまた昂軒はゆらりと頭を左右にゆすった、「諄《くど》いようだが、それが誤りであり間違いだということを、こんど初めて知った」

「あなたはそれを、もう幾たびも云い続けていますよ」

「何百遍でも云い続けたいくらいだ」昂軒は抜いた脇差のぎらぎらする刀身をみつめながら、あたかも自分を叱《しか》るように云った、「――強い者には勝つ法がある、名人上手といわれる武芸者はみなそうだった、みやもとむさしなどという人物もそんなふうだったらしい、だが違う、強い者に勝つ法は必ずある、そういうくふうは幾らでもあるが、それは武芸の一面だけであって全部ではない、――それだけでは弱い者、臆病者に勝つことはできないんだ」

六兵衛は恥ずかしそうに、横眼でちらっとおようを見た。

「どんなに剣道の名人でも」と昂軒は続けて云った、「おまえのようなやりかたにかなう法、それを打ち砕くすべはないだろう、おれは諦《あきら》めた、もうたくさんだ、おれはここで腹を切る、だからきさまはおれの首を持って越前へ帰れ」

「それは」と六兵衛がきいた、「それは、本気ですか」

昂軒は抜いた脇差へ、ふところ紙を出して巻きつけた。六兵衛は慌《あわ》ててそっちへゆき、台地の下のところで立停《たちどま》った。「ちょっと待って下さい、ちょっと」と六兵衛は云った、「あなたは本当に、そこで自害なさるつもりですか」

「そうだ」と昂軒が答えて云った、「――それとも、おまえがおれと勝負をするかだ」

六兵衛は首を振り、手を振った。

「そうだろう」昂軒は頷《うなず》いた、「そうだとすれば、おれはもう割腹するほかに手はない、おまえたちが交代でどこまでもついて来て、隙《ひま》もなく人殺し人殺しと叫ばれ、めしもろくさま食えないような旅を続けるより、思いきって自害するほうがよっぽど安楽だからな」

ちょっと待って下さい、と云って六兵衛はおよう、を振り返り、それからまた、「ちょっと待って下さい」と昂軒に云い、顎《あご》へ手をやって首を捻《ひね》り、また頸《くび》のうしろを掻《か》いたりした。

「では、こうしましょう」と六兵衛は商談をもちかけでもするような口ぶりで云った、「――この気候では、越前まで首を持っていっても腐ってしまう、とすれば、首を持っていってもしようがないし、だからといってなんにも持って帰らないわけにもいかない、そこで相談なんだが」

「生きたまま連れ帰ろうというのか」
六兵衛は首を振った、「そうじゃない、怒られると困るんだが、おまえさんの髻《もとどり》を切ってもらいたいんだ」
「もとどりとは」と云って、昂軒は自分の頭を押えた、「——これのことか」
「そのとおり」と六兵衛は頷いた、「髻を切られるということは、侍にとってもっとも大きな屈辱だとされている、少なくとも、わが藩では古い昔からそう云われてきたし、私もそう云い聞かされてきたものだ」
「だからどうしろというんだ」
「済まないが」と六兵衛が云った、「その髻を切ってくれ、それを首の代りに持って帰る」
「髻が首の代りになるのか」
「なま首は腐るからな」と六兵衛が云った、「それに私は、人を殺したり自害するのを見たりするのは、好かないんだ」
「偏耳録」をまたここで引用するが、双子六兵衛は上意討を首尾よくはたし、おまけに嫁まで伴《つ》れて来たし、その高い評判によって、彼の妹のかね女《じょ》も、中野中老の息子大八郎と、めでたく婚姻のはこびになった。――とある。筆者であるわたくしとしては、これ以上もはやなにも付け加えることはないと思う。

（「別冊文藝春秋」昭和三十九年十月）

解説

木村久邇典

〈午前三時起床。なんのためにこれほどの仕事にとらわれるのか。家族をやしなうためか。各社への義務感か。人の好評をあてにしてか。いな、ただ《したいから》というにすぎないだろう。――なにごとが起ろうとも、またわれわれが魂を失った者のようにならなければならない（死の前兆）としても、われわれのすべきことは、ただ仕事をすることである。（P・キュリー）人間は仕事をすることにもっとも深いよろこび――他人には無用なようにみえても――と生きがいを感じる動物なのだ〉

これは、『大衆文学五十年』で尾崎秀樹《おざきほつき》氏が、山本さんの『わが為事《しごと》』と題した自筆の執筆ノートからひいた一節で、昭和三十五年三月二十日の記述とあります。作者五十七歳のときで、このころ、山本さんは、その全作品のなかで、もっとも高い文学的到達をさし示したと思われる『青べか物語』を『文藝春秋』に連載中でありました。

山本さんは、さらに、昭和三十六年五月、中央大学における文芸講演『歴史と文学』

のなかでも、〈私は、自分がどうしても書きたいというテーマ、これだけは書かずにはおられない、というテーマでない限りは、ぜったいに筆をとったことがありません。それが小説だと思う〉と述べています。口に猿《さる》グツワを噛《か》まされ、手枷《てかせ》、足枷をはめられても、これだけは書かずにはいられない、という主題に取組むのが、小説家の使命というものだ、というのが、山本さんの基本的な作家としての自覚でありました。

しかも、晩年にあった作者が、冒頭にかかげたノートに吐露している情熱（あるいは、物書きとしての根本的な初心と言いかえてもよい）を、五十七歳にしてなお胸中にはげしく燃焼させせつづけていたことに驚嘆するとともに、山本さんの作品の魅力の秘密に触れる思いを禁ずることができないのです。

ここに集めた十の短編は、戦前作品『壺《つぼ》』から最晩年の『ひとごろし』（昭和三十九年十月）に至る、〝武家もの〟〝一場面もの〟〝岡場所《おかばしょ》もの〟〝こっけいもの〟〝平安朝もの〟等々の、それぞれ代表的作品であります。

『壺』は昭和十九年十二月、晴南社から刊行された『日本士道記』所収の武道小説です。山本さんには剣の道の極意をテーマとしたものに、『内蔵允留守《くらのすけるす》』『薯粥《いもがゆ》』などがありますが、すべて道の〝極意〟はひとの手にもとどかぬ遠いところにあるのではなくて、ほとんど無意識に見過してしまっているごく身近のところにある、と説きます。

『壺』では、百姓生れで剣術自慢の瘤七《こぶしち》が、荒木又右衛門《あらきまたえもん》に奉公して半歳《はんとし》を経ても、剣術を教えてくれないので催促すると、杉《すぎ》の影の移るところに極意を書いた壺が埋まっていると指示されて、熱心に掘り返しますが、一向に壺は出てきません。しかしその間、瘤七は無意識に、掘り返した場所の草をえりわけて、畠《はたけ》のように耕してしまっています。又右衛門はいいます。「武士は刀法をまなぶ、……身にかなうかぎり武芸を稽古《けいこ》する、……けれどもそういう武芸を身につけたからといって少しも武士の証《あか》しではない、さむらいの道の神髄はそれとはまったく違うところにあるのだ」剣をとるも鍬《くわ》をとるも、求める道の極意はその一点のほかにはない、とさとすのです。中島敦《あつし》の『名人伝』と共通の世界を感じさせられるのはわたくしだけでしょうか。

『暴風雨《あらし》の中』(昭和二十七年九月『週刊朝日新秋読物号』)は、〃一場面もの〃の小説として描かれた作者のこころみの第一作です。〃一場面〃の背景のなかに、事件の顚末《てんまつ》をすべて表現しようという野心的な試行で、同じ系列に、昭和三十二年の『深川安楽亭《てい》』をあげることができます。

山本さんは、天変地異を生々《なまなま》しく描く点でも傑出した才能を示した作家ですが、この作品は緊迫する暴風雨と、三人の登場人物たちの生命の切迫感とを無気味に重唱させ、しかもベテランである岡っ引の心底にある人間味、おしげのひたむきさと、やくざな三之助の、悪人のなかにひそむ善良さを抉《えぐ》りだして、暗く不安定な舞台背景に一条の光を投ずるという構成で、よりリアルな臨場感をもりあげています。ハード・ボイルドふうの文体が、情景表現にみごとな効果を添えていることも見すごしてはなりますまい。

『雪と泥《どろ》』(昭和二十九年一月号『オール讀物』)は、〝岡場所もの〟の作品。はじめ、『暮れていつしか』という題名が与えられる予定でしたが、あまり清元《きよもと》の歌詞につきすぎるといって、第二案が採られたのです。だまされているとも知らず、女に打込んでゆく男の直線的な傾斜は、やや図式的ともいえますが、だます側の女の、半ばいつわり、半ば真実の心情屈折はこころにくいばかりで、女ごころのあわれなひだをたくみに描きだしました。辻斬《つじぎ》りに失敗して血みどろになった男が、雪のなかで泥にまみれて息たえてゆくさまは、まことに印象的です。

『鵜《う》』(昭和二十九年八月号『講談倶楽部《クラブ》』)は、原題『美女《びじょ》ヶ淵《ふち》』。『その木戸を通って』(昭和三十四年)などとも通ずる息づかいをもつ〝不思議小説〟の原型です。女主人公のただこは、作者がこのんで描いた、純情可憐《かれん》で、そして奔放な〝可愛《かわい》い女〟の一典型でありましょう。

半三郎のもとへ身を投ずることを決意したただこ、この不慮の死も知らずに、半三郎がいつもの淵で釣糸《つりいと》をたれる終幕にも、ロマネスク作者としての山本さんの一面が、よく現わされています。

『女は同じ物語』（昭和三十年一月号『講談倶楽部』）。〝こっけいもの〟に類別される作品です。家内で絶対権力をもつ母のさしがねで、広一郎の身のまわりの世話をすることになった、しとやかな茗荷屋《みょうがや》の娘こそ、実は昔、お転婆《てんば》だった許嫁《いいなずけ》安永つなの変貌《へんぼう》したすがたであり、めでたく広一郎と結ばれるという次第は、これだけで上質の娯楽小説になっていますが、作者はここでひとひねりして、結婚数日後の感想を、「女はすべて同じようなものだ」といった父の最初のアドバイスにそっくり重ねて、世の男性の一般的女性観や、そこはかとない女性への閉口観をただよわせてこっけい味をさらに濃いものにしています。

『しゅるしゅる』（昭和三十年十月号『オール讀物』）も〝こっけいもの〟です。『女は同じ物語』と同様に、江戸勤番時代の万之助にとって、かつては苦手だったあきつが、国許《くにもと》の老女に赴任して、手きびしく家中《かちゅう》の娘たちを躾《しつ》けるので、親たちから非難の声があがり、万之助が糾明にあたらなければならなくなります。彼はあきつを棚瀬《たなせ》へ船遊びにさそい、共に船からほうり出されてやっと助かる、という荒療治で、彼女の自意識の衣をはぎとって結ばれるという筋立ては、この作者らしい凝った展開ぶりです。

性格的に相反するようにみえていて、両者が互いに心ひかれているさまをまことに巧みに描いているので、少々通俗なハッピーエンドも、「落し物をしたぞ」という道済老師の伏線的な発言とともに、いちだんと鮮やかに感じられます。『裏の木戸はあいている』（昭和三十年十一月『講談倶楽部増刊号』）。〝武家もの〟に属するシリアスな物語。作者の人間肯定がよく示されています。山本さんの晩年の最大の追究テーマは〈無償の奉仕〉という命題でした。この作品は、年代的に、初期の代表作『日本婦道記』シリーズの『松の花』から昭和三十四年の『ちくしょう谷』、三十八年の『さぶ』へと続くちょうど中間に位置しております。

山本さんが少年時代、徒弟として住み込んだ質店主の山本洒落斎翁《しゃらくさいおう》は、下町のまずしいひとびとのために、一円に限って無利子無期限で融通したという。この行為が、『裏の木戸はあいている』の、直接のヒントとなったことはいうまでもありません。この、ひとつの善行が及ぼす喜兵衛の家庭内や、藩内の反社会的なリアクションに対してまで、細心に目を配り、しかも人間の向日性を肯定するところに人間愛を確信しようとしたあたたかい対人姿勢がにじみ出ています。こうした態度を基盤にすえ、作者は、その晩年にむかって宗教的課題への問いかけをすすめていったのでした。

『地蔵』（昭和三十六年三月『別冊文藝春秋』）。〝平安朝もの〟の一編。『ジャパン・クォータリー』でも英訳されています。この分野でこころみた精妙な小説の様式化は、『地蔵』においても、目的を正しく実現しているように思われる。会話の頭に、枕言葉《まくらことば》を付するというアイデアは、作者もひそかに自負した表現技術のうちであり、当時、この作品を掲載した雑誌社の編集部内で、会話のはじめに枕言葉をつけて話しあう光景がよくみられたそうです。官憲さえも籠絡《ろうらく》してしまう悪がしこい女宰領にあっては、色に狂った魯鈍《ろどん》な小悪党どもが、手も足も出せるわけがありません。一応はもっともらしそうな理屈をこねはするが、事象によって変貌する少壮学者の意見などが、群衆に掻《か》き消されてしまうのも当然のことでしょう。〈悪の栄え〉にライトをあてながら、社会諷刺《ふうし》にまでたかめている作者の手練を評価すべきでありましょう。

『改訂御定法《ごじょうほう》』（昭和三十七年十二月号『文芸朝日』）。あまりに民論を受入れようとして法制を改革しすぎてしまったために、藩体制そのものを、町人資本によって崩壊させられてしまうかもしれぬ危機にのぞんで、英知と忍耐と勇気によってたくみに解決する、という物語。山本さんは、こういった一種の推理小説ふうの作品『寝ぼけ署長』（昭和二十三年）『しじみ河岸《がし》』（昭和二十九年）『町奉行日記《まちぶぎょうにっき》』（昭和三十四年）『五瓣《ごべん》の椿《つばき》』（昭和三十四年）等々でも、並みならぬ才華をみせた作者でした。これは新進時代から、エンタテインメントの作品を、その一分野としてきた習練のたまものでありましょう。

『改訂御定法』はこれらの最後の作品として書かれた注目すべき小説であります。『ひとごろし』（昭和三十九年十月『別冊文藝春秋』）。この作者の〝こっけいもの〟の最終作品。登場人物たちそれぞれの端倪《たんげい》すべからざる性格が、ややデフォルメされた表現で、あざやかな〝典型〟にまで高められています。ここで作者がなめた最大の苦心は、オーバーにおちいりやすいデフォルマシオンの限度を、どこに線引きするかにあったはずです。山本さんには『おしゃべり物語』（昭和二十三年）『わたくしです物語』（昭和二十五年）『雨あがる』（昭和二十六年）『日日平安』（昭和二十九年）など、この系列に属する作品が何編かありますが、とくに、『ひとごろし』は『おしゃべり物語』といちじるしい相関性をしめしています。この二つの小説は、一種の〝クチコミ小説〟ないしは〝情報小説〟とも称すべき特色を共有しており、前者が主人公の単独な戦いだったのにくらべ、後者では、複数の協同作戦の形をとっているところに、作者の〝情報〟に対する今日的な関心の推移が表白されているようです。

また、作者の代表作の一つである『よじょう』で、終生、自意識過剰なポーズに支配された棒ふり男として戯画化された宮本武蔵《みやもとむさし》が、『ひとごろし』の〝憎めぬ仇役《かたきやく》〟仁藤昂軒《にとうこうけん》に、暗に投影されていることも見落してはなりますまい。

（昭和四十七年二月、文芸評論家）

表記について

新潮文庫の文字表記については、原文を尊重するという見地に立ち、次のように方針を定めました。

一、旧仮名づかいで書かれた口語文の作品は、新仮名づかいに改める。
二、文語文の作品は旧仮名づかいのままとする。
三、旧字体で書かれているものは、原則として新字体に改める。
四、難読と思われる語には振仮名をつける。

なお本作品集中、今日の観点からみると差別的ととられかねない表現が散見しますが、作品自体のもつ文学性ならびに芸術性、また著者がすでに故人であるという事情に鑑み、原文どおりとしました。

（新潮文庫編集部）

新潮文庫編
文豪ナビ 山本周五郎
乾いた心もしっとり。涙と笑いのツボ押し名人——現代の感性で文豪作品に新たな光を当てた、驚きと発見がいっぱいの読書ガイド。

山本周五郎著
明和絵暦
尊王思想の先駆者・山県大弐とその教えをめぐり対立する青年藩士たちの志とは——剣戟あり、悲恋あり、智謀うずまく傑作歴史活劇。

山本周五郎著
赤ひげ診療譚
貧しい者への深き愛情から〝赤ひげ〟と慕われる、小石川養生所の新出去定。見習医師との魂のふれあいを描く医療小説の最高傑作。

山本周五郎著
五瓣の椿
連続する不審死。胸には銀の釵が打ち込まれ、傍らには赤い椿の花びら。おしのの復讐は完遂するのか。ミステリー仕立ての傑作長編。

山本周五郎著
柳橋物語・むかしも今も
幼い恋を信じた女を襲う悲運「柳橋物語」。愚直な男が摑んだ幸せ「むかしも今も」。男女それぞれの一途な愛の行方を描く傑作二編。

山本周五郎著
大《おお》炊《い》介《すけ》始末
自分の出生の秘密を知った大炊介が、狂態を装って父に憎まれようとする姿を描く「大炊介始末」のほか、「よじょう」等、全10編を収録。

山本周五郎著
日本婦道記
厳しい武家の定めの中で、愛する人のために生き抜いた女性たちの清々しいまでの強靭さと、凛然たる美しさや哀しさが溢れる31編。

山本周五郎著
日日平安
橋本左内の最期を描いた「城中の霜」、武士のまごころを描く「水戸梅譜」、お家騒動をユーモラスにとらえた「日日平安」など、全11編。

山本周五郎著
さぶ
職人仲間のさぶと栄二。濡れ衣を着せられ捨鉢になる栄二を、さぶは忍耐強く支える。友情を通じて人間のあるべき姿を描く時代長編。

山本周五郎著
虚空遍歴（上・下）
侍の身分を捨て、芸道を究めるために一生を賭けて悔いることのなかった中藤冲也——苛酷な運命を生きる真の芸術家の姿を描き出す。

山本周五郎著
季節のない街
生きてゆけるだけ、まだ仕合わせさ——。貧民街で日々の暮らしに追われる住人たちの15の悲喜を描いた、人生派・山本周五郎の傑作。

山本周五郎著
おさん
純真な心を持ちながら男から男へわたらずにはいられないおさん——可愛いおんなであるがゆえの宿命の哀しさを描く表題作など10編。

山本周五郎著

松風の門

幼い頃、剣術の仕合で誤って幼君の右眼を失明させてしまった家臣の峻烈な生きざまを描いた「松風の門」。ほかに「釣忍」など12編。

山本周五郎著

深川安楽亭

抜け荷の拠点、深川安楽亭に屯する無頼者たちが、恋人の身請金を盗み出した奉公人に示す命がけの善意――表題作など12編を収録。

山本周五郎著

ちいさこべ

江戸の大火ですべてを失いながら、みなしご達の面倒まで引き受けて再建に奮闘する大工の若棟梁の心意気を描いた表題作など4編。

山本周五郎著

山彦乙女

徳川の天下に武田家再興を図るみどう一族と武田家の遺産の謎にとりつかれた江戸の若侍。著者の郷里が舞台の、怪奇幻想の大ロマン。

山本周五郎著

あとのない仮名

江戸で五指に入る植木職でありながら、妻とのささいな感情の行き違いから、遊蕩にふける男の内面を描いた表題作など全8編収録。

山本周五郎著

四日のあやめ

武家の法度である喧嘩の助太刀のたのみを、夫にとりつがなかった妻の行為をめぐり、夫婦の絆とは何かを問いかける表題作など9編。

山本周五郎著

町奉行日記

一度も奉行所に出仕せずに、奇抜な方法で難事件を解決してゆく町奉行の活躍を描く表題作ほか、「寒橋」など傑作短編10編を収録する。

山本周五郎著

一人ならじ

合戦の最中、敵が壊そうとする橋を、自分の足を丸太代りに支えて片足を失った武士を描く表題作等、無名の武士の心ばえを捉えた14編。

山本周五郎著

人情裏長屋

居酒屋で、いつも黙って飲んでいる一人の浪人の胸のすく活躍と人情味あふれる子育ての物語「人情裏長屋」など、〝長屋もの〟11編。

山本周五郎著

花杖記

父を殿中で殺され、家禄削減を申し渡された加乗与四郎が、事件の真相をあばくまでの記録「花杖記」など、武家社会を描き出す傑作集。

山本周五郎著

扇野

なにげない会話や、ふとした独白のなかに男女のふれあいの機微と、人生の深い意味を伝える〝愛情もの〟の秀作9編を選りすぐった。

山本周五郎著

寝ぼけ署長

署でも官舎でもぐうぐう寝てばかりの〝寝ぼけ署長〟こと五道三省が人情味あふれる方法で難事件を解決する。周五郎唯一の警察小説。

山本周五郎著

月の松山

あと百日の命と宣告された武士が、己れを醜く装って師の家の安泰と愛人の幸福をはかろうとする苦渋の心情を描いた表題作など10編。

山本周五郎著

花匂う

幼なじみが嫁ぐ相手には隠し子がいる。それを教えようとして初めて直弥は彼女を愛する自分の心を知る。奇縁を語る表題作など11編。

山本周五郎著

風流太平記

江戸後期、ひそかにイスパニアから武器を密輸して幕府転覆をはかる紀州徳川家。この大陰謀に立ち向かう花田三兄弟の剣と恋の物語。

山本周五郎著

艶書

七重は出三郎の袂に艶書を入れるが、誰からか気付かれないまま他家へ嫁してゆく。廻り道してしか実らぬ恋を描く表題作など11編。

山本周五郎著

菊月夜

江戸詰めの間に許婚の一族が追放されるという運命にあった男が、事件の真相を探り許婚と劇的に再会するまでを描く表題作など10編。

山本周五郎著

朝顔草紙

顔も見知らぬ許婚同士が、十数年の愛情をつらぬき藩の奸物を討って結ばれるまでを描いた表題作ほか、「違う平八郎」など全12編収録。

山本周五郎著
夜明けの辻

藩の内紛にまきこまれた二人の青年武士の、友情の破綻と和解までを描いた表題作や、〝こっけい物〟の佳品「嫁取り二代記」など11編。

山本周五郎著
周五郎少年文庫
臆病一番首
―時代小説集―

合戦が終わるまで怯えて身を隠している「違う方の」本多平八郎の奮起を描く表題作等、少年向け時代小説に新発見2編を加えた21編。

山本周五郎著
生きている源八

どんな激戦に臨んでもいつも生きて還ってくる兵庫源八郎。その細心にして豪胆な戦いぶりに作者の信念が託された表題作など12編。

山本周五郎著
人情武士道

昔、縁談の申し込みを断られた女から夫の仕官の世話を頼まれた武士がとる思いがけない行動を描いた表題作など、初期の傑作12編。

山本周五郎著
酔いどれ次郎八

上意討ちを首尾よく果たした二人の武士に襲いかかる苛酷な運命のいたずらを通し、著者の人間観を際立たせた表題作など11編を収録。

山本周五郎著
風雲海南記

西条藩主の家系でありながら双子の弟に生まれたため幼くして寺に預けられた英三郎が、御家騒動を陰で操る巨悪と戦う。幻の大作。

山本周五郎著

与之助の花

ふとした不始末からごろつき侍にゆすられる身となった与之助の哀しい心の様を描いた表題作ほか、「奇縁無双」など全13編を収録。

山本周五郎著

泣き言はいわない

ひたすら"人間の真実"を追い求めた孤高の作家、周五郎ならではの、重みと暗示をたたえた言葉455。生きる勇気を与えてくれる名言集。

山本周五郎著

ならぬ堪忍

生命を賭けるに値する真の"堪忍"とは――。「ならぬ堪忍」他「宗近新八郎」「鏡」など、著者の人生観が滲み出る戦前の短編全13作。

藤沢周平著

神隠し

失踪した内儀が、三日後不意に戻った、一層凄艶さを増して……。女の魔性を描いた表題作をはじめ江戸庶民の哀歓を映す珠玉短編集。

藤沢周平著

時雨のあと

兄の立ち直りを心の支えに苦界に身を沈める妹みゆき。表題作の他、江戸の市井に咲く小哀話を、繊麗に人情味豊かに描く傑作短編集。

藤沢周平著

たそがれ清兵衛

その風体性格ゆえに、ふだんは侮られがちな侍たちの、意外な活躍！ 表題作はじめ全8編を収める、痛快で情味あふれる異色連作集。

池波正太郎著

原っぱ

旧作の再上演を依頼された初老の劇作家の心の動きと重ねあわせながら、滅びゆく東京の街への惜別の思いを謳った話題の現代小説。

池波正太郎著

忍者丹波大介

関ケ原の合戦で徳川方が勝利し時代の波の中で失われていく忍者の世界の信義……一匹狼となり暗躍する丹波大介の凄絶な死闘を描く。

池波正太郎著

男（おとこぶり）振

主君の嗣子に奇病を侮蔑された源太郎は乱暴を働くが、別人の小太郎として生きることを許される。数奇な運命をユーモラスに描く。

池波正太郎著

闇の狩人（上・下）

記憶喪失の若侍が、仕掛人となって江戸の闇夜に暗躍する。魑魅魍魎とび交う江戸暗黒街に名もない人々の生きざまを描く時代長編。

池波正太郎著

上意討ち

殿様の尻拭いのため敵討ちを命じられ、何度も相手に出会いながら斬ることができない武士の姿を描いた表題作など、十一人の人生。

池波正太郎著

雲霧仁左衛門（前・後）

神出鬼没、変幻自在の怪盗・雲霧。政争渦巻く八代将軍・吉宗の時代、狙いをつけた金蔵をめざして、西へ東へ盗賊一味の影が走る。

司馬遼太郎著

梟の城

直木賞受賞

信長、秀吉……権力者たちの陰で、凄絶な死闘を展開する二人の忍者の生きざまを通して、かげろうの如き彼らの実像を活写した長編。

司馬遼太郎著

人斬り以蔵

幕末の混乱の中で、劣等感から命ぜられるままに人を斬る男の激情と苦悩を描く表題作ほか変革期に生きた人間像に焦点をあてた7編。

司馬遼太郎著

国盗り物語（一～四）

貧しい油売りから美濃国主になった斎藤道三、天才的な知略で天下統一を計った織田信長。新時代を拓く先鋒となった英雄たちの生涯。

司馬遼太郎著

燃えよ剣（上・下）

組織作りの異才によって、新選組を最強の集団へ作りあげてゆく〝バラガキのトシ〟――剣に生き剣に死んだ新選組副長土方歳三の生涯。

司馬遼太郎著

新史太閤記（上・下）

日本史上、最もたくみに人の心を捉えた〝人蕩し〟の天才、豊臣秀吉の生涯を、冷徹な史眼と新鮮な感覚で描く最も現代的な太閤記。

司馬遼太郎著

関ケ原（上・中・下）

古今最大の戦闘となった天下分け目の決戦の過程を描いて、家康・三成の権謀の渦中で命運を賭した戦国諸雄の人間像を浮彫りにする。

ひとごろし

新潮文庫　や - 2 - 20

昭和四十七年七月三十日 発行
平成二十年九月二十五日 五十刷改版
令和四年十二月二十日 五十八刷

著者 山《やま》本《もと》周《しゅう》五《ご》郎《ろう》
発行者 佐藤隆信
発行所 株式会社 新潮社

郵便番号 一六二―八七一一
東京都新宿区矢来町七一
電話 編集部(〇三)三二六六―五四四〇
読者係(〇三)三二六六―五一一一
http://www.shinchosha.co.jp

価格はカバーに表示してあります。

乱丁・落丁本は、ご面倒ですが小社読者係宛ご送付ください。送料小社負担にてお取替えいたします。

印刷・錦明印刷株式会社　製本・錦明印刷株式会社
Printed in Japan

ISBN978-4-10-113420-8 C0193